中国海洋大学"985工程"

海洋发展人文社会科学研究基地建设经费资助

近代视阈下的明清戏曲小说研究

薛海燕 著

中国社会科学出版社

图书在版编目（CIP）数据

近代视阈下的明清戏曲小说研究/薛海燕著 . —北京：
中国社会科学出版社，2017.7
ISBN 978 - 7 - 5161 - 9828 - 5

Ⅰ.①近… Ⅱ.①薛… Ⅲ.①古典小说—小说研究—
中国—明清时代②古代戏曲—文学研究—中国—明清时代
Ⅳ.①I207.41②I207.37

中国版本图书馆 CIP 数据核字（2017）第 025285 号

出 版 人	赵剑英
责任编辑	安　芳
特约编辑	席建海
责任校对	石春梅
责任印制	李寡寡

出　　　版	中国社会科学出版社
社　　　址	北京鼓楼西大街甲 158 号
邮　　　编	100720
网　　　址	http://www.csspw.cn
发 行 部	010 - 84083685
门 市 部	010 - 84029450
经　　　销	新华书店及其他书店

印　　　刷	北京君升印刷有限公司
装　　　订	廊坊市广阳区广增装订厂
版　　　次	2017 年 7 月第 1 版
印　　　次	2017 年 7 月第 1 次印刷

开　　　本	710×1000　1/16
印　　　张	21.25
插　　　页	2
字　　　数	360 千字
定　　　价	89.00 元

序　言

　　20 世纪 90 年代中期，薛海燕女士跟我攻读中国近代文学博士学位，2000 年毕业后，到中国海洋大学任教，转瞬间她已进入了不惑之年。她经历简单，为人也纯真诚恳，其治学如其为人。20 年过去了，做学问也由诚挚清纯发展为透彻明达，今天再读她的文章，觉得颇可欣慰。

　　海燕与她的师姐孙之梅（我的第一届博士生，山东大学博导）专业背景相似，硕士阶段均受教于明清文学研究著名专家袁世硕教授，习惯于从中国文学由传统向近代转化的角度观察思考问题。之梅的钱谦益研究、南社研究均是循此轨迹，海燕的明清戏曲小说研究、近代女性文学研究（尤其是女性小说）也保持着对中国传统文学（文体、精神）近代嬗变规律的自觉审视。海燕的这本集子汇总了她这些年来的主要论文，题为《近代视阈下的明清小说戏曲研究》，取名也体现了这种意图。

　　本书是作者 1998—2014 年间的论文结集。所收论文主要以明清小说戏曲、近代文学、女性文学为研究对象，她划分为明清文化思潮辨析、明清经典小说戏曲阐释细读、近代文学新文类新叙事新语境兴起考辨、近代女性文学发展轨迹钩沉等几个板块，讨论的主要是明清经典作品的常规阐释难点，如《红楼梦》的创新程度，《聊斋志异》的文化属性（雅俗问题）等等；近代小说戏曲新题材新叙事产生的具体过程，尤其是女性作家从事于新写作样式的具体变革（比如中国小说史上第一个女性作家群体——清末民初女性小说家群体兴起的过程）。

　　文学史研究需要打通宏观与微观的视阈，而近代文学史研究尤须为繁富多变的作家作品找到安身立命的位置，跨越横亘在宏观研究与微观研究之间的鸿沟，使丰富而无序的历史在文学史观的烛照下得到有序的呈现。这个文学史观就是一般所说的辩证唯物史观，后者在近代中国的主题，就是今天所说的中华文化的传承与创新。研究者应该翱翔于中国传统文学的高空，从容地俯瞰文学史史脉的走向，又可以驻守于中国近代作家作品的领地，深入地勘探作家作品的底蕴，由此使二者相辅相成、相得益彰。海燕这本结集的几个板块有意识地兼顾了宏观与微观研究，这是个突出的特点。不足之处，在我看来主要是对明清和近代重要文学流派、思潮的考察还不够深入，研究视野还不够开阔。在这方面，海燕应向之梅教授学习。

海燕的博士学位论文《近代女性文学研究》选题是我建议她做的，这篇论文较早提出近代是中国女性小说史的开端，清末民初报刊杂志女性小说作者群体是中国小说史上第一个女作者群体，这个论断今天看来仍然正确。这篇论文和收入这本论文结集的其它几篇相关论文，还有她此前出版的《民初女性小说作家研究》，梳理辨析了这一领域的基础数据，提出了这一领域的主要议题，都有一定的创新性和学术价值。

我总认为，近代文学史研究是一个极有价值也亟待开拓的领域。近年来已有越来越多的学者对近代文学史研究表现出浓厚的兴趣，这是文化传承创新这一时代命题向文学史研究提出新诉求所带来的必然结果。对此我深感欣慰，对我的学生也有更多的期待。中华文化传承创新之路对治学者而言，既是机遇，也是挑战。不关注现时的状况，肯定有变成"书蠹"的危险，其学问的气象规模都很难有"生气淋漓"的景致；但汲汲于参与，也可能陷入功利主义的泥淖。如何在这样的文化思潮中为学术"预流"而不流于世俗功利，值得治学者思考。于此与海燕教授共勉。

郭延礼

2017 年 6 月

于山东大学

目 录
CONTENTS

近代女性作家研究

明清文学经典的近代性阐释

方法论思考

与当代作家的对话交流

近代女性作家研究

论近代女作家吕碧城的历劫思想[*]

吕碧城（1883—1943），一名兰清，字遁夫，号明因，后改作圣因，别署晓珠、信芳词侣等，晚年法号宝莲，安徽旌德人。擅写诗、词、文，以词的成就最高。有《信芳集》《吕碧城集》《鸿雪因缘》《晓珠词》等作品集传世。

吕碧城的父亲名吕凤岐，字瑞田，清光绪三年（1877）丁丑科进士，著有《静然斋笔记》，曾任山西学政。他与夫人严氏生有四个女儿，碧城行三；另外还有两个儿子，均早殇。她13岁时（1895）父亲吕凤岐不幸病逝，由于家中"绝后"，家产被族人抢分一空。吕碧城奉母亲之命投奔在塘沽任盐运使的舅父严凤笙，"冀得较优之教育"。1903年，吕碧城欲到天津探访刚成立的女学，受到舅父的阻拦，遂逃出家庭，只身前往天津。她写信向天津《大公报》总理英敛之陈述自己求学的愿望，后者为其向学之志和文采击节叹赏，立即决定聘请她做《大公报》的编辑，并在报纸上发表她的诗词作品，热情称赞她的才华，使之声名大噪。^①1904年，天津成立北洋女子公学，这是北方较早的自办女学之一。在英敛之及当时学部大臣严修的推荐下，吕碧城荣任该校的第一任校长。入民国后，吕碧城曾任袁世凯公府秘书，当帝制议起时，她愤然辞职，赴美入哥伦比亚大学攻读文学与美术。自1928年起，她有感于当时国际上的战乱频仍，与各国"蔬

---

① 参见吕碧城著，李保民笺注《吕碧城诗文笺注》，上海古籍出版社2007年版，第480页。

食会"建立广泛的联系，倡导断荤和善待动物，试图借此唤起人类的"良心"，以维护文明、和平和正义。① 1937 年 7 月，中国开始八年抗战。1939 年 9 月，第二次世界大战全面爆发。渴望和平的吕碧城再次眼见战火纷飞。1943 年 1 月 24 日，她在中国香港宝莲禅院病逝。

阅读《信芳集》会有一种越来越强烈的感觉，即我们面对的这位女作家有着比较浓厚的神秘思想。比如她在《金缕曲》中记述自己这样劝慰遭逢家难的德国狄氏特尔夫人："等是仙葩来瑶阙，莫问根株同异。天也忌，山河瑰丽。多少罡风吹尘劫，任春光、揉损金瓯碎。"把自己和狄氏特尔夫人比作历经劫难的"仙葩"②；另外在与撄宁道人争论玄理后，她在诗中写道："一着尘根百事哀，虚明有境任归来。万红旖旎春如海，自绝轻裾首不回。"③ 表示绝不贪恋尘世浮华而"归于""虚明之境"的决心；在《医生杀猫案》一文中，吕碧城更明确地宣称"肉体暂寄，精神永存"，并借用康同璧"与世日离天日近，冰心清净不染埃"的诗句表白自己的志向，显然把现实人生视作必有的劫难和必经的驿站，而认为自己来自神秘的灵魂世界并终将归于那个世界。④ 集中各种体裁、各种内容的作品都时有类似思想的流露。这种情况在文学史上并不多见。为了便于分析和认识，我们可以把吕碧城这种神秘主义的思想特点大体上归结于历劫心理。

历劫心理把人生看作一场劫难，并对人的来历和归宿产生非常神秘的遐想，一方面，出自人们对生命本身的好奇；另一方面，则产生于对现实人生的种种不满情绪。人在现实生活中总要受到种种条件的限制，比如佛教所讲的"生、老、病、死"等，主要指人类无法抗拒衰老和死亡的自然规律，此外一些自然灾害和社会灾难也不断威胁人类，使人类感到生活的痛苦和无奈。这种痛苦很容易使人把肉体生命当作一场劫难，而渴望摆脱

---

① 参见吕碧城著，李保民笺注《吕碧城诗文笺注》，上海古籍出版社 2007 年版，第 388、483—490 页。

② 同上书，第 507 页。

③ 同上书，第 27 页。

④ 同上书，第 450 页。

劫难追寻没有限制的自由世界。中国古代民间习惯认为一些不平凡的人物乃是上天的星宿或仙子，由于偶犯过失或负有使命才谪降人间，历劫之后仍将回返天庭，归于极乐。此种想法似乎把杰出人物当作了上天的直系子民，他们到达极乐世界的途径远比普通人直接和迅速。这充分显示了杰出人物的不同凡响和普通人民对于前者的崇敬态度。吕碧城比喻自己是遭逢劫难的"仙葩"，就借用了这种传统认识。她的比喻不仅表露了对于神秘世界的遐想，而且显示了对自身价值的高度定位和确认。

吕碧城在其各个时期、各种体裁的作品中都经常抒发历劫思想，但是不同体裁的作品其表现方式并不完全相同。在诗词中，吕碧城经常把自己比作下凡的"仙葩"，其中包含了某些传统的迷信因素；而其散文虽然也强调"肉体暂寄，精神永存"，但同时指出"圣经灵迹种种诡异之说，徒以炫惑庸流。唯自然物理方足启迪哲士"①，从这些文章看，吕碧城显然受到了西方科学知识的影响，对于一些比较原始的迷信认识有了一定的辨别力。这种差别提醒我们在阅读吕碧城的作品时要注意采取比较审慎的态度。对于她在诗词作品中把自己比为"仙葩"等说法，不必完全相信。因为类似的说法由来已久，在民族文化心理中占有一定的位置。很多文学作品都以下凡的仙子为主角敷衍故事，小说巨著《红楼梦》就是一个范例。吕碧城在作品中使用此类比喻，在某种程度上与借鉴传统的表现方式有关。同时，作家主要在诗词作品中进行类似的比喻，也可能考虑到了不同的文学体裁有着不同的功能。散文实用性较强，在艺术手法方面没有过多的强调，因此形式比较自由，适于直接、明确地表达作者的思想观点；而诗词则比较强调艺术性，需要作者使用比喻、夸张、用典等手法创造一定的诗词意象。如果吕碧城不借助传统的"仙子下凡"等想象形象地表达自己的历劫思想，而是在诗词作品中直接表述自己相信"自然物理"，甚至描述自然物理如何能够启迪"哲士"，那必然会显得有些不伦不类。考虑到上述情况，我们在分析吕碧城的思想信仰时应该以其文章中的自我表述为主要依据。

---

① 吕碧城著，李保民笺注：《吕碧城诗文笺注》，上海古籍出版社 2007 年版，第 478 页。

《予之宗教观》和《医生杀猫案》等文章集中阐述了吕碧城的思想信仰。在《予之宗教观》中，吕碧城开宗明义地指出："世人多斥神道为迷信，然不信者何尝不迷。"① 非常明确地表明了自己对"神道"的信仰态度。接下来她进一步强调："予习闻中西人言及神道，辄曰必有所征，而后能信。此固自然之理。然而征信之处，即在吾人日常接触之事物，不必求诸高妙。圣经灵迹种种诡异之说，徒以炫惑庸流。唯自然物理方足启迪哲士。昧者不察，舍近求远，此所谓迷也。何谓自然？天地之有文章，时令之有次序，动植物体之有组织，尽善尽美，谁主之者？是曰'真宰'。"这段论述杂糅了现代自然科学的知识。自然科学的研究目的在于了解事物，认识自然界的客观规律，对于破除人类原始的蒙昧认知起到了重要作用。但许多科学家在研究中发现，不仅大大小小的生物各自有着适应生存的完美结构，而且整个大自然本身也有着不可思议的井然秩序。人类通过研究才能发现某些结构能够起到什么作用，通过思考才能理解某种物种对保持整个自然界的平衡具有什么意义，而静默的大自然本身却早已包含了这种秘密。所有这些有时令人怀疑似有一位远远超出人类智能的"主"，冥冥中安排着大自然的一切。因此某些科学家通过研究不仅没有树立唯物主义信念，反而虔诚地拜倒在"主"的脚下。吕碧城在《医生杀猫案》中就提到了这种情况，她说："英儒斯宾塞尔有言，科学愈发明，令人愈惊造物之巧，而知神秘之不可诬。"② 这是现代科学所面临的窘境。不过在此种情况下所产生的唯心主义虽然不值得推崇，但它并不排斥具体的科学研究，相反，一些科学家反而因此更加激发了研究的热情，把认识自然的规律和秩序当作接近"主"的途径。西方目前许多科学家信仰上帝或者造物主，但并未因此中断科学研究，就说明了这种情况。这提醒我们不要简单否定在科学研究基础上所形成的造物崇拜，而要注意把它与人类原始的迷信思想加以区别对待。吕碧城对于"神道"的信仰借助了西方现代科学知识作为基础，因此也在某种程度上具备了现代文化的色彩。"主宰"万物

---

① 吕碧城著，李保民笺注：《吕碧城诗文笺注》，上海古籍出版社 2007 年版，第 478 页。
② 同上书，第 450 页。

的"造物主"只能是一个脱离肉体的精神实体，它本身就证明了精神能够超越肉体存在，这种唯心主义的世界观为碧城想象精灵世界是人的最终归宿提供了理论依据。所以在《医生杀猫案》中，碧城断言"肉体暂寄，精神永存"，进一步提出了自己的人生观，认为现实人生不过是一个"暂寄"的过程，而人的必然归宿是永恒的精神世界。通过这些文章可以看到，吕碧城在受到科学知识影响后，并没有放弃历劫思想，而是修正了传统历劫认识中比较原始的迷信因素，并为她自己的历劫思想找到了"合理"的依据。

吕碧城之历劫思想的形成，与其幼时所处的环境以及后来的飘零生涯有着密切的关系。吕碧城幼时生长在乡间，中国传统的神祇崇拜给她留下了深刻的印象。如《予之宗教观》所载：

> 神道之仙机默示有足征者。予髫龄失怙，侍母乡居。舅方司榷津沽，母命往依之，冀得较优之教育。母凤媚灶，为予问卜，得签示曰："君才一等本加人，况又存心克体仁。倘是遭逢得意后，莫将伪气损天真。"恰系勉袂游子之词。厥后虽未得意，而自此独立，为前程发轫之始。又游庐山之仙人洞，龛祠纯阳吾宗也。道士怂卜签，乃以婚事为询。得示曰："两地家居共一山，如何似隔鬼门关。日月如梭催人老，许多劳碌不如闲。"此即吾母卜婚之谶，而毕生引以为悔者。当时予虽微诧，亦未措意，后且忘之。而年光荏苒，所遇迄无惬意者，独立之志遂以坚决焉。夫山林井灶何有神祇，卜者诚虔，则亦感应，此即神道无往不在之征也。①

文中虽曰"夫山林井灶何有神祇"，并不像一般"庸流"那样盲目相信"圣经灵迹种种诡异之说"，但同时又强调"卜者诚虔，则亦感应"，显然只是修正传统的神祇信仰而并没有加以抛弃。多年之后，作者仍将慈母所求的神签与现实加以对照，并且更加坚定了她追求事业与独身孤

---

① 吕碧城著，李保民笺注《吕碧城诗文笺注》，上海古籍出版社 2007 年版，第 480 页。

居的决心，由此可见民间崇信卜筮的习惯在吕碧城的心灵中留下的深刻印记。吕碧城成年后，很早就离开了家庭，开始了孤身漂泊的生涯，这种生活本身就容易使人产生"人生如寄"的空幻感受，更加促使吕碧城对自己生命的源头和归宿产生了神秘的遐想。在《予之宗教观》中，吕碧城简略地介绍了自己的孤独身世，并且明确指出了自己的信仰与这种身世经历之间的密切联系：

> 舅方司榷津沽，母命往依之……塘沽为津郡门户，相距甚近。某日舅署中秘书方君之夫人赴津，予约与同往探访女学。濒行被舅骂阻。予忿甚，决与脱离。……自此予与家庭锱铢未取，父母遗产且完全奉让（予无兄弟，诸姊皆嫁。按法，予应承袭遗产），可告无罪于家属矣。顾乃众叛亲离，骨肉相残，伦常惨变，而时世处境尤多拂逆。天助我以经济而厄我以情感，为造成特异之境，俾得沉观反省，证人天之契。[①]

可以发现，吕碧城所说的"特异之境"包含两重含义：一是经济上比较宽裕，无衣食之忧；二是缺乏家庭生活，没有伦常情感的牵挂。在此情况下，产生关于人的本质、命运、归宿等形而上的思索，是比较自然的事情，而吕碧城通过思索，得出带有浓厚唯心主义和神秘主义色彩的结论，则根源于传统信仰的影响以及吕碧城在此影响下所形成的思维习惯。

吕碧城的文学成就主要表现于词。龙榆生在其《近三百年名家词选》中收入吕碧城的作品作为殿军，这无异于称许她在 300 年清代词史中有着自己的独特地位[②]；近人钱仲联作《近百年词坛点将录》，也将吕碧城点为"地阴星母大虫顾大嫂"，并说"圣因近代女词人第一，不徒皖中之秀"[③]。他们评价吕碧城词所采用的参照系虽有所不同，但对于吕碧城词的成就显然都表达了热诚的肯定态度。

---

① 吕碧城著，李保民笺注：《吕碧城诗文笺注》，上海古籍出版社 2007 年版，第 481 页。
② 参见龙榆生《近三百年名家词选》，上海古籍出版社 1979 年版，第 222—224 页。
③ 钱仲联：《梦苕庵清代文学论集》，齐鲁书社 1983 年版，第 173、174 页。

对历劫思想的表达并不是吕碧城词取得较高成就的唯一原因，但确实给后者带来了一些特异的风格。从词中可以看到，吕碧城借助"仙人历劫"等传统认识形象地抒发其历劫情绪，使作品具有了向往仙界和俯视人间的双重视角，提高了作品的表现力。如其《沁园春·丁巳七月游匡庐，寓 Fairy Glen 旅馆，译曰仙谷，高居山坳，风景奇丽，名颇称也。纵览之余，慨然有出尘之想，率成此阕》：

> 如此仙源，只在人间，幽居自深。听苍松万壑，无风自籁；岚烟四锁，不雨常阴。曲槛流虹，危楼耸玉，时见惊鸿倩影凭。良宵静，更微闻风吹，飞度泠泠。
>
> 浮生能几登临？且收拾烟萝入苦吟。任幽踪来往，谁宾谁主；闲云缥缈，无古无今。黄鹤难招，软红犹恋，回首人天总不禁。空惆怅，证前因何许，欲叩山灵。①

"任幽踪来往，谁宾谁主；闲云缥缈，无古无今"反衬出人世间争王图霸之事的荒诞和生命的短暂。结句"空惆怅，证前因何许，欲叩山灵"表达了对自身来历和归宿的诘问，"空""欲"等字隐指有"叩"之意图而难以得到回答。语意怅惘，不免令人兴叹。另如其《烛影摇红·有感时事，以闲情写之，次芷生韵》：

> 絮影萍痕，海天芳信吹来遍。野鸥无计避春风，也被新愁染。早又黄昏时渐，意惺忪，低回倦眼。问谁系住，柳外斜阳，些儿光线。
>
> 一霎韶华，可怜颠倒闲莺燕。重重帝纲殢春魂，花缀灵台满。底说人天界远，待忏了，芷愁兰怨。销形作骨，铄骨成尘，更因风散。②

"一霎韶华，可怜颠倒闲莺燕"可谓词眼，显示出作者的种种感慨主要出自对有限人生的不满。而"销形作骨，铄骨成尘，更因风散"则步步

---

① 吕碧城著，李保民笺注：《吕碧城词笺注》，上海古籍出版社 2001 年版，第 36 页。
② 同上书，第 52 页。

推进，表示不愿因哪怕细微至极点的"有形"而受限于时空，意欲逃遁至无处寻觅的境地。其由"人"界到"天"界的愿望如此强烈，语意于决绝之外更给同样处于"形界"的读者一种沉痛至骨的异样体验。

意欲"逃登仙界"的吕碧城，对人世却别有一种牵挂和责任感。其《忆旧游》如是感慨：

> 证仙经旧说，缥缈三山，问是耶非？路转松山密，恰诗如石瘦，境与人离。静参物外禅谛，无语会心期。正云恋群峰，青莲朵朵，玉叶垂垂。
>
> 岚光泻浓黛，似击碎琅玕，翠髓横漓。漫说衣襟浣，便飞来鹤羽，也染毵毵。软红欲避尘梦，舍此更何之！奈徙倚天风，羊公岘泪还暗滋。①

结句所说的羊公即羊祜（221—278），西晋大臣，临终时以未能灭吴为恨。此词作于1929年后作者旅居国外期间，当时中国内乱频仍，大局未定，她以"羊公"自比，显然表达了平定时局的志向和因志向无法达成而倍感焦虑的心绪。与前述《沁园春》和《烛影摇红》词相比，这首《忆旧游》虽同样发抒了绝世出尘的愿望，却多了一份眷顾人间的姿态。弃世与恋世之音在词中交响，低徊不已。

《忆旧游》很容易令人联想到屈原和李白的类似诗句。屈原之《离骚》悲吟："陟升皇之赫戏兮，忽临睨夫旧乡。仆夫悲余马怀兮，蜷局顾而不行。"李白亦曾在《西上莲花山》中感叹："西上莲花山，迢迢见明星。素手把芙蓉，步虚蹑太清。……俯视洛阳川，茫茫走胡兵。"均系想象自己受到仙界招引，将要离开尘世，但是临行回首，看到尘世的多灾多难，又不忍独离。弃世与恋世之情绪的交融表现出强大的情感张力和丰富的审美意蕴，增添了作品的艺术魅力。值得注意的是，这种因"以天下为己任"的担当精神而产生的恋世情结，表现在屈、李作品中并不足为怪，而吕碧

---

① 吕碧城著，李保民笺注：《吕碧城词笺注》，上海古籍出版社2001年版，第245页。

城作为一个女子也能写出具有此等襟怀气度的词作，则不能不令人称异。

追溯吕碧城有屈、李之志的原因，不能忽略她所处的特定时代及其特殊经历。如前文介绍，吕碧城髫龄侍母乡居时，其母曾为她的求学问卜，卦辞曰："君才一等本加人，况又存心克体仁。倘是遭逢得意后，莫将伪气损天真。"吕碧城在《予之宗教观》中回忆自己"自此独立，为前程发轫之始"，可见卜辞中"君才一等""克体仁"之语给了她心理暗示，使她认为自己负有非同寻常的使命。显然，若在传统时代，一个足不出闺阁的女子很难为这样一段完全不适合女性"身份"的话所触动，即使有所触动，其使命感也没有现实化的机会。而19世纪末20世纪初，国人已对女性的权利、价值开始有重新认识，吕碧城欣然接受了卜辞的暗示，而且在走上社会后亦受到世人敬仰，她有机会成为校长、总统公府秘书，甚至有机会漫游欧美，为世界的和平安宁而呼吁。当她慨言"惟以继续之生命，争此最后之文明。庄严净土，未必不现于人间。虽目睹无期，而精神不死。一息尚存，此志罔替"① 时，其眼界和襟抱甚至已非前代使命感强烈的士大夫所能比拟。

正因吕碧城有着维护世界和平和世界文明的使命感，其俯视人间的眷顾姿态表现出关怀全人类的恢宏气度，不能不使词境呈现出阔大、壮观的异彩。钱仲联曾经感叹："圣因近代女词人第一，不徒皖中之秀。……'休愁人间途险，有仙掌为调玉髓，迤逦填平。'（原注：《阿尔伯士雪山》）'鄂君绣被春眠暖，谁念苍生无分。'（原注：《木棉花》）杜陵广厦，白傅大裘，有此襟抱，无此异彩。"② 将吕碧城词与杜甫和白居易的名句相比，评价不可谓不高。只是他所赞美的吕碧城词句正因为面对异国河山发抒人间关怀之情，才给人以别开生面的感受。新的明确立足点表现出更开阔的胸襟，钱先生认为前人的作品"有此襟抱，无此异彩"，实际上吕碧城词的"异彩"和"襟抱"是不可分的。这样一位女作家出现在近代词史上，正可谓对近代文化变迁的绝佳礼赞。

---

① 吕碧城著，李保民笺注：《吕碧城诗文笺注》，上海古籍出版社2007年版，第240—241页。
② 钱仲联：《梦苕庵清代文学论集》，齐鲁书社1983年版，第174页。

《纽约病中七日记》 作者吕碧城辩证及其意义*

——小说史上早期女作者群体研究系列之一

近年，上海古籍出版社李保民先生发现近代杰出女作家吕碧城有篇近于小说的白话文作品，已收入其近著《吕碧城诗文笺注》。吕碧城一生坚持以文言文写作，如果本篇确系吕碧城所作，当是"迄今为止所发现的作者唯一一篇用白话文写成的文学作品"[①]，也是其唯一的白话文小说，有其特殊的意义。

《纽约病中七日记》连载于 1923 年 3—4 月上海出版的《半月》杂志第二卷第十二号至第十五号，署名"圣因女士"。据保民先生考证，本文"作于第一次游学美洲之时，当在一九二一年夏秋之际"，"碧城《欧美之光》有云，'予昔年寓纽约 Hotel Pennsy Lvania，乃世界最大之旅馆，广厅坐客盈千'，所叙与本文所记正相契合。"[②]作为证据，后者比较可靠，前者则不过据吕碧城的行踪加以逆断，从文章发表的日期和文本所叙只能判定写作时间必在 1923 年 3 月之前，很难得出"当在一九二一年夏秋之际"的结论。碧城《欧美漫游录》之《国立机关应禁用英文》曾明确表示："国文为立国之精神，决不可废以白话代之。""且文辞之妙，在以简代繁、以精代粗，意义确定，界限严明，字句皆锻炼而成，词藻由雕琢而

---

* 原载于《新疆教育学院学报》2012 年第 2 期。

① 吕碧城著，李保民笺注：《吕碧城诗文笺注》，上海古籍出版社 2007 年版，第 224 页。

② 同上。

美，此岂乡村市井之土语所能代乎？"① 持此观念的吕碧城，竟会推出一篇白话文作品吗？

其实不仅署名、文中所谈地点等与吕碧城相关情况大致相符，文章所载刊物《半月》杂志由袁寒云等任主编，而吕碧城与袁寒云交情不浅，向后者投稿也当在情理之中。文中提到"当我初到美国旧金山的那一年，正赶上下雾的天气，不能出游。同船的一百多中国学生，多数都愿多住几天"②，其中"那一年"显然不是前一年，而是早几年前的某一年，"同船的一百多中国学生"说明作者多半也是学生，赴美的时间、身份基本都符合吕碧城的第一次游美。

仔细阅读《纽约病中七日记》，发现此文虽系白话，却符合吕碧城此类文言文的几个基本"细部特征"。

其一，文中"我"的外部形象符合吕碧城海外游记中"我"的一贯形象定位——富贵、自矜。樊增祥在《信芳集·题辞》中说吕碧城"手散万金而不措意"③，吕碧城在文后注中解释自己"习奢华，挥金甚巨"④，都说明了其一掷千金的生活态度。后来旅居海外，吕碧城更曾撰文《独游之办法及经验》强调仪表举止应尤其注意，"不唯须合本人之身份，亦以保持大国之风度"⑤。

《纽约病中七日记》中"我"要去富室席帕尔德夫人家中做客，到旅馆中的女修容店梳头。有个侍女姓道亦尔的，"每梳一次头，金洋二元半，我总给三元，多余的就算赏钱了"，道亦尔为"我"将至席氏家中做客惊喜，"教我许多的方法，如何与富人周旋应对"，"我从容地对他说道：'你知道么，我比席帕尔德夫人还要富呢'"。⑥ "我"的气度、声誉征服了不少人，爱尔兰少年鲍登说"我"是"东方的公主"⑦，美国舞伴汤姆也猜

① 吕碧城著，李保民笺注：《吕碧城诗文笺注》，上海古籍出版社 2007 年版，第 459 页。
② 同上书，第 216 页。
③ 吕碧城著，李保民笺注：《吕碧城词笺注》，上海古籍出版社 2001 年版，第 534 页。
④ 同上书，第 534 页。
⑤ 吕碧城著，李保民笺注：《吕碧城诗文笺注》，上海古籍出版社 2007 年版，第 372 页。
⑥ 同上书，第 221 页。
⑦ 同上书，第 219 页。

"我""地位很高"①，唯恐与"我"的交往会亵渎了我的身份。

其二，文中"我"的精神面貌符合吕碧城诗文经常自然流露的个人意识——富贵而凭自立，自重而不伤人，表现出特有的人格风范。樊增祥在《信芳集·题辞》中称许吕碧城"即论十许年来以一弱女子自立于社会，手散万金而不措意，笔扫千人而不自矜，此老人所深佩者也"②，可谓知者。

《纽约病中七日记》中，汤姆说："我猜你的地位很高，我不敢瞒你，我是个工人。你须酌量，要是你的富贵朋友知道你跟我来往，他们就不跟你来往了。""我答道：'我并不是势利人，别人的富贵，与我何干？况且我是经济独立的，不靠别人为生活。'"可见"我"有极强的独立意识，物质上完全自立，取舍中也坚持个人评判标准，不为他人立场所左右。文中记述"我"后来与"某银行经理"跳舞，散会后忘记与汤姆谈谈，以后"屡次仍到这跳舞场来，再也遇不见他，他是从此绝迹了。在形迹上，显见得我得了富朋友，就立时舍了穷朋友，但我并无此心，然而无可辩白，就连自问，也不肯恕我自己"③。之所以会"自问也不肯恕我自己"，也是唯恐自己潜意识中残存世俗之见，反躬自省，严厉地予以自我检讨。这种真切的反省体验，恰恰表明"我"确实有着自觉的反世俗意识，唯恐堕入俗流；同时又充满同情心，唯恐会伤害真正值得自己尊重的人。

其三，文中的"我"有着吕碧城式的超脱出尘之想和悲天悯人情怀。前述吕碧城特有的人格风范不仅来自天性，其形成与吕碧城的个人经历也有着密切联系。吕碧城在《欧美漫游录·予之宗教观》中曾言"众叛亲离，骨肉龃龉，伦常惨变而时世环境尤多拂逆，天助我而复厄吾，为造成特异之境，直使鲁宾孙漂流荒岛绝处逢生，又如达摩面壁沉观返省获证人天之契，此则私衷所感谢愉快者"④，谈的就是自我的达成与个人经历之间

---

① 吕碧城著，李保民笺注：《吕碧城诗文笺注》，上海古籍出版社 2007 年版，第 222 页。
② 吕碧城著，李保民笺注：《吕碧城词笺注》，上海古籍出版社 2001 年版，第 534 页。
③ 吕碧城著，李保民笺注：《吕碧城诗文笺注》，上海古籍出版社 2007 年版，第 222—223 页。
④ 同上书，第 481 页。

的关系。这种特异经历使吕碧城追求超脱世俗，参证所谓"人天之契"；也使之对万物苍生充满了宗教式的悲天悯人情怀。

《纽约病中七日记》中，"我""午饭后又觉着无事可做，到楼栏间，看看广厅里往来客人，真是形形色色，也不知道他们忙的是什么。回想到我自己，也是如一粟飘在沧海，也不知道生存的目的何在。……当时梦醒了，眼皮乍开，电灯的光芒如万缕金丝，密密四射成缬"①。这与碧城《访旧记》中"是夕返京寓，华灯如雪，方张乐跳舞，如春潮之涨也。……乃按铃传餐入寝室，膳毕不易寝衣即颓然卧案上。诸银器为灯光反射，照眼生缬，耳畔隐隐闻乐声，苦不成寐。百忧骈集，生趣索然，如处墟墓"② 一段文字相比对，不仅情绪如出一辙，甚至写灯光反射成缬，比喻、用词都无二致。

其四，文中有吕碧城诗文（尤其是游记文）经常出现的"奇梦"情节。吕碧城《信芳集》中《某岁游春明，于寓邸跳舞大会后，梦雪花如掌，片片化为蝴蝶，集庭墀墙壁间。俄而雪花愈急，蝶翅不堪其重，乃群起而振掉之。迴旋间悉化为天女，黑衣银缕，皓质辉映，起舞于空际。予平生多奇梦，此无冷艳馨逸。因诗以记之。惜原稿散失，仅得其残缺耳》诗序中自言"予平生多奇梦，此尤冷艳馨逸"③，从中可见其关注"梦"，尤其偏爱"冷艳馨逸"之"梦"。吕碧城游记文如《游庐琐记》《横滨梦影录》《范伦铁瑙之梦谒》等也都有关于"冷艳馨逸"之"梦"的记述。《游庐琐记》述吕碧城与俄国茶商高力考甫同游庐山，登山时多次遇到一德国男子，时值欧战，吕碧城一日忽然梦及所遇德国男子为悲伤的爱国者，因祖国将失败而跳崖自尽。④《横滨梦影录》写吕碧城自欧美归国路经日本，参观期间遇一日本少年对自己热情有加，几年后梦见收到来自日本的信函和礼物，醒后猜测这个少年也许已经在不久前的横滨地震中罹难。⑤《范伦

---

① 吕碧城著，李保民笺注：《吕碧城诗文笺注》，上海古籍出版社 2007 年版，第 214—215 页。

② 同上书，第 210 页。

③ 同上书，第 31 页。

④ 同上书，第 190—195 页。

⑤ 同上书，第 225—227 页。

铁瑙之梦谒》则记述梦到明星范伦铁瑙（Rudolph Valentino）来谒，而此前吕碧城曾评范氏"世人多慕其美，然貌亦寻常"，这次梦见其人，令前者幽默地想到"其犹未忘人间令节乎"，即言"难道他气不过我评价他貌不够美吗"①。这些梦都与死亡、偶遇、性、幻想等要素有关，足够玄幻和冷艳。

而《纽约病中七日记》中也有奇梦。文中"十一日，晨起，尚觉体气清爽。天气很不好，下雨又不能出外，无聊极了。……晚间睡得很早，仿佛身体在空中游行，有几株很高大的树，开着细小的白花，我的身体，就拂擦着过去，看见这花已经半谢了。又走过一株小些的树，白花盛开，极其芬芳细腻，我不知不觉的抱着这树哭起来，并且诵程芙亭女士《落花赋》'莫待西风古墓，青冢萧条；休教落日飞磷，红颜拌弃'的句子。但是我沉痛极了，哭不出声来，久而久之，才由心房里抽出一股酸劲的气，就一恸而绝。当时惊醒了"②。与吕碧城《某岁游春明》中所记述之梦相比，此"梦"之"冷艳馨逸"也不遑多让。

其五，文中还有吕碧城诗文（尤其是游记文）经常出现的"奇缘"情节。吕碧城一生独身，其《欧美漫游录·予之宗教观》曾自述"年光荏苒，所遇迄无惬意者，独立之志遂以坚决焉"③，阐明其独身并非由于排斥婚姻，而只是对婚恋始终坚持美好的理想。《游庐琐记》《横滨梦影录》《范伦铁瑙之梦谒》等游记文中"冷艳馨逸"之"梦"，分别述及吕碧城与德国男子、日本少年或好莱坞影星的"梦"中奇缘，均无关风月，却又都包含隐秘乃至神秘的两性之间的好感。《游庐琐记》中的德国男子仅仅与吕碧城同爬过几次山而已，并无更深的交情，但"梦"中的他却要当"我"之面自杀，而且在死前明确表白"忍死待汝"的心意。《横滨梦影录》中吕碧城所遇到的日本少年在参观的众人中也独对"我"热情有加，几年后"我"梦见收到礼物，母亲怒斥"我"结交"倭奴"，而我实际上已想不起少年的姓氏身份。《范伦铁瑙之梦谒》中，来谒的范伦铁瑙，索

---

① 吕碧城著，李保民笺注：《吕碧城诗文笺注》，上海古籍出版社 2007 年版，第 360 页。
② 同上书，第 214—215 页。
③ 同上书，第 480 页。

求的只是"我"对他相貌的较高评价，多情如"我"，难道仅仅因为几句戏评，觉得自己冥冥之中亏欠了范氏吗？

《纽约病中七日记》中也写到两性之缘，但不在"我"的"梦"中，而在纽约势力场的现实之中。文中述及两段两性之缘："我"与乔治，后者之名在文章开头（第一日，即七月九日）出现，但没有出场，只从门口塞进一封信，"他每天在晚九点或十点钟的时候，来寻我问候"，可见联系之密切。① 这次他"说明天要到匹特斯尔格去"，直到十三日才回到纽约，十四日约我下楼一谈；而"谈话时，意见略有冲突。我们虽然常见面，究竟彼此很客气，不便争论，我就告辞上楼去了"②。这样一个人物与"我"的关系似密似疏，行踪明确而活动内容不详，有关叙事中扣留了太多的信息，难免给读者留下神秘之感，容易使人产生遐思。"我"的另外一段异性之缘是与汤姆，"我"与后者在舞场相识，如前文所述，彼此能捐弃贫富成见而相互尊重，但日后"我"与一银行经理跳舞，散会后忘记与汤姆叙谈，自此再也未见到汤姆，自思汤姆可能认为"我"也憎贫爱富，盼能对之解释而不得。③ 这样一段交情因其超脱世俗而难能可贵，却又因终为世俗所牵绊、伤害，而令人感慨和深思。比较起来，此文中上述两段"情缘"的实质内容如吕碧城诗文中常见的"奇缘"那样，止于两性之间形而上的相互吸引和欣赏；写法上则摄其神理而遗其貌，多虚少实，偏于雅化。

上述五点符合吕碧城诗文的一般特征，可借以辅助判断此篇确系吕碧城之作。前面提到吕碧城与《半月》主编袁寒云亲厚，其实借此也可逆推，后者必熟知"圣因女士"之名，若系同名作者之文，按常理应该做注加以说明。

如果此篇确系吕碧城之作，它究竟有何意义？在哪些方面可加深我们对吕碧城的认识？

首先，借助此篇的发现，我们第一次知道吕碧城于白话文写作尚有实

---

① 参见吕碧城著，李保民笺注《吕碧城诗文笺注》，上海古籍出版社 2007 年版，第 213 页。
② 同上书，第 219 页。
③ 同上书，第 222—223 页。

践。此前,吕碧城被认为"始终是'旧'文学中人","与'五四'时期反对白话文学者如林纾,如《学衡》派相比,吕碧城并没有提出什么新见解,而反对白话文的态度同样执拗"①。

其次,尽管目前发现吕碧城所作的白话文仅此一篇,但我们也可借以比较其与吕碧城诗文的异同。如前所述,相同之处在于此篇符合吕碧城文笔的五个"细部特征"。不同之处在于,洗却文言的铅华,此篇相形之下更见质朴、平实。李保民先生称其为"写实小说"②,良有以也。

再次,深入思考本篇"写实"风格之成因及意义,会发现其中隐藏着问题。白话小说固然没有文言显其馥雅,但也可借助叙事手法或设置"关目"增其奇趣。以吕碧城之才,应不难于此。其游记文《游庐琐记》等尚有"艳遇"之"梦",而本篇白话文则梦即梦,现实即现实,两段两性之缘均示之以人际的本来面貌,读之备感现实人生的烦琐无奈。白话小说的"奇趣"本是取悦受众的手段,而本文通篇美学风格上的"写实"与其说是不善"炫奇",毋宁说是自觉克制"炫奇"之想,抗拒俗化;或者说"写实"是本文风格的表象,其真实的美学追求其实是平中见雅。

有意思的是,本篇"七月九日,病了。……十日,病体也没见加减……"的平实语调中,只有开篇开得有些"惊悚":

> 七月九日,病了。晚间睡得很早,就是不能睡得着,于是把床上的电灯开开,拿几本《礼拜六》闲看。那插图里面有《宋园鬼影》③一幅,看着可怕,毛发都竖起来。可是我想这是摄影人故弄手术也,不足信。看了一时,疲倦了,丢了书,模模糊糊的渐入了梦境。忽然,听见有纸声从门外送进来……过了两三个钟头的以后,忽然听见有奇怪的声音,发生在门的近处,不觉吃了一惊,就凝神静听。那怪

---

① 刘纳:《吕碧城评传·作品选》,中国文史出版社 1998 年版,第 27 页。
② 此处所言《宋园鬼影》插图,参见李保民《吕碧城诗文笺注·序》,上海古籍出版社 2007 年版,第 15 页。
③ 笔者遍索未果,不知此图见于《礼拜六》何期。

声又发了，比前一回更利害，并且好像是在门里，并不是从门外来的声音。我就下床去看，门依然关得好好的，地毯上清清楚楚，并没有什么东西坠落或翻倒，只有一封信在门下，就顺手拾起来。再看桌上的钟，已交四点，旅馆内外都安静，没有一点声音。我虽然不迷信，这时候也有些胆寒，疑惑有鬼气……①

《礼拜六》复刊后，如以往一样重视做广告和宣传。"我"的观感如果也被看作"宣传"，则其方式也太过诡异另类。"我"受惊后又闻怪声，下文对此却再无解释照应，后者之"惊悚"和"奇"很容易仅被理解作实录"我"病中读玄怪之书所产生的幻觉。但篇首的"炫奇"与全文的平实相对照，实因其突兀而显得含有某种意味：本文风格的平实，"平中见雅"，是不是对"玄怪"类（如《礼拜六》插图《宋园鬼影》）等娱乐性通俗文艺作品的反讽和潜隐性反拨？吕碧城对当时通俗文艺的态度于此可见。参以前引其反对以白话代文言的表述，我们对吕碧城的通俗文艺观当有更加全面而真实的认识。

一直以来，对吕碧城的研究存在几个难点。第一，有关吕碧城的身世，迄今还没能弄清她幼年时其母为强盗所劫究竟是何原因；被劫后究竟发生了什么；吕碧城被退婚与此是否有关；她与姐妹们之间究竟有何矛盾，会闹得"骨肉龃龉，伦常惨变"；吕碧城后来究竟靠什么致富。第二，吕碧城才华出众，却与五四新文学隔膜，她究竟有怎样的文艺观，怎样评价其文学成就。

如前所述，这篇白话文的存在及其平实风格的反讽内涵可以帮助我们认识前述第二个问题。文中提及有一美国人打算与"我"合作为报刊撰稿，多方从"我"这里打探中国国内时政，而"我"则反感其暴露黑暗满足美国受众的立场心态，而且"又不愁自己发稿"，拒绝与之合作。从中似乎可见吕碧城对"黑幕文学"的看法，也可发现其与报纸杂志之间有着较密切的联系。在《半月》杂志刊发的这篇白话文小说，就是吕碧城并未

---

① 吕碧城著，李保民笺注：《吕碧城诗文笺注》，上海古籍出版社 2007 年版，第 212—213 页。

绝缘于新文学的一个佐证。

从身世考证的角度看，文中所述乔治的行踪特点颇类商人，如《游庐琐记》中吕碧城与俄国茶商高力考甫同游庐山等线索一样，也隐隐显露出吕碧城经商致富的信息。准确的答案当然还有待更切实的证据和更翔实的分析考察。

论清代女作家吴藻词曲特质及其
在女性词史中之地位[*]

吴藻（1799—1862）字苹香，号玉岑子，浙江仁和（今杭州）人。父、夫俱业贾。她自幼聪慧好学，据魏谦升介绍："（藻）居恒于家事外，手执一卷，兴至辄吟。"[①]在没有父、夫的政治地位和文坛大名作为依托的情况下，她以自己卓异的天资和才华赢得了当时许多文学家的推许。在她相交的文学家中，女的有汪端、李纫兰、归懋仪、沈善宝、包之蕙、沈采石、张襄、许云林，男的有陈文述、赵庆熺、黄燮清、魏谦生、张应昌等人。

吴藻的文学成就主要表现于词。她有词集《花帘词》和《香南雪北词》，前者收入她青年时代的作品，后者是她中年之后作品的结集。她还有杂剧《乔影》，亦享有盛誉。

梁绍壬的《两般秋雨庵随笔》卷二记载："吴苹香女士初好读词曲，或劝之曰：'何不自作？'遂援笔赋《浪淘沙》一阕云'莲漏正迢迢，凉馆灯挑。画屏秋冷一枝箫。真个曲终人不见，月转花梢。何处暮钟敲？黯黯魂消。断肠诗句可怜宵。莫向枕根寻旧梦，梦也无聊'。清圆柔脆，脱口如生。一时湖上名流，传诵殆遍。自后遂肆力长短句。"[②]对于引文中提到

---

* 原载于《南京师范大学学报》2001年第5期。
① 魏谦升：《花帘词·序》，道光九年（1829）刊本。
② 梁绍壬：《两般秋雨庵随笔》（卷二），上海扫叶山房1920年石印版，第59页。

的《浪淘沙》，陈廷焯《白雨斋词话》评价云："此亦郭频伽、杨荔裳流亚。韵味浅薄，语句清圆。所谓隔壁听之，铿锵鼓舞者也。"① 陈氏《词则·闲情集》（卷六）复云："措语清圆，亦不免习气。"② 都在批评这首词缺乏深厚的意蕴。之所以会有这样的评价，关键在于词中的意象都很常见，容易给人以熟滥的感觉，让人以为它在音韵悦耳之外，别无佳处。但仔细品评，这首词在沿用旧意象的同时，实际上也在着意另翻新境。词中以"箫"和"吹箫之人"隐指所思念之人，以"旧梦"指与所思念之人相处的美好时光，这些都没有新异之处。不过，前人的词作多写在梦中追寻美好的往事，现实中的不足在梦中得以补偿，词意无奈却又有一缕温情，怨而不怒；这首《浪淘沙》则将"怨"进一步发挥到"怒"的地步：抒情女主人公不肯去重温旧梦，认为"梦也无聊"，旧梦再美也无补于现实，她对离别的不耐和不满之情溢于言表。一位初习者能自出新意，本身就表现了不肯安于现状的胆识；其词意以"怒"代"怨"，也传达了反抗现实的意识。总之，从这首短短的《浪淘沙》中，细心的读者应该可以初步感受到词作者吴藻不甘与现实相妥协的意志。理解这种意志，才能掌握解析吴藻词的"钥匙"。

清代张景祁在《香雪庐词·叙》中记载："（藻）幼好奇服，崇兰是纫。""奇服"和"纫兰"的说法都出自屈原的作品，《九章·涉江》云，"余幼好此奇服兮，年既老而不衰"；《离骚》云，"扈江离与辟芷兮，纫秋兰以为佩"。可见少年吴藻在模仿屈原的行为，表达高远的志向和不与世俗合污的态度。这种志向和态度不能不与要求"谦恭卑顺"的传统妇德相抵触。在杂剧《读骚图曲》（又名《乔影》）中，她曾经尽情吐露胸中的"高情"和"奇气"，渴望冲破现实对"女性"角色的束缚：

（小生巾服上……坐介）百炼刚成绕指柔，男儿壮志女儿愁；今朝并入伤心曲，一洗人间粉黛羞。我谢絮才生长闺门，性耽书史；自

---

① （清）陈廷焯著，杜未末校点：《白雨斋词话》，载郭绍虞、罗根泽主编《中国古典文学理论批评专著选辑》（卷五），人民文学出版社 1959 年版，第 137 页。

② （清）陈廷焯编选：《词则》（全 2 册），上海古籍出版社 1984 年影印版，第 1113 页。

惭巾帼，不爱铅华。敢夸紫石镌文，却喜黄衫说剑。若论襟怀可放，何殊绝云表之飞鹏；无奈身世不偕，竟似闭樊笼之病鹤。咳！这也是束缚形骸，只索自悲自叹罢了。但是仔细想来，幻化由天，主持在我，因此日间描成小影一幅，改作男儿衣履，名为《饮酒读骚图》，敢云绝代之佳人，窃诩风流之名士……

……啐，想我眼空当世，志轶尘凡，高情不逐梨花，奇气可吞云梦。何必顾影喃喃，作此憨态，且把我生平意气，摩想一番。（立场中做介）（北雁儿落带得胜令）我待趁烟波泛画棹。我待御天风游蓬岛。我待看拨铜琶向江上歌。我待看青萍在灯前啸。我待拂长虹入海钓金鳌。我待吸长鲸买酒解金貂。我待理朱弦作《幽兰操》。我待著宫袍把水月捞。我待吹箫，比子晋还年少。我待题糕，笑刘郎空自豪，笑刘郎空自豪。[1]

剧中只有谢絮才一个人物，既无故事，也无穿插，像很多优秀明清杂剧作品一样，与抒情诗接近，"是作者的富有诗意的自白"[2]。其中借用了历史上诸多奇人异士的想象和传说，有隐居江湖、飞登仙岛、狂歌舞剑、金貂换酒……看似远远脱离实际，但它们所代表的是到达极致的自由，因此恰恰能够表达被压迫的女性反抗束缚，要求发展个性、追寻理想的坚决态度，具有强大的反传统的力量和深刻的哲理性。

从哲学角度看，个性全面发展所需的自由与社会稳定所强调的约束之间存在必然的矛盾，要求完全的个性自由永远都是一个不切实际的幻想，但不避陈规、在允许的限度内争取最大自由的勇气也从来都是社会发展的重要动力，它可以呼吁及时调整个人与社会的关系，既保证社会稳定，又促使社会秩序向有利于舒展个性的方向无限地改进。明中叶以来，社会生活方式由重家族、重积累、重经验的农耕文明向尚个体、尚消费、尚冒险的商业文明渐变，强大的个性解放思潮应运而生，成为传统的等级

---

① 道光五年（1825）莱山吴载功刻本。

② 冯沅君：《古剧说汇·记女曲家吴藻》（附录二），商务印书馆1947年版，第377页。

秩序瓦解的重要先兆。明清女性文化的繁荣带来了众多女性的觉醒。女性要求施展抱负的呼声，也纳入了个性解放思潮的主旋律。

在女性的觉醒史上，吴藻的认识居于突出的地位。其他女性如清代科学家王贞仪、曲家王筠、弹词作家邱心如等，大多着眼于某一具体方面争取与男性同等的机会。如王贞仪希望从事学术研究，她说："岂知均是人，务学同一理。"① 王筠和邱心如希望出将入相，前者在《鹧鸪天》词中表示："玉堂金马生无分，好把心事付梦诠。"② 后者借笔下人物姜德华之口感叹："老父既产我英才，为什么，不做男儿做女孩？这一向，费尽辛勤成事业。又谁知，依然富贵弃尘埃！"③ 类似要求涵盖面都嫌狭窄，而且将拥有与男性同样的条件当作自身解放的最终目标，对男性也受到压抑的事实缺乏敏锐的感知。吴藻在《北雁儿落带得胜令》中所抒发的"高情"和"奇气"并不拘泥于一时一事，它向往极致的自由，反抗施诸女性的所有束缚，涵盖面和批判力较其他女性的要求宽广、强烈。更值得注意的是，在为女性呼唤自由的同时，吴藻还进一步认识到，即使是男性，要想充分施展才能、抱负，要得到精神上的自由解放，在现实生活中也是不可能的。《饮酒读骚图》中的谢絮才最初希望乔装男性追寻理想中的自由，后来清醒地看到自由难求，连屈原也只能"憔悴江潭，行吟泽畔"，落得个自沉的下场，因此乔装的快意在无情的现实面前很快消失，"小魂灵缥缥缈缈，究不知作何光景"。这种认识揭示了传统力量压抑全体社会成员个性的严峻现实，它对前景的判断虽不免悲观，但可贵之处在于将男女两性置于同病相怜的平等地位，突破了其他女性视男性所享有的待遇为解放尺度的思维定式，眼界无疑更为高远。不唯如此，打通不同人群之间的界限、将个性解放当作全社会共同需要的思路也切入了时代要求的本质，在当时有着深化个性解放思潮的积极意义，因此也受到了广泛的欢迎和称

---

① （清）王贞仪：《宛玉以古文近作寄质于予，欣为点定，并答以诗》，载《德风亭初集》（卷十二），蒋氏慎修书屋民国五年（1916）校印本，"金陵丛书丁集之二十二"，第343页。

② 参见（清）王筠《繁华梦传奇序》，载王文章主编《傅惜华藏古典戏曲珍本丛刊》（第六十七册），学苑出版社2010年版。

③ 邱心如：《笔生花》（第二十二回），中州古籍出版社1984年版，第1018页。

赞。同时代的名流许乃縠即曾为《饮酒读骚图曲》题句云："我欲散发凌九州，狂饮一写三闾忧。我欲长江变美酒，六合人人杯在手。世人大笑谓我痴，不信闺阁先得之。"[①] 这段话采用与《北雁儿落带得胜令》接近的夸张手法渲染极度的自由，并明确希望"六合人人"都有沉醉于自由的权利，对《饮酒读骚图曲》的"曲意"表示了强烈的共鸣；句中以"世人大笑谓我痴，不信闺阁先得之"对吴藻极表推崇，可见后者的胸襟和识见在当时实为罕见。据记载，《饮酒读骚图曲》在各层次人士中都有强烈的反响，"雏伶亦解声泪俱，不屑情柔态绮靡。……满堂主客皆唏嘘，鲰生自顾惭无地"[②]"吴中好事者被之管弦，一时传唱，遂遍大江南北，几如有井水处必歌柳七词矣"[③]，在表明其深化个性解放思潮的效果。只有将女性的愿望同整个时代的要求紧密相连，才能产生这样强烈的震撼作用。

吴藻是清代女性词一大作手，其词作深受行家的称奖。清代陈文述曾这样评价吴词："疏影暗香，不足比其清也；晓风残月，不足方其怨也；滴粉搓酥，不足写其缠绵也；衰草微云，不足宣其湮郁也。顾其豪宕，尤近苏辛。宝钗桃叶，写风雨之新声；铁板铜弦，发海天之高唱，不图弱质，足步芳徽。"[④] 所言自然不无溢美，但他指出吴藻词风格多样，其中的豪宕悲慨词不为"弱质"所限，最具开拓女性词境的价值，倒都不失为确评。当代学者严迪昌也极赞吴藻"其词豪宕悲慨，迥异闺秀常见气韵，几欲与须眉争雄一时"[⑤]。在大家所欣赏的"豪宕悲慨"词中，也淋漓尽致地抒发了与《饮酒读骚图曲》相近的情绪。其《花帘词》中的名作《金缕曲·闷欲呼天说》如是云：

> 闷欲呼天说。问苍苍，生人在世，忍偏磨灭。从古难消豪士气，也只书空咄咄。正自检、断肠诗阅。看到伤心翻失笑，笑公然愁是吾家物。都并入，笔端结。

① 道光五年（1825）莱山吴载功刻本。
② 许乃縠：《饮酒读骚图·题词》，道光五年（1825）莱山吴载功初刻本。
③ （清）魏谦升：《花帘词·序》，道光九年（1829）刻本。
④ （清）陈文述：《花帘词·序》，道光九年（1829）刻本。
⑤ 严迪昌：《近代词钞》，江苏古籍出版社1996年版，第451页。

英雄儿女原无别。叹千秋，收场一例，泪皆成血。待把柔情轻放下，不唱柳边风月。且整顿、铜琶铁拨。读罢《离骚》还酹酒，向大江东去歌残阕。声早遏，碧云裂。①

词中的"忍"字携带着丰富的情感信息：作者把"苍苍"看作人的出身之地，既然"苍苍""生人在世"，有情如此，应"不忍"使人的才智和理想埋没；一个"忍"字，定格了她对茫茫天意的不解与不满情绪。实际上，"有情"的当然不会是"苍苍"，从认为"苍苍有情"到发现其"忍"，展示的是作者由对完善生命激情澎湃到受挫伤心的心理历程。"英雄儿女原无别。叹千秋，收场一例，泪皆成血"，又将"千古""儿女"的悲痛等量齐观，像在《饮酒读骚图曲》中一样，揭示出全体社会成员的个性遭到压抑的严峻现实。这样一个让所有有志儿女"泪皆成血"的人世还有什么希望可言？因此她断然宣称"待把柔情轻放下，不唱柳边风月"。"柳边风月"和"大江东去"，分别出自柳永的《雨霖铃》和苏轼的《念奴娇·赤壁怀古》，宋俞文豹《吹剑续录》记载："东坡在玉堂，有幕士善讴。因问：'我词比柳词何如？'对曰：'柳郎中词，只好十七八女孩儿，执红牙拍板，唱"杨柳岸晓风残月"；学士词，须关东大汉，执铁板，唱"大江东去"'，公为之绝倒。"这表明"柳边风月"和"大江东去"分别被视为婉约词和豪放词的代表。吴藻认为"柳边风月"还有太多的"柔情"，只有"向大江东去歌残阕。声早遏，行云裂"，才能抒发对现实的愤慨。由此可见，此处选择豪放词风是她表达反抗现实态度的有意识的行为。

从整体来看，《金缕曲·闷欲呼天说》不仅有豪放之慨，且不乏跌宕之致。这主要表现于抒情主人公认识的深化和情绪的变化。她曾经以为"愁是吾家物"，但后来发现"自古难消豪士气，也只书空咄咄""英雄儿女原无别，算千秋，收场一例，泪皆成血"，因此不"愁"反"笑"，由"笑"且"歌"，这种态度变化实际上揭示了从忧伤至绝望，从绝望至愤怒的情绪发展过程。作者逐步深化的认识具有很强的说服力，易于引起情感

---

① （清）吴藻：《花帘词》，道光九年（1829）刻本。

共鸣。陈文述等人以"豪宕"评价类似作品，实不为无据。

吴藻的豪放词在其全部词作中占少数，但很有特点，在女性词史上也居于非常崇高的地位。在宋代，李清照有《渔家傲》一词："天接云涛连晓雾，星河欲转千帆舞。仿佛梦魂归帝所。问天语，殷勤问我归何处？我报路长嗟日暮，学诗漫有惊人句。九万里风鹏正举。风休住，篷舟吹取三山去。"风度自信豪迈，"绝似苏辛派，不类《漱玉集》中语"（梁启超语，《艺蘅馆词选》乙卷引）。此种风格，不唯在李清照集中少见，即使在清代之前的所有女子词中，亦很突出。清代由于社会生活更加丰富，思想愈趋解放，创作风格逐渐多样化，豪放作品也较前代有所增多。清初顾贞立《满江红·楚黄署中闻警》云："仆本恨人，那禁得，悲哉秋气。恰又是，将归送别，登山临水。一片角声烟霭外，数行雁字波光里。试凭高觅取旧妆楼，谁同倚？乡梦远，书迢递。人半载，辞家矣。叹吴头楚尾，倏然孤寂。江上空怜商女曲，闺中漫洒伤心泪。算缟綦何必让男儿，天应忌。"[1]作者是顾贞观之姊，在身世之感中抒写亡国之痛，表露出身为女子而不能一展身手的憾恨。近代女词人沈善宝的《满江红·渡扬子江》云："滚滚银涛，泻不尽心头热血。问当年，金山战鼓，红颜勋业。肘后难悬苏季印，囊中剩有江淹笔。算古来，巾帼几英雄，愁难说。望北固，秋烟碧；指浮玉，秋阳出。把篷窗倚遍，唾壶击缺。游子征衫揾泪雨，高堂短鬓飞霜雪。问苍苍，生我欲何为？空磨折！"[2]沈善宝是吴藻的好友，对吴藻的才华极表推崇，其《鸿雪楼词》即托吴藻帮助选订。这首《满江红》题云"渡扬子江"，写镇江事，显然是目睹鸦片战争中英舰横行江上，有感而发。总体来看，清代女性词中的豪放作品大多为要求施展抱负而发，相形之下，顾贞立和沈善宝仅仅看到了女性的不公平境遇，而吴藻则能揭示全体社会成员个性遭到压抑的社会现实，更切入了时代要求的本质。因此，顾作和沈作虽也有悲慨激扬之致，但对历史的反省和对个人命运的思考却远不如吴作深刻。严迪昌评价吴作"几欲与须眉争雄一时"，实际上当时

---

① 《栖香阁词》，载（清）徐乃昌辑《小檀栾室汇刻闺秀词》（第三集），清小檀栾室精刻本。
② 《栖香阁词》，载（清）徐乃昌辑《小檀栾室汇刻闺秀词》（第一集），清小檀栾室精刻本。

男性的同类作品，也很少表现出如吴作那样高屋建瓴的非凡识力。

吴藻多数的词以婉约为宗，她的《花帘词》被誉为"嗣响易安"，原因即在于此。其婉约风格的作品中较为著名的主要有如下几首：

> 寂寂重门深院锁，正睡起，愁无那。觉鬟影微松钗半亸。清晓也，慵梳裹；黄昏也，慵梳裹。
>
> 竹簟纱橱谁耐卧？苦病境，牢耽荷。怎廿载光阴容易过？当初也，伤心我；而今也，伤心我。
>
> ——《酷相思》

> 长夜迢迢，落叶萧萧，纸窗儿不住风敲。茶温烟冷，炉暗香销，正小庭空，双扉掩，一灯挑。
>
> 愁也难抛，梦也难招，拥寒衾，睡也无聊。凄凉景况，齐作今宵。有漏声沉，铃声苦，雁声高。
>
> ——《行香子》

> 曲栏低，深院锁，人晚倦梳裹。恨海茫茫，已觉此身堕。那堪多事清灯，黄昏才到，又添上影儿一个。
>
> 最无那，纵着意怜卿，卿不解怜我。怎又书窗，依依伴行坐。算来驱去应难，避时尚易，索掩却，绣帏推卧。
>
> ——《祝英台近·咏影》

不难发现，这些词都在抒发苦闷、孤独的情绪，笼统地说，就是在写"愁"。关于自身"愁情"的实质内容，吴藻曾在《乳燕飞》一词中这样介绍："不信愁来早，自生成，如形共影，依依相绕。一点灵根随处有，阅尽古今谁扫。问散作，几般怀抱。豪士悲歌儿女泪，更文园善病河阳老。感斯意，即同调。"显然，"愁"还是出自"怀抱"与现实的冲突，它是"古今""豪士""儿女"难以摆脱的共同情调。清代赵庆熺曾这样评价吴藻词："花帘主人工愁者也。不处愁境，不能言愁；必处愁境，何暇言愁？……不必愁而愁，斯视天下无非可愁之物，无非可愁之境矣。"① 他紧抓"愁"字，分析了吴藻"工愁"的两种表现："不处愁境，不能言愁"，指其"愁"中蕴含着丰厚的现实内容，不是在"强说愁"；"必处愁境，何暇言愁"和"不必愁而愁"，则大致说她写"愁"不执着于交代"愁"的具体内容，而是能够通过描写景物和点染意境来传达心中的"愁情"。从前引《酷相思》《行香子》《祝英台·咏影》等写"愁"的作品看，赵庆熺的上述评价还是比较恰切的。他对吴藻词"愁情"的内容和"写愁"的方法的分析，可以帮助读者更深入地理解吴藻词。

吴藻虽然能够看到"千古儿女"的怀抱、理想受到压抑的共同悲剧，对历史的反省和对个人命运的思考都表现出非同凡俗的识力，但她满足于概括"今"与"古"的共同性，看不到"今"较"古"的进步，进而不对前景抱有希望，这种态度也不免过于悲观。从剧曲《饮酒读骚图曲》和词作《金缕曲·闷欲呼天说》《乳燕飞·不信愁来早》中只能感受到"从古难消豪士气""叹千秋，收场一例，泪皆成血""豪士悲歌儿女泪，更文园善病河阳老"的普遍性，看不到些微好转的趋势，其间没有丝缕的暖色，只觉冰寒铁硬的冷色调凝结心底，怎能不令人悚然？历史地看，明清时期的个性解放思潮虽然是传统等级秩序瓦解的先兆，但在新秩序的曙光到来之前，敏感的人们既不满于现实，又看不到光明的前途，难免会产生无所依托的悲剧感。吴藻的女性身份给她更大的压力，使她愈加感受到出头无日的窒息。她在作品中所表达的绝望情绪，并不足怪。陈文述在当时广招女弟子，与吴藻也有师生之谊，他曾以长者的身份劝说吴藻："聪明才也，悲欢境也。仙家眷属，智果先栽；佛海因缘，尘根许忏。与其寄埋愁之地，何如证离恨之天；与其开薄命之花，何如种长生之草。诵四句金刚之偈，悟三生玉女之禅，餐两峰丹灶之云，饮三涧玉炉之雪，则花影尘空，帘波水逝，何妨与三藏珠林，七宝云笈同观耶！"② 引导她去"金刚偈""玉女禅"中寻求安慰。事实上，吴藻本人也早就有此意向。其《花帘词》

① （清）陈文述：《花帘词·序》，道光九年（1829）刻本。
② 同上。

中的《金缕曲·生本青莲界》曾云：

> 生本青莲界。自翻来，几重愁案，替谁交代？愿掬银河三千丈，
> 一洗女儿故态。收拾起，断脂零黛。莫学兰台悲秋语，但大言打破乾
> 坤隘！拔长剑，倚天外。
>
> 人间不少莺花海。尽饶他，旗亭画壁，双鬟低拜。酒散歌阑仍撒
> 手，万事终归无奈。问昔日，劫灰安在？识得无无真道理，便神仙也
> 被虚空碍。尘世事，复何怪！①

作者本欲"但大言打破乾坤碍！拔长剑，倚天外"，这是改变现实的
积极态度，但类似于"千秋一例"的思路又使她认为"万事终归无奈"，
最后以释家的"识得无无真道理"自我开解，要去寻求比"神仙"更加无
所"挂碍"的境界。道光二十四年（1844），她编定《香南雪北词》，自
序云：

> 忧患余生，人事有不可言者，引商刻羽，吟事遂废。此后恐不更
> 作。因检残丛剩稿，恕而存焉。……自此以往，扫除文字，潜心奉
> 道，香山南，雪山北，皈依净土。②

此后，她果真走上了"扫除文字，潜心奉道"的道路。半个世纪后，
个体与社会的新型关系开始建立，女性命运也随之出现了真正的转机。吴
藻在全体社会成员的个性受到严重压抑的情况下不去奢望女性解放的思
路，被历史证明是完全正确的。后来人秋瑾、单士厘和吕碧城等远比她幸
运，可以不为女性身份所限，勇敢地发展自我，自由地参与社会活动。吴
藻倘若泉下有知，想必也会以一种较为坚强和自信的态度看待人类的自由
之旅。

魏谦升在《花帘词·序》中曾经指出，吴藻的故乡杭州城，"往时厉

---

① （清）陈文述：《花帘词·序》，道光九年（1829）刻本。
② （清）黄燮清：《香南雪北词·序》，清道光二十四年（1844）刻本。

樊榭徵君、吴榖人祭酒先后居是地，词亦同出一源。自祭酒之亡也，或虑坛坫无人，词学中绝，不谓继起者乃在闺阁之间"。厉樊榭徵君即厉鹗，吴榖人祭酒即吴锡麒，都是浙西词派的名家，魏谦生认为吴藻继承了他们的成就，这评价可谓不低，但吴藻词的风格实则与浙派"淳雅""清空"的美学追求相去甚远。厉鹗在《张今涪〈红螺词〉序》中曾云："尝以词譬之画，画家以南宗胜北宗。稼轩、后村诸人，词之北宗也。清真、白石诸人，词之南宗也。"① 这种带有偏嗜的观点诱使浙派后学"奉樊榭为赤帜，家白石而户梅溪"②，更走上了片面师法姜夔、追求清空的道路，出现了多空枵、少真情的弊端。吴藻在其《洞仙歌·题赵秋舲〈香消酒冷词集〉》中曾云，"拍遍红牙，尽高唱，大江东去。笑一颗骊珠几人探，但白石梅溪，纷纷浓妆"，明确与厉鹗等浙派词人的主张唱反调，语意中包含有要求保持本色和抒发刚健之情的词学观点。这首词收入刊行于道光十年（1830）的《花帘词》，应作于1830年前。大致在同一时期，邓廷桢在《双砚斋词话》中也高扬东坡风格，称扬苏轼"以龙骧不羁之才，树松桧特立之操，故其词清刚隽上，囊括群英"。他们的主张，都在对时代急需的"特立之操""清刚隽上"的词风进行召唤。由此我们可以看到，吴藻不仅善填词，且在词学方面也有过人之见。清代词曲家黄燮清曾谓："女士（即吴藻）工诗，娴声律，尤嗜倚声。……尝与研定词学，辄多会解创论，时下名流，往往不逮。其名噪大江南北，信不诬也。"③ 此即从实践和理论两方面肯定了吴藻的成绩。这样一位作家，在女性词史和清代词史上当然都有着一席之地。

---

① （清）厉鹗：《樊榭山房全集》（卷四），四部丛刊本。
② （清）谢章铤：《赌棋山庄词话》（第二卷），唐圭璋辑《词话丛编》，中华书局1986年版，第3458页。
③ （清）黄燮清：《香南雪北词·序》，清道光二十四年（1844）刻本。

论清代满族女作家太清词之 "气格"*

　　太清（1799—1877）本不姓顾，她本籍铁岭（今属辽宁省），满洲镶蓝旗人，属西林觉罗氏，名春，是乾隆年间甘肃巡抚鄂昌的孙女。鄂昌是雍、乾两朝重臣鄂尔泰的侄子，因胡中藻《坚磨生诗抄》案的牵连，被迫自尽。太清父鄂实峰四处游幕，晚年娶香山的富察氏为妻，生一男二女：西林春为长女；其兄名鄂少峰，曾做地方小官；其妹名旭，字霞仙，能诗，著有《延青草阁诗草》。道光四年（1824），西林春嫁给荣亲王永琪之孙贝勒奕绘为侧室。清制，宗室纳妾只能在本府包衣（奴仆侍从）家女子中挑选，而西林氏为大姓，又是罪人之裔，因此奕绘假报西林春为王府侍卫顾文星之女，才得到批准。后奕绘自号太素，西林春乃号太清，自此被呼为"顾太清"。她有词集《东海渔歌》和诗集《天游阁集》传世。

　　太清作词，起步较晚，大体可定在道光十四年（1834），此时她已三十多岁。但在近代女性词坛上，她的成就可与吴藻相抗衡，二人处于一北一南、双峰并峙的地位。吴藻深受个性解放思潮的影响，她的作品善于从哲学角度反思历史、个人命运、女性处境等重大问题，识见卓尔不群；顾太清则饶有贵族阶层的生活情趣，她的作品长于以审美的态度描绘自然和人生，韵味超凡脱俗。如她的《早春怨·春夜》写品赏夜色，其空灵剔透之致就远非其他作家所能比拟：

---

　　* 原载于《中国海洋大学学报》2002 年第 1 期。

> 杨柳风斜，黄昏人静，睡稳栖鸦。
>
> 短烛烧残，长更尽，小篆填些。
>
> 红楼不闭窗纱。被一缕，春痕啼遮。
>
> 淡淡轻烟，溶溶院落，月在梨花。①

再如《风光好·春日》：

> 好时光，恁天长。
>
> 正月游蜂出蜜房，为人忙。
>
> 探春最是沿河好，烟丝袅。
>
> 谁把柔丝染嫩黄，大文章。②

结句"谁把柔丝染嫩黄，大文章"以写文章的才子比喻造物，更明确地表现出作者用欣赏"文章"的态度对待自然风光的思维特点。

太清的丈夫奕绘及她的很多女友也都有着高雅的欣赏趣味，她在与这些人相处的过程中受到激发和鼓励，生活中更是充满了审美的情趣。如她的《珍珠帘·本意》：

> 蒙蒙未许斜阳透。荡参差、一片縠纹皱。闲煞小银钩，度困人长昼。落花飞尽絮，任几处，莺声轻溜。依旧。此好景良辰，也能消瘦。
>
> 多少苦雨酸风，障游蜂不入，晴丝难逗。云暗曲房深，听辘轳银縠。隔住红灯花外影，清露下，香浓金兽。偏又，到月照流黄，夜凉时候。③

这首词即是与奕绘的唱和之作。奕绘的同名作品是这样的：

---

① （清）顾太清、奕绘著，张璋编校：《顾太清、奕绘诗词合集》，上海古籍出版社1998年版，第286页。

② 同上书，第247页。

③ 同上书，第199页。

　　天门晓日金铺射。记雀尾初开，虾须高挂。苇箔野人家，避冷风寒夜。陋巷明堂同一用，尽入得、词人闲话。堪画。是十里珠帘，半行垂下。

　　最爱花影轻筛，透微风香气，鹦哥休骂。彩线锦文斜，染斑痕如研。飞絮游丝终日静，正玉簟，纱棍长夏。清暇。唤婢子高掀，燕飞来也。①

　　比较起来，太清词细腻婉转，"落花飞尽絮，任几处，莺声轻溜"和"偏又，到月照流黄，夜凉时候"流露出淡淡的焦虑，这显示了作者对春光流逝的忧伤之情；奕绘词境界较为粗放，"最爱花影轻筛，透微风香气，鹦哥休骂"和"唤婢子高掀，燕飞来也"语调从容、快乐，表露出作者面对美好春光的欣喜之感。两篇作品虽有这些细微差别，但都点染出锦屏中人珍惜、留恋春光的敏感心态，异曲而同工。他们夫妻唱和，各擅胜场，其生活品位着实令人欣羡，无怪乎清代潘绂庭称他们"玉台仙眷属，韵事共流芳"②，对之极表推崇。

　　太清喜爱交友，同时代的闺秀诗人梁德绳、许云林（梁德绳之女，阮元长媳）、许云姜、沈善宝、李纫兰等都是王府的座上宾。奕绘有《玉楼春·十姊妹》词，其下阕云："轻罗乍试熏风信，浓淡梳装较分寸。谁家姊妹倚阑干，画栋珠帘人远近。"③足见太清女友之多，游宴活动之频繁。她们的活动也以唱和应对为主要内容。沈善宝的《名媛诗话》记载："满洲西林太清（春）……才气横溢，挥笔立成，待人诚信，无骄矜习气。吾如都，晤于云林处，蒙其刮目倾心，遂订交焉。……此后唱和，皆即席挥毫，不待铜钵声终，俱已脱稿。"④可见太清的才华给诗友们留下了深刻的

---

　　① （清）顾太清、奕绘著，张璋编校：《顾太清、奕绘诗词合集》，上海古籍出版社1998年版，第677页。
　　② （清）潘绂庭：《赠子章贝勒奕绘》，转引自杨仲义《雪桥诗话》，吴兴南林刘氏求恕斋1913年版。
　　③ （清）顾太清、奕绘著，张璋编校：《顾太清、奕绘诗词合集》，上海古籍出版社1998年版，第685页。
　　④ 同上书，第755页。

印象。她有一首《醉翁操·题云林〈湖月沁琴图〉》，不仅深受女友的好评，而且一直以来备受名家奖誉。词云：

> 悠然，长天，澄渊，渺湖烟，无边。清辉灿灿兮婵娟，有美人兮飞仙。悄无言，攘袖促鸣弦。照垂杨，素蟾影偏。
>
> 羡君志在，流水高山。问君此际，心共山闲水闲？云自行而天宽，月自明而露抟，新声和且圆。轻徽徐徐弹，法曲散人间，月明风静秋夜寒。①

作者在这首作品中不是一般地借图来依托词句，而是将读图时的一己感受转化为艺术再创造，进而将女友的"画心"从知音角度揭出。云林图名《湖月沁琴图》，"沁"即渗透圆润，强调诸景诸物与琴声的融合；太清对这个"沁"字的理解可谓准确到位，她在词的上阕以"悠然，长天，澄渊，渺湖烟，无边。清辉灿灿兮婵娟"点染出空间的辽阔感、湖水的清澈透明感、月光的灿然晶莹感，下阕则巧妙发问："问君此际，心共山闲水闲？"这样外在景物就和弹琴人的心境化合为一，达到了物我两忘的审美境界。严迪昌认为"这诚是一阕可入绝妙好词之列的作品"②，张宏生评价它"用骚体句法，刻画水月湖天的奇妙境界，表达渴求知音的情怀，都诱人联想"③，这些都并非虚誉。类似作品虽然没有深厚的社会内容，但都情趣高雅，笔致清灵，自有其不容忽视的艺术价值。

太清虽是贵族女性，但也曾饱经磨难。她的祖父鄂昌获罪后，家产被抄没，父亲鄂实峰以游幕为生，高雅的欣赏趣味和敏感的天性成为贵族血统留给这个家族的唯一遗产。太清自幼随父亲漂泊各地，其词《水调歌头》云："陈事忆当年，多少销魂滋味，多少飘零踪迹，顿觉此心寒。"④

---

① （清）顾太清、奕绘著，张璋编校：《顾太清、奕绘诗词合集》，上海古籍出版社 1998 年版，第 270 页。

② 严迪昌：《清词史》，江苏古籍出版社 1999 年版，第 609 页。

③ 张宏生：《清代词学的建构》，江苏古籍出版社 1998 年版，第 175 页。

④ （清）顾太清、奕绘著，张璋编校：《顾太清、奕绘诗词合集》，上海古籍出版社 1998 年版，第 261 页。

奕绘《南谷樵唱》有题天游阁词《浣溪沙》三阕,第二首有"此日天游阁里人,当年尝遍苦酸辛"① 之语,都可证太清早年的生活境遇非常坎坷。她的堂姑母西林氏(鄂尔泰的孙女)是乾隆第五子荣亲王永琪的福晋。到道光三四年间(1823),太清为了谋生,寻到老亲荣王府,留下做了荣贝勒奕绘的姊妹们的诗文教师,自此与奕绘相知、相爱。奕绘当时已有正室妙华夫人,他想娶太清为侧室,但由于太清是罪人之裔,他们的结合遭到了制度规矩与亲友舆论的一致否定。奕绘在《洞仙歌·无题九首》中,曾经记述了他们坚持"要完全,唐宫钿盒",并最终得偿所愿的艰辛历程。② 太清与奕绘婚后感情甚笃,但奕绘在道光十八年(1838)即弃世,时年太清四十岁,她在奕绘逝后不久被迫带领子女迁出王府居住。丧夫之痛、含冤莫白的委屈,③ 加上生活的艰辛,更让她苦不堪言。面对逆境,太清始终保持着傲然挺立的姿态,她在丧夫后曾写下这样一首词:

> 低帷伏枕,重衾恋卧,疏窗清晓。蜡泪盈盈,小盎菊花香老。乌惊树梢。问昨夜,寒添多少。起来看,阶前栏外,乱琼纷绕。
>
> 吩咐双鬟莫扫。爱天然作就,画材诗料。袖手无言,会处翻然成笑。半生潦倒。拼一醉,消除怀抱。凭谁告,托向美人芳草。
>
> ——《雪狮儿·雪窗偶成》④

"拼一醉,消除怀抱"显然包含无尽的辛酸和伤感,但即使在这种心绪下,她仍然要去体味大自然的美:"吩咐双鬟莫扫。爱天然作就,画材诗料。"读到她这样的作品,了解她的坎坷际遇,我们才能真正明

---

① (清)顾太清、奕绘著,张璋编校:《顾太清、奕绘诗词合集》,上海古籍出版社 1998 年版,第 655 页。

② 同上书,第 410—412 页。

③ (清)顾太清《七月七日先夫子弃世,十月廿八日奉堂上命,携钊、初两儿,叔文、以文两女,移居邸外,无所栖迟,卖以金凤钗购得住宅一区,赋诗以纪之》云:"亡肉含冤谁代雪,牵罗补屋自应该",可见她的迁出与某种难以解释的冤情有关;参见(清)顾太清、奕绘著,张璋编校《顾太清、奕绘诗词合集》,上海古籍出版社 1998 年版,第 104 页。

④ (清)顾太清:《七月七日先夫子弃世,十月廿八日奉堂上命,携钊、初两儿,叔文、以文两女,移居邸外,无所栖迟,卖以金凤钗购得住宅一区,赋诗以纪之》,载(清)顾太清、奕绘著,张璋编校《顾太清、奕绘诗词合集》,上海古籍出版社 1998 年版,第 270 页。

了审美情趣在她心头的分量：那不是附庸风雅，也不是茶余饭后的点缀，而是她悟彻人生浮沉后唯一不甘放弃的东西，是她生命中最坚固的依托点。她曾有一首词歌咏墨牡丹，这首词其实不妨看作她自身精神气质的写照：

> 侬，淡扫花枝待好风。瑶台种，不作可怜红！
>
> ——《苍梧谣·正月三日自题墨牡丹扇》①

"瑶台种"是对精神品位的高度自诩，"不作可怜红"则表现出不向世俗让步、不对逆境低头的傲骨。词云"淡扫花枝待好风"，既有自尊、自信的豪气，又有品味高雅人生的从容心态，境界非同凡俗。况周颐等人称赞太清词"其佳处在气格"②，认真体会，太清词的"气格"主要在于它所表现的力争上游、藐视困难的文化风度。

在古代女性文学史上，敏感细腻、善于以审美的态度对待自然和人生的词人并非不多见，只是她们面对经常要埋葬美、压抑美的自然规律和世俗力量容易受到打击，从而产生消沉情绪。如明代著名的"叶氏三姐妹"中的大姐叶纨纨，她的词收入《愁言集》，其内容如乃父叶绍袁所云："七年之中，愁城为家。睹飞花之辞树，对芳草之成荫；听一叶之惊秋，照半床之落叶；叹春风之入户，怆夜雨之敲灯；愁塞雁之南书，凄霜砧之北梦；泫芙蓉之堕落，怨杨柳之啼莺；恨金炉之夕，泣锦字之晨题。愁止一端，感生万族。"③从中可以想见她难以排遣的忧郁。比较而言，太清像叶纨纨一样善感多情，却兼具"不作可怜红"的傲骨，她的作品细腻而不纤弱，经常表现出不拘泥、不妥协的豪气。如《凄凉犯·咏残荷，用姜白石韵》：

---

① （清）顾太清：《七月七日先夫子弃世，十月廿八日奉堂上命，携钊、初两儿，叔文、以文两女，移居邸外，无所栖迟，卖以金凤钗购得住宅一区，赋诗以纪之》，载（清）顾太清、奕绘著，张璋编校《顾太清、奕绘诗词合集》，上海古籍出版社1998年版，第209页。

② 《东海渔歌·序》，第709页。

③ 《愁言集·序》，载（明）叶绍袁编《午梦堂集》，中华书局1998年版，第237页。

斜阳巷陌。西风起、池塘一带萧索。霜倚半垂，雨欺平倒，画栏斜角。风情最恶。更不奈，凉蟾影薄。况飞飞，社燕将归，鸿影度沙漠。

回忆情何限，邀月传歌，对花行乐。无端青女，暗行霜，舞衣催落。苦意清心，尚留得，余香细著。待同听，剪烛西窗订后约。①

这首词将荷塘昔日的韶华与今日的萧索相对比，韵味凄凉。但篇终振响，"待同听，剪烛西窗订后约"化用唐代李商隐的诗句"留得枯荷听雨声"和"何当共剪西窗烛，却话巴山夜雨时"，上述诗句都体现出不甘消沉的勇气和珍惜眼前的镇定心态；"苦意清心，尚留得，余香细著"则是自出机杼，含义与李商隐的诗句相近。用这些句子收尾，使整个词境深稳沉着，具有意蕴绵长的艺术效果。再如《沁园春·题〈茂陵弦传奇〉》：

孑然一身，四海倦游，多病多情。正锦城春色，都亭逆旅，江山历历，花柳荣荣。有女怀春，文君新寡，法曲当宴一再行。琴心挑，托求凰有凤，暗里人听。

风流不避浮名。竟相就，同谐百岁盟。便当街涤器，当垆卖酒，胸襟洒落，词赋纵横。文赚千金，名传千古，封禅遗书孰与更。回首处，剩琴台日暮，芳草青青。②

《茂陵弦传奇》讲述司马相如与卓文君的故事，细心的读者可以发现太清身世与这个故事主人公的相近之处：她与奕绘的结合像司马相如和卓文君二人一样经历过战胜物议、战胜世俗的过程，他们处理感情和对待生活的态度也像后者一样充满艺术化的色彩。太清在这里歌咏前人的故事，其中不免隐含着自己的身世之感。词的上阕从"江山历历，花草荣荣"入手描写司马相如的"倦游"情绪和文君的"怀春"情结，词笔

---

① （清）顾太清、奕绘著，张璋编校：《顾太清、奕绘诗词合集》，上海古籍出版社 1998 年版，第 259 页。

② 同上书，第 273 页。

风雅不俗，且体贴入微。下阕洒脱奔放，赞誉相如"不避浮名"、藐视凡俗的风度和"文赚千金，名传千古"的盖世才华。在这种豪气的鼓荡下，歇拍"回首处，剩琴台日暮，芳草青青"虽有沧桑之感，但词意多悲壮之致而少凄凉之韵。词境苍阔，在女性词中实不多觏。比较来看，这首《沁园春》词调偏于奔放，上面那首《凄凉犯》则偏于伤感，但奔放处不失细腻，伤感时不减豪情，都充分表现出太清敏感多情而不拘泥、不妥协的精神特质，呈现出一种风流蕴藉的美。况周颐曾云："太清词得力于周清真，旁参白石之清隽，深稳沉着，不卓不率，极合倚声消息……夫词之为体，易涉纤佻，闺人以小慧为词，欲求其深稳沉着，殆无一二焉。"① 他总结女性词容易有纤弱之弊和评价太清词"深稳沉着"，这些认识大致符合实际。

太清词风流蕴藉、深稳沉着的特点有时隐藏在词意中，不易被读者感知。如她著名的《喝火令·己亥惊蛰后一日，雪中访云林，归途雪已深矣，遂题小词，书于灯下》：

> 久别情尤热，交深语更繁，故人邀我饮芳罇。已到雅栖时候，窗影渐黄昏。
>
> 拂面清风冷，漫天春雪飞。醉归不怕闭城门。一路琼瑶，一路没车痕。一路远山近树，妆点玉乾坤。②

郭延礼先生称赞这首词的歇拍"一路琼瑶，一路没车痕。一路远山近树，妆点玉乾坤"善写景、独具意境③；张璋先生也认为"最后连用三个'一路'，又以'妆点玉乾坤'作结，无论从形象上看，还是从意境上看，都是非常优美而又有韵味的"④。实际上，这首词以"醉归不怕闭城门"中的"醉"字尤耐人寻味。作者当日曾经喝酒，"醉"字在浅层意义上指

---

① （清）况周颐：《东海渔歌·序》，第 709 页。
② 同上书，第 257 页。
③ 参见郭延礼《近代文学发展史》，山东教育出版社 1990 年版，第 362 页。
④ （清）顾太清、奕绘著，张璋编校：《顾太清、奕绘诗词合集·前言》，上海古籍出版社 1998 年版，第 8 页。

"酒醉"；往深一步理解，与太清一起饮酒、畅谈的是她志趣相投、久别重逢的朋友云林，"醉"字也指"情醉"。人们难以觉察的是，"醉"字更隐含着一种放纵的体验。作者在与友人进行情与情的交流之后，她觉得生命是这样美好，不去管"拂面清风冷，漫天雪花飞"，不去想再迟城门就要关闭，偏偏要慢慢地走、仔细地看，这一路风光，都值得去全身心地感受、全身心地体验啊！这就是太清，她总会在感受美、体验美时产生不怕阻挠、不怕挫折的豪气，而这种豪气反过来又使她得以更沉静、更执着地体悟美。忽略豪气和沉着二者之中的任何一个方面，都难以准确领会太清词的韵味。而太清词所表现的豪气和沉着两个侧面，需要认真地品味全词才能够发现。

严迪昌在《清词史》中称"顾春（笔者注：太清）的词被人们认识较迟"，这种说法并不恰当。太清有《金缕曲》一词，题名《王子兰公子（原注：寿同）寄词见誉，谱此致谢》；并有一首诗反对陈文述制造与她有酬唱之谊的舆论，题名"钱塘陈叟字云伯者以仙人自居，著有《碧城仙馆词钞》，中多绮语，更有碧城女弟子十余人代为吹嘘。去秋曾托云林以莲花笺一卷、墨二锭见赠，予因鄙其为人，避而不受。今见彼寄云林信中有西林太清题其《春明新咏》一律，并自和原韵一律。此事殊属荒唐，尤觉可笑。不知彼太清此太清是一是二。遂用其韵，以记其事"①。可见，太清在世时已文名藉甚。近代冒鹤亭曾说："少时闻外祖周季贶先生言太清事甚详，其后以计偕入都，与临桂王幼遐侍御（原注：鹏运）论词，至满洲词人，有'男中成容若，女中太清春'之语。"②况周颐更曾这样评价："曩阅某词话谓：'铁岭词人，顾太清与纳兰容若齐名。'窃疑称美之或过。今以两家词互较，欲求妍秀韶令，自是容若擅长；若以格调论，似乎容若不及太清。"③说明近代许多词人对太清词非常赞赏。当然，时至当代，研究者更对太清词给予了充分的重视。郭延礼先生在《近代文学发展史》中

---

① （清）顾太清、奕绘著，张璋编校：《顾太清、奕绘诗词合集》，上海古籍出版社 1998 年版，第 116 页。

② 风雨楼本《天游阁集·前识语》，第 707 页。

③ （清）况周颐：《东海渔歌·序》，第 709 页。

专列《满族女词人之冠：顾太清》一节，严迪昌先生的《清词史》第五编《清代妇女词史略》也安排了《顾春》的专章，详细介绍并深入探讨了太清词。在研究者的努力下，太清的生平、著作版本、作品艺术特点等重要问题都逐渐明朗，这些为进一步开展明确太清词在清代女性词史以至清代词史中地位的工作打下了坚实的根基。

论中国女性小说的起步*

当代许多女作家以创作小说闻名，但古代小说创作则少有女性问津。女性大量创作小说，始于近代。古代女性为什么很少创作小说？近代女作家大量创作小说出于何种原因？这些都是值得探讨的问题。

小说与女性文学在中国传统文学中的地位有接近之处——二者均被视为低级文类。如果把历代史书与文献目录当作古文化遗产的"清单"，那么"小说"在此"清单"中所对应的文类则一直处于极不重要的地位。班固作《汉书·艺文志》，所录凡十家，而谓"可观者九家"，"小说"则不与，即没有文化意义。直至清乾隆中，敕撰《四库全书提要》，以纪昀总其事，仍然以"姑妄存之"的态度对待"小说"，宣称"博采旁搜，是亦古制，固不必以冗杂废矣"。所以鲁迅认为《四库全书提要》"论列仍袭旧志"，"史家成见，自汉迄今盖略同；目录亦史之支流，固难有超其分际者矣"。①

追寻"小说"在传统文化中受到轻视的原因，可以在史家关于"小说"的界定中找到某些启示。历代史家多称"小说"为"街谈巷语之说"，即言其资料来源和传播方式与民间口头文化关系密切。民间口头文化与上层书面文化相比具有如下特点：第一，受制于民间教育程度和口头传播方

＊ 原载于《东方丛刊》2000 年第 1 期，《东方论丛》2001 年第 1 期。

① 鲁迅在《中国小说史略》中以此概括历代史家轻视白话小说的情况，实际上这段话亦可用来描述史家对整个"小说"类作品的鄙视态度；鲁迅：《中国小说史略》，上海科学技术出版社1905 年版，第一篇"史家对于小说之著录及论述"。

式，民间口头文化浅俗随意，缺乏可信度，容易使"小说"文本"托人者似子而浅薄，记事者近史而悠谬"①。第二，它所携带的民间趣味和价值取向等信息亦时时与上层文化相异，"妖妄荧听""猥鄙荒诞"者，在所难免。在此情况下，为了既能使下俗闻于上，又避免闻者被"徒乱耳目"，必然强调民间口头文化在意义级别上对上层文化的从属地位。由此可见，强调"小说"文本在文类级别中的低级地位，是确保上层意识形态话语权的内在需要。

传统文化重视文类级别，强调民间文化对上层文化的从属地位，进一步表现为对白话小说的摒弃。若以"虚构故事"的概念界定"小说"，中国古代小说应该包括文言小说和白话小说两种类型。二者多取材民间，大致都应从属于所谓"街谈巷语"的范畴。而历代史书"小说"类只收文言小说，却把白话小说拒之门外。探寻其中的原因，找出白话小说与文言小说及史家认定的其他"小说"类作品之间的差别无疑是问题的关键。白话小说是俗文体，史家认定的"小说"系文言体。俗文文本向俗不向雅，向下（下层民众）不向上（社会上层），文言文本则反之。因此，二者的形式差别实际上折射了服务对象和文化使命的不同。换言之，史家认定的"小说"类作品服务于上层，可以被视为"闾巷风俗""街谈巷语"的"官方"文本，而白话小说则是其"民间文本"，二者在"社会身份"上存在较大差异。鲁迅先生在《中国小说史略》中曾经说过一段饶有深意的话，显示出"社会身份"对文本命运的决定作用：

> 至于宋之平话，元明之演义，自来盛行民间，其书故当甚伙，而史志皆不录。惟明王圻作《续文献通考》，高儒作《百川书志》，皆收《三国演义》及《水浒传》，清初钱曾作《也是园书目》，亦有通俗小说《三国志》等三种，宋人词话《灯花婆婆》等十六种。然《三国》《水浒》，嘉靖中有都察院刻本，世人视为官书，故得见收。后之书

---

① 鲁迅在《中国小说史略》中以此概括班固对"小说"类作品的评价，鲁迅：《中国小说史略》，上海科学技术出版社1905年版，第一篇"史家对于小说之著录及论述"。

目，寻即不载。

"有都察院刊本"看起来不过是文本的一个附加编码，却使文本携带了"官方认定"的特殊信息，从而受到一定的重视。"社会身份"在文本命运中竟能起到如此重大的作用，进一步表现出传统文化为确保上层意识形态话语权所做的巨大努力。

上述分析显示，中国传统文化的一个重要特征是强调社会差别和社会等级，小说由于其民间文化特征而受到轻视；无独有偶，女性文学在古代长期受到漠视与排斥，也成为传统文化具有等级偏见的另一实证。

传统中国以家庭为基础单位、男耕女织相结合的经营方式，决定了女性在社会生产中的辅助地位，而仅足温饱的生活水平，又使两性之间很少有机会进行平等、和谐的情感交流。主要基于以上两点，轻视女性和要求女性在生命价值上完全从属于男性及其家庭成为传统伦理规范的基本内容。所谓"牝鸡无晨。牝鸡之晨，唯家之索"[1] "夫不驭妇，则威仪废缺；妇不事夫，则义理堕阙"[2] 等，类似言语均说明传统的两性关系以男性对女性的压抑而非二者之间的和谐为特征。今天我们经常使用"话语权"一词，传统格言"外言不入于阃，内言不出于阃"[3]，即从社会对话活动的角度限定了女性的权力，鲜明地体现出男权话语对女性的压制："外言不入"指社会信息不宜传入闺阁，"内言不出"则指闺阁信息不宜传之于外——"不入""不出"使女性隔绝于社会信息，从而在极大限度内削弱了女性的社会性，使之成为个体家庭的附属物。以语言文字为载体的文学活动，在"外言不入，内言不出"的要求下受到直接限制，不仅女性无法受到与男子同等的社会教育，其认识能力和文字表达能力受到影响，而且即使女性有所创作，其作品亦很难进入传播渠道。清代女性骆绮兰在其《听秋馆闺中同人集》中曾云："女子之诗，其工也，难于男子。闺秀之名，其传也，

---

① 《周书·牧誓》，李学勤主编"十三经注疏"校点本《尚书正义》，北京大学出版社 1999 年版，第 285 页。

② （东汉）班昭：《女诫·专心》，《后汉书》卷四《列女传·曹世叔妻》；（清）王先谦：《后汉书集解》，中华书局 1984 年影印本，第 975 页。

③ 《礼·曲礼》（上），载杨天宇《礼记译注》（上），上海古籍出版社 2004 年版，第 335 页。

亦难于才士。何也？身在深闺，见闻绝少，既无朋友讲习，以沦其灵性，又无山川登览，以发其才藻。非有贤父兄为之溯源流，分正伪，不能卒其业也。迄于归后，操井臼，事舅姑，米盐琐屑，又往往无暇为之。才士取青紫，登科第，角逐词场，交游日广；又有当代名公巨卿从而揄扬之，其名益赫然照人耳目。至闺秀幸而配风雅之士，相为唱和，自必爱惜而流传之，不致泯灭。或所遇非人，且不解呻吟为何事，将以诗稿覆醯瓮矣。"清代黄传骥亦曾为《国朝闺秀诗柳絮集》作序曰："女子不以才见……成帙矣，而刻之无便，传之无人，日久飘零，置为废纸已耳。"以上均可谓知者之言。

宋、明以后，社会生活的发展带来精神需求层次的提高，男性对女性创作的态度亦随之有所转变。明代吕尚炯在为《佘五娘诗辑本》所作的小传中曾经介绍有关这位女作家的资料："佘五娘，歙人，产于扬。扬故多富商大贾，其父因以为盐客之小星，客老，五娘郁郁不得志，日以短吟自娱，积而成帙。盐客见之，以夸示友人。其中恨恨诗居半，友人笑语。盐客恚甚，悉付之炬。"① 这则有趣的材料说明连不太识字的商人也开始以女性亲属能够创作为荣，社会风气由此可见一斑。在这种社会风气下，女性创作的能力有所提高，其作品传播的禁令亦有所松动。尤其在清代，"妇人之集，超轶前代，数逾三千"②。但在传统伦理规范的影响下，清代的女性作品编纂者依然多从加强女性道德修养的角度主张保留女作，并没有直接肯定女性文学自身的价值。如戴鉴在《国朝闺秀香咳集续》中所云："夫子订《诗》，《周南》十有一篇，妇女所作居其七。《召南》十有四篇，妇女所作居其九。温柔敦厚之教，必宫闱始。"费密亦曰："昔者圣人删定《风》《雅》，王化首于《二南》。然自后妃以下，女子所作为多。至于列国女子之诗，善者存之，即败伦伤道之咏，亦存而不削，使正者为教，而邪者知戒焉。厥旨深哉！"③ 针对女性创作和女德问题，清代章学诚更明确地

---

① 嘉庆二年丁巳（1797）刻本，转引自胡文楷《历代妇女著作考》，上海古籍出版社1985年版，第939页。

② 胡文楷：《历代妇女著作考·自序》，上海古籍出版社1985年版，第5页。

③ 焚香阁：《唐宫闺诗·序》，民国石印本，第90页。

表示二者不能兼容，他表示："近有无耻妄人，以风流自命，蛊惑士女；大率以优伶杂剧所演才子佳人惑人。大江以南，名门大家闺秀皆为所诱。徵刻诗稿，标榜声名，无复男女之嫌，殆忘其身之雌矣。此等闺娃，妇学不修，岂有真才可取？——而为邪人播弄，浸成风俗。人心世道，大可忧也。"（《丁巳札记》）类似的忧虑显然不无道理：女性文学作品在立意和主旨方面可以宣扬"女德"，但同时在文字表达和谋篇布局方面却是"女才"的个性化显现。众多女子"徵刻诗稿"，显然不能排除其行动中有表现"女才"的愿望，否则大可以创作一些近似《女诫》《女四书》之类的纯教诲性书籍。而由于要求女性之生命价值绝对从属于男性的"女德"和显示女性自身生命价值的"女才"二者之间必然存在难以调和的矛盾，因此支持女性创作而同时希望"以德驭才"等于让女性文学在"德"与"才"之间走钢丝，其尺度很难把握。事实上，在明清时期关于女性"德""才"能否兼备的问题一直存在比较激烈的争议，类似"女子无才便是德""有德不妨才"等种种说法均产生于此时。此种社会现象说明在社会生产和生活得以发展的条件下，女性才智的初步开发已经与传统的道德规范产生了一定的冲突。它同时也说明在突破"女学""女德"等道德规范之前，女性文学是否具有存在的合理性，将始终是一个值得怀疑的问题。

上文已经比较详尽地介绍了小说与女性文学在中国文化中比较相似的命运，现在有必要提醒读者注意下述事实，即在中国古代文学史上，很少有女性创作的小说作品。据目前所掌握的资料，古代小说中的女性作品只有清代汪端的通俗小说《元明轶史》。这与现当代女性小说的繁荣局面形成了非常鲜明的对比。为了理解这一特异现象，依然必须从小说与女性文学的特殊文化地位中寻找原因。

第一，受环境条件限制，女性文学在传统社会中的生存和发展有一个基本限度，即不能超越伦理规范对"女德"的要求。在以"温顺和平""相夫教子"为基本内容的"女德"之要求下，女性文学的基本美学定位可以概括为"温柔敦厚""幽娴贞静"，而小说文本中则难免有所谓"妖妄荧听""猥鄙荒诞"的通俗文学成分，与"女德"的要求和古代女性文学的美学定位明显抵牾。因此在传统社会中，女性的小说创作很难不受到一定的限制。父权社会直接约束女性接触小说及弹词等其他通俗类文学作品，这方面的史料显然不难找到。如《再生缘》前十七卷的作者陈端生，其文学造诣多来自家教，而其祖父——清代较有名气的文学家陈句山却对弹词持明显的鄙视态度。后者曾经在《才女说》一文中明确表达这种主张："世之论者每云'女子不可以才名，凡有才名往往福薄'。余独谓不然。……诚能于妇职余闲，浏览坟索，讽习篇章，因以多识故典，大启性灵，则于治家相夫课子，皆非无助。以视村姑野媪惑溺于盲子弹词、乞儿谎语为之啼笑者，譬如一龙一猪，岂可以同日语哉？又《经解》云温柔敦厚，诗教也。……由此思之，则女教莫诗为近。才也而德即寓焉矣。"[①] 这段话显然以"女德"要求为出发点对女性所能接触的文学体裁类型做了明确界定。其中"《经解》云温柔敦厚，诗教也"，可谓揭示了"女教莫诗为近"的根本原因：诗文词向来被视为传统文学的正宗，历代文人孜孜于此，已经使之形成了"词采华丽""怨而不怒"的艺术风格，因此此类作品既能对女性"大启性灵"，增强其"相夫教子"的能力，同时亦能在潜移默化中加强"温柔敦厚"的"女德"教育。而通俗文学文本则以其"荒诞夸张""浅俗鄙俚"的特点而受到"女教"提倡者的鄙弃。从这段表述看，陈句山对女性学习和创作的态度在当时已属相当开明，连这样的人都反对女性接触"盲子弹词，乞儿谎语"等通俗文学，显然女性的通俗文学创作很难得到社会传统势力足够的支持。

第二，基于古代女性活动范围狭窄和缺乏独立的经济能力，其作品的传播具有很大的依赖性。由于传统势力并不鼓励女性创作小说，因此女性小说作品的流传不能不受到一定影响。如上文提到汪端曾作通俗小说《元明佚史》，此书当时即很可能没有刊本行世，以致胡文楷堪称详尽的《历代妇女著作考》虽然收录了汪端的其他诗文作品，却唯独没有收录此书。今天我们能够见到的女性小说如此之少，部分原因亦很可能在于有些此类作品由于缺乏传播渠道而被历史所湮没。传播的困难，也不能不在一定程度上影响女性创作小说的积极性。

---

① （清）陈兆仑：《紫竹山房文集》（卷七），清乾隆间陈桂生刻本，第66页。

第三，同样重要但容易被忽视的一点，即在社会舆论的引导和约束下，众多女性自觉遵守"以德驭才"的要求，很难对主流意识形态和女性文学的既定美学定位作出怀疑和叛逆行为。父权社会认为"哲夫成城，哲妇倾城"①"生男如狼，犹恐其尪；生女如鼠，犹恐其虎"②。女性在智慧和个性上强于男性被视为危害秩序的不祥之兆，这种观念的灌输和种种实际社会条件（包括教育、阅历、机遇等）的限制孕育和强化着女性的"第二性"心理，使许多女性在价值判断上具有强烈的依赖性。表现在文学创作方面，社会舆论对女性决定自身是否创作和创作什么等问题也经常产生巨大作用。比如清代单士厘在其《清闺秀正始再续集初编·自序》中曾经探讨女性文学作品之所以少有的原因，她这样说："中国女性，向守内言不出之戒。能诗者不知凡几，而有专集者盖鲜，专集而刊以行世者尤鲜。"其中的"守""戒"二字专言女性面对种种创作禁忌的自律和自抑态度，角度新颖而断语准确，足以给人以深刻的启示。明清时期，女性才智的初步开发对既有的"女德"规范产生了一定的冲击，在"才""德"之争的社会压力下，多数女作家在创作中采取了更加小心翼翼的态度。清代女性作品集的序言每每宣称"性情所在，志节所存"③"诵其所作，皆温厚和平，无乖正始"④等，不仅表明了姿态，而且反映了当时女性创作的实际情况。直至21世纪初，陈寿彭和薛绍徽的女儿陈芸在编订《小黛轩论诗诗》时，依然从传统"以德驭才"的角度为女性创作辩护，她说："方今世界，有识者咸言兴女学。夫女学所尚，蚕绩针黹，井曰烹饪诸艺，是为妇功。皆妇女应有之事。若妇德妇言，舍诗文词外，末由见，不于此是求，而求之幽眇夸诞之说，殆将妇女柔顺之质，皆付诸荒烟蔓草而湮没。"此段论述虽然高度肯定了女性作品在表现女性方面的意义与价值，但同时

---

① 《诗·大雅·瞻卬》，载程俊英《诗经译注》，上海古籍出版社1985年版，第610页。
② （东汉）班昭：《女诫·敬慎》，《后汉书》卷八四《列女传·曹世叔妻》，载王先谦《后汉书集解》，中华书局1984年影印本，第974页。
③ （清）胡孝思评辑：《本朝名媛诗钞·序》，清乾隆三十一年（1766）朱珖凌云阁刻本，第2页。
④ （清）黄秩模：《国朝闺秀诗柳絮集·序》，转引自付琼《国朝闺秀诗柳絮集校补》，人民文学出版社2011年版，第7页。

也将其抒写内容过分限定于所谓"妇女柔顺之质"和"妇德妇言",直接约束了女性作家突破"柔顺"的界定审视自我和将视线投向闺阁以外的广阔天空。从文学体裁角度审视,表现"妇女柔顺之质"和"妇德妇言"的要求使具备"温柔敦厚"风格的"诗文词"成为女性创作的上选。认真体会陈芸所说的"若妇德妇言,舍诗文词外,末由见",与陈句山所言"女教莫诗为近"不期然有异曲同工之处,只不过后者站在男性角度要求女性作家在体裁选择上尊重"女德"的要求,而前者则从女性角度出发对此要求作出了带有自律特征的回应。小说创作于是在众多男性的要求和众多女性的自律二者结合之下,很难走进女性文学体裁选择的视野。像汪端那样于诗文、评论、小说等多种体裁均敢于尝试,不为性别偏见所拘囿的女性作家(汪端著有《自然好学斋诗》《明三十家诗选》等),在传统时代毕竟少见。

时至近代,报纸杂志逐渐成为主要的传播载体。而近代很多报纸杂志在文体编排上将小说与诗文、论说并列,对作家作品亦全部依据文体归类,打破了将女性作品视为另类的传统惯例,寻求一种不带偏见的文化逐渐成为时代的主题。小说和女性文学的地位显著提高,进而使女性逐渐消除创作小说的禁忌。从包天笑的一段话,可以看到当时报纸杂志为女性创作突破"诗词"的拘囿所作出的巨大努力,他在《我与杂志界》一文中如是云:

> ……惟女子在旧文学中,能写诗词者甚多,此辈女子,大都渊源于家学。故投稿中的写诗词者颇多,虽《妇女时报》中亦有诗词一栏,但不过聊备一体而已。办《妇女时报》的宗旨,自然想开发她们一点新知识,激励她们一点新学问,不仅以诗词见长。

一 弃"旧"迎"新"为女性的小说创作开辟了天地

根据《中国通俗小说总目提要》和《中国近代小说目录》的统计,1900—1911年间,即辛亥之前发表的小说中,署名为"某某女士"的主要有以下几种。

(1)《东欧女豪杰》，作者署"岭南羽衣女士"。1902年11月至1903年年初《新小说》连载。阿英《小说二谈》引金翼谋《香奁诗话》"张竹君"条云："竹君女士，籍隶广东，自号岭南羽衣女士。"而冯自由《革命轶史》（第二集）"康门十三太保与革命党"一节中，有"罗普，字孝高，顺德人，康门麦孟华之女婿也。戊戌东渡留学。……新民丛报社出版之《新小说》月刊中，有假名羽衣女士著长篇小说，曰《东欧女豪杰》……即出自罗氏手笔"等语，则羽衣女士乃与梁启超创办《新小说》月刊的罗普，为康有为在广州长兴学舍及万木草堂讲学时的嫡传弟子。

(2)《洗耻记》，作者署"冷情女史"，苦学社编辑，中原活版所1903年印刷。

(3)《女举人》，题"如如女史著"，上海同人社1903年石印本。

(4)《女狱花》，一名《红闺泪》《闺阁豪杰谈》，王妙如著，1904年刊。王妙如（约1877—约1903），名保福，字以行，浙江杭州人，同乡书生罗景仁之妻；生平事迹见罗景仁《女狱花·跋》。

(5)《姊妹花》，署"番禺女士黄翠凝著"，1908年由改良小说社刊行。黄翠凝，张毅汉之母，辛亥前后一直活动于小说创作和翻译界，其《猴刺客》（短篇）发表于《月月小说》1908年10月第21号，《离雏记》（短篇）发表于《小说画报》1917年7月第7号。近代知名作家包天笑在其《离雏记》中曾经介绍："黄翠凝女士者，余友毅汉之母夫人也。余之识夫人，在十年前，苦志抚孤，以卖文自给，善作家庭小说，情文并茂。今自粤邮我《离雏记》一篇，不及卒读，泪浪浪下矣。"《离雏记》由"我"——一个6岁的女孩讲述自己的经历，是近代小说中罕见的第一人称非自传式人物化的例子，尤其值得注意。

(6)《侠义佳人》，题"绩溪问渔女史著"，据胡文楷的《历代妇女著作考》，此书即绩溪女士邵振华所作。初集1909年4月，中集1911年7月，由商务印书馆出版；下集未见，或竟未出版。邵振华，安徽绩溪人，邵作舟之女，桐乡劳暗文之妻。

(7)《最新女界现形记》，题"南浦蕙珠女士著"，1909年10月，新新小说社刊前五集，次年6月刊后六集。

（8）《新金瓶梅》，署"作者：慧珠女士"，不知是否与《最新女界现形记》的作者为同一人，1910 年上海新新小说社刊行。

（9）《女英雄独立传》，署名"挽澜女士"，男作家陈渊的化名。《女英雄独立传》1907 年 1 月 4 日至 3 月 4 日刊于《中国女报》第 1 期和 2 年 1 号（原 2 号），未刊完。

以上作品均为长篇章回小说。

（10）《女子爱国美谈》，署"曼聪女士演"。1902—1903 年连载于《杭州白话报》第 7—15 期。

（11）《幼女遇难得救记》，署名"季理斐师母"，1909 年 2 月至 1910 年 6 月连载于《中西教会报》复刊第 198—214 册。从"师母"的称呼及《中西教会报》这个发表刊物来看，"季理斐"可能是某位教士的夫人，其女性身份当可确定。

（12）《东方晓》，署名同上。1910 年 7 月至 1911 年 12 月连载于《中西教会报》复刊第 215—232 册。

以上作品均未见，但由其连载多期这一共同点，亦可大致判断为长篇。

（13）《女儿叹》，署名"曼聪女士"，1903 年刊于《杭州白话报》第 2 年第 21 期。

（14）《家庭乐》，署名"金陵女史"，1904 年 10 月 23 日刊于《白话》第 2 期。

（15）《猴刺客》，黄翠凝著，1908 年 10 月发表于《月月小说》第 21 号。

以上作品为短篇。

上述作品的作者除王妙如、邵振华、黄翠凝和季理斐师母可以断定为女性之外，其他则尚无确切资料判断其性别。至于同时期有无其他女性作家发表小说，因未透露其女性身份，今天则更加难以考证。

由上面介绍的几部小说，至少可以得到如下信息：第一，上述小说有一个共同点，即多以描写或讽喻当时的女界现象为主，表现出改良女界的明确愿望；第二，这些小说大多为长篇，其中章回体小说更占据了相当大的比重，考虑到章回体小说一向为群众所喜闻乐见，容易达到"教化"效果，可知以章回体为主的体制特点实际上折射了世纪初志在"改良群治"的小说创作观念；第三，无论上述署名"某某女士"的作家是否真的是女性，此种署名现象频频出现均说明以女性身份创作小说不再成为社会的禁忌；第四，这些小说大都由小说报纸杂志连载或经小说社发行，说明此时报纸杂志已经成为小说传播的重要载体。对女性而言，在报纸杂志上发表小说既无须出资，又有较广大的读者群，这对于帮助其突破财力缺乏和作品接受范围狭窄等不利因素具有非常重要的意义。

署名为"某某女士"发表的小说以长篇居多的情况，随着近代短篇小说创作受到重视而逐渐得以改变。根据《中国近代小说目录》的统计，辛亥革命之后至五四时期署名为"某某女士"发表的长篇小说仅有以下几篇①。

（1）《双泪痕》，署名"次眉女士"，全书22章，上海中华书局、上海文明书局1915年出版。

（2）《玉如意》，署名"次眉女士"，全书22章，上海中华书局、上海文明书局1915年出版。

（3）《潇湘梦初编》，署名"湘州女史"，全书14回，1918年铅印。

（4）《雪莲日记》，署"雪莲女士著，江都李涵秋润词"，小说实为李涵秋所作，1915年7月5日至1916年7月5日连载于《妇女杂志》第1卷第7—12号和第2卷第6号。

另外，《鸳鸯蝴蝶派小说分类目录》上韵清女史吕逸的《返生香》，因未见②，不知其篇幅长短。

而相形之下，署名为"某某女士"发表短篇小说的作家则较多，作品数量也比较可观。仅据《中国近代小说目录》所统计，署名"某某女士"在报纸杂志上发表短篇小说的作家共有48人，小说数量为81篇；署名"无闷女士"的短篇小说集一部，名叫《凝香楼奁艳丛话》，1912年由上海

---

① 吕韵清《返生香》已见，为长篇。因此20世纪第一个20年署名"某某女士"发表的长篇小说合计共17篇；参见郭延礼《20世纪初中国女性小说家群体论》中总结女作家在此期间共发表长篇17篇，大约据此，《中山大学学报》2011年第2期。

② 参见郭延礼《20世纪初中国女性小说家群体论》，《中山大学学报》2011年第2期。

中华图书馆石印。通过这个数字，不难发现报纸杂志在鼓励和帮助女性创作短篇小说方面所作出的巨大努力。

关于报纸杂志上的"女性"短篇小说，除《中国近代小说目录》所提供的资料之外，尚有以下作家作品：奚浈女士的《奇囊》1915 年 12 月 25 日发表于《中华妇女界》第 1 卷第 12 期；曾兰的《铁血宰相陴斯麦夫人传》1914 年 8 月发表于《娱闲录》第 2 期；畏尘女士的《鬼事欤》1914 年 10 月连载于《娱闲录》第 7 至 8 期，《朋友》1914 年 11 月 16 日发表于《娱闲录》第 9 期，《哀馑记》1915 年 1 月发表于《娱闲录》第 13 期；志隐女士的《卖花女》发表于《小说新报》1915 年 11 月第 10 期；黄翠凝的《离雏记》1917 年 7 月发表于《小说画报》第 1 期；沦落女子的《落花怨》和《埋情冢》发表于《游戏杂志》第 19 期；幻影女士的《隐恨》发表于《游戏杂志》第 18 期，《伤心人》和《侮辱》发表于《游戏杂志》第 19 期；正运女士的《薄命人》发表于《游戏杂志》第 19 期；毛秀英女士的《奈何》发表于《游戏杂志》第 19 期；陈衡哲的《一日》1917 年 6 月发表于《留美学生季报》第四卷第二期；蒋吴剑文女士的《薄幸郎》1914 年 10 月发表于《欧洲风云周刊》第 10 期。概言之，《中国近代小说目录》共漏载奚浈女士、曾兰、志隐女士、沦落女子、正运女士、陈衡哲和蒋吴剑文女士等 7 位署名为女性的作家及其小说 16 篇。①

值得注意的是，1919 年上海广益书局出版署名为"波罗奢馆主人"（即胡寄尘）之《中国女子小说》，书中称："是编所辑女子小说十种，均从各处辑来，其中如《黄奴碧血录》，系从《神州女报》得来，其他各篇皆然。"观其意，盖谓所收作品多选自报纸杂志。由于此书极为罕见，故特列其目录如下表。

---

① 笔者当年未见民初报刊《眉语》《娱闲录》等，漏算《眉语》13 位女作家及其小说 26 篇。参见沈燕《二十世纪初女性小说作家研究》，硕士学位论文，上海师范大学，2004 年，文中补充了上述作家作品信息；郭延礼根据以上成果，概括 20 世纪前 20 年小说界共有女作者 60 余人，合计发表短篇小说 150 余篇，参见郭延礼《20 世纪初中国女性小说家群体论》，《中山大学学报》2011 年第 2 期。

《黄奴碧血录》	美国嘉德夫人原著	杨季威女士译述
《荒冢》	朱怀珠女士著	
《有情眷属》	同上	
《辟尘珠》	同上	
《狸奴感遇》	吕韵清女士著	
《女露兵》	日本龙水斋贞一著	汤红绂女士译
《寒谷生春记》	徐寄尘女士著	
《白罗衫》	吕韵清女士著	
《旅顺勇士》	日本押川春浪著	汤红绂女士译
《祈祷》	李碧云女士著	

其中《黄奴碧血录》《女露兵》《旅顺勇士》系翻译小说,《寒谷生春记》系散文,暂置之勿论,此外除吕韵清的《狸奴感遇》《白罗衫》发表于杂志《七襄》,今天已收入《中国近代小说目录》,其他如朱怀珠女士的《辟尘珠》《有情眷属》《荒冢》及李碧云女士的《祈祷》则不知出处。由上述资料推断当时发表于报纸杂志而今天已很难见到的女性小说,尚有一定的数目。日后若仍不加注意,更多的女性小说将随着杂志的散佚而湮没。笔者因深感于"波罗奢馆主人"所言之"零篇断简,散而不聚""吉光片羽,至足珍也"(《中国女子小说》),将目前所掌握的资料,共 57 位作家,101 篇作品①加以汇总,按照可以确定作家为女性、有一定根据可以相信作家为女性、尚无根据判断作家性别,以及确知作家系男性化名等四种情况,分类逐次说明如下。

---

① 参见沈燕《二十世纪初女性小说作家研究》,硕士学位论文,上海师范大学,2004 年,文中补充了上述作家作品信息;郭延礼根据以上成果,概括 20 世纪前 20 年小说界共有女作者 60 余人,合计发表短篇小说 150 余篇,参见郭延礼《20 世纪初中国女性小说家群体论》,《中山大学学报》2011 年第 2 期。

（1）吕韵清女士[①]，名逸，浙江浔溪人，与秋瑾及徐自华姐妹均有交往，郭长海、李亚彬编著的《秋瑾事迹研究》曾简单介绍其资料。吕韵清在《七襄》1914年11月17日第2期、1914年11月27第3期和1914年12月17日第5期分别发表《凌云阁》《狸奴感遇》和《白罗衫》，1915年3月5日在《女子世界》第3期发表《秋窗夜啸》，1915年4月30日在《小说丛报》第10期发表《彩云来》，1915年12月30日在《小说大观》第4期发表《花镜》，在《春声》1916年3月4日第2期和1916年6月1日第5期分别发表《金夫梦》和《红叶三生》。在《彩云来》中，吕韵清提到刚刚创作《蘼芜怨》小说，目前尚不知发表于哪种刊物。吕韵清是极值得注意的一位高产女作家。

（2）温倩华女士[②]，字佩蕚，别号鹈影楼主，江苏无锡人。其《黛吟楼诗稿》收入《历代妇女著作考》。曾任《游戏杂志》主任，其小说作品《手术》1914年6月27日发表于《礼拜六》第4期。

（3）陈翠娜女士[③]（约1901—?），字翠娜，浙江钱塘人。陈蝶仙（天虚我生）和朱曼因女士之女，《历代妇女著作考》收录其《翠楼吟草》（1927年排印）。陈翠娜是民初女性小说家中最年轻的一位，1914年12月《女子世界》第1期曾刊登其照片，题名"十二龄女子陈翠娜"。其小说《新妇化为犬》1915年11月27日发表于《礼拜六》第48期。

（4）杨令茀女士[④]，江苏无锡人，《历代妇女著作考》收录其《莪怨室吟草》（1927年排印）。其小说《瓦解银行》1913年5月1日刊于《小说时报》第18期。小说用文言写成，但模仿通俗小说的章回体。

（5）曾兰女士[⑤]，字仲殊，号香祖，四川成都人，著有《定生慧室遗稿》，其小说《铁血宰相俾斯麦夫人传》1914年8月连载于《娱闲录》第2—3期。

---

① 参见薛海燕《近代女性小说作家研究》，中国社会科学出版社2004年版，第三章。
② 同上书，第五章。
③ 同上书，第三章。此处生平信息有误。
④ 同上书，第五章。
⑤ 同上书，第三章。

（6）黄翠凝女士[1]，前面已经介绍过，系《姊妹花》《猴刺客》的作者。其《离雏记》发表于《小说画报》1917 年 7 月第 7 号。

（7）汪咏霞女士[2]，字鹓影，浙江仁和人。其小说《埋愁冢》连载于《女子世界》1915 年 3 月 5 日第 3 期和 1915 年 7 月 6 日第 6 期。

（8）陈衡哲女士，现代著名女作家，五四之前的作品《一日》1917 年 6 月发表于《留美学生季报》第 4 卷第 2 期，为其早期创作。

（9）明离女子[3]，其小说《珠光宝气录》1917 年 8 月 5 日发表于《小说海》第 3 卷第 8 号，前面有冯升所作的序言，其中称"女甥徐文系撰《珠光宝气录》，固侠家言也"云云，可确定"明离女子"的姓名及身份。

（10）李张绍南女士，其姓名显示"张"为父姓，"李"为夫姓，不似化名。且其小说《赖丁格》1916 年 5 月 25 日发表于《中华妇女界》第 2 卷第 5 期，《英国改良监狱第一人》1916 年 6 月 25 日发表于《中华小说界》第 2 卷第 6 期，二者均署明身份为"留英看护专科李张绍南女士"，李女士为留英女学生无疑。

（11）蒋曾淑温女士，其姓名亦为夫姓＋父姓＋名字，不似化名。其小说《蕙儿求学记》1918 年 9 月 5 日发表于《妇女杂志》第 4 卷第 9 号。

（12）蒋吴剑文女士，亦类上两条，不似化名。其小说《薄幸郎》1914 年 10 月 2 日发表于《欧洲风云周刊》第 10 期。

另外尚有梁令娴女士[4]，为梁启超之女，郑逸梅在《民国旧派文艺期刊丛话》中介绍《小说名画大观》时曾提到"著作和绘画者，除上面提到外，尚有……梁令娴女士、查孟词女士"，可见梁女士亦为民初一位小说作者，但由于笔者目前尚不知其作品名称[5]，故暂不涉及。

以上作家均能确定其女性身份。

（13）陈守黎女士，其小说作品《不可思议之侦探》1914 年 8 月 1 日

---

① 参见薛海燕《近代女性小说作家研究》，中国社会科学出版社 2004 年版，第四章。

② 同上书，第三章。

③ 同上书，第三章。

④ 同上书，第四章。

⑤ 据沈燕硕士学位论文，已知梁令娴短篇小说《巴黎警察署之贵客》刊登于《中华妇女界》1915 年第 2 期。

刊于《中华小说界》第 1 卷第 8 期。另，郑逸梅在《民国旧派文艺期刊丛话》中称其尚有小说《不良之妇》发表于杂志《五铜圆》，今笔者尚不知其具体刊行日期。1919 年 3 月《小说新报》第 1 期刊登其尺牍文《代比邻新嫁娘致怔夫书》，同样署名"陈守黎女士"，实用文尚少使用化名的先例，由此可以参证陈守黎的女性身份比较可靠。

（14）畹九女史，其小说《和珅轶史卿怜曲本事》1916 年 1 月刊于《小说丛报》第 18 期，另外与民哀合作的《铁血制鸳鸯》和《离婚》分别刊于《小说丛报》第 2 年（1917 年）第 6 期和第 7 期。畹九女史 1916 年 2 月在《小说丛报》第 19 期中还发表有笔记《寄愁室丛拾》，同样署名"畹九女史"，可在一定程度上参证其女性身份。理由同上条。

（15）朱怀珠女士，1919 年的《中国女子小说》收录其作品，《中国女子小说》的作者"波罗奢馆主人"与朱怀珠女士大致生活在同一时代，他相信这位作家的女性身份，大概有一定的根据。怀珠女士著有《荒冢》《有情眷属》和《辟尘珠》三部小说作品，可惜均不知出处。

（16）李碧云女士，据《中国女子小说》介绍，她著有小说《祈祷》，不知出处。可初步判断其为女性，理由同上条。

（17）汤红绂女士[①]，《中国女子小说》同样收录其作品，可见其女性身份亦有一定的可靠性。《中国女子小说》收录的全是其翻译作品，其独立创作的小说《红绂女史三种》刊于 1909 年《民呼画报》。

（18）番禺黄璧魂女士[②]，其小说《沉珠》1918 年 10 月刊于《小说画报》第 17 号。郑逸梅在《民国旧派文艺期刊丛话》中介绍《小说画报》时，提到"有两位女作家，如徐斌灵的《桃花人面》，黄璧魂的《沉珠》"云云。郑逸梅非常熟悉当时的文坛掌故，曾在《民国旧派文艺期刊丛话》中指出化名"梅倩女史"的是男性作家顾明道，以他的见闻能够不怀疑黄璧魂的女性身份，可能有一定的根据。

---

① 参见薛海燕《近代女性小说作家研究》，中国社会科学出版社 2004 年版，第四章。

② 同上。

（19）璧魂女士①，其小说《孝子贤孙》1916 年 1 月 22 日刊于《礼拜六》第 86 期。怀疑"璧魂女士"即为"黄璧魂女士"的简称。

（20）徐斌灵女士，其小说《桃花人面》和《德国诗集》分别刊于《小说画报》1918 年 6 月第 13 号和 1918 年 9 月第 16 号。相信其女性身份有一定根据，理由见"番禺黄璧魂女士"条。

（21）忏情女士②，其小说《小玉去矣》1916 年 4 月 22 日刊于《礼拜六》第 99 期。《女子世界》第 6 期有吴忏情女士的小影，怀疑即为小说作者忏情女士。

（22）惠如女士③，其小说《阄婚》1915 年 2 月 1 日刊于《小说海》第 1 卷第 2 号。怀疑即为近代知名女诗人吕惠如，尚无实据。

（23）幻影女士④，其小说《坟场谈话录》《声声泪》《回头是岸》《贫儿教育所》《噫！惨哉》《不堪回首》《慈爱之花》《别矣》《灯前琐语》《小学生语》《农妇》和《絮萍》分别刊于《礼拜六》第 19、22、48、61、62、67、70、73、81、82、83、86 期，另外，《艳娘》刊于《小说丛报》第 4 年（1917 年）第 1 期，《隐恨》刊于《游戏杂志》第 18 期，《侮辱》和《伤心人》刊于《游戏杂志》第 19 期。共有 16 篇作品。如果能够确定其女性身份，那么她无疑是民初最为高产的短篇小说女作家。笔者注意到，其作品全部系文言体，其中叙事者亦自称"幻影女士"，并经常自我介绍籍贯及工作情况，如"今夏予病脑乱，思见故乡云树，适表姊自穗石来省吾母，乃与之归江夏"（《声声泪》）"予自壬子秋间作保傅于姚氏"（《坟场谈话录》）等。一般而言，传统文言小说不同于白话小说，后者的叙事者多自称普泛意义上的"说书的"，叙事者与作者之间存在明显的距离，因此

---

① 即为黄璧魂，参见薛海燕《近代女性小说作家研究》，中国社会科学出版社 2004 年版，第四章。

② 即为"吴忏情"，尚未考知其生平里籍情况。

③ 参见沈燕《20 世纪女性小说作家研究》，硕士学位论文，上海师范大学，2004 年，考证"惠如女士"为徐张惠如，并搜集了其小说和诗文创作情况；参见薛海燕《近代女性小说作家研究》，中国社会科学出版社 2004 年版，第四章。

④ 目前尚无实据判定"幻影女士"性别。笔者认为"女士"作者的不在场，是《礼拜六》编者有意识的编辑策略；参见薛海燕《近代女性小说作家研究》，中国社会科学出版社 2004 年版，第六章。

在叙事者操纵的文本中很少直接透露关于"作者"的具体信息，而文言小说的叙事者则经常使用作者真实的姓名及身份，叙事者与作者没有明显的距离，因此叙事者的自我介绍往往反映作者的实际情况。尽管在近代小说转型期种种创作惯例都在被打破，但我们仍可以此作为判断"幻影"身份的线索之一。当然，最终确定"幻影"的性别，尚有待进一步的考证工作。

（24）秀英女士①，其小说《死缠绵》《青楼恨》《子骗》《杀妻记》《女学蠹》和《聋翁之遗产》分别发表于《礼拜六》第 66、70、74、77、86、94 期。秀英作品大多严格遵循传统文言小说的客观记录（主干）＋主观评述（结尾）式，叙事者在主观评述中亦自称"秀英"，如《子骗》结尾云："秀英曰，今日之世界，一骗局之世界也，大者骗国，次者骗官，小者骗财，至于冒认父母以行其骗术，是殆所谓一骗而无不可骗矣……"若说这样严格遵循传统文言小说创作模式的作家也能打破文言小说署作者真名的惯例，化名为女性，可能性似乎不大。因此姑且按照其作品体例的特点认定"秀英女士"为女性，以俟进一步的证据。

（25）毛秀英女士②，怀疑即为"秀英女士"，其小说《奈何》发表于《游戏杂志》第 19 期。

（26）庆珍女史，其小说《旅行述异》刊于《小说丛报》第 4 年（1917年）第 4 期。《旅行述异》严格采取传统文言小说的客观记录（主干）＋主观评述（结尾）式，结尾云：

> 红韵阁主曰：此纪实也，舅氏亲为余告。壮者名寅生，恐虎也。僵常食其族，故幻形假木客报之。虽然，客众不死于僵，反射杀僵睛，亦云幸矣。
>
> 庆霖曰：以此而观柳仙先生之割瘤，殆非虚语。

---

① 与"幻影女士"情况相似，参见薛海燕《近代女性小说作家研究》，中国社会科学出版社 2004 年版，第六章。

② 沈燕将"毛秀英"与"秀英女士"断为一人，但亦未见"毛"所著小说《奈何》。

其中"红韵阁主"显系叙事者自称，也是"庆珍女史"的别号；"庆霖"系批注者，其名字与"庆珍"接近，可能有某种亲属关系。我们可以借助上述线索进一步考证"庆珍女史"的身份。

（27）绿筠女史，其小说《金缕衣》1915 年 4 月 10 日刊于《女子世界》第 4 期，这部小说实际上是安徒生童话《皇帝的新衣》的早期译本。小说为文言体，同样采取客观记录（主干）＋主观评述（结尾）式，结尾云："外史氏曰，天下事之相蒙者，类此正多，岂独一查理却得斯之金缕衣为然？"自命为"外史氏"同样是文言小说作者的惯例，可见这篇小说亦有遵循传统的明确创作意识和严正的创作态度，作者系男性化名的可能性亦不大。其他则尚无进一步的证据判断其性别。

（28）正运女士，其小说《薄命人》刊于《游戏杂志》第 19 期，亦采取客观记录＋主观评述式，主观评述云："正运亦弱女子，无金钱势力以相助，殊可憾也。"可初步相信其女性身份，但亦无进一步的证据。

以上作家均有一定根据可相信其女性身份，但证据尚不够充分。

（29）曼聪女士，其小说《女儿叹》刊于《杭州白话报》2 年（1903年）第 21 期。

（30）金陵女史，其小说《家庭乐》1904 年 10 月 23 日刊于《白话》第 2 期。

（31）姚琴祯女史，其小说《一血剪》1916 年 1 月 10 日刊于《小说丛报》第 18 期。

（32）孟词查女士，其小说《宝石鸳鸯》1915 年 8 月 1 日刊于《小说大观》第 1 集。郑逸梅在《民国旧派文艺期刊丛话》中介绍《小说名画大观》，提到"著作者和绘画者，除上面提到的外，尚有……梁令娴女士、查孟词女士"，不知"查孟词女士"和"孟词查女士"是否为同一人，若同为一人，则相信"孟词查女士"的女性身份亦将有一定的根据。

（33）颖川女士，其小说《郎颜妾臂》《绿篮记》《火里鸳鸯》发表于《礼拜六》第 63、65 和 66 期。

（34）鹅西女士，其小说《苦海沉珠记》发表于《礼拜六》第 63 期。

（35）镜花女士，其小说《爱之果》1915 年 10 月 30 日刊于《礼拜六》

第 74 期。

（36）静英女士，其小说《割臂盟》《阿凤》和《人月重圆》分别发表于《礼拜六》1915 年 7 月 17 日第 59 期、1915 年 8 月 21 日第 64 期和 1915 年 9 月 11 日第 67 期。

（37）黄静英女士，疑即"静英女士"，其小说《拾翠》1917 年 8 月 5 日刊于《小说海》第 3 卷第 8 号，《钓丝姻缘》《覆水》和《负心郎》分别刊于《小说月报》1915 年 10 月 25 日第 6 卷第 10 号、1915 年 11 月 25 日第 5 卷第 11 号和 1916 年 2 月 25 日第 7 卷第 2 号。

（38）吴香祖女士①，其小说《孽缘》1915 年 10 月 25 日刊于《小说月报》第 6 卷第 10 号。

（39）沦落女子，其小说《落花怨》和《埋情冢》刊于《游戏杂志》第 19 期。

（40）汪艺馨女士，其小说《酒婢》1916 年 9 月 5 日刊于《妇女杂志》第 2 卷第 9 号。

（41）汪芸馨女士，其小说《棋妻》出处同上。

（42）汪桂馨女士，其小说《三妇鉴》1918 年 11 月 5 日刊于《妇女杂志》第 4 卷第 11 号。（从上述三位作家的姓名来看，可能相互之间有一定的亲属关系）

（43）华潜鳞女史，其小说《玉京余韵》连载于《妇女杂志》1916 年 8 月 5 日第 2 卷第 8 号及 1916 年 12 月 5 日第 2 卷第 12 号。

（44）朱敏娴女士，其小说《女博士》1917 年 12 月 5 日刊于《妇女杂志》第 3 卷第 12 号。

（45）华璧女士，其小说《卖报女儿》连载于《妇女杂志》1918 年 2 月 5 日第 4 卷第 2 号和 1918 年 3 月 5 日第 4 卷第 3 号。

（46）若芸女士，其小说《霜猿啼夜录》连载于《妇女杂志》1917 年 11 月 5 日第 3 卷第 11 号和 1917 年 12 月 5 日第 3 卷第 12 号。

---

① 沈燕判断此即为女作家曾兰。对此问题，在笔者的另一本书《民初女性小说作家研究》中有过专门考证，此不赘述。

（47）叶碧分女士，其小说《雷劫》和《娲婳将军》分别刊于《中华妇女界》1915 年 9 月 25 日第 1 卷第 9 期和 1916 年 4 月 25 日第 2 卷第 4 期。

（48）雪平女士，其小说《贞义记》1915 年 10 月 25 日刊于《中华妇女界》第 1 卷第 10 期。

（49）奚渶女士，其小说《奇囊》1915 年 12 月 25 日刊于《中华妇女界》第 1 卷第 12 期。

（50）蕙英女士，其小说《嫦儿》1916 年 4 月 3 日刊于《春声》第 3 集。

（51）畏尘女士[①]，其小说《咄咄人师》《鬼事欤》《朋友》和《哀馑记》分别刊于《娱闲录》1914 年 9 月第 5 期、1914 年 10 月第 7 期、1914 年 11 月第 9 期和 1915 年 1 月第 13 期。

（52）养晦女史，其小说《遗憾》1915 年 2 月刊于《娱闲录》第 15 期。

（53）志隐女史，其小说《卖花女》1915 年 11 月刊于《小说新报》第 10 期。

（54）绿珠女士，其小说《为德不卒》1915 年 6 月刊于《小说新报》第 4 期。

（55）佩兰女史，其小说《奇婚记》1913 年 8 月 1 日刊于《神州丛报》第 1 卷第 1 册。

以上作家尚无线索判断其性别[②]。

（56）梅倩女史，男，顾明道的化名。郑逸梅在《民国旧派小说名家小史》中“顾明道”条曾详细介绍他“冒充”女性创作的情况："他最初的作品，刊登在许啸天所辑的《眉语》杂志上。该杂志多载女作家的文字，他就化名‘梅倩女史’，撰著短篇小说。"《眉语》可惜尚未见到，

---

① 畏尘女士有照片见《妇女鉴》（第一卷），插图可断定为女性；笔者认为畏尘女士当即余焘，字一钧，而自号为“畏尘室主”；参见薛海燕《近代女性小说作家研究》，中国社会科学出版社 2004 年版，第三章。

② 以上作家中，“吴香祖女士”即曾兰，“畏尘女士”即余一均。

《中国近代小说目录》所收录的署名"某某女士"的作品亦未见出自《眉语》，只有《小说新报》第 5 年（1919）第 2 期刊登有署名"梅倩女史"的《酒楼人语》，看来就是顾明道的大作。

从上面的介绍可以看到，在民初报纸杂志上署名为"某某女士"发表短篇小说的众多作家中，可以确定为女性及有一定根据相信其女性身份的已接近半数。而且其中如吕韵清女士、幻影女士、秀英女士等均发表了相当数量的作品，吕韵清的作品还被收入《鸳鸯蝴蝶派小说分类目录》，成为鸳蝴派的一位代表作家。除此之外，温倩华女士等人甚至成为《游戏杂志》等杂志的主任，在刊物策划中担负一定的责任。总之，综合作家阵容、作品数量及影响和在作品媒介组织中的地位等多方面的情况，不难发现民初女性作家的小说创作行为已初步表现出群体化和职业化倾向，这种倾向的出现继女性署名权在小说文本中确立之后，成为女性小说史功劳簿上又一个不该磨灭的记忆。

二 理性与非理性两种运思方式①

民初女性小说的作家阵容和作品数量，直接开启了女性小说创作行为群体性和职业性的先声，而后者对于女性小说争取崇高的文化地位无疑具有非常关键的作用，基于此，民初女性小说在女性小说史上应该成为值得重视的一页。但直到目前为止，甚至女性小说的爱好者和研究者对于民初的女性小说亦所知甚少。这种缺憾不能不影响我们对女性小说史的清晰认识。因此在下面的文章中，笔者打算着重从女性小说的总体运思方式、女性价值观念的审美投射及小说艺术表现形式的探索三个方面，论述民初女性小说的得与失，旨在宏观把握这一时期女性小说的总体面貌，而且希望这一初步的研究工作能够引起更多学者的重视，将其目光投射于这一领

---

① 郭延礼将其归纳为女作家小说题材范围的扩大，参见郭延礼《20 世纪初中国女性小说家群体论》，《中山大学学报》2011 年第 2 期；鲁毅则将其概括为"民族国家叙事话语的延续"，参见鲁毅《鸳鸯蝴蝶派编辑策略与清末民初女性小说创作》，《济南大学学报》2015 年第 5 期；参见薛海燕《近代女性小说作家研究》，中国社会科学出版社 2004 年版，第六章、第八章。讨论了女性参与公民社会叙事和民族国家叙事的主体间性问题。

域。那对廓清女性小说史和加深学界对现当代女性小说的认识都将会是一件非常有意义的事情。

在具体的论述展开之前，有一点需要首先明确，即上文所介绍的五十多位署名为"某某女士"的作家及其作品，除"梅倩女史"和"雪莲女士"因可以确定其男性身份不予考虑之外，其他均暂且视为女性小说列入的讨论范围，这主要出于下述原因。第一，女性解除创作小说的顾虑根源于社会女性观念和"女教"内容的巨大变化，而新的女性观念和"女教"方针孕育于戊戌时期，至辛亥已经历了十余年的发展和成熟阶段，有的研究者甚至断言"民初10年间，中国女子教育在走向与男子教育并轨的进程中留下了大步迈进的脚印……不是量的简单增加而是质的飞跃"①，因此辛亥时期的女性小说作者比前一阶段有明显增加是情理之中的事情。第二，民初署名为"某某女士"的小说大多系文言体，就惯例而言，白话小说作者很少署名，而文言小说作者则多署真名，这一点也可以作为判断民初以"某某女士"署名的作家大多确系女性的根据。第三，民初署名为女性的小说多散见于报纸杂志，其中有些杂志已很难见到，因此搜寻起来相当不易，如果在判断作者性别的过程中把握标准过于苛刻，可能会使一些确系女性手笔的小说与研究者失之交臂。

民初，女性创作小说的禁忌得以解除甫及十年，其时作家阵容和作品数量已有一定规模，题材范围亦涉及爱情、伦理、社会、教育、侠义、侦探等方方面面，这便说明当时女性对于小说文体具有一定的新鲜感和较强的创作欲。而在阅读小说文本时可以发现下述两种情况：一是部分作家自觉地以小说创作表达对社会现实问题的理性思索；二是另外一部分作家显然主要出于尝试心理而非理性态度创作小说，止于讲述故事，相对忽略挖掘故事中隐藏的深意。理性与非理性两种不同的运思方式，使民初女性小说在意蕴层次上表现出"深刻"与"肤浅"两种不同趋向。

吕韵清、幻影、杨令茀等作家理性思索的主要对象，集中于社会上的种种黑暗现状以及女性在现实中的命运。其中，吕韵清少女时代曾受教于

---

① 罗苏文：《女性与中国近代社会》，上海人民出版社1996年版，第156页。

秋瑾，在女性独立方面具有一定的自觉意识。她的小说《彩云来》在题头诗中表述：

> 由来绝艺抵兼金，却笑香亭句浪吟（"他日悲欢凭妾命，此身轻重恃郎心"，袁香亭句也）。绝代佳人应独立，底须轻重恃郎心。

小说讲述女主人公影娥遭丈夫遗弃，最终凭借刺绣事业的发展争得独立的故事，意在提醒女性以经济独立求精神独立，这在女性尚很少进入经济领域的民初有一定的现实意义。

杨令茀的《瓦解银行》借银行瓦解的故事揭示了上流社会只顾个人利益、不计国家得失的社会问题。小说中中饱私囊的"五大人"逃亡瑞士，受其陷害的商人黄某亦重金贿赂英商，得以逃脱罪责。叙事者对此评价说：

> 嗟乎！谁生厉阶，至今为梗。国际凌夷，纪纲弛废。作奸犯科者，悉以金钱势力，托底西人，恬不知耻者。……兼以先朝勋贵，民党巨公，不得意于新政者，亦纷纷携资，适彼乐土。输出奁资，何可胜计。伤哉！吾国宁有富强之日乎？①

这段话从国家名誉和金钱两方面的损失分析类似"银行瓦解"一类的事件所带来的危害，加深了作品的内涵。

相比之下，幻影女士的忧思范围更是扩展到家庭、教育、医疗、灾异、治安及民俗等诸多方面。其《隐恨》讲述家庭不和带来的悲剧；《农妇》描述勤劳善良的农村产妇死于愚昧无知的收生婆之手；《噫！惨哉》呼吁读者为水灾的受害者捐资捐药；《声声泪》感慨无辜的乡村母子被匪寇所害；《侮辱》则描写外国水手欺辱中国女子，在场的中国人不仅无人制止，且拍掌哗笑……幻影女士的深刻之处在于她能够看到种种黑暗腐败现象的根源在于民族素质的低下。在小说《侮辱》中，叙事者"幻影女士"感叹说："吾心如焚，不知当恨谁也。恨水手之欺凌女子也？欧洲素

---

① 《小说时报》第十八期，1913年5月1日。

尚文明，乃敢公然行此者，欺吾国弱也。恨吾国弱也？恨吾国程度不足也？呜呼！人侮辱我欤？抑我招人侮辱也？"基于此，幻影女士将消除腐败的希望寄托于教育。她在《贫儿教育所》中描绘了一幅教育兴村的理想画卷：

> 离禅数里，有村曰"茜乡"，居民数百，大都务农，未受教育。风俗愚顽，民不聊生。丰年仅足温饱，歉岁则啼饥号寒，至于鬻子女以求活。会某女士游于其地，见贫民子女之愚顽，恐流为无赖，甚者或作盗贼，遂设贫儿教育所于村中。……茜乡于是乎富庶，人知爱国济人，无奢靡之风。贫者富而富者仁，无赖盗贼以绝。邻村效之，南邑日益兴焉。[①]

类似的思考均可见其责任感与见地。

与吕韵清、杨令茀、幻影等诸人同时，相当一部分女作家的小说创作尚停留于讲述故事的阶段，对事件本身的"奇""怪""烈"等感官刺激性倍加注意。如庆珍女史的《旅行述异》描述苗族老人被家人抛弃后化为"僵"，在山中危害兽类及行人，最终被虎设计陷害。故事中蕴含着人情冷酷的现实因素，但小说的叙述视点主要以旅行者为中心人物揭示其担忧、恐惧及最后如释重负等心理感受，如：

> ……（旅行者）方燃火间，猝见亭柱上有印文，就而视之，则地方官告示也。略谓"山有僵怪，贻害行人……勿以夜过，致丧生命"云云。客众素知苗种中有僵怪，睹示大震。余舅性忠诚而胆细微，尤惧不可言，几纵声哭……
>
> ……俄顷，履声橐橐，暗中若有人来，诸客相愕然，燃火厉声叱之。履声近，视之，人也，状若山民，貌极魁梧，插手笑曰："诸君想迷途矣……吾庐不远，便请过从如何？"诸客正苦山亭不足以避雨，欣然从之。

---

① 《礼拜六》第八十一期，1915 年 7 月 31 日。

> ……入室，主人谢众客，为此山除害，众亦快然。时众心安而思睡，相与倒头而卧……①

类似的描写只能突出故事之"异"而很难对僵怪产生之现实原因进行具体揭示。

惠如女士的《阉婚》亦津津乐道于奇人异事。小说主人公"阉某"由宦官变为巨商，并娶贵族女子为妻，经历颇具传奇性。叙事者为了在两千字的短文中顺叙其数年的"发迹史"，有意强化了"奇遇"在故事结构中的地位。如"阉某"本系一穷汉，"又一年而某之奇遇至矣"，遇到内宫南府总管，因善歌而被选入内宫；意外逢义和团之变，卷款逃出后宫，成为巨商，且入外国籍，"乃一变为蛹，再变为蛾，事宁有奇于此哉"？"阉某"向一贵族女子求婚，此事本属荒唐，而女子之家偏偏因贪图财富而允婚，"刀锯之余，天下所同耻，乃复一曲求凰，居然射雀，事又宁有奇于是哉"？单纯突出"奇异"情节的叙事结构，亦使乱世中的变态、荒诞心理等故事内涵未能充分表现。

再如姚琴祯女士的《一血剪》涉及自由婚恋的悲剧。小说主要转述了张鉴澄夫妻之间的一段谈话及费薛瑛的绝命书。由张氏夫妻的谈话可知张费之间相恋已久，只是使君有妇，罗敷有夫（费已订婚），难有结果。费薛瑛在绝命书中表示："自信既许于君，岂可再适他人？"叙事者则在结尾评论："情之祸人，亦烈矣哉！"小说中的人物话语显示出薛瑛的"贞烈"，叙事者的语言则强调故事结局之"烈"，都未表现出引导读者进行理性思考的趋向。

从社会反响来看，内涵深刻的女性作品在当时更受到真挚的欢迎。杨令莆的《瓦解银行》1913 年 5 月 1 日在《小说时报》第 18 期发表时被冠以"名篇"的称号，幻影女士在《礼拜六》连续发表 15 篇小说，《礼拜六》的编辑钝根还在其《贫儿教育所》后面刊登启事说"幻影女士，屡承惠赐，慈光照人，曷胜感佩"云云。这对于引导和帮助女性小说走向深

---

① 《小说丛报》1917 年第 4 期。

化，具有不容忽视的积极意义。

三　限于既定价值体系内的女性自我追寻①

民初女性小说的女性视角，其基本特点是自居于弱势地位仰视男性，主要表现为其小说在选择描写对象、塑造人物以及评判事物时自觉或不自觉地接受反映一般男性思维特征的既定规则和标准，而没有探索女性自我面貌的自觉要求。上文所述理性与非理性作家均有此弊端。这也说明只要女性满足于仰视男性，其眼光无论如何锐利，亦无法躲开男性的遮蔽，而看到自己头上那片明朗的天空。

选择描写对象并不完全等同于选择题材，题材可以指称家庭、伦理、社会、教育、侦探等大的类别，而描写对象则主要指在某一类别中叙事行为的真正兴趣所在。民初不少女性小说讲述女性关心的家庭和婚姻故事，但很少作品真正表现女性所熟悉的生活细节和生活情趣。试观"理性"派作家幻影和"非理性"派作家姚琴祯分别在其《灯前琐语》和《一血剪》中有关家庭生活的一段描写：

> ……女郎曰："姊亦太小心，不将甥儿交乳媪保抱，自讨劳碌耳。"妇曰："乳媪腐愚，最易误事。且堂上老姑慈爱甚，诸孙偶小病，辄为之镇日不宁，故宜仰体老人心，加意将护。汝姊夫终日营营，又何暇内顾。予念不为人妇则已，既为人妇，即当尽妇职，不敢为一己之学问，放弃家庭之责任也。"女郎叹曰："姊境遇尤佳，唯忙耳。若长姊则不堪问矣。夫顽姑恶，相处大难。度惟以眼泪洗面耳。"妇曰："我国家庭，大抵如是，求其雍雍睦睦者，百不得一。长姊处境虽拂逆，然无负于人，无忝于职，问心无愧，自有真乐，且儿已长成，苦尽甘来之日不远矣。"女郎曰："我国家庭，以贵族

---

① 黄锦珠称之为"女性主体的掩映"，参见黄锦珠《女性主体的掩映：〈眉语〉女作家小说的情爱书写》，中国近代小说国际学术研讨会会议论文集，济南，2011年，第99页；鲁毅则将其命名为"男性话语的文本实践及'越轨书写'"，参见鲁毅《鸳鸯蝴蝶派编辑策略与清末民初女性小说创作》，《济南大学学报》2015年第4期；薛海燕《近代女性小说作家研究》中界定为女性的主体间性，参见薛海燕《近代女性小说作家研究》，中国社会科学出版社2004年版，第六章。

豪富之家为最纷乱，所谓家长主妇者，每以赌博为消遣，子女髫龄，即染恶习。某女士为小学教师，尝告予，六七岁龄之小学生，亦知博技，且有随母赴场赌番摊者。哀哉！中国家庭如是，尚何望乎振兴也？"

——《灯前琐语》

"嗟嗟，吾述此中心惨栗，愧悔不胜。幸分属夫妇，非他人比，且深信姊于亲前，决不流露一二，故敢直陈以消吾闷。顾转念以思，又恐姊或因是以妒以怨，而恨及伊人，致数年来同师之友，相爱之情，从此而斩，是则某罪不更大也？故迟迟未敢言也。"

语时，绣燕楼头，夫妇两人并肩同坐，夫呈不愉之色。其妻屡屡问之，所答乃如是，不禁惊且疑，语之曰："有何愤懑事，不妨详以告我。妾何人，岂肯于亲前进谗言，又岂肯效世俗之人，垄断君之爱情也？约言之，誓守秘密，设法为君玉成耳。"夫曰："善。吾心碎，吾肠裂矣。姊即责吾，吾亦奚恤。但愿吾姊终能曲谅吾心。"

既而曰："费薛瑛，非姊同学，交称莫逆者乎？两月前，曾来访汝，近已绝迹，不踵吾门。但吾则朝夕过从未尝或懈。……彼本姊友，辗转而为吾友，始则相爱，继则相亲，终则堕入情网。"

——《一血剪》

细读上面两段文字，《灯前琐语》以姐妹谈话展开家庭问题的讨论，《一血剪》则以夫妻谈话介绍情节的缘起，分别服务于阐述问题和展开情节的创作目的，个体性的家庭生活都并非主要描写对象。之所以出现这种情况，部分原因可能在于相对缺乏细节描写和场面描写的训练，但也说明女性尚未把眼前的具体生活天地自觉纳入小说创作的艺术视野（徐斌灵的《德国诗集》讲述夫妻之间的感情生活经历，属于特例，且这篇小说在艺术上较有特色，本书在下一节将详细论及）。

民初女性在创作小说时很少考虑到自身的生活特点，这固然可以避免使其小说的表现天地过于狭窄，但也削弱了创作主体的个性，说明女性尚缺乏足够的艺术创造性和独立判断能力。倘若与五四女作家描写"我自己的生活"① 的自觉性相比,更能体会出二者之间的差距。

从选择描写对象到具体塑造人物,小说的性别视角必然由"隐"入"显",因为小说对两性角色关系的安排方式,不能不表现出作者对现实中两性关系的认识特征。民初女性小说塑造人物形象,多数将女性置于辅助和顺从男性的地位,这一点集中体现了其女性视角的仰视特点。

幻影的《絮萍》中絮萍拒绝刘氏母子的求婚,愿意献身教育,似乎有别于其他女性形象,而她这样表白不嫁人的考虑:"一家良好,不吾足也。当养成无数好女子,使之分任改良家庭之责而后快。"后来刘氏子娶一妇,"习染浇习,不知妇德",絮萍代教之,"讽以微言,涵以德性,宛转规劝,渐归于正"。事实证明,絮萍不仅不反对"妇德",而且以推广后者为己任。吕韵清的《彩云来》讲述女主角影娥因发展刺绣事业而赢得独立,但小说在结尾交代:"(影娥)不十年积巨万。其时余(影娥之夫)已娶妾生子,客死异乡,而子尚幼。影乃出资扶柩,为营葬,抚妾而教子成名焉。"显然在以传统妇德的内容来表现主人公的道德完满。可见"理性派"所追求的女性理想人格虽然表面上增加了进取、独立等诸多内容,却依然以传统妇德为立足点。传统观念的深刻影响由此可见一斑。

民初女性小说的女主人公多为"贤妻良母"类型,徐斌灵《桃花人面》中的"灵芝"是一个例外。灵芝是"我"的同窗女友,婚后写信把"我"请去,倾诉因与表弟交往而被丈夫疑及贞操的痛苦与委屈。此事后不久灵芝即离婚,后来再婚。"我"听另一位女友"冯女士"提到灵芝的现状,"有三个姑娘,一举一动都监视着,翁姑又很严",但灵芝却依旧我行我素,"听说她从前离婚是与表弟有什么关系,至今还是如此,不知道真不真。有人还说曾见她与那表弟携手同行咧"。"我"觉得灵芝遭人如此非议,说明她不善交友,即写信劝她与众朋友搞好关系,但没有收到回信。几天后,"我"路遇灵芝,恰逢她与一位男子亲密地走在一起,"我"

---

① 庐隐曾说:"对于题材,我简直想不出,最后还是决定写我自己的生活吧。"参见庐隐《庐隐自传》,上海女子书店 1934 年版,第 80 页。

上前欲打招呼，而灵芝却"大有不能接近之状"，径自去了。

今天的读者从灵芝的立场考虑，不难体会其要求女性交际自由的愿望和反抗社会约束的情绪，但作品显然急于用道德评判的态度表明自己的立场，而没有兴趣分析"另类女性"的特有心理。小说结尾这样描写：

> 我又回到上海本寓，不期在路上偶然遇见灵芝，倒被她一吓。地方是沪南的龙华，时候是三月，正是春风和暖、桃花开放之际。我与丈夫及爱儿三人同往游玩，瞥见前面过来一位打扮得天仙似的姑娘，张着灰色洋伞，半遮颜面，目光四射，似乎怕人瞧见。一个年轻男子并肩而行，且行且语，形状很觉亲密，却不像是丈夫。四边的人都对他们观看，一半是有羡望之意，一半是带嘲笑之态。我粗一看，似乎此人颇面熟，然而也不一定要想他是谁。到走近时，洋伞一斜，便露出他的全体面貌来。我此时宛如触电一般。不消说了，这美丽的姑娘就是灵芝。……我丈夫问我道："是谁？"我道："此人么，曾在我家的邻居遇过他的。"①

"我"关心的是灵芝是否有出轨行为，而并非其出轨的原因，这里"我"的目睹"证实"了灵芝倾诉委屈情由不实，而冯女士所听到的传闻则非虚，"真假"鉴定构成了不容置疑的叙述主体，表达了轻蔑、鄙视灵芝的鲜明态度。拒绝正视、分析女性超越价值规范的心理及行为，这种态度从另一个角度显示了男权规范在女性小说人物形象塑造中的强大支配能力。

民初女性小说多系文言体，不少作品中在场的叙事者使用作者身份，表达对事件的态度。叙事者的相关话语亦能表现出作家的性别意识。如秀英女士在其《杀妻记》中讲述了这样一个故事：英人麦克与德女梅丽相爱结合，后来一战爆发，英德为敌，麦克因爱国故，杀妻奔赴前敌。如此残忍无理的行为，连《礼拜六》的男性编辑钝根都觉得过分。他在文后评价：

---

① 徐斌灵：《桃花人面》，《小说画报》第 13 号，1918 年 6 月。

> 爱国诚可嘉，杀妻终太忍。麦克不欲与德妇同居，暂使归国可也。或竟叱而逐之，亦尤可也。处置之道多矣，何必杀？①

而秀英女士则通过叙事者表达态度说：

> 杀妻求将，昔我国之吴起曾为之，惟彼为一己之功名耳。若麦克以爱国故，竟杀其新婚之爱妻，令人可怜而又可敬。回视吾华男子，且有因狎日妓而卖国者，何中外人之不相及也。吁！可胜叹哉！②

赞赏与肯定的态度溢于言表。女性作家对同性生命的尊重尚不及一个男编辑，这才真正令人"可胜叹哉"！"秀英女士"固然是一个极端的例子，但女性叙事者的话语不同程度地表现出对女性价值的轻视，却是一个不容否认的事实。

正运女士的《薄命人》中有这样一段话：

> 大雪之夜，独坐一室。围炉不暖，重衾觉薄，捉笔指僵，阅书意乱，闷极无聊，解衣欲睡。忽闻户外哭声，自远而近，凄惨欲绝。正运诧甚，急启窗外视，则邻女金云，且行且哭，其悲痛迫切之状，令人不忍卒睹。正运闭户幽思，悄然泪下。伤哉金云，遭逢侘傺，备受酷虐，如此寒夜，犹啼哭道途，必有奇悲极郁，不能自制者。正运亦弱女子，无金钱势力以相助，殊可憾也。③

女性的弱者意识吐露无遗。

幻影的《回头是岸》塑造了一个因情感失意而投身教育的外籍女性。叙事者在结尾评价说：

---

① 《礼拜六》第七十七期，1915 年 11 月 20 日。
② 同上。
③ 《游戏杂志》第十九期，1914 年。

　　吾闻欧洲高洁之妇女，遇失意事，辄寄其情于慈善事业，或来我国设婴堂，立学校以教养华人，虽尽瘁不恤。返观吾国妇女，则又如何？予见闻寡陋，未敢饶舌，惟近观小说，凡失意者，皆以一死自了，绝不念父母邦家，诚恐涓涓不塞，将成江河也。不忖简陋，而作是篇，以为失意者劝。幻影附识。①

　　劝导女性不必因失意于情感而自弃，这对女性生存价值的认识程度已经比宣扬在此情况下女性应"一死自了"者高出万万，但对比男编辑钝根的评语，仍可看出其保守倾向：

　　钝根曰：……然谓欧洲妇女遇失意事，辄寄其情于慈善事业，此言犹有未尽。盖欧洲妇女，大半服膺基督教，热诚所至，甘弃声色居处之好，而尽瘁于慈善事业者，正不必失意者为然。②

　　当然，并非所有的欧洲妇女都只因宗教信仰而献身社会，但钝根至少意识到女性可以把献身社会置于献身男性之上，不必因失意情感才"寄情"社会事业，这对女性价值的定位方式更为开明，显示出他作为"智识人士"的思维特征，非一般男性可比。而女性突破凡庸认识自我如此困难，亦显然受限于其内心深处的"第二性"心理。

　　民初女性小说在选择描写对象、塑造人物及评判事物时接受反映一般男性思维特征的既定规则，显示出其女性视角的仰视特点，说明女性小说真正书写自我的阶段尚未到来。

四　艺术探索的混乱与创获

　　民初是女性小说的起步阶段，又是中国小说的转型期。这双重因素使女性小说的艺术探索呈现出一定的无序状态，同时又在无序探索中得到了一些创获。

---

　　①　《礼拜六》第四十八期，1915 年 5 月 1 日。

　　②　同上。

民初女性小说的艺术创获表现在叙事视角、叙事结构、叙事时间等方面。首先值得一提的是其叙述视角的突破。如徐斌灵的《德国诗集》，小说由"我"——一位少妇讲述这样一个故事："我"发现丈夫有外遇，而其情妇珠儿却是一个温柔善良、命运坎坷的少女，这使"我"的不满最终转化为满腔同情。这个故事涉及夫妻感情的隐私，作者又是一个成熟女性，容易使人怀疑小说有自传的成分，这对女性自传体小说的出现可能有一定的启示和影响。

而吕韵清的《狸奴感遇》和黄翠凝的《离雏记》，分别由"我"——一个狸猫和一个6岁的女孩介绍自己的经历，叙事者身份与作者之间则有明显的距离。两篇小说中"猫"和"小女孩"的个性特征均比较突出。如《狸奴感遇》中的狸猫"予乃于主人前作滚地之戏以娱之，往返回旋，柔若无骨"，"盖予兄为东邻买乞去，已经三月，闻歌寻声而返，自此恋恋弗去。女主逢人称道弗已，特遗尿于地，窃食于橱，皆讳而勿言"，类似之处，颇足解颐；《离雏记》中的小女孩"每到家门，心里打算着我妈多分已经回来了，她手里一定拿着些什么东西，等我们回来分呢"，想念母亲与渴望得到东西的心理纠结在一起，颇能体现孩童思维的特征。

近代第一人称的短篇小说中，多是"我"叙述我的见闻，如吴趼人的《平步青云》（1907）、徐卓呆的《温泉浴》（1907）、报癖（陶佑曾）的《警察之结果》（1907）、苏曼殊的《绛纱记》（1915）；吴趼人的《黑籍冤魂》（1906）由"我"讲述我自己的故事，但作品开头和结尾中另有一个"我"（使用作者身份），作为故事的见闻者评述。这说明近代短篇小说第一人称叙事者人物化（直接参与故事）的艺术尚未成熟。在此情况下，女性小说则在第一人称自传式人物化和非自传式人物化方面均提供了比较成功的例子，其独创性应该引起我们的注意。

上文提到的徐斌灵的《德国诗集》及吕韵清的另一篇小说《花镜》，表现出一定的"诗化文本"① 特征，初步突破了传统小说以情节为重心的

---

① 此处提出的女作家小说的"诗化文本"特征得到了郭延礼的认可，后者将其概括为民初女作家小说艺术创新的重要表现之一；参见郭延礼《20世纪初中国女性小说家群体论》，《中山大学学报》2011年第2期。

结构模式。古代诗论强调"诗言志",诗对创作主体而言最具表现性;而小说则主要用来"补正史之阙"(指文言小说的采集民俗功能)和"羽翼信史"(白话小说普及性地讲述历史),着意于讲述故事,叙事速度过快,不利于表达作者的情思和志趣。诗化小说对加强小说的表现功能具有重要意义。考察近代小说,诗化文本尚极为少见,因此上述女性小说中的诗化文本对于研究诗化小说及近现代小说表现性的增强等课题均有重要意义。

吕韵清的《花镜》有两条情节线索:明线讲述新藻如何帮助幼稚、浅薄的少妇绶珠成长为贤妇人的故事;暗线则描写卖花女薛妹在新藻与绶珠居室一带售花的经历。小说以新藻的佣人勤先的一段话及叙事者的评论干预点明了"花"与"人"之间的联系,从而使两条线索得以相互映照:

> (薛妹)言次,解晚香之束,令女(勤先)自择。并以闹红数剪予之,曰:"晚香太素,宜以此花伴插,则红绿相间,愈悦目矣。"女摇首曰:"此洋牡丹耳,有色无香,流品斯下。吾主尝言,梅兰秋菊,品格独高,任近何花,亦能自保其芬馥。设在他卉,则一经劣品熏染,若人之交友,未有不气味同化者,可不慎所择哉?"……而吾(叙事者)至此,试综薛妹篮花,以方少妇(绶珠)。若娇小之茉莉花,轻盈之玉兰,以及凤仙洋菊之类,咸不足以相比。所可仿佛者,其惟含笑花钦?盖其笑靥尚开,憨态可掬;方以含笑为当,特惜华饰浓姿,俗而不韵,其无诗书涵育从可知矣。[①]

勤先之语以人喻花,使卖花的举动充满了人文气息;叙事者则以花喻书中人物,使人物描写形象而灵动。"花"与"人"之间的互喻关系,赋予小说一定的寓意诗化文本的特征。

诗化倾向更明显的是徐斌灵的《德国诗集》。"德国诗集"指"我丈夫"经常讲到的德国诗人莱奈乌氏的作品。小说首尾照应,突出了"诗集"中的诗意在小说意蕴层次中的重要地位:

---

① 《小说大观》(第四集),1915 年 12 月 30 日。

我丈夫是德国文学科出身的学生，他在德国诗人之中，最爱莱奈乌氏的诗，这一种金边的小型诗集，常在他书桌上。这位先生的诗，读了如见暮春落花，如闻少女夭逝。我丈夫时常讲给我听，这悲怆的诗味，最足令人感心。不想我有生以来的境遇，恰与莱奈乌氏的诗一般。

——开头

我回到家中，一抬眼就看见那金边革面的德国诗人莱奈乌诗集。一见这德国诗集，就想起珠儿（"我丈夫"的情人）。咳！这德国诗集，不想竟成了我那伤心材料咧！

——结尾

故事中"我"经人提醒，怀疑丈夫已有外遇，丈夫在一细雨之日坦白承认自己情感出轨，并述及其情妇珠儿病重，将不久于世。故事高潮迭起，而反复的景物描写和心理描写却增强了抒情气氛，缓冲了情节发展的张力：

其时有种种传闻入我耳中……我暗想或者有什么秘密的书信藏着没有。在抽屉书架内四面寻觅，一些也找不到。……

到明年春间，在柳暗花明的时候，我靠在楼上窗口，眺望外面景色，觉得我家四面的景象，大有留春不住的样子。我一见暮春将去，不免又想起那久未提及的莱奈乌氏诗来，心中非常悲凄。可怜我欢乐的春日，已梦也似的过去了。……

我丈夫似乎亦已打定主意，向我说道："这种话，却是很难对你说。"他说了一句，又不接下去，便道："我实在做错了事，非先向你谢罪不可。（以下讲述其外遇和珠儿的病况）"我问道："如今你说要死，究竟怎样了？"丈夫道："他生在平和的山中，性质荏弱，怎能在这喧哗不堪的都会中度日呢？肺部有病了。"……我不觉也陪他挂下泪。从玻璃窗内，瞧瞧外面的景象，如临画图，明明是一幅暮春的写景。①

类似之处清晰地表现出传达诗意为小说的主要创作目的。

小说频频提及德国诗集，而其浓郁的自怜自伤情调却表现出女性情感特征，与传统闺秀诗词似有更深隐的联系。如以下句子：

> 我在学校时代把自身譬喻作野外开着的无名之花，时常伤心堕泪，世上的悲哀，世上的烦恼，怎么恼得人如此呢？……我譬如春天开着的无名之花，我丈夫好奇，把我采集供养了已有三年，我总也忘不掉的。……

> 某君所著的小说，我更爱读他最有名的《秋水记》，其中的女主人公紫云真是写得令人伤心，你想他在大病之际，心中挂念丈夫，还强是把蓬乱的头发梳好，装饰整齐。想到他此时的心理，怎能不替他难过。有一天我和丈夫谈起此事，他说："不错，小说果真作得好，我也极佩服，不过紫云的性格，不很明了，为了这一点事，就害起病来……"我就驳道："不然，女子性质，大半如此柔弱，失了依靠，没有一个不如枯叶一般，绝无生气的。"

这些地方表明叙事者在以传统女性"温柔""感伤"的情感特征体验和把握生活，读之令人联想到历代闺秀诗词中如"莫道秋来不憔悴，满庭都是断肠花"②"销魂不待君先说，凄凄似痛还如咽。旧恩新宠，晚云流月"③"恨此生却似，海棠开无主。佳期难据。怕鱼沉雁杳，寻伊何处"④之类句子，其中莫不包含期待幸福而深知祸福难由自主的感叹。

女性诗词传统中的忧郁和感伤气质渗透在女性的艺术思维中，对现代女性创作（包括小说创作）有着深远的影响。徐斌灵的《德国诗集》刻意渲染忧郁、感伤的诗性氛围，启示了在小说创作中延续女性诗词传统的可能，对

---

① 《小说画报》第 16 期，1918 年 9 月。
② （明）叶纨纨：《秋日偶题》，《芳草轩遗稿》。
③ （明）徐璨：《忆秦娥·春感》，《拙政园诗余》。
④ （清）方是仙：《女冠子》，《萍香词》。

于认识某些现当代女性小说中的诗化和抒情化因素具有重要的参考价值。

民初女性小说中亦有某些作品，如幻影的《灯前琐语》《慈爱之花》等描写生活的一个场景，没有明确的时间刻度，这对突破传统小说的叙事时间模式亦有一定意义。

传统小说文本叙事的所指时间一般明确对应历史时间，且尽力保持时间的线性连续，以显示故事的内部世界与真实的外部世界之间的联系，达到"补史"和"羽翼信史"的创作目的。现代小说的一个重要特点即在于加强叙事主体驾驭叙事时间的个体性，丰富叙事时间与历史时间的对应关系，以深化小说表现生活和阐释生活的能力。

以往在考察近代小说的时间处理方式时，已经发现了倒叙、插叙及截取生活的横断面等新的因素，但很少把这时期的女性小说纳入考察范围。如幻影的《灯前琐语》《慈爱之花》的叙事时间均为斩头去尾的"剖面式"，二者分别转述两姊妹关于家庭黑暗问题和个人立志问题的谈话，结尾分别云，"妇乃怅然而起，道晚安而去，女郎亦灭烛就寝。天上月光展转出没，犹与层云相激战云"，和"妹呼曰：'夜深矣，吾侪宜返室，天下无难事，坚毅可成功也。'姊点首，遂相将入室去。园中寂然，惟余月明花影"。均恰当地表现出作者的忧患意识，而没有执着交代事件本身的起讫。两部作品与《买路钱》（徐卓呆著，1907）、《化外土》（朱炳勋著，1910）、《地方自治》（饮椒著，1907），都是近代小说中在截取生活横断面方面较有代表性的作品。

如上所述，近代女性小说在叙事视角、叙事结构和叙事时间等方面的突破，显示出女性在小说创作方面的巨大潜力。而表现在小说文本中的一些粗制滥造现象，同时又说明有些女性作家对于小说艺术探索尚没有足够的自觉意识。如秀英女士的《青楼梦》等作品有多处情节漏洞；绿筠女士的《金缕衣》几乎就是《皇帝的新衣》的译本；幻影女士在作品中频频表示"爱凭理想，撰成是篇"（《贫儿教育所》）、"幻影草是篇，亦为难民请命也"（《噫！惨哉》），其作品宣传和说教成分失之过重，等等。女性的小说创作潜力在其具有足够的探索意识之后必然能得到更充分的开掘，支持女性小说展开真正的起飞。

结　语

通过考察民初女性小说的运思方式、女性视角和艺术探索可以发现，此时的女性小说在理性思索和艺术表现方面均表现出一定的潜力，对现当代女性小说有着深远的影响。徐斌灵的《德国诗集》、吕韵清的《狸奴感遇》及黄翠凝的《离雏记》关于第一人称自传式人物化和非自传式人物化的尝试，《德国诗集》与吕韵清的《花镜》对小说诗化途径的探索，幻影女士的《灯前琐语》《慈爱之花》截取生活横断面的创获等，均为近代小说在叙事视角、叙事结构、叙事时间方面转型的重要例证。这些例子的发现，对认识近代小说具有重要意义。

近代女性小说虽取得了一定成就，但探索自我面貌的意识尚未成熟，其女性视角的自贬和自抑倾向更暴露了女性的"第二性心理"。歌德在其《浮士德》中曾热情呼唤："永恒之女神，引领我们飞升。"而女性自身的飞升之路却艰难而漫长。握笔创作小说的女人最终成为艺术女神，需要凤凰涅槃般的精神提纯和磨炼。至于书写了女性群体创作小说最初篇章的民初女性小说，其得失将值得我们永远铭记。

民初 （1912—1919） 小说界女性作者群体的生成研究*

——以报刊业文化生态为视野

中国古代有不少女诗人、女词人，却很少有女小说家（此处所言的"小说"不包含说唱文学弹词）。现存女性创作的第一部小说是晚清女词人顾太清（1799－1877）的《红楼梦影》，但当时女小说家仍属凤毛麟角。而到 20 世纪初，尤其在五四之前的民初几年（1912—1919）之间，突然有一个女性小说作家群涌现于文坛。值得注意的是，这样一批女作者，其作品大多借助当时各类报纸杂志得以发表和传播。显然，小说史上第一个女性作者群的出现与近代报刊业的兴起，二者之间有着不容忽视的联系。

民初在报刊发表过小说的女作者有近 40 人，其中个别作者（如黄翠凝、吕韵清）基本上已成为职业小说家。这批小说作者虽然没有写出经典的作品，但她们的出现具有重要意义：从文学史上看，这个女性小说作者群体的出现不仅彻底打破了中国女性文学史上无小说的纪录，而且为五四之后一代杰出的女性小说家（如冰心、庐隐、冯沅君、凌叔华等）的脱颖而出提供了文体样板，奠定了文学基础；从传媒与文学的关系看，其出现是近代传媒引领、带动文学转型的结果和铁证。尽管这样一个女性作者群体的出现具有如上重要意义，却没有引起小说学者的足够注意，对其生成原因、过程、方式的有关研究基本仍属空白。

谢无量的《中国妇女文学史》（1916）未提到女性小说家，谭正璧的

---

　*　原载于《河南教育学院学报》2010 年第 6 期。

《中国妇女文学史》(1930)、曹正文的《女性文学与文学女性》(1991)也只是简单提到了较早的女小说家陈义臣、汪端。盛英的《二十世纪中国女性文学史》(1995)谈到了民初发表过小说作品的陈衡哲、杜珣的《中国历代女性文学作品精选》(2000)介绍了民初女性小说家刘韵琴及其作品，但都未将其作为一个重要群体来看待。时至今日，致使我们对一些基本史实都不清楚。

21世纪初，笔者在《中国女性小说的起步》[①]《近代女性文学研究》[②]等作品中较早指出"古代女性基本上没有小说作品，近代是女性创作小说的起点"，初步考证了20世纪前20年女性小说作者的人数、作品数量及相关报刊与女作者之间的联系。郭延礼教授在《新世纪古典文学研究路向的思考》[③]《重新认识中国近代小说》[④]等文中也反复强调"需要我们下真功夫，通过各种途径发掘史料，填补女性文学史的这一空白"。2004年，上海师范大学沈燕的硕士学位论文《二十世纪初女性小说作家研究》进一步确认20世纪前20年有37名女性小说作家（其中有民初作家33人，10名有确切生平资料），但如其文中所言，"不少女性小说作家仍湮没在历史的长河中"。以上论文有意识地关注了报刊（尤其是《礼拜六》《眉语》等鸳鸯蝴蝶派刊物）编辑对女作者创作小说的支持鼓励，但限于研究视角，失之简单、平面。

报纸杂志研究是20世纪80年代以来现当代文学界的热点之一[⑤]，经常被称引的成绩，如王晓明的《一份杂志与一个"社团"》[⑥]、罗岗的《历史中的〈学衡〉》[⑦]、陈平原的《思想史视野中的文学》[⑧]等。这些成果不同于该领域前辈学者唐弢、王瑶等先生主要在传统文献学意义上强调报刊可

---

① 薛海燕：《中国女性小说的起步》，《东方丛刊》2000年第2期。
② 薛海燕：《近代女性文学研究》，中国社会科学出版社2004年版。
③ 郭延礼：《新世纪古典文学研究路向的思考》，《文学评论》2002年第4期。
④ 郭延礼：《重新认识中国近代小说》，《厦门教育学院学报》2004年第3期。
⑤ 参见邵宁宁《关于现代文学杂志研究的方法论思考》，《甘肃社会科学》2006年第3期。
⑥ 王晓明：《刺丛里的求索》，上海远东出版社1995年版。
⑦ 罗岗：《历史中的〈学衡〉》，《二十一世纪》1995年第28期。
⑧ 陈平原：《思想史视野中的文学》，《中国现代文学研究丛刊》2002年第3期。

资获取"第一手材料",而更倾向于站在文化研究立场,将报刊这种大众传媒视作现代文化产业的一个链条、意识形态渗透的一种机制来对待;实践中常具体到讨论一份报刊如何作用于现代文学思潮、流派的形成,如何营造"话语空间",如何在读者、作者和社会之间架起一座桥梁。上述研究取向使现当代文学研究"走出单纯的作家作品论",获得了更广阔的研究视野,但也带来了将文学研究与文化研究之间的边界模糊化的危险。杨义倡导的"生命诗学"与文化人类学等相融合的学术视角①、陈平原强调的"以物见史、以物见人、以物见文"的基本策略②等,都对在报刊研究中如何坚持以"文学史学"为本位作出了有启发性的尝试和探讨。

报刊作为新式传媒虽然始于近代,但受文学史研究和教学中近代文学处境尴尬等因素影响,对数量庞大、搜集不易的近代报纸杂志进行研究的成果并不多。近年来,"二十世纪中国文学"的提法和现当代文学界报刊研究的盛行,也使近代报纸杂志逐渐引起关注。主要论著有王燕的《晚清小说期刊史论》③、郭浩帆的《中国近代四大小说杂志研究》④、李楠的《晚清民国时期上海小报研究》⑤、蒋晓丽的《中国近代大众传媒与中国近代文学》⑥、杜慧敏的《晚清主要小说期刊译作研究(1901—1911)》⑦ 等,也有越来越多的博士生、硕士生将近代报纸杂志研究作为论文选题。总的来看,与现代文学界相比,近代文学报刊研究主要集中于综合研究或"四大小说杂志"研究,着眼于某一有特色的报刊("四大小说杂志"之外)或某种文学现象的个案研究、微观研究(如潘建国 2001 年发表于《文学评论》第 6 期的《小说征文与晚清小说观念的演进》,陈大康 2006 年发表于《学术月刊》第 5 期的《报刊文学与商业交换法则——以〈瀛寰琐记〉的出版史为分析个案》等文)还比较少。为使报刊研究真正有利于"复原"近

---

① 参见杨义《京派海派综论·引言》,中国社会科学出版社 2003 年版,第 18—26 页。
② 参见陈平原《作为物质文化的"中国现代文学"》,《文汇报》2007 年 1 月。
③ 王燕:《晚清小说期刊史论》,吉林人民出版社 2002 年版。
④ 郭浩帆:《中国近代四大小说杂志研究》,中国当代出版社 2003 年版。
⑤ 李楠:《晚清民国时期上海小报研究》,人民文学出版社 2005 年版。
⑥ 蒋晓丽:《中国近代大众传媒与中国近代文学》,巴蜀书社 2005 年版。
⑦ 杜慧敏:《晚清主要小说期刊译作研究(1901—1911)》,上海书店出版社 2007 年版。

代文学赖以生成的文化生态、文学生态，提出更多有价值的学术问题，需要在此方面给予关注和努力。

如果能对民初女性小说作者群体的生成状态及相关的民初报刊文化生态给予个案的、复原性的考察，会有更多有价值的史料进入我们的研究视野。这不仅可以在一定程度上弥补小说史上第一个女性作者群体研究在史料积累方面的不足，而且从研究小说史、考察传媒与文学的关系角度看，也更有意义。毕竟，女性创作小说，报纸杂志引导女性涉足诗词之外的文学创作，这在民初都处于起步、尝试阶段，忠实、全程地追溯其成长过程，较之一味地吹捧、拔高更富参照价值，也是史学研究的题中应有之义。

研究民初女性小说作者群体的生成状态及赖以生成的民初报刊文化生态，具体目标应该是考知民初（1912—1919）从事小说创作的女作者的确切数据、生平资料；在个案、微观研究民初小说界女作者群体的生成状态、过程、原因的基础上，对比西方近代女性小说兴起的情况，总结中国小说史上女作者群体的兴起在所需条件、表现状态、历史影响等方面的共性和个性，为中国小说史研究和相关的文学史研究、传播史研究提供参照。

具体的研究内容应该包括：其一，在文献学层次，查考民初（1912—1919）从事小说创作的女作者的确切数据，在报刊发表小说的女作者数量，其生平交游情况，分别倾向于向何种刊物投稿，以何种方式投稿，发表小说对其生活和创作有何影响；发表女作者小说的刊物有几种，编辑意图、组稿方式如何，女作者小说与同刊物其他类别稿件的关系如何；各报刊编辑与女作者之间、女作者相互之间、女作者不同文体的作品之间、女作者与男作者之间、女作者与文学社团或其他社会组织之间、女作者与读者之间保持着怎样的联系。其二，在文化研究层次，通过"复原"相关报刊编辑、杂志文本、作者、读者、社会等各因素内部及各因素之间的"间性"（即看似相互独立的各因素之间实际存在的交互性、对话性）关系，思考民初报刊文化生态与小说史上第一批女性作者群体的生成之间究竟存在怎样的联系。其三，在文本研究层次，细读相关杂志文本，分析每篇女作家小说在文本、语词、细节与语境之间的勾连中所展露的艺术个性，在此基础上概括民初女作家小说的整体发展情况、发展水平。

由于民初报纸杂志的存放比较散乱，有些发行量不大且存在时间短暂的报纸杂志已很难查找；而大多数女性小说作者五四之后不再发表作品，其生平资料很难查找；再者，民初不少男作家假称"某某女士"发表作品，部分署名为女性的小说可能并非女性手笔。以上因素都给我们的研究带来了客观上的困难，需要我们下大功夫去搜集考证，建立进一步研究的牢靠基础。

我们在整理分析资料的过程中发现，民初各报刊鼓励女性创作小说，不只意在促进小说创作，也为了塑造所谓的"国民之母"，这种启蒙意图在一定程度上限定了女性作品的题材（以社会小说、家庭小说为主），也降低了用稿的艺术门槛，影响了投稿者对小说文体文化品位的认同暨对近代小说观念的接受（从分析同一作者发表不同文体作品的署名差异及其作品集对不同文体的取舍等信息可知）。这也是很多女作者只写一两篇便不再涉足小说创作的原因之一。很多女作者本身就是报刊编辑或编辑的亲友，或经相关人士介绍投稿，所以民初女作者小说的发表实际上借助了大众传播和人际传播两方面资源，这是其发展比较明显地依赖于某几种刊物（如《礼拜六》《眉语》）的原因之一。鼓励女作者创作小说的报刊多是鸳鸯蝴蝶派等文学流派（社团）的重镇，但同一流派的刊物编辑女性作品的理念、方式同中有异，不同流派刊物也异中见同，呈现出鲜活的生态。个别女作者的小说（如吕韵清、曾兰）发表后被其他刊物转载，或收入女作者小说集①，这是女作者小说被"经典化"的开始。

目前的研究资料证实，民初（1912—1919）在中国大陆创作发表过小说的女性共有 39 人，已可较确切考知其中 21 人的生平资料；通过对域外同一时期的报刊给予初步的整理、查考，目前已发现 3 位中国籍女子或华人女子在美国报刊发表过小说。

---

① 参见胡寄尘（化名"波罗奢馆主人"）《中国女子小说》，上海广益书局 1919 年版。

根据汉译名著《小说的兴起》[①] 一书所做的分析，小说在近代的迅速兴起有赖于三个主要的物质和文化条件：一是整个社会普遍的识字人口的增加，出现了一个有较高读写能力的社会阶层，其中主要是中产阶级妇女；二是家庭私室的出现，为那些闲暇中的中产阶级妇女提供了阅读和写作的物质保证；三是邮递能力的迅速增强，为信件的投递和写信人之间的互相联系提供了便利的服务。其中两个因素都与"中产阶级妇女"直接相关，可见女性在小说这种文体的兴起过程中起到不可替代的作用。可惜的是，著者没让我们看到女作者在小说领域的具体表现及其特有的价值。事实上，无论中西，女性在小说创作领域的表现都比在其他文体中更为突出。正因如此，考察女作者与小说兴起之间的联系，就不仅应该是中国小说史研究、性别研究的一个重要内容，而且应该是一个跨国别、跨语际的学术话题。

---

① ［美］伊恩·P. 瓦特：《小说的兴起》，高原、董红钧译，生活·新知·读书三联书店1992 年版。

中西小说史上早期女性作者群体
生成状态述论[*]

中国小说史上较早的女性作者群体出现在清末民初，而西方小说史上早期女性作者群体一般指 17、18 世纪老牌资本主义国家英国的一批女小说家。本文通过比较中西小说史上早期的女性作者群体，旨在分析二者生成状态所需条件、表现形态的异同。

一　中国小说史上早期女性作者群体的生成状态

如笔者在《民初小说界女性作者群体的生成研究》等文中所述，中国古代女性其实不乏诗词创作，但直到 20 世纪初，尤其是在民国初年，才出现了一个写作小说的女性作者群体，此处不予赘述。

二　西方小说史上早期女性作者群体生成状态

早在 1929 年，美国女性主义先驱、著名小说家伍尔芙在《自己的一间屋》中曾说，"所有女人都应在阿芙拉·贝恩（1640－1689）墓上撒下鲜花"^①，因为她较早为女性争得了借写作小说表达自我的权利；而其后继者的代不乏人和不俗表现，则说明"小说过去是现在仍然是，妇女最容易写

---

　　*　原载于《菏泽学院学报》2012 年第 4 期。
　　①　参见［美］弗吉尼亚·伍尔芙：《伍尔芙随笔全集》，石云龙、刘炳善等译，中国社会科学出版社 2001 年版，第 7 页。

作的东西"①。但在此后大半个世纪中，无论是用社会历史学方法研究英国小说史（1957）的瓦特，抑或是被哈贝马斯"公共领域"理论（1962）点燃了对18世纪英国小说学术兴趣的学者，更多关注的都并不是创作了早期"大多数英国小说"的女性作者，而是女性读者群体的存在之于"小说兴起"乃至文化转型的意义。女性主义批评家也多认为，应首先关注"妇女作为读者"，其次才是"妇女作为作者"（肖瓦尔特，1979）。被"第二关注"的妇女文学自身传统逐渐被梳理，"浮出历史地表"，代表作如《女性想象》（斯帕克斯，1975）、《文学妇女》（莫尔斯，1976）、《她们自己的文学：从勃朗特到莱辛的英国妇女小说家》（肖瓦尔特，1977）、《阁楼上的疯女人》（吉尔博特，1977）、《妇女小说》（贝姆，1978）、《女性观察家：1800年前的英国女作家》《诺顿妇女文学选》（桑德拉·吉尔伯特，1985）等。其中前四部最负盛名，而其追溯的英美妇女小说源头实际上已迟至19世纪。究其原因，主要在于"她们"也很难避免以常规艺术标准剪裁妇女文学史，早期作品缺少历史经验作为参照，虽有筚路蓝缕之功，却难免粗糙幼稚之弊，容易被淡化和遗忘。

三 中西方早期女性作者群体生成状态的异同

众所周知，无论中西，女性在小说创作领域都有突出表现。但很少有学者提及，中国女性曾长期习染诗词创作，不像西方女性那样相对缺乏抒情文学写作经验，中西女性小说兴起的条件、状态、意义必然存在差异。因此，对比其中异同，不仅是小说史研究的重要内容，而且对女性文学研究和跨国别、跨语际的性别诗学研究而言，也有重要的参考价值。

（一）中西方早期女性作者群体生成状态之同

中西小说史上第一个女性作者群体的出现都是在社会文化的近代转型期，都以近代报刊出版业的繁荣为背景。

---

① ［美］伊莱恩·肖瓦尔特：《她们自己的文学：从勃朗特到莱辛的英国女性小说家》（增订版），外语教学与研究出版社2004年版，第43页。

如伍尔芙所言，英国 17 世纪奇女子艾芙拉·贝恩通常被视为女性创作小说的先驱，其三卷本长篇小说《豪门兄妹的爱情书简》（1684—1687）等熔爱情传奇和"丑闻实录"于一炉，被其后不少女作家，如德·拉·里维埃·曼利（1663—1724）、伊莱莎·海伍德（1693—1756）等效仿，给人留下一个印象：似乎英国 17 世纪女小说家热衷于描写"越轨的情爱和女性激情"。英国"十八世纪的小说大部分是由妇女写的"①，据瓦特分析，一方面是由于 18 世纪中产阶级妇女的生活范围日益受到限制，而束缚她们的家庭却为她们提供了独特的创作题材，使她们拥有优先的条件去处理类似素材；另一方面是由于中产阶级妇女的家庭生活条件得到改善，也使她们有条件改善自己的写作环境，这种写作环境经过不断改进，被称为"私室"，既能满足有闲有钱的妇女以读书自娱，借以支持图书事业（尤其是长篇小说）的发展，又使某些有兴趣有才能参与写作的女性尝试练笔，借此拥有了施展才华的空间。基于此，"詹姆斯还在其他的场合更为笼统地将现代文明中'小说的显著而引人注目的地位'，与'妇女态度的显著而引人注目的地位'联系起来"②。

如李舜华在《女性读者与明代章回小说的兴起》文中所言，"当前有关女性读者与章回小说之兴起的考察，明显来自西方小说理论的影响"，"一方面，重女教者鼓吹假通俗读物以教化女性，这一思潮直接影响了章回小说的兴起；另一方面，重性灵者鼓吹女性的才学，其结果却是大量女性首先折入诗文词曲的创作，她们对章回小说的影响只能是间接而曲折的"③。明清女性钟情诗词创作，尤其清代女性诗文集"超轶前代，数逾三千"④，与中国重诗教的传统及明清特定的文化环境有关，兹不赘述。而在清末民初，女性的阅读的确有功于报刊出版业和小说的兴盛，民初小说界主要女作者之一幻影女士在《礼拜六》第 28 期发表的《小学生语》中即曾借西人谈话提到"华人妇女好观新剧小说，实欲与剧中人作不规则之聚

---

① ［美］伊恩·P. 瓦特：《小说的兴起》，生活·读书·新知三联书店 1992 年版，第 343 页。
② 同上书，第 344 页。
③ 李舜华：《女性读者与明代章回小说的兴起》，《学术研究》2009 年第 10 期。
④ 胡文楷：《历代妇女著作考》，上海古籍出版社 1985 年版，第 5 页。

会，新剧小说发达，此亦一因缘"；反过来报刊出版业的兴盛也造就了一批女性小说作者，据统计，民初发表过小说作品的女性合计 60 余人，其中43 人主要借助报纸杂志（如《礼拜六》《眉语》等）发表小说。近代报刊出版业的兴盛，显然为第一批女性小说家的出现提供了必要的条件。从传播载体与文学之间的关系看，近代报刊业在此方面的意义，可被看作近代传媒带动文学转型的范例。

（二）中西方早期女性作者群体生成状态之异

如前所述，虽然早在明代，女性的阅读已经对章回小说的兴盛起到了一定作用，但多数女性还是倾向于创作诗词。清代女性诗文集众多，形成了女性创作的高峰，而写作小说者仅汪端、顾太清等寥寥数人。相形之下，西方早期以写作抒情文学闻名的女作者似乎并不多。西方文论家之所以形成"小说过去是现在仍然是，妇女最容易写作的东西"之类将女性与小说写作密切勾连的印象，应该与西方女性文学发展的这种实际情况有关。

民初（1912—1919）女性从知识结构上看也大多习染"高等文类"诗词，报刊的启蒙姿态又无形中阻碍了投稿者对小说文化品位的认同，这成为很多女作者只写一两篇便不再涉足小说创作的一个主要原因。女性对小说的文体认同不足，再次成为其投身小说创作的阻碍。这种情况在西方小说界早期女性作者群体的生成状态中，并不典型。

从早期女性作品的价值取向上对比，西方传媒多考虑市场因素，早期女性小说常写"越轨的情爱和女性激情"；而民初传媒在市场因素之外还多持"塑造国民之母"的启蒙意愿，常鼓励并采用女性创作社会责任感较强的作品，在《礼拜六》上发表作品最多的女作者幻影女士，就经常被编辑王钝根评价为"慈光照人"。

四　对中西小说史上早期女性作者群体研究的不足及建议

综合而言，国内外学术界对早期女性小说家群体的研究主要存在以下不足。首先，中国鲜见对小说史上最早的女作者群体的专门研究，西方学者对早期女作者群体的研究也比较薄弱。其次，中国学界对中国女性小说史的源头认识不清。古代文学研究者容易忽略女性小说，而治现代文学的学者则经常将五四女作家视为第一批女小说家。最后，对中国女性与小说之缘的认识存在误区。研究者移植了西方女性主义者"小说过去是现在仍然是，妇女最容易写作的东西"的论断，而忽略了中国女性文学曾长期以诗词创作为主的文体格局。

对此，笔者认为，对中西小说史上早期女性小说家群体深入的相关研究应着重在以下五个方面。其一，考知中国早期（民国初年）女作者的人数、作品数量、生平交游情况。重点考察女性与报刊之间的关系，如分别倾向于向何种刊物投稿，以何种方式投稿，发表小说对其生活和创作的影响；发表女作者小说的刊物有几种，编辑意图、组稿方式如何等。其二，考察中西近代传媒与早期女性小说作者群之间的关系，如编辑意图、编辑与具体作者之间的关系、女作者对小说创作的适应程度等，比较二者的传播动机、模式、效果，概括中西女性小说兴起所需条件、表现形态、历史影响的异同。其三，分析中国早期（民国初年）女性小说相对于传统小说、同时期男性小说、早期西方女性小说的艺术个性，总结其在女性小说史上的意义。其四，考察中国诗学传统和女性文学的文体格局，分析中国性别诗学的特点。海外华人学者叶嘉莹、孙康宜曾以"香草美人"比兴传统、"声音互换"理论阐释诗词的性别诗学特色，兼顾叙事文学，可以尝试提出"声音模拟"概念，探讨中国文学相对更强的两性之间、叙事抒情各文体之间相互影响的关系。其五，在中国女性文学的总体格局中审视女性与小说叙事、女性小说与现代性之间的关系，思考西方学者将"女性·小说·现代性"相勾连的论断。中国早期（民国初年）女性习染诗词，其小说叙事多有模拟传统文体之处，应予以具体分析，客观全面界定其特质和意义。

明清文学经典的近代性阐释

《杜十娘怒沉百宝箱》 的悲剧意蕴*

　　《杜十娘怒沉百宝箱》（以下简称《杜十娘》）是明代白话小说名篇，中国文学史上最为杰出的短篇小说之一。这篇小说以其细腻的笔触塑造了一个执着追求自己心目中美好理想的女性形象，取得了非凡的艺术成就。长期以来，人们对造成主人公悲剧命运的原因和小说的悲剧意蕴进行了多种猜测和诠释，但迄今仍未找到比较令人满意的答案。我们经常说，一部真正伟大的作品永远无法穷尽，这里将要分析的这篇小说就有这种永恒的艺术魅力。

　　《杜十娘》的故事情节并不十分复杂，如果按照传统的全聚焦式的叙事模式，基本上可以这样概括：名妓杜十娘久有从良之志，她深知沉迷烟花的公子哥们由于破家荡产，经常难以归见父母，便处心积虑地积攒了一个百宝箱，收藏在行院中的姐妹们那里，希望将来润色郎君行装，翁姑能够体谅自己一片苦心，成就自己的姻缘。经过长期寻觅，她选择了李甲，准备托付终身。为考验李甲的诚意，她让李甲到处借贷，又拿出私蓄百余银两，终于完成了赎身从良的心愿。姐妹们听说十娘将随李甲离开行院，纷纷前来相送，并以相助路资的名义将百宝箱交还给杜十娘。李甲一直不知道杜十娘有百宝箱，他担心归家不为严父所容，十娘便主张泛舟吴越，徐徐图之。途中，一富家公子偶睹十娘美貌，心生贪念，就乘与李甲喝酒

　　* 原载于《名作欣赏》2000 年第 2 期；人教版全日制普高教材高二语文下册教师用书全文转载，人民教育出版社 2001 年版；人教版全日制普高教材高三语文下册教师用书全文转载，人民教育出版社 2009 年版。

之机巧言离间，诱使李甲以千金之价把十娘卖给了他。十娘闻知自己被卖，万念俱灰。她佯装同意他们的交易，却在正式交易之际当众打开百宝箱，怒斥奸人和负心汉，抱箱投江而死。

如果小说真的采取这种叙事方式，那么故事不仅要交代百宝箱的来龙去脉，而且必须试图回答下列问题：第一，杜十娘为什么一直不肯把百宝箱的事情告诉李甲；第二，杜十娘虽然被卖，但有百宝箱在，她并不是没有别的道路可走，比如自己赎出自己，或者另觅知音，或者泛舟江湖，都可以摆脱被买卖的悲惨命运，为什么一定要自杀？不回答这些问题，叙事者肯定要被怀疑为不可靠，而如果回答了上述问题，又会显得交代得太实，从而减少小说的艺术魅力。另外，采取这种叙事模式，读者的眼光过多缠绕在百宝箱上，也会分散读者的注意力，削弱小说的悲剧效果。《杜十娘》的作者在这一点上表现得极为高明，他放弃了传统的叙事模式，而选择了外聚焦的叙事方式：叙事者不交代杜十娘日常秘密积攒百宝箱的具体情况和心态，读者只是在杜十娘最终跳江之际，才通过她的控诉得知她还有一个百宝箱。这样，本来应该叙事者回答的那些问题便责无旁贷地摆在读者的面前：为什么杜十娘要积攒百宝箱？为什么不肯让李甲知道自己有百宝箱？最后又为什么不肯让百宝箱发挥作用，而白白地抱着它沉入江底？回答这些问题的角度和深度，就决定了对这个故事的悲剧内涵的理解程度，《杜十娘》之所以具有难以穷尽的艺术魅力，其主要原因就在这里。

古典小说中表现女性悲剧命运的篇章不在少数，《杜十娘》只是其中之一。但比较起来，这些悲剧女性对生活和幸福的追求并不完全相同，造成她们悲剧命运的原因各有差别，小说思索和揭示女性悲剧命运的着眼点就不完全一样。

同是谴责男人薄幸的故事，在冯梦龙的"三言"中除了《杜十娘》以外，还有其他两篇：《金玉奴棒打薄情郎》和《王娇鸾百年长恨》。

《金玉奴棒打薄情郎》中，金玉奴出身乞丐团头之家，她的丈夫莫稽早年贫困潦倒，入赘金家，赖贤妻相助连科及第，得授司户之职。莫稽贵显后，不但不念妻德，反而嫌她出身微贱，影响自己的名声、前途，在赴任途中将玉奴推落江心。金玉奴巧遇赴任官员许公相救才得以存活。玉奴虽然恨丈夫薄情寡义，但她绝不愿再嫁他人。在许公的周旋下，金玉奴最后与丈夫言归于好。传统的贞操和女德观念，使她选择了委曲求全、维持固有婚姻的道路。

《王娇鸾百年长恨》的故事情节在古典小说中毫不稀奇。它的前半部分是典型的才子佳人故事：小姐在后花园玩耍，被多情公子窥见，小姐惊慌逃走，匆忙中遗失的香帕落入公子手中，小姐遣梅香索要手帕，公子不予，反而以诗挑之。二人往来唱和，遂成私情。后半部分，公子周廷章因父病返乡省视，不料家里已经为他订下亲事，周廷章闻知女方财富貌美，遂不顾前盟，另行婚娶。王娇鸾得知情郎负心，投缳自尽，并于临终前将自己与周廷章的故事制成绝命诗，连同昔日婚书一起巧妙地投入官府文书，使周廷章负心薄幸的事实大白于天下，惩治了负心郎。这篇小说采用了典型的"痴心女子负心汉"模式，它所谴责的是薄幸乱行的负心之辈。王娇鸾的行为虽然远比金玉奴烈性，但她用死来捍卫的，实际上也不过是传统的节烈观念和昔日热恋时的一纸婚书。

《金玉奴棒打薄情郎》的入话开宗明义地指出："妇人之随夫，如花之附于枝，枝若无花，逢春再发；花若离枝，不可复合。"封建社会的女性就处于这种可怜的地位上，传统的道德观念把女性对幸福的追求压制到了最低限度，这要求中没有爱情，没有尊重，而只有被社会所承认的婚约。

大家闺秀、良家妇女尚且如此，处于社会最底层的妓女，其遭遇就更加不幸，唐代传奇《霍小玉传》中的主人公，她对情人的要求非常低，不过是八年的欢爱，而就连这可怜的心愿，最后都没有得到满足。

与她们相比，杜十娘显得迥然不同，她要求的不是短暂的欢爱，甚至不是婚姻。如果仅仅要求婚姻，那么这个愿望对杜十娘来说非常容易实现。她当日如肯告诉李甲自己有百宝箱，那么赎身、还家、缔结良缘，不费吹灰之力。既然如此，杜十娘追求的究竟是什么呢？她自己说，是一份"生死无憾"的真情。怎样才是"生死无憾"的真情，杜十娘没有说，但从她不肯用百宝箱苟全得到幸福，不肯接受被买卖的命运等种种举动，看得出她渴望自己的情人不把自己当作可以随意买卖的烟花，而是相濡以沫的伴侣。这"真情"可以说是发自内心的珍爱和尊重。如果从"情"的宽泛意义上理解，应该认为杜十娘追求的是一种与利害无关的正常的人际关系，是人与人之间的相互理解、相互欣赏和相互吸引，是人间至真、至纯至美的情感。

杜十娘为什么要对那种无关利害的美好情感孜孜以求，这种愿望最终为什么没有得到实现？要回答这些问题，就必须对故事产生的背景——明代社会的社会现实有所了解。

明代是中国历史上商品经济发展最为充分和繁荣的时期，尤其在南方，专门用于商品生产和交换的手工工场已粗具规模。随着商品经济的迅速发展，金钱在实际生活中的地位日益提高，传统的价值观念开始产生巨大转变。小说中，李甲的父亲李布政虽然始终没有出场，却像阴影一样笼罩着全篇，对情节的发展起着重要的作用。就因为这样，人们一直考虑是不是门第观念造成了杜十娘的悲剧。但仔细阅读小说可以发现，作者通过孙富对李布政不接受儿子回家个中原因的分析，通过李甲得孙富授计后"茅塞顿开"的心态和发现杜十娘有百宝箱之后的悔意，通过十娘对前程的设计和安排等种种细节，告诉我们，百宝箱可以使李布政接纳杜十娘，金钱的力量已经压倒了根深蒂固的门第观念，布政使的门槛在身为妓女的杜十娘面前并不是不可逾越的。

金钱冲击着传统的价值观念和意识，旧有的等级、尊卑等秩序不再牢不可破，这在一定程度上为社会带来了平等的气息。就这一点而言，鼓励公平竞争的商品经济的确给社会带来了勃勃生机。但是，把人的价值放在金钱的天平上加以衡量，是否就真的合理呢？显然不是。因为人的价值既然可以用金钱衡量，那么人格、尊严、良知、情感等同样可以被当作商品来买卖。对金钱的追求使人与人之间的正常交往成了以利相交的关系，使人把金钱的价值看得高于友谊，高于真情，使人对自己和他人都失去了一份起码的尊重。明代小说作品集"三言二拍"中的许多篇章都对商品社会中市民生活的新面貌、新气象给予了热情的渲染和描绘。《杜十娘》这样对金钱给人性带来丑的因素这一方面给予揭示和思索，是很个别的例子。

人与人之间利害得失的关系是《杜十娘》小说情节所反映的一个重要方面。老鸨与杜十娘，三亲四友与李甲，杜十娘与李布政，甚至李甲与杜十娘，都是这种关系。每个人行动时都要权衡自己的利弊，因而也不敢相信他人的动机中会有单纯、美好、属于真情的成分。小说中帮助杜十娘赎身的柳遇春开始也并不相信杜十娘真心要跟随李甲，他以妓女与嫖客之间"以利相交"的通常关系推度，所谓的三百两赎身不过是"烟花逐客之计"，劝李甲不要上当。但当他看到李甲拿来杜十娘苦心积蓄的银两时，却被深深地震撼了，不但慨然帮助他们，还语重心长地嘱咐李甲"此乃真情，不可相负"，因为他知道在这交织着利害关系的社会中付出一份不计得失的真情需要什么样的勇气，有着什么样的分量。小说中的这一细节告诉我们，在通常的利害关系中没有生长真情的土壤；而就在"不计得失"的基础上，书中仅有的两个知道"真情"为何物的人物产生了对彼此的尊重和欣赏。这种真情像柔弱的嫩芽，没有供给养料的土壤，只有枯萎死亡，这就是悲剧的真正原因。杜十娘身份低微，属于只要有钱就可以随意欺辱的对象。出卖色相的生涯把她视为人类情感中最美好部分的两性之爱也打上了金钱的烙印，使她感受到深重的欺辱和伤害。因此她急于从良，却不告诉李甲自己有百宝箱，不敢在爱情的天平上增加一颗金钱的砝码。她从内心呼唤一种不为金钱和利害所左右的人际关系，毫无疑问，只有在这种关系中，人才能真正地尊重自己、关怀他人，才能产生包含人性中一切美好成分的真情，包括爱情。这样一种对情的认识不像其他小说那样停留在婚姻和两情相悦的范围内，而是在人性和美好的人际关系的基础上进行新的探索。这是《杜十娘》与众不同的地方，也是其成功之处。

论汤显祖的梦幻观[*]

明代剧作家汤显祖一生主要的四部剧作：《紫钗记》《牡丹亭》《南柯记》与《邯郸记》，由于每部剧作都有"梦"，合称"四梦"。在《与丁长儒》的信中，汤显祖曾说："弟传奇多梦语。"可见在其剧作中，汤显祖是有意识地写到了"梦"。一个作家在其所有作品中都有意识地写"梦"，足以说明他对"梦"有着独特的认识和密切的关注。探索作家对"梦"的独特认识及其深层感悟，对于我们从总体上把握其艺术风格和作品内涵，必将有很大帮助。

"四梦"从未受到研究界的冷落，但作家本人对于"四梦"的一段评述却没有引起足够的重视。在《答孙俟居》的信中，汤显祖曾说："兄以二梦破梦，梦竟得破耶？儿女之梦难除。尼父所以拜嘉鱼，大人所以占维熊也。"^①我们可以对这段话分析如下：第一，"二梦"指《南柯记》和《邯郸记》，一般认为这两部剧都表达了"人生如梦"的空幻感受。从此信的语气看，这是一封复信，在此之前，孙俟居曾写信给汤显祖，感叹他的剧作点破了世人之"梦"。第二，孙俟居所云"破梦"，"梦"在此处泛指人对世俗生活的要求和愿望，而汤显祖所说的"儿女之梦"却特指人对真情的追求。从《南柯记》与《邯郸记》的内容看，两剧主要写的都不是"儿女之梦"。因此汤显祖的此段感慨，在很大程度上就不是在针对友人对

---

* 原载于《北京社会科学》2000年第2期。

① （明）汤显祖著，徐朔方点校：《汤显祖诗文集》，上海古籍出版社1982年版，第1299页。

"二梦"的评价,而是重在表达自己对所谓"儿女之梦"的看法。他强调"儿女之梦"难除,说明他认为不能把人对真情的追求与普通的世俗愿望等而视之:一般的世俗愿望都可以破灭,而人对真情的追求却难以消除。换言之,孙俟居认为"人生如梦",他的认识重在否定世俗愿望和追求的价值;而汤显祖则在此基础上提出了新的价值观,肯定了追求真情的意义。后者的观点既有"破",又有"立",这就是汤显祖"梦幻观"的两个基本层次。

所谓"人生如梦",即言人生像梦境一样虚幻,此种说法否定了世俗愿望和现实追求的意义。但同时也有另一种说法:"梦寐以求",它以梦为喻,强调人的追求像朝思暮想一样执着,肯定了人生追求的价值。人对真情的追求往往真挚热烈,不计现实得失,因此人们在提到此类追求时往往以梦作喻,这就是汤显祖书信中所提到的"儿女之梦"。它可以被看作"梦寐以求"的一个范例。以上三种说法长期以来被普遍接受,具有特定的含义,这说明借梦作比喻以表达对现实的认识和思考,是古代文化中常见的思维模式之一。

有相似性的事物才能进行比喻,那么梦与现实之间,到底存在什么样的相似性?

几乎每个人都曾经做梦,而做过梦的人大都有一种类似体验,那就是梦境与现实极为逼真,以致梦中之人会把梦误认作现实,如《庄子·齐物论》所言"方其梦也,不知其梦也"。此即梦境与现实在第一层次的相似性。

在此基础上,梦又表现出与现实相对立的特征。较为突出的,其一是虚幻性。如明代庄元臣在《叔苴子》中所说:"觉境实而梦境虚。"其二是超越性。人在梦中的思维带有很多的非理性因素,因而梦境经常突破现实规范。人的某些理想和愿望在现实中难以实现,却往往可以在梦中实现。梦与现实相对立的特征使两种相似的事物相区别,同样为二者的可比性奠定了基础。

值得注意的是,现实相对于梦境而言虽有某些特征,如实在性和受限性,但并不绝对。即如实在性而言,一旦超越一定时空回首往昔的"现实"，总会使人产生一种虚幻的感受。此种感受与梦醒之后的体验常有几分相似。同样，人的某些理想和愿望在特定时空内有时无法实现，但随着时间推移，通过人的不懈努力，很可能成为现实。此种理想向现实的转变与具有超越性的梦相比，其差别主要在于它不像后者那样直接和迅速。如上所述，现实的实在性和受限性在突破一定时空限制后向虚幻性和超越性的转化，就使现实与梦表现出了第二个层次的相似性。

我们上文所说的"人生如梦"和"梦寐以求"两种比喻，就建立在梦与现实第二个层次相似性的基础之上。"人生如梦"是回顾性的，过往的一切都归于虚空，今天的所有亦终将归于虚幻，它重在否定现实的所有意义和价值。"梦寐以求"则是展望性的，今天错误的明天要力求改正，今天没有的明天要力争拥有。展望当然同样包含否定过往和否定现在的前提，但它更多地着眼于建设，着眼于改造。

汤显祖包含"破"与"立"两个层次的梦幻观，相对于一般"人生如梦"的单纯否定性认知而言，就增加了上述这种建设性和改造性因素。其梦幻观概而言之，即为：现实不过是一场虚幻的梦，而我们理想之梦却应该成为现实。不仅如此，汤显祖的表述还对理想现实的具体内容做了明确界定，即"儿女之梦"，突出强调了"儿女之情"的价值，展示了取代旧价值观的意向，这就不仅为否定现实提供了针对性，而且为改造现实提供了目的性。

汤显祖所强调的"儿女之情"究竟包含什么样的实质内容？作家为什么要把它当作否定和改造现实的立足点？

汤显祖生活于晚明，尊"情"是当时社会思潮的一个重要内容。冯梦龙等比较敏感的文学家曾经以尊"情"为旗帜，反对宋明两代影响巨大的理学思想。如冯梦龙在其《叙山歌》中曾说："借男女之真情，发明教之伪药。"汤显祖在其诗文中也多次把"情"与理学所强调的"性""理"等概念相对立，表达自己重"情"的立场。比如他曾经以重"情"与重"性"之别区分自己与老师罗汝芳在哲学观念上的差异，他在《牡丹亭记题词》中说："某与吾师终日共讲学，而人不解也。师讲性，某讲情。"还曾诘问："第云理之所必无，安知情之所必有邪？"① 这些事实提醒我们必须结合当时的"性""理"之争，理解汤显祖强调儿女之情的深刻用意。

"性"与"情"是理学家经常讨论的一对范畴。朱熹说："性者，心之理；情者，性之动；心者，性情之主。"② 又说："性不可言。所以言性善者，只看他恻隐、辞逊四端之善则可以见其性之善，如见水流之清，则知源头必清矣。四端，情也，性则理也。发者，情也，其本则性也，如见影知形之意。"③ 从他的表述看，所谓"性"指人的某种抽象秉性，而"情"则指人处事待人的具体情感表现。程颐曾经用"体"与"用"的关系描述二者之间的这种差别，他说："心一也，有指体而言者，寂然不动是也；有指用而言者，感而遂通天下之故是也。"④ 同样，王阳明也曾强调"心统性情。性，心体也；情，心用也"⑤。可见，理学普遍从"体"与"用"的角度考察"性""情"之间的关系，从逻辑上说，"性"与"情"作为"体"与"用"的两个方面存在着抽象与具体的辩证关系。仅强调其中一方会带来两种相反的价值取向。第一，如果重"体"而轻"用"，意味着偏重抽象而忽视具体，最终会导致舍弃人类情感的丰富性和具体性而抽象地讨论某种所谓人类共性，会倾向于过分重视规范和节制。第二，重"用"而轻"体"则意味着偏重具体而忽视抽象，会导致片面强调个人情感的丰富性和具体性而忽视对其进行抽象概括，也就无法在此基础上归纳人的共性。在现实社会中，如果轻视共性，会倾向于过分重视个人的独特和自由。理学家虽然提出从"体""用"的角度考察"性""情"范畴，注意到了二者之间的辩证关系，但他们普遍存在着重"性"而轻"情"的倾向。在"性"的方面，朱熹等理学家继承了孟子"性善论"的观点，主张"性即理"，也就是以"仁义礼智"为核心的道德理性；而对于"情"则划分为"善"与"不善"两种情况，此即朱熹所言"性之本体，理而已矣。

---

① （明）汤显祖著，徐朔方点校：《汤显祖诗文集》，上海古籍出版社1982年版，第1093页。
② （宋）朱熹：《朱子语类》（卷五），载《朱子全书》（第十四册），上海古籍出版社、安徽教育出版社2005年版，第233页。
③ 同上书，第224页。
④ （宋）程颢、程颐：《二程集》，中华书局1981年版，第609页。
⑤ （明）王阳明：《王阳明全集》，上海古籍出版社1992年版，第146页。

情则性之动而有为，才则性之具而能为者也。性无形象声臭之可形容也，故以二者言之，诚知二者之本善，则性之为善必矣。……盖性不自立，依气而形……气之不美者，则其情多流于不善"①，及王阳明所说"七情顺其自然之流行，皆是良知之用，不可分别善恶，但不可有所着，七情有着，俱谓之欲，俱为良知之蔽"② 等。基于此，他们主张"以理节情"，即用道德理性来约束人的感性欲望。冯梦龙、汤显祖等人以尊"情"为号召反对理学思想，即是不满于人的感性欲望受到道德理性过分限制的情况。这就是主"性"派与主"情"派的主要分歧所在。

道德理性指人自觉的道德意识，其准则是一个社会所约定俗成的行为规范，它主要反映群体意志；而感性欲望则指人的喜、怒、哀、乐、爱、恶、欲等情绪，它主要反映个人愿望。道德理性与感性愿望的矛盾，根源于个人与群体、社会之间关系的复杂性。人生活于群体之中，个人与群体、社会之间的关系密切；人要生存，社会要发展，首先就存在利益的分配问题。任何社会都必须有一定的秩序，确定社会财富的分配方式，以保证社会的稳定和发展。这种秩序制约着社会成员的行为规范，决定着道德意识的具体内容。但此种秩序未必能够满足每个社会成员的个人利益，维护这种秩序的道德意识也未必能够符合每个人的感性欲望。在不够发达的社会阶段，一部分社会成员没有机会拥有一定的物质财富，社会秩序不能保护他们得到私利；对于这些人而言，维护社会秩序的道德要求与个人的感性欲望之间必然存在矛盾冲突。社会的发达程度越高，就越有可能建立一种社会秩序保护更多的人实现私利，缓和道德理性与感性欲望之间的矛盾。从理论上说，只有社会物质资料得到极大丰富，每个社会成员都拥有足够的物质财富，维护社会秩序与保护个人利益高度一致，此时人的道德意识与感性欲望才能实现高度的统一。人类社会财富的积累具有渐进性，这就决定了道德理性与感性欲望有一个磨合的过程。在此过程中，一方面道德理性迫使人们暂时压制部分感性欲望，提升道德品位；另一方面感性

---

① （宋）朱熹撰，朱杰人等主编：《朱子全书》（第六册），上海古籍出版社、安徽教育出版社 2002 年版，第 981 页。

② （明）王阳明：《王阳明全集》，上海古籍出版社 2006 年版，第 111 页。

欲望则刺激人们反对现存道德规范的过分限制，寻求在更高的起点上建立道德理性。这两个方面的磨合与攀升，构成了人类文明史的一个重要内容。另外，值得特别强调的是，物质财富可以成为私有财产，而社会意识则具有共享性。在高度发达的社会阶段到来之前，社会秩序在客观上经常更有利于一部分人实现物欲，但道德作为一种系统的行为规范，对于这些人也同样具有约束力，这一方面会要求他们克制感性欲望，加强道德修养；另一方面这些人由于生活优裕，其物欲之上其他层次的感性欲望经常更加强烈，他们有时会在这些层次上反对道德理性的过分限制，要求某种程度的个人自由。由此而言，推进人类道德事业的进步，必然是属于全人类共同的职责和使命。

理学主要在宋明两代影响甚巨。其道德观以"仁义礼智信"为核心，强调牢牢立足于维护封建宗法制度加强社会成员的道德修养，这一点继承了先秦儒家传统。但是此时的社会发展程度相对于先秦而言已经发生了很大变化。先秦生产力水平较低，农业生产占据了社会绝大部分劳动力。整个社会基本上以家庭为单位，通过男耕女织的合作方式组织生产。此时以家庭为基础单位确立自下而上的宗法制度，有利于维护社会的稳定和发展。而宋明两代生产工具的改进和耕作技术的提高则大大改善了农业生产力，大量劳动力得以从农业生产中解放出来，促进了手工业和商业的繁荣。尤其明代更是出现了商业活动高涨的局面。《济宁府志》记载万历时当地人的经商情况云："济（宁）当河槽要害之冲，江淮百货走集，多贾贩，民民锥，趋末者众。"[1] 山西也有类似情况。明代王士性说："平阳、泽潞大贾甲天下，非数十万不称富。"[2] 当时被裹挟入经济大潮的不仅有农民和市民，甚至落魄的儒生士子也为数不少。如"刘滋，濮阳人，少为庠生。家贫，田不二十亩，又值水旱，无以自活，乃尽鬻其田，逐什一之利。十余年致数万金"[3]。又太湖"洞庭山消夏湾蒋举人，屡试春闱不第，

---

① 康熙《济宁州志》（卷二）。

② （明）王士性：《广志绎》（卷三），《元明笔记史料丛刊》，中华书局 1981 年版，第 61 页。

③ （明）朱国祯：《涌幢小品》（卷九），"吴刘心计"条，江苏广陵古籍刻印社 1983 年版，第 201 页。

遂弃儒攻垄断之行,鸡鸣而起,执筹握计,以赀雄里门"①,等等。随着商业的日趋繁荣,人们的价值观念也逐渐发生变化,他们更多地不再以官阶、门第等标准衡量人物,而是倾向于在金钱面前人人平等。明代小说对于这种转变经常有所反映。比如在"二拍"中《转运汉巧遇洞庭红》一篇里描写波斯人招待客人的场面:"只看货单上有奇珍异宝值得上万者,就送在前席,余者看货轻重,挨次坐去,不论年纪,不论尊卑"。文若虚虽是文人,开始也只得敬陪末座,后来被发现蓄有"异宝",才被拥让到前席。这样的场景描写虽然有些夸张,但它却以寓言的形式告诉人们,商业经济的繁荣已经对旧有的等级秩序形成了巨大的冲击。此时出现了这样一种局面:若肯定个人私欲,则会提高商业活动者的社会地位,破坏封建等级秩序;若否定私欲,则会打击人们从商的积极性,影响社会发展,从社会发展的角度看,此时应该确立新的秩序和道德规范以保护私欲和保护经商活动。而理学家则站在维护等级秩序的立场上要求人们灭除私欲,克制感性欲望,其道德观相对于时代要求而言表现出明显的滞后性。在此情况下,明代中后期一些思想家以肯定私欲和肯定感性欲望为号召,反对理学思想,无疑可被看作召唤新的道德观的前奏。

如上所述,明代后期"性""情"之争,实际上根源于当时社会经济的发展和价值观念的深刻变化。面对时代巨变,很多习惯于以旧的道德观观察和处理问题的士人感到难以适应,他们在撰写地方志等书籍时经常吐露自己忧心忡忡的心态,视当时社会的逐利之风为道德沦丧的表现,如明代《建宁府志》这样记载该地方风气之变:"正德以前,民皆畏官府。追呼依期而集,村民有老死不识县门。讼绝无仅有,称为民淳事简焉。今逋负虽无,然市井无赖,尚气图利……刁慣之风,日以成矣。"②又如万历《歙志》记载明代正德之后的世风:"寻至正德末,嘉靖初,则稍异矣。出贾既多,土田不重,操资交捷,起落不常,能者方成,拙者乃毁,东家已富,西家自贫,高下失均,锱铢共竞,互相凌夺,各自张皇。于是诈伪君

---

① (明)程时用:《风世类编》(卷二),"咎征"条。
② 嘉靖《建宁府志·建置志》(卷一),"风俗"条。

萌矣，讦争起矣，芬华染矣，靡汰臻矣。"① 这些士人希望通过加强旧道德观要求人们舍弃私欲，压制感性欲望。理学在此情况下得以迅速推行，被称为钳制私欲的有力工具。在理学"存天理，灭人欲"的观念指导下，不仅人们的逐利之欲受到限制，甚至追求婚姻爱情的愿望亦遭到无情的否定。翻翻宋、元、明、清的史书与地方志，各地各代都有那么多节妇烈女，如《漳州府志》载，自宋代到太平军进入漳州之前，共有烈女 4498名。清代学者戴震在《孟子字义疏证·理》中这样分析说："长者以理责幼，贵者以理责贱，虽失，谓之顺；卑者、幼者以理争之，虽得，谓之逆。于是下之人不能以天下之同情、天下所同欲达之于上；上以理责其下，而在下之罪，人人不胜指数。人死于法，犹有怜之者；死于理，其谁怜之！"② 有压制则有对抗。明代正德中期以降，整个社会出现了放纵情欲的现象。文学上的言情高潮也在此时兴起。汤显祖、冯梦龙等人在其作品中明确宣布其尊"情"的立场，高度肯定"情"的价值和"情"的力量，比如冯梦龙在其《情史叙二》中说"四大皆幻设，惟情不虚假"，汤显祖在《牡丹亭记题词》中言"情不知所起，一往而深，生者可以死，死可以生"，等等。这些作家对于"情"的高度评价虽然难免有矫枉过正之嫌，但在传统道德规范的重压下，这种呐喊自有其敏锐的穿透性和强烈的感染力。直至今天，它依然能够启发我们对如何发展人类的道德事业进行深入思考，激励我们为培植道德之树寻求更为肥沃和广袤的土地。

汤显祖在那批为"情"呐喊的作家中有一个较为突出的"特点"：他喜欢用"梦"来写"情"。在《复甘义麓》的信中，汤显祖曾经把自己的戏剧创作原则概括为"因情成梦，因梦成戏"③。为什么作家执着于以"梦"写"情"；"梦"在其剧作中，究竟起到了怎样的表现作用？通过分析作品我们可以看到，汤剧中的"梦"表现出如下两个特征。

第一，超越性。日有所思，夜有所梦。想到的事情在现实中未必能够发生，而在梦中却经常可以实现。《牡丹亭》中的杜丽娘渴盼得到佳偶，

---

① 《歙志》（卷五），"风土"条。
② （清）戴震著，何文光整理：《孟子字义疏证》，中华书局 1961 年版，第 10 页。
③ （明）汤显祖著，徐朔方点校：《汤显祖诗文集》，上海古籍出版社 1982 年版，第 1367 页。

这种渴望在她所处的现实语境中难以得到满足，而在梦中她却如愿以偿。《邯郸记》中的卢生希望人将拜相，这种愿望在现实中也并不容易实现，而在黄粱美梦中，他却轻易得以官登极品。"梦"的形式，为作家的想象提供了自由发挥的天地。

第二，可参照性。梦毕竟不是现实。梦醒之后回忆梦境，经常会对现实有所感触。杜丽娘梦醒之后，深感现实不如梦，梦中可以实现自己寻求个人幸福的理想，而在现实中却不能。她因此决定舍弃肉体生命以脱离现实，追寻梦境。卢生邯郸梦醒之后，恍悟自己在现实中所渴求的一切，即便全部得以实现也无非就如梦境中那样。回首梦境尚且无趣，又何必执着于眼前的现实呢？他于是斩断情缘，出门寻仙而去。现实与梦的两相参照，告诉人们现实不过是一场无意义的幻梦，而理想的真情之梦却值得人们不懈追寻，使之成为现实。汤显祖要告诉人们的"曲意"，就蕴藏在上述这种参照之中。摒弃现实，追寻梦幻，这就是汤显祖的梦幻观，也是"四梦"所要传达的悠悠情思。

从元杂剧之"梦"到汤剧之"梦"*

——论古典戏曲中"梦"之表现力的增强

《说文解字》释"梦"旧:"梦,不明也。"清代段玉裁注云:"以其字从夕,故训释为乱。梦之本义为不明。""乱"和"不明"都指无秩序、无规范。这种语义指向很清楚地阐明了"梦"作为一种特殊精神状态区别于现实的非理性特点。因其非理性和特殊,无论古今中外,"梦"都是一个令人感兴趣的话题。较早的古人认为"乱"和"不明"的"梦"具有神秘性,由此产生了"梦崇拜"。仅《周礼》一书就记载了占梦的十类方法,试图通过占梦了解神意和天机。《汉书·艺文志》著录了十八类占卜的书目,其中列于首位的便是《黄帝长柳占梦》十一卷与《甘德长柳占梦》二十卷。而在理性思维逐步成熟以后,人类开始能够把非理性的"梦"当作理解、认识自我潜在心理的一种手段。在此方面,弗洛伊德的《梦的解析》等心理学论著堪称做出了集大成的贡献。

文学与梦有着不解之缘。要说明这种缘,关键倒并不在于列举多少作品写到了梦,而需要阐明二者之间在精神实质方面的关联。很明显,文学与梦都是有"象"的,其"象"都有"现象界"的现实基础而又不同于现实。弗洛伊德曾经断言,除梦之外,文学作品是"另一种形式的愿望的达成"①。我们不能认同这位心理学大师将人类愿望大多归结为性需求的做法,但如果把他所说的"文学"和"梦"中表现的"愿望"理解为人类被

---

* 原载于《河南教育学院学报》2002年第1期。

① [奥]弗洛伊德:《创造性作家与白日梦》,上海文艺出版社1985年版,第275页。

文明压抑的某些自然本能和超前的心理诉求，那对理解文学和梦的相通之处及其共同价值倒颇具启发性。梦的特点既然是"乱"和"不明"，那么出现突破现实规范和逻辑的超常信息当然不足为怪；而能否表现出怀疑现实、反思现实的意识倾向，通常又是判断作品优劣的一个重要标准。假如我们能够就反思和怀疑能力之于人类文明的终极意义达成共识，那么梦与文学的意义就不该受到漠视。当然，在表现突破现实规范的超常信息方面，梦与文学之间还有着重要的差别。这主要在于梦的表现通常是自发的和不自觉的，无法被控制；而文学则可以而且应该反之。梦本身并不具备高于现实的意义，而梦所引发的现实反思却具有提升现实的哲理价值。如果主要从这个方面着眼，文学与梦的结缘就可以成为自觉的反思意识眷顾非自觉的超常心理信息资源的行为，文学的这种反思立足于人类自我精神探询的基础之上。当然，只有在文学家具备善于慎思的头脑时，上面所说的反思才能够成为事实。

在中国文学的各种文体中，戏曲、小说与梦的密切关系显得尤其引人注目。清人王希廉曾经说："从来传奇小说，多托言于梦。"（《红楼梦总评》）他还列举了许多与梦相关的作品来证明这个观点。既然古代戏曲家和小说家对梦有着如此浓厚的兴趣，那么他们的创作与梦的结缘究竟给作品意蕴的营造带来了怎样的影响？梦的表现力又有着怎样的发展变化？

在戏曲史上，从元杂剧之"梦"到汤显祖剧作之"梦"就呈现出这样一个变化的过程："梦"作为一种特殊精神状态的特点在作品中逐渐成为独立的审美因素，同时，"梦"对于情节发展和冲突解决的意义，即其戏剧功能也逐渐增强，在此基础上，"梦"的意蕴在作品整体内涵的设置中逐渐占据重要地位。如果从前述文学与梦的不解之缘的角度来看，从元杂剧之"梦"到汤剧之"梦"的历程也是古典戏剧家逐渐自觉借助梦作为反思视角的历程，是自觉的反思逐渐为不自觉的梦插上翅膀的历程。

在古典戏曲的成熟期，元杂剧中已经有诸多作品写到了"梦"之情节。为了便于分析，我们将有关作品按题材分为公案剧、神仙道化剧、友情剧、爱情剧等不同类型，通过分析"梦"在不同类型作品中的具体意蕴及戏剧功能，把握元杂剧中"梦"的表现能力。

公案剧的基本戏剧冲突，一般是断案行为的推动力和阻力之间的根本矛盾。元杂剧的公案剧主要有《绯衣梦》《蝴蝶梦》等几种。"梦"的设置在其中都具有超自然的神力干预特点，基本上都表现出推动断案、解开戏剧冲突的作用。

比如《绯衣梦》，剧情讲述王、李两家联姻，李家家道中落而王家意欲悔婚。王家的女儿闰香忠于婚约，私下里派丫鬟梅香赠予未婚夫李庆安银两，帮助他恢复家声和求取前程。不料梅香遇无赖裴炎，被后者抢去银两，并不幸被杀害。府尹钱可负责追查此案，从王闰香处了解到赠银之事，觉得案情比较复杂：表面看来李庆安似有杀人嫌疑，但既然梅香前去赠银，则银两已为李囊中之物，有什么必要杀人呢？可如果作案者另有其人，这个人又怎能知道王闰香与李庆安约定的地点，又怎能劫财杀人？在传唤、提审李庆安时，钱可又发现李庆安面目良善，更加消释了对后者的怀疑。但由于案情没有其他线索，钱可无奈之下告知李庆安去夜宿寺庙，乞求神示，指明真凶；若无神示帮助，只能由李庆安担当罪名。李庆安虔诚乞求，终于在梦中得到神谕："非衣两把火，杀人贼是我。赶得无处藏，走在井底躲。"四句字谜暗藏凶手姓名及其藏身地，可猜谜索解。钱可悟出谜底为"杀人贼是裴炎，躲在井底巷"，顺利抓住了真凶。

在这部剧作中，"梦"之情节的设置基于如下有关梦的基本认识：第一，梦不是虚幻的，而是实有其事，否则剧中的府尹钱可和李庆安不可能相信梦中的所谓神示，并依据它来破案。我们今天的法律就不会接受梦作为证据。第二，现实中得不到神示，而梦中却可以，显然梦被认为具有某种超现实性。总体来看，梦被视为人的这样一种存在状态：它与作为对立存在状态的"现实"处于同一时空，因而可以直接、有效地干预现实并参与现实塑造；同时，它还更适于人类与神灵交流，从而使人类更接近生存真相，因此从真实性的层面上看其意义甚至高于现实。不难发现，这样的"梦"是真实的超现实。它打击罪犯而开释无辜，在帮助了解案情的同时为正义披上神性的动人光环。此即为《绯衣梦》中"梦"的主要作用。

另一部公案剧《蝴蝶梦》中"梦"的运用大体相类。剧中讲述了寡妇王婆舍弃亲生之子而保护丈夫前妻所生之子免于刑讼的故事。王婆亡夫前妻之子误杀权贵，王婆命亲生子为其顶罪。包拯负责审理此案，他在审案前做梦，梦见一只蝴蝶撞在蜘蛛网上，飞来一只大蝴蝶将前者救走；而后来一只小蝴蝶也撞在网上，大蝴蝶竟不顾而去。梦醒后，包拯正在为梦中之事感到疑惑，恰巧有人击鼓，升堂后所审正是误杀权贵一案。包拯目睹了王婆保护长子、舍弃幼子的怪异行为，后又了解到王婆非长子的生身母亲，很快理解了王婆的良苦用心。联想到审案前的"蝴蝶梦"，包拯深信是神意在告知自己事情的真相，借此启发和诱导自己帮助王婆母子，他毫不犹豫地决定依照神意和正义行事。

与《绯衣梦》相比，《蝴蝶梦》之"梦"同样是真实的超现实，它代表神意干预现实，对于揭开案件真相发挥了重要作用。不同的是，后者设置在断案行为之前，不能不令包拯和观众（读者）猜测其真实寓意，因此还有一定的悬念效果。

值得注意的是，如上所述元杂剧公案剧中"梦"的作用，无论是借以神示或者构置悬念，都不是日常之梦所可能具有的功能。如果梦真的可以昭示案件真相，那么古今的刑侦机构就都没有存在的必要了。

正是由于类似剧作赋予了"梦"过多的神性色彩，所以使之失去了梦的寻常面目，而成为神示的途径、工具。既然只是工具，就可以有诸多相类形式，如问卜、求签、扶乩等。换言之，"梦"在类似剧作中只是一个可置换性符号，它被指令表达"神示"；而其自身作为一个语词所指涉的特殊精神状态的意义，并没有积极参与剧作内涵的塑造。

元杂剧友情剧之"梦"稍有不同。这里所说的友情剧即主要描写友情的剧作，在元杂剧中主要有《范张鸡黍》《双赴梦》等。以《范张鸡黍》为例。其中主人公是范巨卿和张元伯，两人相知互信，曾有一次约定到张家吃鸡黍饭，到约定日期，范巨卿虽然身在千里之外，仍不辞辛苦如约赶来。在范巨卿赶到张家之前，张家已经等候多时，张母认为对这个无关宏旨的约定不必太认真，但张元伯坚信范终将忠于承诺。范巨卿的行为证实他无愧于朋友的信任，更坚固了他们的友谊。数年之后，张元伯病危，嘱咐母亲将后事托付范巨卿。但张母认为范相隔太远，而葬礼又不宜延迟过久，故自行安排丧葬。此时范巨卿梦中得见友人亡灵，不远万里赶来达成亡友的遗愿。范到达张家时，众人正在诧异棺木为什么变得如此沉重，无法顺利安葬，得知范张两人的梦约之后才了悟原因在于张等待着自己的挚友。

这个感人的友情剧中的"梦"显然也是真实的超现实。如果不是实有其事，范巨卿的赴约行为就成了荒诞的闹剧；如果不是超现实，生人也无法接受亡魂的托告。即此而言，其中表露的有关梦的认识与前述公案剧相仿。不同之处主要在于，《范张鸡黍》之"梦"描写了范对张的思念和范张相聚的欢娱、酸楚场面，具体表露了人的情感活动。此种情感表露的"梦境"在日常生活中有着一定的现实基础，能够引起读者（观众）的情感共鸣。既然上述情感共鸣以"梦"自身作为特殊精神状态之特征为基础，那么有关的"梦境描写"就不再是一个单纯的可置换性符号，而是在一定程度上能动地、独立地参与了作品意境和内涵的构成。另一部友情剧《双赴梦》之"梦"的功能与《范张鸡黍》大体相类，不予赘述。

在元杂剧神仙道化剧（以神仙点化世人悟道求仙为题材的剧作）中，"梦境描写"的情感色彩相对于上述友情剧而言更加明显。以《黄粱梦》为例。它是古代文学中著名的"黄粱梦"故事系列中的一部作品。其中的主人公吕岩汲汲于荣华富贵，他路遇仙人钟离权，后者因势利导，为吕岩幻化了一场欲海风云的经历。在这场经历中，吕岩依次经历了酒、色、财、气的幻灭，最终被钟离权点醒：这所有的一切不过是一场出自钟离权幻化的梦。由此，吕岩终于看破了红尘。

早在先秦，庄子即曾通过"梦蝶"的故事模糊物我、梦与非梦的界限，演绎"人生如梦"的哲理认知。几千年来，无论是道家还是文人都经常在这种哲理认知中汲取智慧。以神仙道化为题材的文学作品常描写主人公经由"梦"悟彻人生虚幻，进而去悟道求仙，主要就建立在上述人生哲理和智慧的基础之上。

"黄粱梦"系列故事就是此类神仙道化剧中重要的一种。从语言的角度说，"人生如梦"是一个比喻，其正确性必须以本体和喻体两者的相似性为前提。那么，"人生"与"梦"究竟有没有相似性，有什么样的相似性？

庄子的《齐物论》曾经如是概括人生现实与梦幻之间的相似性："方其梦也，不知其梦也。"即谓梦境与现实极为逼真，以致梦中之人经常不知道自己在做梦。正常的人都知道梦区别于现实的最根本特点在于其虚幻性，不会将梦幻等同于现实；但所有的"现实"都将成为过去，而当"现实"成为过去时，与人所构成的关系及其所引发的观感态度就会相应改变，有多少人能摆脱"往事如烟"的虚幻感受呢？尽管"往事"的虚幻性和梦境的虚幻性有着本质不同，但都不与人构成直接的、实际的利益关系，换言之，在利益层面，二者都是无价值的。如果说"梦如人生"指出了梦境相对于现实的逼真，为建立二者之间的比喻关系提供了可能；那么"人生如梦"则通过拉近现实虚幻性和梦境虚幻性之间的距离表达了比喻的哲理化用意，即否定人世态度而期许超脱与逍遥。

神仙道化题材作品中的梦境描写通常包含两部分："人生之梦"和"梦"后的觉醒，其戏剧化之处在于将主人公的人生历程直接以梦境形式呈现。在日常生活中，"梦如人生"和"人生如梦"都只是比喻，梦与人生之间毕竟存在差距；而在神仙道化题材作品中，人生是梦，梦也就是人生，梦与人生的直接转化传达出更清晰、更迫切的超脱现实的召唤。不过，此类作品虽然戏剧化地处理了"梦"与现实的关系，但这种处理仍然建立在有关梦与现实的相似性认知的基础之上，因此能够调动读者（观众）的梦幻感受和人生感受，增强教化效果和审美效果。

我们前面介绍的元杂剧神仙道化剧《黄粱梦》的叙事结构就设置了"人生之梦"和"梦"后觉醒两个部分，形象地演绎了"人生如梦"的梦幻感受和哲理认知。剧中吕岩的"梦境"发端于他自身的欲求，符合现实经验中有关"日有所思，夜有所梦"的认识，有现实梦意识作为基础，因此叙事结构设置的"梦"与"人生"的转化能够引起共鸣。由此而言，《黄粱梦》之"梦"的情感主体性倾向相对于元杂剧友情剧《范张鸡黍》等更为明显，更审美化地展现了"梦"作为特殊精神状态的风貌，而且这种展现在剧作意蕴的创造中发挥了不可替代的作用。

但是，容易被忽略的是，《黄粱梦》强调吕岩之"梦"出自钟离权的幻化。剧本第四折甚至具体指明"梦"中的妻、子、奸夫、恶僧等人物各自由哪些器物幻化，类似的说明只能增强作品的神话色彩和明显的教化倾向，而吕岩自身的情感、心境相对于其"梦境"的主体性地位却不能不因此受到削弱。"梦境"描写与日常经验的差距不能不因此加大，建立在梦幻体验基础上的审美感受也就不能不因此打了折扣。后文将比较《黄粱梦》与汤显祖的《邯郸记》，我们会发现前者相对于后者的差距主要就起因于此。

我们面对的各种题材的元杂剧中，以爱情剧之"梦"最为明显地表现了主人公情感在其中的主体性，最为符合日常有关梦的经验，"梦"自身作为特殊精神状态的特点所引发的审美感受也最为强烈。

顾名思义，爱情剧指主要以爱情故事为题材的剧作。有"梦境"描写的元杂剧爱情剧主要有《西厢记》《梧桐雨》《汉宫秋》等。以《西厢记》为例。这部剧作为众多观众（读者）所熟悉，讲述的是张君瑞和崔莺莺冲破以崔母为代表的封建礼法的阻碍，最终有情人终成眷属的故事。剧本第四本第四折《草桥店梦莺莺》描写张生看到莺莺跋山涉水地追随自己而来，两人正在倾诉衷肠，却见崔母派遣的差人如狼似虎地赶上他们，强行拉走了莺莺。情急之下，张生惊醒，发现只是一场梦。"梦境"设置崔母为对立面，与现实丝丝入扣，非常逼真，不仅梦中人张生痛不欲生，读者（观众）也以为面对真实场景而暗暗心惊。虽然后来发现只是一场虚惊，但由于"梦境"表现了主人公对现实处境的正确认识，因此"梦"醒只能令人暂时缓解紧张情绪，而魂定后却不能不担心"噩梦"将最终不仅是梦。总之，张生的这场"梦"发自其内心对于爱情前景的忧虑，"梦境"描写尊重了剧中人物情感的主体性，同时也引发了读者（观众）的情感共鸣。因此可以说"梦"自身作为特殊精神状态的特征在《西厢记》之"梦"中成为独立的审美因素，在作品内蕴的形成中发挥了积极作用。《梧桐雨》中唐明皇追忆往昔与权力和美人相伴之"梦"及《汉宫秋》中汉元帝思念昭君之"梦"在此方面大体与之相类。

需要注意，在分类比较元杂剧之"梦"的表现力时，不仅要考察"梦"自身作为人类特殊精神状态的特征在作品中有没有成为独立的审美因素，同时还应关注"梦"在作品中的戏剧功能。从前者的角度看，《西厢记》等爱情剧中"梦境描写"的成就明显高于其他题材类型的作品；而以后者的角度衡量，《西厢记》等作品之"梦"则相对欠缺。无论是《西厢记》还是《梧桐雨》《汉宫秋》，其中之"梦"都不对情节发展和冲突解决产生作用：张生、唐明皇（《梧桐雨》的主人公）、汉元帝（《汉宫秋》的主人公）都没有因为"梦"而改变命运或采取行动，因此这些"梦"也就不具备明显的戏剧功能。在此意义上，上述爱情剧之"梦"只是"诗化"因素，而不是"戏剧化"因素。将"诗化"和"戏剧化"相结合，进一步加强"梦"在戏曲中之表现力的，是"四梦"的作者汤显祖。

汤显祖的主要剧作，如《紫箫记》《紫钗记》《牡丹亭》《南柯记》《邯郸记》，每部都有"梦"之情节。除最早的《紫箫记》外，其他四部是戏曲史上有名的"四梦"。汤显祖曾云："弟传奇多梦语。"（《玉茗堂全集·与丁长儒》）可见他是有意识地、持续地在剧作中表达着"梦"之感受。对"梦"的强烈关注不仅成为汤剧的特点，应当引起汤剧研究者的注意；而且丰富了戏曲的表现力，在戏曲史上同样有其不容忽视的意义。

在"四梦"中，《紫钗记》取材于唐传奇《霍小玉传》，只是改变了后者负心故事的主题，使之成为有情人终成眷属的爱情故事。"梦"在作品的第四十九出《晓窗圆梦》中。在此之前，戏剧冲突已经发展到了高潮：李益被卢太尉软禁，音信不通，霍小玉为打听消息，家产几乎当尽，只得把定情之物紫玉钗拿去典卖。紫玉钗被卖入卢府，卢太尉借机诈言小玉已再嫁，欲骗李益与其女成婚。霍小玉从玉工之口得知玉钗将要成为卢太尉之女嫁与李益的聘礼，忧愤成疾。此时，霍李之间的爱情似乎已不可避免地要被吞噬。但在此情况下，剧情的发展呈现出一线转机：在第四十八出《醉侠闲评》中，霍李之事为侠士黄衫客得知，他当即表示要拔刀相助。究竟黄衫客会不会帮助霍李，他的帮助能不能起作用，都是未知之数。就在这时，霍小玉做了一个奇怪的梦：

> 【旦】咱思量梦伊，他精神傍谁？四娘，咱梦来，见一人似剑侠非常遇，着黄衣。分明递与，一辆小鞋儿。

【鲍】鞋者，谐也。李郎必重谐连理。①

梦后，现实的事态发展果然如梦中预示的那样。很明显，"梦"在《紫钗记》中具有预示作用。

除预示作用之外，《紫钗记》之"梦"还有直接流露剧作家情感倾向的意义。上文曾经说过，《紫钗记》改变了唐传奇《霍小玉传》的"负心"主题。后者中李益无情地一去不归在前者中被安排为受人软禁，而后者中的黄衫客仅仅能做到强迫李益见霍小玉最后一面，在前者中则"力量又能暗通宫掖"（第五十出《节镇宣恩》），使卢太尉受到皇上重责，不敢再破坏霍李两人的姻缘。如上变化都明显表露出作者成就爱情的主观意图。"梦"之情节更是带有超自然的神秘色彩，似乎暗示有某种神力在帮助霍李两人摆脱困境，情感倾向愈加强烈地包孕于其中。总之，预示情节发展和表露情感倾向是《紫钗记》之"梦"的主要功能。

《牡丹亭》在"四梦"中最享盛誉，其"梦"也别开生面：不仅作为特殊精神状态的特点得到了充分的表现，且在剧作情节结构中占有重要地位，在此基础上，"梦"的意蕴对整体的戏剧内涵的表达发挥着不可替代的作用。

"梦"之情节在《牡丹亭·惊梦》一出。此出描写花季年华的杜丽娘在礼教压抑下冻结了所有的青春骚动，百无聊赖中，她在侍女春香陪伴下游赏花园，归来后在青春流逝的感伤情绪中进入梦乡，梦见自己与一位年貌相当的才子两情相悦，恩爱无比。《惊梦》后的剧情则描写杜丽娘寻梦而终、圆梦而复生的过程。很明显，女主人公的自然情欲之"梦"在整体剧情结构中占有核心地位。

一直以来，《牡丹亭》之"梦"以其神秘的韵律叩响了无数少女的心扉。当时的娄江女子俞二娘读过《惊梦》后，这样批注说："吾每思睡，睡必有梦，梦则耳目未经涉，皆能及之，杜女固先吾着鞭也。"（明张大复《梅花草堂集》）此种评价揭示了自然情欲之"梦"在少女身上发生的普遍

---

① 徐朔方校笺：《汤显祖全集·晓窗圆梦》（第三册），北京古籍出版社 1999 年版，第 3034 页。

性。也由于"梦"表达了被压抑的自然情欲，使《牡丹亭》招致了从礼教出发的严厉批评，比如清人赵惠甫在其《能静居笔记》中有云：

> 故夫双文之于张生，不得已也。发于情之至者也。情至而不得遂，将有性命之忧。人实生我，而我乃死之，死之仍不获于义也。于是有行权之道焉。君子之所宽也。若《牡丹亭》则何为哉，陡然一梦。而即情移意夺，随之以死，是则怀春荡妇之行检，安有清净闺阁如是者。①

诚如赵惠甫的评价，《牡丹亭》的故事发端于一场"梦"，一场"春梦"，由此引发的杜丽娘的所有行为都主要并不是在要求嫁给某个具体的人，而是在为自己的自然欲望恳请，恳请得到文明公约的认可，恳请进入文明社会的签证。在此意义上，以"梦"为核心的《牡丹亭》就不是歌颂爱情的故事，而是反思文明的故事，是反思人类需要什么样的文明的故事。上文所说的俞二娘等虽然有相似的梦，但清醒后没有反观现实的意识，没有用文字来表达有关反观行为的意识，她们就没有成为汤显祖。梦本身并不比现实更有意义，只有由梦引发的现实反思才具有提升现实的价值。《牡丹亭》正是由平凡的梦和不平凡的富有哲理思维的作家共同缔造的故事。

如《牡丹亭》一样，《邯郸记》和《南柯记》之"梦"也兼具特殊精神状态的特征和情节结构中的重要地位两个要素。不同之处主要在于，《牡丹亭》之"梦"是剧中人不惜生命追求的目标，而《邯郸记》和《南柯记》之"梦"则被证明是应该予以否定和超越的生命追求本身。这看上去有所矛盾，但事实上是统一的，统一于汤显祖对"梦"的辩证认识。在《答孙俟居》的信中，汤显祖曾说："兄以二梦破梦，梦竟得破耶？儿女之梦难除。尼父所以拜嘉鱼，大人所以占维熊也。"可以对这段话分析如下。第一，"二梦"即《邯郸记》和《南柯记》，一般认为两剧表达了"人生如

---

① 咸丰十年五月初九日，读南《西厢记》（十六篇）；毛效同：《汤显祖研究资料汇编》，上海古籍出版社 1986 年版。

梦"的空幻感受。从此信的语气看，这是一封复信，此前孙俟居曾写信感叹汤剧点破了世人之梦。第二，孙俟居所云"破梦"，"梦"在此处泛指人对世俗生活的要求和愿望，而汤显祖所说的"儿女之梦"却特指人对天性真情的追求。第三，如大家的普遍观感，"二梦"的内容确是"人生如梦"之"梦"，汤显祖急于反驳孙俟居的观点，显然并不专门针对"二梦"，而是唯恐孙不能完整理解自己对"梦"的看法：日常现实中的世俗人生之"梦"虽然应该破灭，而呼应自然情感召唤的"儿女之梦"却无法消除。概言之，摒弃世俗价值，追寻更能使人了解自己，进而更真实地发展自己的新的价值体系，此即为汤显祖通过"梦"所表达的现实反思的两个基本层次。

与元杂剧神仙道化剧相比，"二梦"虽然同样表达了"人生如梦"的观点，但方式有所不同。以《邯郸记》为例，它和元杂剧《黄粱梦》一样取材于"黄粱梦"故事，包含"梦"和"梦"后的觉醒两个部分，但差别有二。第一，"梦"的描写更加具体、细微，更有恍如现实人生的效果，以致论者多评价其"备述人世险诈之情，是明季官场习气，足以考镜万历年间仕途之况"（吴梅《邯郸梦记跋》）。第二，觉醒后的描写没有单纯强调仙人的神通，而是着重渲染了主人公自身的梦幻感受；剧终《合仙》这样表达主人公卢生的情感体验：

> 【沉醉东风】除了籍看茉黍邯那县人，着了役扫桃花阆苑童身。老师父，你弟子痴愚，还怕今日遇仙也是梦哩。虽然妄早醒，还怕真难认。【众】你怎生只弄精魂？便做的痴人说梦两难分，毕竟是求仙梦稳。①

这样就突出了主人公对于"梦"的情感主体性，更真实地表达了"人生如梦"的哲理感受。基于此，《邯郸记》不再是一部神仙道化剧，而是表现人生哲理的剧作。文学与梦携手的哲理意义，在《邯郸记》中表现得

---

① 徐朔方校笺：《汤显祖全集·合仙》（第四册），北京古籍出版社 1999 年版，第 2565 页。

更为深刻。

如上所述，在汤显祖的《牡丹亭》和《邯郸记》中，"梦"自身作为特殊精神状态的特征不仅在作品中成为独立的审美因素，同时也成为剧情结构的核心。

元杂剧之"梦"分别具备的"诗性"和"戏剧性"在汤剧之"梦"中完整地结合起来，从而其于戏曲中的表现力得以进一步增强。从元杂剧之"梦"到汤剧之"梦"，古代戏曲与梦的合作逐渐表现出审思现实的哲理倾向，深化了戏曲的意蕴。这不仅在古典戏曲史研究方面值得引起注意，而且对于加深有关文学与梦的价值的认识，亦有其不容忽视的意义。

《聊斋志异》与清初山东文化生态*

——以《鬼哭》对谢迁之变的叙述为个案

学界一直认为蒲松龄一生"徘徊于雅俗文化之间"①，有着"对两种文化传统的继承与整合"②，但大都语焉不详，尤其是很少有人关注清初山东各阶层、各类型的文化在《聊斋志异》中的具体呈现。本文试图以《聊斋志异·鬼哭》（以下简称《鬼哭》）为个案，研究蒲松龄的创作与清初山东特殊的文化生态之间的关联。

《鬼哭》以发生在顺治四年（1647）的谢迁之变为背景。谢迁之变是清初淄川影响深远的一次农民起义，也是山东抗清斗争中非常具有代表性的一次。本文之所以选择这则故事，不仅因为谢迁起义的规模和影响较大，更考虑到这一事件发生在蒲松龄的故乡，后者的不少长辈和亲友对这次民变都有具体的应对举措或言论。故拟以此为个案，从选材取向和描写方式等角度考察蒲松龄的创作与具体的社会背景、文化生态之间的联系。

《鬼哭》篇幅短小，为便于分析，兹录全文如下：

> 谢迁之变，宦第皆为贼窟。王学使七襄之宅，盗聚尤众。城破兵入，扫荡群丑，尸填墀，血至充门而流。公入城，打尸涤血而居。往往白昼见鬼，夜则床下磷飞，墙角鬼哭。一日王生皞迪寄宿公家，闻床底小声连呼："皞迪！"已而声渐大，曰："我死得苦！"因哭，满庭

*　原载于《中国文化研究》2011 年第 4 期。

①　袁行霈等：《中国文学史》（第 4 卷），高等教育出版社 1999 年版，第 312 页。

②　张稔穰：《蒲松龄对两种文化传统的继承与整合》，《蒲松龄研究》2000 年第 3、4 期合刊。

皆哭。公闻，仗剑而入，大言曰："汝不识我王学院耶？"但闻百声嗤嗤，笑之以鼻。公于是设水陆道场，命释道忏度之。夜抛鬼饭，则见磷火荧荧，随地皆出。先是，阍人王姓者疾笃，昏不知人事者数日矣。是夕，忽欠伸若醒，妇以食进。王曰："适主人不知何事，施饭于庭，我亦随众唼噉。食已方归，故不饥耳。"由此鬼怪遂绝。岂钹铙钟鼓，焰口瑜伽，果有益耶？

异史氏曰："邪怪之物，惟德可以已之。当陷城之时，王公势正炟赫，闻声者皆股栗，而鬼且揶揄之。想鬼物逆知其不令终耶？普告天下大人先生：出人面犹不可以吓鬼，愿无出鬼面以吓人也！"①

很有意思，故事的主要内容不是具体的民变或镇压过程，而是事件过后"贼""宦"双方如何取得最终的相安无事。如何才能相安无事？故事最后，在镇压和恐吓都不能奏效的情况下，王学使为亡魂超度，才使后者离开了自己的宅第。而他为什么为亡魂超度？故事告诉我们，是因为他听到了亡魂的声音。

小说写："一日王生皥迪寄宿公家，闻床底小声连呼：'皥迪！'已而声渐大，曰：'我死得苦！'因哭，满庭皆哭。公闻，仗剑而入，大言曰：'汝不识我王学院耶？'但闻百声嗤嗤，笑之以鼻。"鬼哭由"小声"而渐大，至"满庭皆哭"，而王昌荫的"大言"则在众鬼的"嗤嗤"笑声中显得很荒唐，很苍白。

这简直是直观呈现了"贼"与"宦"之间"话语"的对抗。我们不能确切判断蒲松龄这种奇妙的构思来自何处，可以肯定的是，有关谢迁之变，不同阶层确有不同的态度和声音。

《清史稿》卷四"本纪第四"载：

庚戌，山东贼谢迁攻陷高苑，总兵官海时行讨平之。

---

① （清）蒲松龄著，张友鹤辑校：《聊斋志异》（会注会校会评本），上海古籍出版社1986年版，第76、77页。

清《淄川县志》记载稍详，卷三"兵事"条载：

> 国朝顺治四年六月壬午，高苑贼谢迁先伏贼城内，夜半垂绳引贼上，城遂溃。迁见城坚，据之。号召东山羽党数千入焉。大兵旋集，凿长濠围之。凡两月，从地道引火轰城，城崩，贼始歼。

卷三"续兵事"：

> 顺治四年，土寇谢迁陷城以后，距今百年矣。淄川父老目不见兵戈，耕田而食，凿井而饮，老寿终，孤而颂声作焉。

清《高苑县志·灾祥》亦载，"高苑民谢迁造反，占据刘家镇"，于十一月攻克高苑县城，"杀知县武振华"。

《清史稿》及各地县志所载，重在对事件的陈述，基本立场则是以官方镇压者的姿态炫耀武功。其中，《清史稿》对此事的粗陈梗概流露出些许轻视的态度；地方县志的描述则相对细致，肯定甚至夸大了这次起义的规模声势。《淄川县志》对兵事的记述在字里行间还体现出对黎民的关注，这自然与地方官员、方志记录者直接面对木县民生有关。当然，尽管存在如上差别，史志的总体态度都是将谢迁义军看作一般的反叛逆贼而已。

那么民间普通民众又怎样看待谢迁之变，他们的态度与官方可有差别？据传说，谢迁曾在"淄川韩氏"之明末高官韩源家做仆人，后因事与主相左、有隙，离开韩家。后淄川城破，韩家深受其害。可见普通民间更为热衷传播诸如报应、复仇等类型的故事。

有关谢迁之变危及韩家这件事情，著名书法家王铎（1592－1652）为韩源的长媳贾氏所撰的碑文①是这样记述的：

> 清贾氏，淄川儒生士鹏女，吏科给事韩源长子茂椿妻。……以孝闻。丁亥六月十四日，谢迁攻淄川，椿肄业山中。贼众研门，大声震

_____

① 碑文斑驳，兹抄录其中可辨识者。

动。贾氏掖姑胡氏入一园，伏匿蒿翟中。……贼欲褫其衣。贾益詈曰：“头可截，衣不可褫。”握发伸颈触贼，遂遇害。年四十四岁。贼忽目眩顿足，投刀大叫曰："可惜！杀此贤孝妇人也！"贼因谓胡孺人曰："吾见人多矣！如汝妇之刚果者，实寡。死而保汝，吾何难舍汝妪耶。"又贾氏之媳孙氏于此时亦烈死云。孟津王铎撰。

王铎仕清后被授以礼部尚书之职，韩源时任吏科都给事中，又多次受到顺治褒奖，以二人同为"贰臣"的身份，王铎为韩源死于乱中的家眷撰写碑文，贬斥乱军为"贼"而褒扬死难者贾氏的临难不苟，这种措辞自不足怪，但当时一些不愿仕清的知识分子的立场又有不同。

谈迁（1594—1658）《北游录·纪闻下》"辫发"条曾记载这样一则故事：谢迁义军破城后，用锥子遍刺淄川显宦孙之獬（约1591—1647）身体，插上头发，恨声不绝地骂道："我为汝种发！"孙之獬看到众怒难犯，自知必死，遂破口大骂。义军将其口缝上，凌迟而死，还把他在城中的孙子、曾孙杀了个干净。

有关这一事件的缘起，明末清初沙溪人王家桢的《研堂见闻杂记》记述甚详：

> 我朝之初入中国也，衣冠一仍汉制。……有山东进士孙之獬阴为计，首剃发迎降，以冀独得欢心。乃归满班，则满人以其为汉人也，不受；归汉班，则汉以其为满饰也，不容。于是羞愤上疏，大略谓："陛下平定中国，万里鼎新，而衣冠束发之制，独存汉旧，此乃陛下从中国，非中国从陛下也。"于是削发令下。而中原之民无不人人思挺螳臂，拒蛙斗，处处蜂起，江南百万生灵，尽膏野草，皆之獬一言激之也。原其心，止起于贪慕富贵，一念无耻，遂酿荼毒无穷之祸。[1]

由此可见，不少知识分子关注的是夷狄之别，具体到"杀孙之獬"这

---

① 中国台湾银行经济研究室辑：《台湾文献丛刊》（第五辑），第254种，台湾大通书局民国五十八年（1969）版，第23、24页。

一事件，关注的是其积极迎合鼓吹的"剃发令"所带来的汉人之耻，而后者正是清初民族矛盾丛生、民族文化冲突背景中的一个高度敏感的话题。由此，则不难理解作为抗清阵营主要代表人物的顾炎武（1613—1682），在听到淄川被攻陷后曾高兴地作了这样一首《淄川行》：

> 张伯松，巧为奏，大纛高牙拥前后。罢将印，归里中，东国有兵鼓逢逢。鼓逢逢，旗猎猎，淄川城下围三匝。围三匝，开城门，取汝一头谢元元。[①]

这样的表述无异于直接将谢迁之变的动机阐释为"取汝一头谢元元"，阐释为抗清斗争，为之鼓吹赞颂。而就前文所列举的《清史稿》及县志所载看，史志并没有渲染（或曰刻意过滤了）这次民变中所可能包含的民族矛盾的有关信息。

从上文分析来看，在不少知识分子眼中，谢迁的义军也是一个复仇之师，不过与民间传说所关注的个人恩怨相比，前者所褒扬的复仇则是在文化层面的一种报应和反抗。当然，时值异族当政，汉族知识分子的反抗不仅属民族斗争范畴，也携带了以下（民间）抗上（官方）的政治斗争含义。如《研堂见闻杂记》所述，"中原之民无不人人思挺螳臂"，就强调了统治阶层与被统治阶层之间的角力。知识分子立场与民间立场，在这种特殊权力格局中比历史上其他时期更呈现出一定的相互交融关系。

由此可见，在特殊的历史背景中，各阶层对谢迁之变的记载阐释不尽相同，不同话语的交响呈现出不同阶层、不同文化之间相互角力的状态。蒲松龄崇祯十三年（1640）生于淄川，顺治丁亥（1647）时年八岁，对谢迁之变不知是否有深刻记忆。《淄川县志·卷十》"三续隐逸"记载，明末农民起义波及山东，蒲家庄地处通往县城的孔道，蒲松龄的父亲蒲槃（？—1664或1669年）曾与弟祝"擘画守村，条理井井，且曰：'人孰不畏死！非重赏孰敢与贼战者；不能战，焉能守？'乃出钱百贯，会众村南

---

① 华忱之点校：《顾亭林诗文集》，中华书局1959年版，第275页。

枣树下，悬贯满树，曰：'杀一贼者予若干。'由是，壮者争出战，淄邑城守倚以为援。"清顺治丁亥，蒲槃又曾组织村中老少抵御谢迁军的进犯。作为一位在野的汉族知识分子，蒲槃为什么要抵制谢迁军呢？

我们分析，蒲槃对谢迁军的态度之所以与顾炎武等不同，这跟动乱发生的地点就在自己的家乡有关。事实上，不仅蒲槃，有些同乡的其他文人也因曾亲历亲睹（或因本族前辈曾亲历亲睹）谢迁军搜刮报复士绅阶层的暴力手段，对这场民变了无好感。如王培荀（1783—1859）的《乡园忆旧录》卷四记载，民变中淄川"血流井中，至不可饮。张氏被害最酷，一门三烈"。据王士禛（1634—1711）《带经堂集》卷七十九《明经张先生传》及《淄川张氏族谱》《高氏族谱》《韩氏族谱》等记述，当时张氏等大族被迫出重金赎人，从此败落不振。面对剥夺有产阶级生命财产的民变，无论是出于阶级感情还是人道精神，文人所表现出的反感乃至抗拒态度都属于类似情况下的常态。正如我们刚才所说，顾炎武等之所以盛赞这次民变，渲染其反清色彩，主要是因为知识分子立场与民间立场在这种特殊权力格局中比历史上其他时期更呈现出一定的相互交融关系。

蒲松龄在其《聊斋志异》中多次讲述与抗清活动有关的故事，他是否曾受到反清思想的影响？顾炎武于明亡后四处游走，于顺治十四年（1657）初入山东，其后二十年间屡屡在山东逗留，并且曾隐居在今淄博境内白云山下，此地距淄川路途很近①，但没有资料证明蒲松龄的长辈及其好友与顾炎武之间有直接交往，年龄小得多的蒲松龄与顾炎武或其他反清人士之间更没有交往记录可查。

虽然蒲松龄可能没有直接受到反清思想的影响，但他对谢迁之变的态度还是与他的父亲不同。如前文所言，尽管在《鬼哭》一文中蒲松龄称谢迁军为"贼"，但从字里行间看，他对谢迁军并非深恶痛绝。小说写到后者遭到镇压，无名亡魂倾诉"我死得苦"，笔触中流露出悲悯的情绪。

小说中写到的冤魂们的倾诉对象——学使王七襄，他的六弟王永印是蒲松龄设帐生涯中的东家之一。《淄川县志》卷五"选举志"载"王昌荫，

---

① 参见（清）张穆《顾亭林先生年谱》，《粤雅堂丛书》（第18集），华文书局1965年版。

字七襄，明崇祯十年进士，授固始知县。清兴，起户部主事，擢福建道御史，巡按山西，提督北直学政"，后来如何，并无下文。而《鬼哭》文末介绍此人"不令终"。袁世硕先生分析，王昌荫是顺治六年四月由福建道监察御史调顺天学政，而顺治六年四月云南道监察御史朱鼎延便继任为顺天学政，王昌荫的去职应当在此前不久。"《清实录》未载。《畿辅通志》和《顺天府志》也只在职官表中载其姓名、里籍，没有说明去职之缘由。……王昌荫与同邑王樛、高珩为同辈人，曾同为京官，但在王、高二人的诗集中，却不见与王昌荫有交往、唱酬之迹象，是不屑与之交往，还是有意回避？由这等情况看，王昌荫有可能是在顺天学政任上因得罪而致死，故诸方志均不便言之。"[1] 蒲松龄曾在王昌荫之弟王永印家中坐过馆，相互之间感情还比较投合，不知是否因后者而得知王昌荫的有关情况，《聊斋志异·鬼哭》文末借"异史氏曰"交代王昌荫这个人物"不令终"，已成为目前所见的能提供考证这个人物生平完整信息的唯一线索。

正如《鬼哭》开篇所言，"谢迁之变，宦第皆为贼窟"，蒲松龄的不少好友，如张笃庆（1642—1715）等都在乱中"美产冰消，旧业瓦解"[2]，他独独选择王昌荫作为冤魂的倾诉对象，恐怕是因为斯人已逝，且系"不令终"，方便作者讲述一个通篇"鬼话"却暗藏玄机的故事。

故事始自"谢迁之变，宦第皆为贼窟，王学使七襄之宅，盗聚尤众"，继而述及"城破兵入，扫荡群丑，尸填墀，血至充门而流。公入城，打尸涤血而居"，占领与被占领、征服与被征服的关系出现了两次逆转。文末言"出人面犹不可以吓鬼，愿无出鬼面以吓人也"，"人""鬼"的命名又借助偷换概念呈现出反转关系。这样，全篇中"聚"与"破"，"煊赫"与"不令终"，"人"与"鬼"等二项之间都相互对立而统一，共同营造出反讽的张力，令人联想到"贼"与"宦"二者之间的关系是否同属此类。即便"贼"与"官"二者的定位在具体历史语境中不容颠倒，他们之间也需要相互的对话和妥协才能实现真正意义上的相安无事。这样的认识显然已

----

① 袁世硕：《蒲松龄生平著述新考》，齐鲁书社 1988 年版，第 44 页。

② （清）张笃庆手编，（山东省图书馆）崔国光、贾秀丽整理：《厚斋自著年谱》，《蒲松龄研究》2001 年第 4 期。

经超越了站在某一具体阶级立场为谢迁军定性为"贼"抑或义军的层次，而具备了哲理反思的高度。

很难确知蒲松龄对谢迁之变的哲理性认知来自何处，但可以看到蒲松龄友人张笃庆追忆自己家族曾惨遭乱军和官方双方面迫害的文字，让我们有理由相信蒲松龄的艺术灵感还是以复杂而深刻的社会现实为依据的。

先是"城中有诸无赖贵游子弟及数十恶少年，行不轨，导贼夜入城，城遂溃。谢贼盘踞城池，为强掳计，欲饱而飏耳，不意青、济二郡大兵陆续围城，继而都统率满兵、守台监军皆至，贼如游釜中，不得出。然淄城创修未久，坚完高峻，城中粟米、守御之具皆备，贼遂胁居民守城，图存苟活。……吾家七叔祖，与贼党丁可泽有夙怨。丁入城，叔祖被执，骂贼不屈死。吾家余皆闭门静守，无见害者。及官军用火破城平贼，吾家以不从贼，为监军道张公尚察明，曲赐矜宥"。

后是"有益都山寨，曰鹿角山。明季，伯祖奉上命创修，以避乱者。至是为土寇占据，遂有势宦垂涎吾家，欲借端下石，以窝隐剧贼诬陷吾家，彼则居间吞噬，居援手功。十二月，先拘世父绵，系请室。既而并逮两叔祖及老父与诸叔，盖绝流计也。……时吾家尽力营救，各罄所有，赂当事，冤始得解"。[①]

据文中记述，谢迁军本不打算长期占据淄川县城，被官军包围，才不得不据城以守，给城中居民带来了巨大困扰。而乱军被镇压后，淄川居民又因曾受胁迫守城或宅第曾被乱军征用，而为摆脱"附逆"罪名付出惨重代价。"贼"与"宦"二者谁为祸更烈，谁的行为更缺乏正义性，借助这样的记述将很难判明。

不知是为了规避政治风险，还是出于艺术考虑，蒲松龄在《鬼哭》中没有实录类似经历，而是以王学使家在乱中失而复得的宅第为场景，以无名之贼的亡魂和最终也"不令终"的王学使为主角，符号化地展示了命运的无常，及所谓的尊卑、是非等价值判断面对这种无常所暴露的苍白。值

---

① （清）张笃庆手编，（山东省图书馆）崔国光、贾秀丽整理：《厚斋自著年谱》，《蒲松龄研究》2001 年第 4 期。

得称道的是，上述抽象的哲理认知，借助小说所构思的"贼"与"宦"之间的话语对抗而显得直观可感。小说中亡魂的声音由小变大，王学使的声音则由大变小，很有层次，张弛有度。当然不能据此简单地将蒲松龄视为群众的代言人，但毋庸置疑，《鬼哭》描写了以声音为载体的社会矛盾和斗争，这显然是一种了不起的社会洞察力和文学想象力，也是文学史上的一个创获。

总之，对比《鬼哭》和上文提到的各种文献，前者可能有意淡化了谢迁之变的反清色彩，甚至回避了事变本身，而只是将之作为故事背景。清初山东的民族矛盾及清廷的高压政策，确实都对蒲松龄的取材和描写方式产生了巨大影响。蒲松龄虽然可能受父辈影响和迫于文字狱的压力，在小说中称谢迁军为"贼"，但对这次民变的认识却已经逸出为之定性的社会学层次，进入了哲学反思和美学观照的领域。从这一个案来看，蒲松龄不仅关心本土社会现状，而且关注不同社会群体面对这一事件的不同立场。小说对来自各阶层的多种话语形态的展示显示出作家对所处地域文化生态的多层次、多向度性有着富哲理性的洞察。这个看似简单短小的作品能艺术化、文学化地呈现作者的上述现实感悟和哲学思考，故而有其独特的文化含量和文学价值。

"意淫"观与《红楼梦》性描写的
以诗写小说意义 *

《红楼梦》对"今古未有之一人"宝玉，给予了"今古未有"之评价："意淫"。宝玉在《红楼梦》中的核心地位和"意淫"观的独特性，引起了很多学者研究"意淫"观的兴趣。

《红楼梦》在提出"意淫"观方面所表现的刻意出新、语不惊人死不休的心态，与其借石头之口所表达的"令世人换新眼目"的超越前代小说（主要是才子佳人小说）的创作意图也明显呼应，也容易吸引学者从"意淫"观角度，切入《红楼梦》的创新性这个红学中的关键问题。

以往对"意淫"观的分析主要从以下几个方面入手。

其一，解析《红楼梦》对"意淫"的具体描述。《红楼梦》第五回借警幻仙子之口集中界定了"意淫"观："'意淫'二字，惟心会而不可口传，可神通而不可语达。汝今独得此二字，在闺阁中，固可为良友，然于世道中未免迂阔怪诡，百口嘲谤，万目睚眦。"主要强调了"意淫"观的不易界定性和超前性，和以高度尊重女性为思想核心。以往学者对于上述

———————————

* 原载于《求是学刊》2005 年第 4 期；参见人民文学出版社编辑部校勘《红楼梦》（四卷本，以程乙本为底本），人民文学出版社 1957 年版。

内涵，已经以"体贴"①和"他人性原则"②等概念，给予了较准确的评价。

其二，比较"意淫"与一般意义上的"淫"。实际上，《红楼梦》第五回警幻仙子提出"意淫"时，就着重强调了"意淫"与"淫"的异同。《红楼梦》对"意淫"的描述，也主要使用比较句式。如警幻仙子言："尘世中多少富贵之家，那些绿窗风月，绣阁烟霞，皆被淫污纨绔与那些流荡女子悉皆玷污。更可恨者，自古来多少轻薄浪子，皆以'好色不淫'为饰，又以'情而不淫'作案，此皆饰非掩丑之语也。好色即淫，知情更淫。是以巫山之会，云雨之欢，皆由既悦其色，复恋其情所致也。吾所爱汝者，乃天下古今第一淫人也。""淫虽一理，意则有别。如世之好淫者，不过悦容貌，喜歌舞，调笑无厌，云雨无时，恨不能尽天下之美女供我片时之趣兴，此皆皮肤淫滥之蠢物耳。如尔则天分中生成一段痴情，我辈推之为意淫。"

引文中"好色即淫，知情更淫"明确了"意淫"与"淫"之同，即都与色、情相联系，属正常的两性关系。"淫虽一理，意则有别"强调了"意淫"与"淫"之异，前者相对于后者主要表现出对待女性态度中利他、非功利、审美和品位超绝的特点。吴宓先生在《文学与人生》中主要针对"意淫"与"淫"之别，认为"意淫"指的是"想象中的爱；审美的爱或艺术的爱"，对"意淫"的审美性的界定影响深远。而余英时先生的《红楼梦的两个世界》则重视"意淫"与"淫"之间异同的两个方面，并将《红楼梦》对二者同和异的两个方面的描写视为作品的主题，对"意淫"观的认识深度和重视程度都令人瞩目。

其三，借助中外思想史中相关和类似思潮阐释意淫观。论者多从个性解放思潮的角度，认识《红楼梦》肯定"淫"之思想来源和意义。如钱锺书先生点出汉代伶玄（字子于）之妾樊通德语"夫淫于色，非慧男子不至于也。慧则通，通则流，流而不得其防，则百物变态，为沟为壑，无所不

---

① 脂评（甲戌本，警幻仙子解释"意淫"之旁）："按宝玉一生心性，只不过体贴二字，故曰意淫。"

② 冯文楼释之为"他人性原则"，参见冯文楼《释"意淫"》，《红楼梦学刊》2002年第2期。

在焉",开《红楼梦》"天地间残忍乖僻之气与聪俊灵秀之气相值,生于公侯富贵之家,则为情痴、情种",和"好色即淫,知情更淫"① 等说法之先河;韩国学者崔炳圭等先生认为"《红楼梦》作者对宝玉'意淫'赋予的主要含义,也就是'毫无淫念'的'童心'"②,将"意淫"观与明代李贽等提出的"童心"说相联系。冯文楼先生借用西方的"体验"说阐释意淫观及个性解放思潮,提出"加达默尔在对'体验'一词的历史考察中指出,'体验'这个词的铸造'唤起了对启蒙运动的理性主义的批判,这种批判从卢梭开始就使生命概念发挥了效用'。……'意淫'在某种意义上正乃对传统理性主义的抵抗与批判,对人之本真天性的敞开与回归"③。夏志清先生则用西方"圣爱"说解析"意淫"观,认为后者体现了"爱与怜悯"④。

以上三个方面主要着重于对"意淫"观的思想解析和哲学解析。

其四,比较《红楼梦》中"意淫"者宝玉所为和"淫"者如贾琏、薛蟠等所为,乃至比较宝玉所为与《红楼梦》之前小说名著中"淫"者如西门庆等所为,在此基础上认识"意淫"观的特点和价值。

这一方面与上述三个方面不同,应该涉及人物形象研究和对作品的文学价值的分析。但目前这一方面的成果在人物形象和作品文学价值方面的研究还远远不够。

比如徐天河先生的《淫虽一理,意则有别——西门庆与贾宝玉之"淫"的比较研究》,提出"西门庆与贾宝玉的思想与行为之所以有以上的区别,与作者所处的时代和创作心态密切相关。笑笑生生活于 16 世纪,在封建社会母体中正孕育着资本主义生产关系的萌芽。本来按照市场经济的自身规律,中国的商业资本只有转向产业经济,才是正常的出路。……西门庆身上虽然体现着某些新的因素,认识到了金钱的威力,却不知如何去

---

① 参见钱锺书《管锥编》,中华书局 1979 年版,第 965 页。
② 崔炳圭:《红楼作者"性"观及宝玉"意淫"之我见》,《红楼梦学刊》2002 年第 1 期。
③ 冯文楼:《释"意淫"——与〈聊斋志异〉的互证》,《红楼梦学刊》2002 年第 2 期。
④ 参见夏志清《〈红楼梦〉里的爱与怜悯》,载《海外红学论集》,上海古籍出版社 1982 年版。

使用。他不断地逞强、占有以及自暴自弃的发泄行为，就是客观规律支配下的被鬼迷一样的下意识行为。《金瓶梅》所反映的就是这样一种时代的苦恼精神。《金瓶梅》这种描写与西门庆以及他所代表的社会阶层的性格是合拍的，西门庆的为非作歹与'肤淫'活动正与他及其社会阶层人物的感情发泄的取向吻合。当时膨胀起来的商业经济找不到合理的出路，从而酿成的社会焦躁和苦闷，也感染着敏感的作家，使他也饱胀着发泄的冲动。……曹雪芹生活于18世纪，所谓的康乾盛世只不过是封建社会回光返照的末世繁华。封建专制对新生的文化因素采取了更为严厉的打击和压制。《红楼梦》塑造的贾宝玉性格以及通过这一性格所表现的'意淫'，也完全是顺应着当时反传统思想，反礼教束缚，追求个性解放的进步思潮的，但作者不是从礼教出发去纠《金瓶梅》之偏，而是从人性的、文化的高扬上使自己达到美学的更高层次。贾宝玉对男女两性关系的全新审视，包含新的内容，体现着初步民主主义的更高层次"①。引文中以"资本主义生产萌芽""封建社会回光返照的末世繁华"证西门庆和贾宝玉的"感情发泄"或"初步民主主义思想"，又用西门庆和贾宝玉的"思想和行为"证作者所处的"16世纪"和"18世纪"的不同。之所以这样循环论证，主要起因于论者简单地以文证史、哲，这是其研究相对于前述三个方面研究的不同之处和弱点所在。但相同之处在于，从思想角度解析"意淫"观的兴趣压倒了对后者的文学解析。

借助以上四方面的分析，研究者对"意淫"观作出了如体贴、审美、圣爱、民主主义等界定。如上所述，类似研究多为哲学、思想角度的评析。而相关的文学、人物角度的分析则不足。

思想解析对于阐发《红楼梦》的精神底蕴当然很必要，但《红楼梦》毕竟不是一部哲学著作，"意淫"观在《红楼梦》中不是仅作为一种观念出现，而是造就着宝玉形象并统摄着大观园众形象之间独特的两性关系。仅从思想、哲学角度分析"意淫"观的所谓创新性、超前性，而忽略文学

---

① 徐天河：《淫虽一理，意则有别——西门庆与贾宝玉之"淫"的比较研究》，《学术交流》2002年第3期。

形象沿袭和创新的自身发展规律，忽略《红楼梦》超越前代才子佳人小说的"令世人换新眼目"的要求，会使我们无法准确理解和判断"意淫"观的内涵及其对于《红楼梦》人物描写、两性描写的意义。

《红楼梦》中有关"意淫"的两性关系描写和有关"淫"的两性关系描写同时存在，构成对照。后者如贾琏与王熙凤、尤二姐之间的关系，类似《金瓶梅》中西门庆与潘金莲、李瓶儿之间的关系。《红楼梦》中"意淫"与"淫"两种两性关系的对照，不仅影响着小说内部结构和小说内涵，也使小说与前代写"淫"的作品如《金瓶梅》等形成对照，表达出创新指向。

"意淫"所统摄的两性关系的特异、创新，直接体现在有关"意淫"行为和"淫"行正面交锋的描写中，如"喜出望外平儿理妆""呆香菱情解石榴裙"等回目。以上回目中宝玉抚慰平儿、帮助香菱等行为，主要有如下特征。

其中宝玉都有对女儿的好感，乃至发出认为其所事非人的感慨。《红楼梦》中明确写"宝玉因自来从未在平儿前尽过心——且平儿又是极聪明极清俊的上等女孩儿，比不得那起俗蠢拙物——深为恨怨。……忽又思及贾琏唯知以淫乐悦己，并不知作养脂粉"，"心下暗算：'可惜……偏又卖与了这个霸王。'因又想起上日平儿也是意外想不到的，今日更是意外之意外的事"，等等。

为女儿"理妆""解裙"等行为在生活中都有性内涵。晴雯早已有"交杯盏还没吃，倒上头了"之醋语，说明类似"理妆"行为的特殊"性"内涵，"解石榴裙"更是习见的"性"语。而香菱"情解石榴裙"后叮嘱宝玉："裙子的事可别向你哥哥说才好"，宝玉也笑答："可不我疯了，往虎口里探头儿去呢。"也都明确显示出类似行为多少有些暧昧的性内涵。

上述细节中虽有"理妆""解裙"等有性内涵的语码，但因没有实际性行为，这些语码的性内涵都相应淡化，"妆""裙"等成为类似《红楼梦》中"红"的诗意符号。

为平儿"理妆"时，平儿"哭得哽咽难抬"；而在助香菱"解裙"时，香菱也"半扇裙子都污湿了"，两个细节中都有"水"。与宝玉经常宣称的

"女儿是水做的骨肉"相呼应，两个细节中的"泪"和"污水"也如"妆""裙"一样，带有了一定的性寓意，隐喻着女儿之"水"被贾琏和薛蟠等"泥"似的男子所玷污，"千红一哭，万艳同悲"，而怡红公子宝玉希望给她们以抚慰。

"理妆""解裙"等行为的当事双方，因没有实际性行为和"妆""裙""水"的诗意符号特征，由赤裸裸的"淫"的性关系转化为欣赏、抚慰、爱怜的"意淫"关系。

为已婚女性"理妆""解裙"本应有夺他人之宠的嫌疑，宝玉本该因此与贾琏、薛蟠等成为"情敌"，而《红楼梦》所设置的二者之间"意淫"与"淫"的差别，使二者的矛盾由动作性强的争爱、争情转化为品位、格调的对比。

要言之，其总体特征在于使动作性强的性行为转化为意念性、想象性强的爱慕、抚慰，行为动作的性内涵被推迟、淡化和悬置，但又没有完全消失，或不妨称为性描写的诗化。

分析中提到了《红楼梦》中"水"的诗意性和性象征意义。因"女儿是水做的骨肉"这个隐喻在《红楼梦》中的连贯性，"水"的象征性对于诗化《红楼梦》性描写，即凸显"意淫"的意义，比"妆""裙"等都更显豁而重要。

另有一个"意淫"行为与"淫"行正面交锋的例子，更能显示出"水"在其中的性象征意义和诗意特征。第二十八回"蒋玉菡情赠茜香罗"，宝玉与薛蟠、蒋玉菡等同席行酒令。薛蟠诌出"一根××往里戳"之句，其中当然是赤裸裸的性内涵；蒋玉菡吟"剔银灯同入鸳帷悄"，是性语但其中不乏温情；宝玉的"红豆曲"歌颂"滴不尽相思血泪抛红豆……流不断的绿水悠悠"，则以诗意淹没了性语，但个中仍然渗透着宝玉对黛玉的爱怜。从三类歌咏性行为的作品中，可以看到"水"的形态变化，即有普泛的"云雨"与诗意的"相思血泪""绿水悠悠"的不同。后者对前者的改造中诗意性逐渐增强，但性内涵并未消失。只是由警幻仙子所讥刺的"淫"者的"歌笑无度，云雨无时"，转化为"意淫"者的欣赏与领受"相思血泪"和"绿水悠悠"。

由此可进一步联想到宝黛之间"灌溉"与"还泪"的神话，分明是两性间爱情的关系，却剥离了其中的性内涵。李劼先生曾对"还泪"神话分析说：

> 所有这一切两性间的创造性欢娱，在《红楼梦》里全部被抽象化为一个象征性的动作，即神瑛侍者之于绛珠仙草的浇灌。生命由此定格为一个优美的造型，凝练的线条自上而下飞泻流动，草木有知，泪水涟涟。美丽的故事就这样生成了。①

这样的理解颇富启发性。但更重要的是，我们需要探讨《红楼梦》将"两性间的创造性欢娱""全部抽象化为一个象征性的动作"的原因。

我们的眼光需要不局限在《红楼梦》，甚至也不能局限于小说。只有在传统文学有关两性描写的发展史中，才能更深刻地领会"意淫"观将性的"云雨"转化为"相思血泪"和"绿水悠悠"，认识其中的哲学意义和文学意义。

《红楼梦》中安排绛珠仙草"还泪"和将宝玉女性观界定为"意淫"的都是警幻仙子，从某种意义上说，是她冥冥中确立了"女儿"与"水"之间的独特联系。第五回宝玉梦游太虚幻境，首先感受到的是警幻仙子之美，而后警幻仙子更传授宝玉以"云雨"之事，并希望宝玉以淫止淫，归于正路。这位兼爱神与美神角色为一体的女性形象，很明显以宋玉的《高唐赋》和《神女赋》中的神女为原型。

有关《高唐赋》和《神女赋》，叶舒宪先生曾颇富启发性地论述曰：

> 《高唐赋》中的神女是一位以自荐枕席的主动行为委身于陌生男子的女性，而《神女赋》中的神女却在施展了美的诱惑之后打消了被她所吸引的男性的非礼之欲念。……到了写《神女赋》时，社会伦理（礼）借宋玉心中的超我压抑了本我之欲（性爱神的本质特征），神女也就摇身变化成了守身如玉的贞洁美人了。从《神女赋》中大半篇幅用于刻画

---

① 李劼：《历史文化的全息图像——论〈红楼梦〉》，青海人民出版社 1994 年版，第 170 页。

主人公之美这一事实来看，神女已经由性爱女神转变为美神了。

……

爱神的消解作为欲望与节制冲突的结果，使美神从爱神的躯体中抽象出来，这就与哲学家们玄思中的"美的理念"相去不很远了。就此而言，文化压抑一方面要求改变爱神，使之与社会现行伦理规范相吻合，另一方面又开辟了非性欲化的美的表现传统。

《红楼梦》塑造警幻仙子形象时，不仅肖像描写沿袭《高唐赋》《神女赋》，而且形象的功能也集后者中两个神女于一身：既以美色对宝玉进行性启蒙（以其妹兼美许配宝玉，并授以云雨之事），又在施展了性的诱惑后引导宝玉超越肉体欲念而与女性建立审美关系。如上功能既在呼应贾府祖先荣、宁二公"以情欲声色等事警其愚顽，或能使彼跳出迷人圈子，然后入于正路"的嘱托请求，"改变爱神，使之与社会现行伦理规范相吻合"；又使宝玉的性探索走上了形而上的"可意会不可言传，可神通不可语达"的追寻美的道路，表现出"非性欲化的美的表现传统"。

事实上，《高唐赋》本身有关"云雨"的描写已经流露出"改变爱神"为美神的倾向。正如高罗佩所言："有一种经久不变的古老象征保存下来，即天地在暴风雨中交媾。'云雨'至今仍然是性爱的标准文言表达。这种观念本身可以追溯到远古。不过就中国文献而言，作为典故是大约公元前3世纪的产物，出现在大诗人宋玉《高唐赋》序中。……这里天地交媾的古老宇宙论的意象已经被转化为一个优雅的故事。"[1]《高唐赋》中高唐神女向楚王告别时"妾在巫山之阳，高丘之阻，旦为朝云，暮为行雨，朝朝暮暮，阳台之下"的言辞，用完全诗意化的"朝云""暮雨"意象代替了交媾行为本身。[2]

《高唐赋》后，"云雨"一直是中国文学史上表达性爱主题的最流行的隐喻。叶舒宪先生的《高唐神女与维纳斯》梳理了古典文学中的"云雨家

---

① ［荷兰］高罗佩（R. H. Van Gulik）：《中国古代房内考》（英文版），布里尔出版公司1974年版，第38—40页。

② 参见叶舒宪《高唐神女与维纳斯》，中国社会科学出版社1997年版，第343页。

族"，以表明"云雨家族在古典文学中是怎样根深叶茂，兴旺发达"，同时更指出"暗示高唐神话的云雨措辞，在诗人笔下往往偏重表现'情'的方面，而小说家则多用这个原型表现'性'的方面"①。

考察"云雨措辞"在诗人笔下和小说家笔下表现倾向不同的原因，其一当在于抒情文体和叙事文体的差别：诗人抒情追求含蓄委婉，而小说家叙事则需要细腻真实。其二也应看到"云雨"这个符号带有以点代面性，是以对交媾行为结果的比拟化代指性行为，供诗人比兴尚可，但很难满足小说描绘两性关系发展过程的需要。

以《金瓶梅》等为例看看小说对"云雨"的表现方式。《金瓶梅》第四回写西门庆与潘金莲幽会："交颈鸳鸯戏水，并头鸾凤穿花。喜孜孜连理枝生，美甘甘同心带结。一个将朱唇紧贴，一个将粉脸斜偎。罗袜高挑，肩膀上露两弯新月，金钗斜坠，枕头边堆一朵乌云。誓海盟山，搏弄得千般旖旎；羞云怯雨，揉搓的万种妖娆。……当下二人云雨才罢，正欲各整衣襟。只见王婆推开房门入来。"再如《二刻拍案惊奇》卷六："狄氏也一时动情，淫兴难遏，没主意了。虽也左遮右掩，终久不大阻拒，任他舞弄起来。那滕生是少年当行，手段高强，弄得狄氏遍体酥麻，阴精早泄。原来狄氏虽然有夫，并不曾经着这般境界，欢喜不尽。云雨既散，携其手道：'子姓甚名谁？若非今日，几虚做了世人。自此夜夜当与子会。'"不仅用到"云雨"一词，还要对性行为过程进行交代和描绘。

如果说《高唐赋》的"云雨措辞"——"旦为朝云，暮为行雨，朝朝暮暮，阳台之下"——将交媾行为诗化，使"云雨"成为诗文中描写性关系的隐喻符号；那么小说中对"云雨"之事的实际交代和描绘则剥去了"云雨"的诗意面纱，直接面对交媾行为本身。

而一旦剥去了"云雨"的诗意面纱，逃避伦理道德审查的保护色也就同时消退。面对道德压力，《金瓶梅》等一方面真实细腻地刻画性行为，另一方面又在控诉性行为和女色的危害。如《金瓶梅》第一回即言"二八佳人体似酥，腰间仗剑斩愚夫；虽然不见人头落，暗里教君骨髓酥"，故

---

① 叶舒宪：《高唐神女与维纳斯》，中国社会科学出版社 1997 年版，第 336 页。

事中多数人物也都因淫欲而亡身；《二刻拍案惊奇》也多以"所欲害身者"结构故事。正如叶舒宪先生所说：

> 这就造成了小说中一种奇怪的现象：对性问题的公开抨击与暗中赞美。这种矛盾心态先体现在小说的文体差异上：大凡作者直接发出道德议论的时候，总是摆出一副道德先生的冷面孔，把性欲的罪恶作用宣讲给人听，要求人们节制欲望，免受性的诱惑以至灾难临头；但是一到具体描写男女主人公性行为时，作者就好像摇身一变，换成了另一个面目全非的热心人，用各种生动的或象征性的语汇对性行为做全方位的表现和尽可能的美化。这样一来，小说中具体的性描写就对小说中抽象的议论作出了暗中的否定。由于作者往往将抽象议论安排在先，而具体描写安排在后，这样一种秩序，实际上形成了一种表达上的"自我解构"。①

叶先生所说的"文体差异"，实际上也是小说的描写（言）与评价（意）之间的矛盾，即"俗言"与经史立场的"雅意"之间的反差。这种反差所造成的"自我解构"，实质上是小说性描写的"言俗而意雅"所带来的意义危机。

《红楼梦》中也有类似《金瓶梅》和《二刻拍案惊奇》等的直露的"云雨"描写，如贾瑞幻想中与凤姐云雨，"自觉汗津津的，底下已遗了一滩精"等；但它更以宝玉与"女儿"之间的"意淫"关系否定了"云雨"之"淫"。

"意淫"置换"淫"，既摒弃了实际交媾内涵，又保留了两性交往的过程；而"还泪"呼应"灌溉"，相对于"云雨"既增加了动感和渐进性（叙事性），又保留了诗意和隐喻性。《红楼梦》因此既能真实细腻地描写两性交往过程，又可无限推迟性交媾这个所指的在场，避免与伦理道德相冲突。如前文提到的"平儿理妆""香菱情解石榴裙"等细节，既有"理

---

① 叶舒宪：《高唐神女与维纳斯》，中国社会科学出版社1997年版，第492页。

妆""解裙"等引导出宝玉与女儿之间细腻真实的情感交流,又淡化、推迟和悬置着性行为。有关描写因此实现了细腻真实与含蓄委婉兼备,不与伦理道德冲突,从而达到了"言俗而意不俗"的境界。传统小说性描写的意义危机、立场危机也因此被解除。

在此意义上,可以说《红楼梦》继宋玉《高唐赋》之后对性描写的诗化做出了贡献:《高唐赋》开创了性描写诗化的传统;《金瓶梅》等代表了小说性描写现实化、世俗化倾向;而《红楼梦》面对以上两种"文学遗产",则借助意淫观作出了抉择,即扭转小说性描写现实化、世俗化倾向,将俗文学小说的性描写也纳入了诗化传统。"意淫"观的提出和有关描写,是《红楼梦》以诗法作小说的一个重要标志。

余英时先生在《红楼梦的两个世界》中反复强调"意淫"与"淫"的对举在《红楼梦》主题、结构中的重要地位,并从"伦理的维度"反复"拆解色、欲、情之间的关系",都表现出高度的感悟能力;只是没有从文学中性描写的发展史上考察"意淫"与"淫"对举的意义,所以很难说明问题,容易给人以"几个词反复出现,思维被困在里面打转转"①之讥。

从性描写反伦理道德内涵的角度来说,诗化回避了性与伦理道德之间的冲突,也回避了道德批判的思想探索。在此意义上,《红楼梦》性描写以诗法作小说的抉择,确有着所谓"伦理的维度",有着深层的思想渊源和文化渊源。而只有在文学史中考察,我们才能了解这一思想渊源和文化渊源,不是单纯以个性解放思潮等理论所能准确解释的。这也能补充说明我们从文学史上考察意淫观及《红楼梦》两性描写之创新性的必要性和意义。

---

① 周义先生的《〈红楼梦〉中的"意淫"解》文中批评说:"(余英时)翻来覆去只是拆解色、欲、情之间的关系,余先生肯定认为厘清这种关系是抓住意淫真实意味的关键。但我们应觉醒的是,要是我们的概念工具里就是这么几个词而反复出现,那能产生什么突破性的结论呢? 就只能是一个伦理的维度,我们的思维在里面打转转。"周义:《〈红楼梦〉中的"意淫"解》,《红楼梦学刊》2001 年第 3 期。

"网状结构"与"现实主义"[*]

　　近几十年，学者有关《红楼梦》结构的探讨，先后主要有"网状"说、对称说、均衡说等。其中影响最深远的是"网状"说。

　　"网状"说建立在"主线"论基础之上。红学研究最初把视野聚焦在《红楼梦》叙事结构上时，"《红楼梦》的主线是什么"是争论最多的一个问题，何其芳等先生持"宝黛爱情为主线"[①]说，洪广思等持"四大家族衰败过程为主线"[②]说，等等，多数人主张用一条主线、多条副线涵盖《红楼梦》的艺术结构。而《红楼梦》叙事结构的复杂性，迫使许多学者在主张"各种主线"论的同时，强调"除了以上所说的以外，《红楼梦》还交织着其他许多各有起讫、自成一面，但又无不和整体交相联系的人物和事件"[③]，"由这两条大的骨干织成的《红楼梦》的结构，像一幅庞大的网延伸开去，在广阔的社会生活的场景上勾勒出鲜丽的画图"[④]。"网状"

---

* 　原载于《红楼梦学刊》2004年第2期。

① 　何其芳：《论〈红楼梦〉》，人民文学出版社1963年版。书中指出："贾宝玉和林黛玉的爱情悲剧是《红楼梦》里面的中心故事，是贯穿全书的主要线索。"

② 　洪广思先生在《阶级斗争的形象历史》中较早提出"四大家族衰败过程为主线"说，后又有学者进一步论证，如曾扬华先生强调"从《红楼梦》全书所反映的内容看，足以担当得起这副担子、成为全书主线的，就只有贾府由盛到衰的过程，因为只有这个过程才能容纳得了书中已写的一切人物和事件。由于这是主线，还是一条很粗大的主线，其中不免融汇了一些具体事物的发展过程，它们本身也各自可成大小长短不等的线。"转引自郑铁生《半个世纪关于〈红楼梦〉叙事结构研究的理性思考》，《红楼梦学刊》1999年第1期。

③ 　蒋和森：《红楼梦论稿》，人民文学出版社1981年版，第216页。

④ 　李希凡、蓝翎：《红楼梦评论集》，人民文学出版社1973年版，第267页。

139

说就此成为"主线"论的补充。薛瑞生先生等进一步提出"网眼"观和"织锦"式网状艺术结构新说①，使"网状"说更臻完善。

"网状"说作为"各种主线"论的补充，表达了探索《红楼梦》结构之"独创性"的意图。同时值得注意的是，"网状"说倾向于认定《红楼梦》的"现实主义"本性。上引有关"网状"说的阐述不难让我们看到，"主线"论到"网状"说的发展，越来越凸显了《红楼梦》描绘现实生活的细密程度。"网"，几乎被看作《红楼梦》伸向"广阔生活"和"社会矛盾"的"千头万绪"的触角。这样，《红楼梦》结构的意义、价值和独创性就被纳入"现实主义"文学范畴中加以评估。② 1980 年以后，在逐渐高涨的"文化研究"热中，《红楼梦》中民族文化的、非"现实主义"的精神内涵越来越受到关注，"网状"说也就不能不受到质疑。

产生于 1980 年以后的"对称"说和"均衡"说都致力于发掘《红楼梦》结构的民族文化底蕴。较早提出"对称结构"论的是周汝昌先生。"三"和"十二"等有特殊文化内涵的数字在《红楼梦》中的明显结构功能，被周先生作为"对称结构"说的依据。比如，《红楼梦》中有"三次

① 薛瑞生：《红楼梦》所反映的社会矛盾错综复杂，故事线索千头万绪，绝不是这一主一副两条线索所能完全包揽的。但是，不管多么复杂与纷乱，却都或直接或间接地与这两条线索发生联系。这就由许多大的网眼再生发出许多小的网眼，人物的'悲欢离合'，四大家族的'兴衰际遇'，就在这大大小小的网眼中透露出了个中消息。"参见薛瑞生《红楼采珠》，百花文艺出版社 1986 年版，第 39 页。

② 游国恩《中国文学史》（四）强调《红楼梦》"像生活本身那样丰富、复杂而且浑然天成，表现了现实主义创作方法的高度成就。……在它以前的长篇小说以《三国演义》的结构最为完整。但《红楼梦》比起《三国演义》来表现得更宏伟、更严密、更完整。……这个结构的内部百面贯通，筋络相连，纵横交错，但又主次分明，有条不紊，它使我们感到生活的河流在那里波澜壮阔、汹涌澎湃地前进"。参见游国恩《中国文学史》（四），人民文学出版社 1988 年版，第 325 页。

过元宵节""三次过中秋节"等。①将《红楼梦》对称结构研究推向极致的，还有王国华的《太极红楼梦》，其理论核心是阐释"《红楼梦》结构的太极之道，是它的两大部、六段落、十二节及九五成章的规律与《易》之两仪、四象、八卦和六十四卦结构原则的吻合性"。

持"均衡"说者主要是张锦池先生，其观点针对"对称"说提出，也是对后者的修正。在"对称"说所依据的"三""四""十二"等数字在《红楼梦》中有明显结构功能之基础上，张先生强调《红楼梦》"似乎决意既要使自己的作品富于对称美而又是打破那种刻板的对称性，使作品的艺术结构呈现出一种'奇''偶'相生的风采……它最深层地反映了作者的审美心态与创作意旨，强意识的与潜意识的，创造性的与文化继承性的"②。

"对称"和"均衡"虽然是《红楼梦》艺术结构的重要特点，但古代长篇章回小说常有"三复情节""阴阳极数建构""结卷尚偶数"等现象③。以"数"的"对称"和"均衡"来结构小说并非《红楼梦》的独有现象，"对称"说和"均衡"说也就很难揭示《红楼梦》结构的"独创性"。发掘《红楼梦》结构民族文化底蕴的研究，在回答《红楼梦》结构独创性的问题时面临困境。④

---

① 周汝昌先生在其《红楼梦与中国文化》一书中系统谈论了《红楼梦》的"对称结构"问题。其论点主要内容大概是：其一，从内容来看，"雪芹用'泰否'，用'兴衰'，用'荣辱'，用'盛散'，皆为对称之局而设，语虽小变，义则无二。再四申明，这是全书既定的大局。以此之故，雪芹真书，本分两'扇'，好比一部册页的一张'对开'，分则左右对半，合则前后一体，其折缝正在当中，似断隔而又实联整"。其二，从布局来看，"一部《石头记》，一共写了三次过元宵节、三次过中秋节的正面特写的场面。这六节，构成全书的重大篇目，也构成了一个奇特的大对称法"。其三，小说在运用数字的序列方面也讲求结构的对称。周先生说："十二的作用最明显，'金陵十二钗'的书名是最著称的了，书中还处处点'十二'，例不胜举。比如，大观园中，十二处馆苑榭，十二个大丫鬟，十二个小优伶。冷香丸的配方药味剂量，无一不是十二为数。秦可卿出殡时的富贵王孙隐着十二支生肖。周瑞家送的宫花是十二支。连女娲炼的大石头也是方径二十四丈，高径十二丈。所以无待烦辞，大家都会承认'十二'乃是《石头记》中的一个基数。"参见周汝昌《红楼梦与中国文化》，中国工人出版社1989年版，第179—217页。

② 张锦池：《古典小说心解》，黑龙江人民出版社2000年版，第502页。

③ 杜贵晨先生在《"天人合一"与中国古代小说结构的若干模式》一文中集中探讨了相关问题，参见杜贵晨《传统文化与古典小说》，河北大学出版社2001年版，第21—37页。

④ 郑铁生先生等批评"'对称结构'……究其实质仍旧在表层结构上探求，未能深入系统的深层结构之中。相对'网状结构'这种直观的意象的整体性的探求，离合理的内核距离更大"；参见郑铁生《半个世纪关于〈红楼梦〉叙事结构研究的理性思考》，《红楼梦学刊》1999年第1期。

袁行霈本《中国文学史》第四册指出："曹雪芹比较彻底地突破了中国古代小说单线结构的方式，采取了多条线索齐头并进、交相联结又互相制约的网状结构。青埂峰下的顽石由一僧一道携入红尘，经历了人间的悲欢离合，又由一僧一道携归青埂峰下，这在全书形成了一个严密的、锲合天地循环的圆形的结构。……《红楼梦》众多的人物与事件都组织在这个宏大的结构中，互相影响，互相制约，筋络连接，纵横交错，层次分明，有条不紊，它像用千条万条彩线织起来的一幅五光十色的巨锦，天衣无缝，浑然天成，既像生活本身那样丰繁复杂，真实自然，又笼罩着一层真真假假、实实幻幻的神秘的面纱。"① 这是继续采用"网状"说，但同时又补充上"圆形结构""互相影响，互相制约，筋络连接，纵横交错，层次分明，有条不紊"等，明显吸收了"对称"说"均衡"说的观点；至于"既像生活本身那样丰繁复杂，真实自然，又笼罩着一层真真假假、实实幻幻的神秘的面纱"等语，则言《红楼梦》结构不仅能够高度适应于写实，也同样能高度适应于写意。

从中可见，还是"网状"说"这种直观的意象的整体性的探求"，能够比较混融地包蕴《红楼梦》结构的独创性和民族性等不同侧面，从而能够相对更具阐释力和说服力。

只是，对《红楼梦》结构的探讨和对"网状"说的推进不能止步于"像……既像……又像"的描述，只有始终立足于考察《红楼梦》结构相对于西方小说的民族性和相对于前代小说的创新性，并在此基础上具体分析其"是"什么，"不是"什么，才能对准确判断其特点、意义和价值有益。

一 传统小说结构与西方小说结构的差异：散点透视和焦点透视

如前所言，有关《红楼梦》结构的"网状"说建立在各种"主线"论的基础之上。而探讨小说的所谓"主线"的研究方式，很大程度上受到了西方的影响。西方小说多以一个人物和事件为结构主线，人物之间和事件

---

① 袁行霈：《中国文学史》（第四册），高等教育出版社 1999 年版，第 371—372 页。

之间有明确的中心与非中心的关系。而中国传统小说则不然。在明清长篇章回体小说的发展链条中考察，越晚出的作品，越难总结出所谓的结构"主线"。"《水浒传》当然以上梁山为主要钮结。如《金瓶梅》等就无法指出哪件事可算中心钮结。"① 相对而言，明清章回小说在结构上大致有两个特点：其一是"散"；其二是相对松散的各叙事要素之间构成"互文"关系②，共同表现小说的主旨。整体地看，明清章回小说的结构特点似可借用一句评价优秀散文的习语："形散而神不散。"

从通行的文学史教材中，我们也可以察觉学者在尽力摆脱"主线"论的限制，而试图客观地认识中国长篇章回小说"形散而神不散"的结构特点。游国恩本《中国文学史》描述《三国演义》"以蜀汉为中心，抓住三国矛盾斗争的主线"；而《水浒传》"书中人物与情节的发展，主要是单线发展，每组情节既有相对的独立性，又是一环扣一环，互相勾连"；《西游记》"以取经人物的活动为中心，逐次展开情节……无论是某段故事之内，无论是各段故事之间，都泾渭分明，表现出作者在结构组织上的匠心"③。近年的袁行霈本《中国文学史》进一步指出，"以往的长篇小说，往往是用一条线将一个个故事贯穿而成，每一个故事又都是以时间为序纵向直线推进，且有相对的独立性。《金瓶梅》则从复杂的生活出发，全书并不是以单线发展，每一故事在直线推进时又常将时间顺序打破，做横向穿插以拓展空间，这样，纵横交错，形成了一种网状的结构"，以及"中国乃至世界近代长篇小说传统的结构方式是由少数人物和基本情节为轴心而构成一个首尾连贯的故事格局。《儒林外史》是对百年知识分子厄运进行反思和探索的小说，很难设想它还有可能以一个家庭或几个主要人物构成首尾连贯的故事，完成作者的审美命题。……《儒林外史》把几代知识分子放在长达百年的历史背景中去描写，以心理的流动串联生活经验，创造了一种'全书无主干，仅驱使各种人物，行列而来，事与其来俱起，亦与其去俱

---

① 应锦襄等：《世界格局中的中国小说》，北京大学出版社1997年版，第284页。

② 《世界格局中的中国小说》中称为"团块组合"，参见应锦襄等《世界格局中的中国小说》，北京大学出版社1997年版，第284页。

③ 游国恩：《中国文学史》（四），人民文学出版社1988年版，第27、49、120页。

讫，虽云长篇，颇同短制'（鲁迅《中国小说史略》第二十三篇）的独特形式。它冲破了传统通俗小说靠紧张的情节互相勾连、前后推进的通常模式，按生活的原貌描绘生活，写出生活本身的自然形态，写出随处可见的日常生活"①。已经注意到研究对象在《三国演义》—《水浒传》《西游记》—《金瓶梅》—《儒林外史》的发展链条上"形散"特征越来越明显的事实，同时还强调了较晚出小说中"故事"群相呼应而表达主题的关系。只是上述引文中的此类强调，如："以往的长篇小说，往往是用一条线将一个个故事贯穿而成，每一个故事又都是以时间为序纵向直线推进，且有相对的独立性，而《金瓶梅》则从……""中国乃至世界近代长篇小说传统的结构方式是由少数人物和基本情节为轴心而构成一个首尾连贯的故事格局。《儒林外史》是……"不免表露出其研究仍坚持以"主线"说为根基。

怎样理解中国长篇章回小说"形散而神不散"的结构特点？怎样跳出"主线"说的思维框架，正视这种结构特点？怎样认识这种结构特点的民族性？

或许我们可以参照中国绘画"散点透视"的特点，来思考中国长篇章回小说"形散而神不散"结构中的民族精神。在这一点上，一些学者有关"散点透视"与民族认知机制之间联系的思考，足可给我们有益的启示。②

二 "散点透视"相对于"焦点透视"的内在精神，主要在于其主观性原则

中国长篇章回小说的"散点透视"倾向，一向被研究者看作导引小说走向"客观"描写生活和"写实"的重要结构因素。事实上，在中国长篇章回小说发展史中，"散点透视"倾向有着促使小说逐步抒情化、"诗化"和文本化的意义。

"焦点透视"和"散点透视"是通常所说的中西方绘画在视点方面的

① 袁行霈：《中国文学史》（第四册），高等教育出版社 1999 年版，第 176、349 页。
② 参见申小龙《中国句型文化》，东北师范大学出版社 1988 年版，第 445—451 页。

重要差异。西方绘画遵守近大远小（线透视）、近浓远淡（色透视）、近清晰远模糊（隐没透视）的焦点透视原则，具体创作中有固定的视点。这个视点往往成为画面的视觉中心。画面的张力由此而展开，逐渐消失于地平线处。由于画家多取平视或仰视，山后、屋中、巷里等被遮挡的远景便不能在画面中出现。

而中国画却不受一个固定视点的限制。宋沈括《梦溪笔谈》曾言：

> 李成画山上亭馆及楼塔之类，皆仰画飞檐，其说以为自下望上，如人平地望屋檐间，见其榱桷。此论非也。大都山水之法，盖以大观小，如人观假山耳。若同真山之法，以下望上，只合见一重山，岂可重重悉见？兼不应见其溪谷间事。又如屋舍，亦不应见其中庭及后巷事。若人在东立，则山西便合是远景；人在西立，则山东便合是远景。似此如何成画！李君盖不知以大观小之法，其间折高折远，自有妙理，岂在掀屋角也！

这里讽刺的李成是宋代画家，曾作《山水诀》。沈括讥笑李成只知"以小观大"的"真山之法"而不知"以大观小"的"观假山"之法。所谓的"以小观大"，也就是遵守客观的透视关系，看到哪里画到哪里；而"以大观小"则是将小我放大，将宇宙缩小，这样便有了任意移动眼睛视点和心理视点的自由。[①]

空间观念的不同决定了画面有序性的不同，也就决定了构图的不同。油画以严格的透视关系确定由近到远的秩序，中国画以自由的视觉流动安排由主到宾的秩序。从构图上说，油画构图强调视点景物与周围景物的中心与非中心的关系，而中国画构图则在流动的"步步移"中淡化了这种关系，使单向度的中心与非中心的关系转化为景物之间的"互文"关系。二者相比，油画构图客观性、确定性、稳定性强而中国画构图主观性、流动性、灵活性强。

---

① 参见翟墨《绘画美》，湖北教育出版社 1991 年版，第 68—71 页。

有经验的中国画家往往先确定几个大面积的东西，再逐渐打碎，以小面积的东西搭配进去，"章法要从四边打进来"。在这一过程中，妥善地调整画面各个部分的阴阳、向背、纵横、开合、锁结、回抱、勾托、过接、映带诸问题。① 即处理好各要素之间的"互文"关系。

不难发现，中国绘画在"散点透视"下所表现的"步步移"（形散）和景物之间构成"互文"关系（神不散）等特点，与长篇章回小说发展中逐渐表露的结构特点极其神似。"散点透视"在不同领域的这种相似的深刻影响，的确只有从其与民族认知机制之间内在联系的角度才能加以解释。

很有意思的是，学术界通常认为，中国长篇章回小说的发展有着逐渐"贴近现实、面向人生"的创作倾向，而且这种倾向还同小说结构的"散"化有着密切关联。比如袁行霈本《中国文学史》评价《金瓶梅》："标志着我国的小说进入了一个更加贴近现实、面向人生的新阶段。……以往的长篇小说，往往是用一条线将一个个故事贯穿而成，每一个故事又大都是以时间为序纵向直线推进，且有相对的独立性。《金瓶梅》则从复杂的生活出发……各色人物和故事相互交叉，相互制约，像生活本身一样丰富多彩，十分自然，既千头万绪，又浑然一体。"② 又强调《儒林外史》"冲破了传统通俗小说靠紧张的情节互相勾连、前后推进的通常模式，按生活的原貌描绘生活，写出生活本身的自然形态，写出随处可见的日常生活"③，等等。明显将结构的"散"化看作影响描写方式走向"写实"化、生活化的重要因素。这与我们前面分析的"散点透视"内在的"主观性"精神似乎不太相符。

长篇章回小说是不是真的越来越"按生活的原貌描绘生活，写出生活本身的自然形态"？拿《儒林外史》《红楼梦》与18世纪西方批判现实主义小说相比，前者的非"写实"性特征就非常明显。《中国文学史》指出，

---

① 参见翟墨《绘画美》，湖北教育出版社1991年版，第68—71页。
② 袁行霈：《中国文学史》（第四册），评《金瓶梅》语，高等教育出版社1999年版，第174页。
③ 袁行霈：《中国文学史》（第四册），评《儒林外史》语，高等教育出版社1999年版，第349页。

《儒林外史》中的"四大奇人"是"知识分子高雅生活'琴棋书画'的化身，是作者心造的幻影，是文人化的市井平民，是作者为新一代读书士子设计的人生道路，体现作者对完美人格的追求"①；《红楼梦》则"形成了独特的叙事风格，这就是写实与诗化的完美融合，既显示了生活的原生态又充满诗意朦胧的甜美感，既是高度的写实又充满了理想的光彩，既是悲凉慷慨的挽歌又充满青春的激情"②。这都在补充修正着"写实"说，也比较准确地揭示了两部小说中"非写实"因素的"文人化"和"诗意化"特征。只是，这样也许还不够。

我们还可以进一步追问，为什么《儒林外史》《红楼梦》等小说会给我们以"写实"的印象？不可否认，这些小说的写"小人物"、写"细事"、用"白描"等特点确有"生活化"迹象，尤其是"散点透视"的结构，更"像用千条万条彩线织起来的一幅五光十色的巨锦，天衣无缝，像生活本身那样丰繁复杂，真实自然"。③ 还应该看到，小说作者在有意强调叙事的"写实"性。比如，《红楼梦》就强调其故事是"追踪蹑迹，不敢稍加穿凿"，而它同时却又警醒读者"假作真时真亦假，无为有处有还无"，造成"真假"莫辨的效果。这里就潜藏着一个值得深思的问题：为什么这些小说作者要强调自己作品的"写实"性？为什么他们在"写实"的同时又要塑造"文人化的市井平民"这种雅俗不明的理想形象使作品"笼罩着一层真真假假、实实幻幻的神秘的面纱"？为什么他们要用高度的"写实"来传达高度的"文人化"和"诗意"？

学者有关"散点透视"的"最客观"和"最主观"并存之特点的论述或许能给我们一定的启发。

古人希望从整体上把握平远、深远与高远，以景外鸟瞰和景内走动的思路使千里之景收于一幅，纷繁的人物、情节纳于一个画面。因此，创造了一种移动视点的运动透视法。它与西方绘画中那种定点透视，注重空间

---

① 参见袁行霈《中国文学史》（第四册）评《儒林外史》语，高等教育出版社1999年版，第349页。

② 参见袁行霈《中国文学史》（第四册）评《红楼梦》语，高等教育出版社1999年版，第369页。

③ 同上书，第372页。

的几何布局的凝固的构图法不同。它不是用物理的空间眼光，而是用心理的时间眼光，不受视阈的局限，在同一个画面上画出不同视阈的景物。这种绘画语言思维的核心就是"移动"。在画山水的时候，左顾右盼，左看右看，把众多的景物集中经营在一个画面上。由于视线是流动的、转折的，便形成了节奏感。这种纵深变化与物推移，"无往不复，天地际也"（《易经》），搜尽奇峰打草稿，与大自然浑然一体的流动空间意识，使画家既能"最客观"地于尺幅之中写出千里万仞之景，又能"最主观"地使自己的情感借姿态万千的大自然得以充分表现。看西洋画只能"驻足"，看中国画却能"卧游"。因而中国画的容量往往是焦点透视的西洋画所无法承担，也无法理解的。①

其中告诉我们"散点透视"绘画思维的核心是"移动"，而"移动"又是为了"整体"地把握千里万仞之景物。可以在此基础上分析"散点透视"的"最主观"性和"最客观"性。"散点透视"所谓的"最主观"性即"最主观的情感"，主要来自任意移动视点的主观自由，这点容易理解；而其"最客观的描绘"当指全面、整体地描绘千里之景，这点则需要辨析。全面的、整体的，是否就是真正"客观"的呢？比较来看，"焦点透视"虽然描绘"局部"，却是客观呈现在视野中的"局部"，在固定视点中只能出现那样的"局部"；而"散点透视"描绘的尽管是"整体"，却是主观想象和借助视点移动拼接组合的"整体"，是不符合自然透视关系并且任何人的眼中都不可能看到的"整体"。为什么"散点透视"要"移动"视点以追求"整体"？参照沈括所提倡的"如人观假山"，可以感觉到追求"整体"的欲望多半来自缩小"小我"与"大自然"距离的意识和夸大"我"的认识能力的冲动。产生于这种意识和冲动的"主观情感"越强烈，也就越希望自己对现实的把握是全面的、真实的、"客观"的。

长篇章回小说中"文人化""诗意"特征与"写实"化现象的高度共存，也是"最主观性"和"最客观性"相伴随的表现。其"文人化"和"诗意"的核心主要是文人的忧患精神，而"写实"化则表现为描

① 参见申小龙《中国句型文化》，东北师范大学出版社 1988 年版，第 448 页。

写范围的广泛全面（"一代文人有厄"或"千红一哭，万艳同悲"）和具体描写的细微。从散点视的"整体观"基础上看，这些小说的"写实"，正是为了证明其"文人化"和"诗意"精神的全面、真实与客观。而这会影响我们认识长篇章回小说发展史，并判断文人创作在小说发展史中的意义。

如果从"写实"的角度考虑，《儒林外史》《红楼梦》等小说使中国长篇章回小说通向世俗、通向生活，真正成为"俗文学"，并使之取代诗文等雅文学成为时代的代表文学，这正是学术界对这些小说的通常看法。但若从"文人化"和"诗意"的角度考虑，这些小说却使小说"文人化"和"诗化"，"言"俗而"意"雅，成为雅文学的"寓言"型品种。这样，吴敬梓、曹雪芹等在小说史上的作用，大概也需要予以重新认识了。

三 《红楼梦》"网状"结构的实质

散（取材广泛而生活化）、骈（隐喻和互文相表里）结合，以散写骈，以骈统散；即以诗写小说，使中国小说同时到达写实和写意的顶峰。

上文谈及，中国长篇章回小说的结构逐渐表露出与绘画相似的"步步移"（形散）和景物之间构成"互文"关系（神不散）等"散点透视"特点。而经常谈到的《红楼梦》的"网状"结构则是体现这一特点的典范。

再次借用《中国文学史》对《红楼梦》"网状"结构的描述："《红楼梦》众多的人物与事件都组织在这个宏大的结构中，互相影响，互相制约，筋络连接，纵横交错，层次分明，有条不紊，它像用千条万条彩线织起来的一幅五光十色的巨锦，天衣无缝，浑然天成，既像生活本身那样丰繁复杂，真实自然，又笼罩着一层真真假假、实实幻幻的神秘的面纱。"看上去很玄妙，事实上这幅"巨锦"和"网"，是由无数"互相影响，互相制约"的二元性的对子编织而成的。

《红楼梦》设置对子的方法包括两种：其一，从共时态角度，小说总要安排"双峰并峙，二水分流"，即设置"二元"格局①；其二，从历时态角度，对立的"二元"总是相互转化、循环，即所谓"阳尽阴生，阴尽阳生"。这容易使人感到《红楼梦》"众多的人物与事件都组织在这个宏大的结构中，互相影响，互相制约，筋络连接，纵横交错，层次分明，有条不紊"，整体看是"网状"的，而两两之间又是"对称"和"均衡"的。从这点来看，"网状"说及"对称""均衡说"都能在《红楼梦》设置无穷的对子这一特点上找到根据，或者说，它们都立足于《红楼梦》叙事的"互文"习惯。

孟华从汉字的角度这样阐释中国文学和文化"互文"精神的来源。"线性字母书写的语言是一个'得意忘形'的过程，一旦按照线性规则依次拼读出词语，也就是字形消失、词语凸显的过程。线性结构单位是不可逆的：一个要素以自己的消失来唤出下一个要素的出场。象形汉字的字象和物象之间则构成了往复的偶值性联想关系，人们可驻足于某一偶值项中反复凝视、体悟。……非线性是一种相互语义指涉性，所以我们使用一个符号学的术语替换它：非线性，即符号学中的互文性（intertextaulity）。"②可以推论，非线性的汉字也能使传统文学经得起"驻足于某一偶值项中反复凝视、体悟"，即容易利用互文性（对仗等）来经营文学形式。

"往复的偶值性联想关系"和"驻足于某一偶值项中反复凝视、体悟"，实质上揭示了互文性和隐喻的互为表里，即形式上是互文的，精神上则是隐喻的。关于"隐喻"的直觉联想特征，徐通锵先生曾经强调说："隐喻的关键，其所表达的方式不是'A 是 B'，而是'A 犹如 B'。所以，

---

① 甲戌本脂批言《红楼梦》："叙得有间架，有曲折，有顺逆，有映带，有隐有现，有正有闰，以至草蛇灰线，空谷传声，一击两鸣，明修栈道，暗度陈仓，云龙雾雨，两山对峙……"戚蓼生《石头记·序》评曰："吾闻绛树两歌，一声在喉，一声在鼻；黄华二棱，左腕能楷，右腕能草，神乎技矣，吾未之见也。今则两歌而不分乎喉鼻，二棱而无区乎左右，一声也而二歌，一手也二棱，此万万不能之事，不可得之奇而竟得之《石头记》一书。"当代学者余英时先生在其《红楼梦的两个世界》中也反复强调《红楼梦》的"'清'与'浊'，'情'与'淫'，'假'与'真'，以及风月宝鉴的正面和反面"，这些都对《红楼梦》共时结构中"二元对立"的现象给予了充分关注。

② 孟华：《汉字：汉语和华夏文明的内在形式》，中国社会科学出版社 2004 年版，第 81—82 页。

隐喻的实质不在于语言，而在于人们如何利用这一个领域的概念去说明另一个领域的概念，富有强烈的主观性。……印欧语社团以概念、判断、推理为基础的思维方式可以称为推理性思维，而隐喻式思维则可称为直觉性思维。"①

《红楼梦》的互文性叙事中就表现出强烈的主观性的隐喻精神：第一，用"阴阳""这一个领域的概念"去说明"男女""上下""盛衰""清浊""真假"等"另领域的概念"，这本身是传统的隐喻性很强的阴阳观，而《红楼梦》采用了这一观念；第二，《红楼梦》还强调和细化了阴阳观，其中"湘云说阴阳"等情节使叶子的向背、麒麟的大小等都成为阴阳的隐喻形式，从而整部《红楼梦》无往而非阴阳之隐喻；第三，《红楼梦》主要借助宝玉这一叙事主体色彩很强的人物的立场，明确表达了尊阴贬阳的主观态度。因此，《红楼梦》的整体隐喻性在于其以讲述石头的经历、红楼的故事，表达了阴性立场的阴阳观。

互文与隐喻的相表里，在传统诗歌中，或进一步说，在对联中最明显。正如徐通锵先生所言："这种'A 借助于 B'的实践的最典型的表现形式就是传统的对对子或对仗，公园、寺院、道观、游览胜地等处的大门两侧和廊柱上的楹联就是汉语的语法结构的典型实践和样品，凝聚了汉语社团的'A 借助于 B，从 A 到 B 的相互关系中去把握、体悟 A 和 B 的性质与特点'的思维方式的精华。"②

有意思的是，《红楼梦》也着重描写了林黛玉等女性在诗社之类活动中的对对子。黛玉、湘云、宝琴三人之间，黛玉与湘云两人之间的对对子（后又有妙玉加入）都在小说中占据相当篇幅，尤其因后者出现"寒塘渡鹤影，冷月葬诗魂"之句，既精警又有谶语色彩，更易引起重视。对对子包含的粘和连都旨在建立互文和隐喻关系，随机增加新内容（湘云的"寒塘"之句就来自一只鹤的启发），又能保持句子间整体的统一性。

值得注意的是，《红楼梦》的"网状"结构就有类似随机性和整体性

---

① 徐通锵：《汉语字本位语法导论》，山东教育出版社 2008 年版，第 58—79 页。
② 同上。

相统一的特点。王蒙对此曾论述说："我想谈一下《红楼梦》是一个集合体。集合体的意思是说它与以线性的因果关系组成的长篇小说不同，它的结构是在一个总的命运和趋势中许多人和事的集合。……我们说《红楼梦》是一个集合体，首先表现为它是一个整体，其次它又是可以分解的，你随便翻到一页，哪儿看都行，你可以联系看前后文看，你也可以单独看这一段，没关系。……值得一提的是，在这些人和事当中有一种是映比关系，互相对映，互相映射，互相比较。中国的传统哲学中就有朴素的辩证法，曹雪芹深受这个影响，什么他都捉对儿。写一个宝玉不够，得来一个金锁，是癞皮和尚的；有金锁不够，史湘云还有一个金麒麟；有金麒麟不够，张道士还有一个更大的金麒麟，互相映比。……在别的短篇小说中简单的映比是有的，但像《红楼梦》这样多层次、多方面的映比是没有的。"①

《红楼梦》"网状"结构的随机性使其能随时向现实取材，而整体性则使其能将随时所取之材互文和隐喻性地编码，这样就保证了以散写骈、以骈统散和骈散的结合。其中，随机性和散使《红楼梦》足以写实，而整体性和骈则使其足以写意，二者的结合使《红楼梦》到达了中国小说写实和写意相结合的顶峰。

"网状"结构的骈散结合精神的学习传统对对子、对仗和诗歌，也使整体的《红楼梦》与后者构成了互文、隐喻关系，使之成为一个诗性的文本。从而也只有"驻足于"《红楼梦》与诗二者之间的"偶值性联想关系"中"反复凝视和体悟"，才能更有利于认识把握《红楼梦》以诗写小说的民族性特征。

---

① 王蒙：《作为小说的〈红楼梦〉》，《王蒙谈小说》，江西高校出版社 2003 年版，第 313—317 页。

论《红楼梦》作为"成长小说"的
思想价值及其叙事特征 *

　　2007 年 11 月在耶鲁访学期间，我应指导教授孙康宜女士之邀，为师生做了一个演讲，题为"《红楼梦》：中国历史上最伟大的成长小说"。讲座的基本意思是：中国古代小说叙事者受稗官或说书人身份定位传统的影响，习惯采取转述故事的叙事姿态，很难在小说中讲述个人生活经历，因此中国传统小说少有自传体，更罕见如西方近代以来的"成长小说"。《红楼梦》作为一部有着"成长小说"特点的作品，在中国小说史上是罕见的，也是非常有创新意义的。

　　可能我的讲座有"以西衡中"之嫌，孙康宜先生的一位研究生质疑说，很多人现在总说中国传统上没有什么，受到西方影响后才有了什么，那么你们传统中究竟有哪些有价值的东西呢？

　　讲座时间有限，使我来不及回答他的问题，但事后我思考了很长时间，希望能说明白：中国传统小说的"街谈巷语"叙事语言模式确实不利于出现所谓的"成长小说"，但在并未受到西方影响的条件下，中国还是出现了《红楼梦》这样有着"成长小说"特点的作品；作为具有中国特点的"成长小说"，《红楼梦》有着与西方"成长小说"同而不同的叙事形态

---

　　* 发表于《红楼梦学刊》2009 年第 4 期。本文所做分析均参见（清）曹雪芹、高鹗著，人民文学出版社编辑部校勘《红楼梦》（四卷本，以程乙本为底本），人民文学出版社 1957 年版。

和文化意义；作为中国"成长小说"的早期作品和典范，《红楼梦》对中国当代"成长小说"的发展、成熟仍有学习和参照意义，对世界"成长小说"理论的完善和深化也当有其不可替代的价值。

感谢孙康宜教授、耶鲁大学的研究生们和我在海内外所有的良师益友，愿他们的帮助和启发伴随我学术生命的全部过程。

对于《红楼梦》中的贾宝玉形象的叛逆性、独特性，学界早已有种种精彩评述，但多数说法着眼于静态的定性判断，对人物之所以成为"这一个"的成因、过程则分析不足；对形成人物性格的社会背景（如"封建末世"说）、思想渊源（如"资产阶级民主主义思想"说、"老庄思想"说、"童心"说等）有所涉及，而对小说文本所呈现的人物自身性格的形成演变过程则缺乏足够的关注。

宝玉独特的性格来自何处？"自传"说和"社会背景"说都曾从不同的角度给予阐释。

作为小说中的人物，贾宝玉像其他小说中的主人公一样来自作者的虚构和创造；而与一般传统小说中主人公的不同之处在于，他与《红楼梦》超超叙述层的叙述者"作者"之间，隐然存在某种相关性。"自传"说符合读者对于这种相关性的感性认知，有利于读者更深刻地理解小说中的人物；更为难得的是，"自传"之说比较醒目地使《红楼梦》与大多数单纯由"稗官""说书人"转述他人故事的传统小说相区别，准确地抓住了《红楼梦》的原创性。不足之处在于，"自传"说在理论上忽略了艺术创作的独特性和艺术形象的相对独立性，在实践上容易带来历史研究与文学研究、曹学与小说学相互简单替代、相互干扰的弊端。

"社会背景"说强调"形象大于思想"，可以在一定程度上纠正"自传"说的弊端，但缺陷在于，很难具体说清"社会背景"是如何影响人物，如何对人物产生作用的。社会背景之于艺术作品和艺术形象的影响，常常只具备可能性，而不具备必然性。刘梦溪先生曾分析说："围绕着贾宝玉并促使他行动的环境，不是一潭死水，而是波掀浪涌、矛盾丛生的现实社会。逼死金钏、撵走司棋、迫害晴雯、芳官出家、尤三姐自刎、尤二姐吞金以及打死冯渊、石呆子破产，大故迭起、惊心动魄。大观园内外的严酷现实不断冲击着宝玉的生活和思想，使他陷入深沉的思索，加上他有意'杂学旁收'，从进步的历史文化传统中吸收营养，终于逐渐形成了一套具有当时时代特征的反封建的思想体系。"① 其中自觉地从小说文本的自身情节之中寻找社会背景影响人物的具体根据，可谓难能可贵，但仍失之简单：且不说"尤三姐自刎、尤二姐吞金以及打死冯渊、石呆子破产"等事对宝玉的影响在小说中很难找到蛛丝马迹，即便"逼死金钏、撵走司棋、迫害晴雯、芳官出家"等确曾震动宝玉的情节，各自是怎样"冲击"了宝玉的生活和思想，让他陷入了怎样的"深沉的思索"，类似的分析也很难作出有说服力的阐释。究其原因，主要在于此类分析方法以一般推论特殊，以特殊求一般，容易用力于在作品中寻找论据，而不是对文本进行细读，辨认人物性格和思想演变的自身印迹。引文中所谓宝玉"杂学旁收"之论所借鉴的文化研究方法，也很难从根本上免于此弊。

一 《红楼梦》的成长叙事与西方"成长小说""反成长小说"在思想价值上同中有异

从文本细读出发，仔细辨认人物性格和思想演变的自身印迹，我们会发现《红楼梦》非常清晰地从不同侧面描写了主人公贾宝玉个体生命成长的过程：在第六回"贾宝玉初试云雨情"等情节中，读者可以发现其生理生命的律动；在第二十二回"听曲文宝玉悟禅机"等段落里，可以感知其精神生命的成长；在第三十六回"识分定情悟梨香院"等片段中，可以触摸到其情感生命的成熟——唯独在社会生命方面，宝玉显然始终是一个拒绝长大、拒绝承担社会责任的人物。在推崇"修、齐、治、平"价值观的中国传统时代，这样的人物显然具有叛逆性。在传统时代，我们也确实很难看到一本小说完整地讲述一个叛逆性人物在各方面逐渐成长的过程。

《红楼梦》对主人公贾宝玉成长过程的描写，容易使我们联想到时下比较流行的一种小说类型——"成长小说"。事实上，近几年，中国台湾

_____

① 刘梦溪：《〈红楼梦〉新论》，中国社会科学出版社1982年版，第350页。

学者廖咸浩等人都曾多次强调《红楼梦》与"成长小说"之间的相似性，可以给我们很多有益的启示。①

"成长小说"概念起源于德国，也被称为"教育小说""修养小说"或"发展小说"，德语文学中"一部分长篇小说，尤其是从 17 到 19 世纪这 300 年内的作品……它们不像英国小说和法国小说那样，描绘出一幅广大的社会图景，或是单纯的故事讲述，而多半是表达一个人内心的发展与外界的遭遇中间所演化出来的历史"②。与一般"描绘出一幅广大的社会图景"或"单纯的故事讲述"相比，成长小说显然更关注个人，更关注个人内心的发展，在价值观上更倾向于个人主义。

从表达个人主义的立场看，"成长小说"的说法比所谓"教育小说""修养小说"或"发展小说"等概念都更彻底、更鲜明、更准确，因为在一般意义上，"教育""修养"或"发展"云云都有约定俗成的内容和标准，都容易把个人摆在受教育、被评判的立场上；而"成长"一词则不包含明显的社会性内涵，而基本上只接近于一种生理性的界定——年龄的增长，随年龄的增长，每个人都有自己不可重复、不可替代的成长经验和心路历程。

正因为"成长小说"彻底、鲜明、准确地涵盖了个人主义精神，所以现当代以来，此种小说类型的发展出现了这样一种动向，即其所塑造的主人公大多坚持自己的个性，拒绝被社会所同化，这样的发展动向经常被定义为"反成长"。③金新利在其硕士学位论文《近二十年"成长小说"研

---

① 中国台湾学者廖咸浩以成长为题，先爬梳西方"成长小说"的缘起及时代意义，再回过头来寻索中国传统成长小说的可能，由此重新发现《红楼梦》的价值。参见廖咸浩《在有情与无情之间——中西成长小说的流变》及《在反叛与扎根之间——非西方成长小说的试练》，皆收入《美丽新世纪》；李欣伦《诗意的文本——〈红楼梦〉之身体及疾病隐喻》，博士学位论文，台湾"中央"大学，2004 年，文中也强调说："《红楼梦》可视为具有浓厚'少年成长'性质的小说。"

② 冯至：《迈哈斯的学习时代·序》，冯至、姚可昆译，人民文学出版社 1988 年版，第 3 页。

③ 参见芮渝萍《美国文学中的成长小说》，《四川外语学院学报》2000 年第 4 期；刘莉《从〈玫瑰门〉看女性小说的反成长主题?》，《阜阳师范学院学报》2003 年第 2 期；金新利《近二十年"成长小说"研究》，硕士学位论文，武汉大学，2005 年；买琳燕《歌德到索尔·贝娄的成长小说研究》，博士学位论文，吉林大学，2008 年。

究》① 中这样描述 20 世纪前后 "成长小说" 的转型：

> "成长小说" 作为一种小说类型在西方文学中源远流长，歌德
> 《威廉·迈斯特的学习时代》便是经典的成长小说之一。这一类故事
> 大都讲述一个少年或青年的成长历程，描绘他的人格是如何形成的，
> 书写他所生活的世界是如何对他进行熏陶教育的，所以成长小说在德
> 语文学中被称为 "教育小说"。到了 20 世纪，由于人文主义理想渐渐
> 破灭，这个时代的主题不再是社会按照传统的人文理想正确地塑造
> 人，而是人如何在这个破碎的世界中独立探求，人如何反抗物化程度
> 十分严重的社会。如果说在传统经典成长小说中，我们看到一个人被
> 训练出一副健康的人格，那么当代的成长主题类作品，则更多地揭示
> 出一个人为了拒绝长大，愤怒地离家出走四处流浪，或者是离群索
> 居，颓废地毁灭自我的生命轨迹。

其中提到的 "当代的成长主题类作品"，就是普遍所说的 "反成长小
说"。引文没有着力强调所谓 "反成长"，这点我们深表赞同，因为虽然表
面看来 "反成长小说" 不及 "成长小说" 那样信任社会、信任教育，但无
论是否信任及人生成败如何，"成长" 的生理事实都无法予以否认。但引
文同时强调 20 世纪前后的成长主题类作品存在是否坚持 "人文主义理想"
之别，却容易使人忽略二者之间连贯一致的人本主义立场和个人主义精
神："反成长" 人物的 "四处流浪""离群索居" 等行动，实质上所反对的
并不是 "成长"，而是社会和教育。"反成长小说" 出现的意义，毋宁说更
在于以其质疑教育的态度，将 "成长" 主题与 "教育" 主题更明确地区分
开来。换句话说，正因为 "成长" 概念有着区别于 "教育" 等的表达个人
主义的立场，所以出现一般所说的 "反成长" 动向，倒恰恰是其题中应有
之义。

孔子著名的 "十有五而志于学，三十而立，四十而不惑，五十而知天

---

① 金新利：《近二十年 "成长小说" 研究》，硕士学位论文，武汉大学，2005 年。

命，六十而耳顺，七十而从心所欲不逾矩"的说法，也是一种有关个人成长过程的叙事，它形象地演绎了孔子的教育理念和人生理想：个人主动寻求良好的教育，明确自己的志向和理想并在实践中加以检验和调整，最终使个人愿望和现实规范二者之间达成某种合理的平衡。此类叙事同西方20世纪之前的"成长小说"有些相似，都是讲述人物"人格是如何形成的，书写他所生活的世界是如何对他进行熏陶教育的"。尤为难得之处在于，前者还重点强调了个人应该如何在适应社会规范的同时更好地保持自我，即"从心所欲不逾矩"，这显然是有着人本主义精神的。在传统时代，如果一本小说仿照上述模式描写人物的成长过程，那也是很有思想价值的。

而《红楼梦》的思想价值却并不在此。与"十有五而志于学"云云似乎适成对照，《红楼梦》所描绘的，恰恰主要是主人公贾宝玉"十有五"之前的成长史。这种对照无疑可以给我们提供无限的想象空间和思维张力：与"十有五"之后的成长最大的不同之处在于，"人之初"成长过程的大多内容都是来不及有结果，因而也应该不追求结果的。然而这样的没有结果的阶段性成长史究竟有什么意义呢？凝神静思，我们脑海中的过往，恐怕大多关乎人生成败得失，所谓"吾十有五而志于学"是也，所谓"向之所欣，俯仰之间，已为陈迹"是也。有多少人能完全忘怀得失，忘怀结果，而只是简单地想想最初的自己是什么样子。正因完全超越功利地关注自我和关怀人本身是如此困难，所以，《红楼梦》能将"人之初"这个通常被看作引子和铺垫的生命阶段作为独立的描写对象，才显得如此可贵。

总的看来，《红楼梦》对主人公贾宝玉成长过程的有关描写很接近一般所说的"反成长小说"，即"揭示出一个人为了拒绝长大，愤怒地离家出走四处流浪，或者是离群索居，颓废地毁灭自我的生命轨迹"。但二者之间在思想价值上也还存在一些差异，主要在于以下方面。

其一，内容和针对性不同，从而具体的思想内涵也有所不同。西方早期"成长小说"信任理性，信任教育，相信"社会能够按照传统的人文理想正确地塑造人"，而西方现代以来的"反成长小说"则反对这种"人文主义理想"，质疑理性、教育、社会规范对个体的价值。

中国传统儒家的成长叙事也信任理性，信任教育，相信社会能够按照"传统的人文理想"（当然与西方文艺复兴以来的"人文理想"不完全相同）正确地塑造人，同时还自觉寻求个人愿望和现实规范之间的平衡，但缺陷在于"不逾矩"是个实在的要求，"从心所欲"的说法则比较虚幻，很难实际操作，尤其儒家的成长叙事从"十有五而志于学"开始，容易使个体之"欲"从一开始就被"学"所规范、规定，最终使成长过程实际上成为"克己复礼"的过程。《红楼梦》反对这种叙事，质疑"理""学"对个体的价值，具体做法是浓墨重彩地描写人物"十有五"之前的成长过程，即"人之初"之"性"相对自由发展时期的生命过程。

其二，哲学价值和文化意义不同。如前所述，西方"反成长小说"实质上所反对的并不是"成长"，而是社会和教育。从"成长"概念区别于"教育"等概念的个人主义立场看，出现"反成长"动向是其题中应有之义。"反成长小说"出现的意义，正在于以其质疑教育的态度，将"成长"主题与"教育"主题更明确地区分开来。"反成长小说"是成长主题的发展和完善。

《红楼梦》描写个人在"十有五"之前的成长过程，能使儒家所描绘的成长过程延伸为完整的生命过程，同时还能因切实关注和尊重"人之初"之"性"，从而为"从心所欲"之"欲"找到现实根据。对儒家以"从心所欲不逾矩"为最终旨归的成长主题而言，《红楼梦》的成长叙事实质上也是一个有益的补充。

二 《红楼梦》的成长叙事与西方"成长小说""反成长小说"在 叙事特征上也同中有异

从叙事艺术上看，《红楼梦》的成长叙事也与西方的"成长小说"和"反成长小说"一样，同中有异，有着鲜明的民族特色。

西方的"成长小说"有着怎样的叙事特征呢？

巴赫金在其《教育小说及其在现实主义历史中的意义》中对"成长小说"所下的定义，可以帮助我们更清楚地辨析"成长小说"区别于其他小说类型的特征。

……存在另一种鲜为人知的小说类型，它塑造的是成长中的人物形象。这里主人公的形象，不是静态的统一体，而是动态的统一体。主人公本身的性格，在这一小说公式中成了变数。主人公本身的变化具有情节意义；与此相关，小说的情节也从根本上得到了再认识、再构建。时间进入人的内部，进入人物形象本身，极大地改变了人物命运及生活中一切因素所具有的意义。这一小说类型从最普遍含义上说，可称为人的成长小说。①

从叙事学角度看，这段话至少可以帮我们认识到"成长小说"在叙述时间、叙述结构、叙述主体三个方面的独特性。

第一，"成长小说"在给人物设定时空环境时不是停留在某一特定不变的"点"上，而将其看成运动的、变化的存在。小说的叙事时空是动态的，人物性格的呈现也是动态的。"时间进入人的内部，进入人物形象本身"，小说的叙事时间以人物的成长过程为刻度，在很大程度上受制于"人的内部"时间，即心理时间。

第二，此类小说中，"主人公本身的变化具有情节意义"，"小说的情节"围绕着呈现主人公自身的变化展开，"从根本上得到了再认识、再构建"，小说的叙事结构也必然因此表现出新的形态。

第三，"时间进入人的内部，进入人物形象本身，极大地改变了人物命运及生活中一切因素所具有的意义"，这实际上意味着，此类小说中叙述主体的立场，比其他类型的小说更容易为主人公的主观立场所左右。人物的主观立场，影响着小说的叙事立场，也影响着读者对小说所有情节内容所做的阐释。

《红楼梦》在叙述时间、叙述结构、叙述主体三个方面显然符合以上特征。

首先，《红楼梦》的叙述时间是动态的，人物形象本身也在生理、精神、情感等各方面动态发展。小说第一回在超叙述层交代，所述故事"无

---

① ［苏］巴赫金：《小说理论》，白春仁、晓河译，河北教育出版社 1998 年版，第 230、357 页。

朝代纪年可考",不过"取其事体情理"而已,小说的叙事时间以人物的成长过程为刻度,主人公拒绝长大,幻想能与闺阁中的女儿们常伴,小说叙事时间在大观园生活这一时段相对呈现出延宕状态,明显受到人物心理时间的影响。①

其次,在小说中,贾宝玉这个"主人公的变化"确实具有"情节意义",其生理、精神、情感各个方面的"变化",与闺阁中的女性相关者表现为求爱择偶,与家庭社会相关者表现为逐渐走向"叛逆","爱情婚姻主线"和"叛逆主线"合并在一起,综合反映宝玉的人生取向和生命轨迹。②

最后,《红楼梦》中"人物命运及生活中一切因素",如"爱情婚姻主线"上,大到"木石前盟"和"金玉良缘",小到闺房琐碎的口角;"叛逆主线"上,笼统到家族责任和个人心性,具体到"宝玉挨打""抄检大观园"等事件——如上种种各自"所具有的意义",从客观立场、一般立场来看是一个样子,在小说中又是另一个样子。"悲凉之雾,遍被华林,然呼吸而领会之者,独宝玉而已",宝玉的主观立场,在很大程度上左右着叙述主体的立场,也在很大程度上左右着我们的阐释。③

同时,需要特别注意的是,《红楼梦》在叙述时间、叙述结构、叙述主体上还存在某些不同于西方"成长小说"和"反成长小说"的特征。

第一,《红楼梦》的叙述时间不仅受主人公贾宝玉心理时间的影响,也受叙述者的"诗性"时间观念的影响。④ 小说在主叙述层及各叙述层之

---

① 如唐援朝所指出的,《红楼梦》选用的叙事时间"正是那种心理时间、情感时间,即有价值的艺术空间",这种写法有时会"模糊了时间的刻度","时间跨度特别长,但有时密度又特别大,作者根据需要随意拉长或加快,甚至扭曲叙事时间";参见唐援朝《论〈红楼梦〉的叙事》,《西北师大学报》1995年第3期。

② 参见高淮生《十年来〈红楼梦〉叙事学研究述评》,《咸阳师范学院学报》2004年第3期。

③ 舒芜曾说:"曹雪芹的眼睛,当然并不等于贾宝玉的眼睛。但是,借用电影术语来说,可以说一部《红楼梦》,主要都是从贾宝玉的角度拍摄的'主观镜头'。曹雪芹的眼睛如果是摄影机,贾宝玉的眼睛就是这部摄影机所取的'主观镜头'的拍摄角度。"参见舒芜《说梦录》,上海古籍出版社1982年版,第18页。

④ 如某些论者所指出,《红楼梦》叙事有着"诗性叙事"的特征:"既显示了生活的原生态又充满诗意朦胧的神秘感,既是高度的写实又充满了理想的光彩,既是悲凉慷慨的挽歌又充满青春的激情。""象征、隐喻、复议、反讽等艺术手法的运用,最终使《红楼梦》的叙事成为诗性叙事";参见齐裕焜《〈红楼梦〉的叙事艺术》,《福建师专学报》1999年第1期;孙春旻《〈红楼梦〉诗性叙事探析》,《南都学刊》2001年第4期。

间设置了"有无""真假"之间的对立转换，在一定程度上模糊了小说叙事的内部时间和外部时间、主观时间和客观时间之间的界限。小说主叙述层叙事的动态性、人物形象发展的动态性、叙事受人物心理时间影响而呈现的主观性等特征，在此情况下都成为暂时的、相对的、有限的。

第二，《红楼梦》的情节既是围绕着主人公自身的变化而展开的，也是依照叙事者所概括的万事万物发展的客观规律——"由色生情，传情入色，自色悟空"及"好便是了"而演绎的。《红楼梦》第一回讲空空道人"因空见色，由色生情，传情入色，自色悟空，遂易名为情僧，改《石头记》为《情僧录》"，甄士隐彻悟跛足道人的讽世歌谣《好了歌》并为其解注，两人是超叙述层的人物或跨越超叙述、主叙述两层的人物，又都与主叙述层故事的讲述行为有关（空空道人是故事的抄录者，甄士隐谐音"真事隐"，暗示所讲故事是将真事隐去），所以其所领悟的"由色生情，传情入色，自色悟空"及"好便是了"便自然成为凌驾于主叙述层叙事结构之上的先在框架，统摄着主叙述层的叙事。

第三，《红楼梦》主叙述层将宝玉置于来自所谓"正邪两赋"的一类人物之中，超叙述层则安排无才补天而又渴望经历繁华的石头与宝玉相对应，宝玉形象因此符号化、意象化，其个人性的主观立场因此在一定程度上为群体性的文化立场所替代。小说叙事主体受人物主观立场所左右，从人物的个人立场出发评判"人物命运及生活中一切因素所具有的意义"，这种叙事特征本来具有鲜明的个人主义倾向和叛逆性，但因人物形象的符号化、意象化，也在一定程度上转化为一种传统性的文化选择、文化回归姿态。

究其原因，《红楼梦》的成长叙事之所以与西方的"成长小说""反成长小说"在叙事特征上存在如上差异，主要是由于成长主题的哲学基础虽然都是个人主义，但其思想渊源在中西文化中有所不同：西方文化中的个人主义来自西方哲学，强调个人与社会的对立；中国文化中的个人主义则来自中国的士文化、道家文化和禅宗思想，注重出世与入世、释道与儒等相互之间的补充与调适。

三 "成长小说"观与以往的"自传"说、"社会背景"说等理论在理解人物、阐释作品时可相互参照、相互补充

不妨回过头来，看看上述"成长小说"观与以往的"自传"说、"社会背景"说等理论相互参照，能否相互补充，相互修正，并最终有利于我们更深入地理解人物，更准确地阐释作品。

从我们的审美经验判断，《红楼梦》所讲述的贾宝玉的成长过程像是作者自身经历的记录吗？像，也不完全像。

说它像，原因主要有三点。

其一，小说开卷第一回，超超叙述层的叙述者"作者"自云因"经历过一番梦幻"，才将自身经历"编述一集，以告天下人"，很明显，这是在明确宣告故事内容主要来自作者的"追忆"；这个叙述者所言"我之罪固不免，然闺阁中本自历历有人"，内容和口吻也都高度符合主叙述层宝玉的经历和心性。

其二，宝玉的成长故事有很多高度真实的细节，尤其如宝玉对众姐妹"爱博而心劳"，带来种种口角并引发宝玉种种感悟的情节，类似细节非过来人恐不能道，应该来自作者的亲身经历。

其三，小说有意识地从生理、精神、情感等各个方面描写主人公的成长，其中宝玉先是在生理上对异性有了感觉，接着才逐步从精神上体验到与异性相处之难，与人相处之难，然后才渐渐从情感上认识到自己不可能与所有的女性同死同归，相知相赏，只有黛玉才是自己的知己；这些安排都符合一般成长的实际。虽然符合一般成长的实际，但这个实际不同于儒家的"十有五而志于学"云云，向来乏人关注和概括，作者只能以自己的亲身经历为模版，才能进行如此符合实际的艺术构思。

说不像，原因也主要有三点。

其一，小说第一回，超超叙述层的叙述者"作者"同时表示"将真事隐去"，"用假语村言，敷演出一段故事来"，也就是说小说故事并不完全符合作者的真实经历。

其二，宝玉的成长故事虽然有很多高度真实的细节，但也有些不合情

理之处。比如袁世硕先生在其《贾宝玉心解》文中所指出的："作为红尘中贾府中的一员，他身上仍然带着那块不可以须臾离开的'通灵宝玉'，失掉了它就要着魔，失去'灵性'。在小说的众多人物中，只有他有资格'神游太虚幻境'，目睹到注明他周围的那些青年女子命运的簿子，聆听了一套慨叹人生无常的《红楼梦曲》。作者给贾宝玉添加了这些虚幻的成分，主要用意自然是给这部小说所展示的人生图画，也给小说的主角贾宝玉的性格、心理状态，涂抹上一层浓郁的悲剧色彩，但是，他写贾宝玉不避虚幻之笔，客观上也表明他并不想要读者太认真，把他笔下的贾宝玉完全看作实有之人、实有之事，或者说是必有之人、必有之事。"①

其三，《红楼梦》不仅在具体描写宝玉形象时会使用"虚幻之笔"，而且有意将整体的人物塑造纳入某个文化谱系之中。如前所述，小说主叙述层将宝玉置于来自所谓"正邪两赋"的一类人物之中，超叙述层则安排无才补天而又渴望经历繁华的石头与宝玉相对应，宝玉形象的个人经历因此符号化、意象化，他所说的某些话、所做的某些事，既是个人的，又是群体的；既有独创性，又来自某个传统；类似言语和行为出现在这个具体的少年身上既有点可疑和突兀，又符合艺术和思想的真实与深刻；对读者来说既有点陌生和新鲜，又难免产生熟悉和亲切的感觉。② 脂砚斋为《红楼梦》第十九回所做的评语中的这样一段话："按此书中写一宝玉，其宝玉之为人，是我辈于书中见而知有此人，实未曾亲睹者。又写宝玉之发言，每每令人不解；宝玉之生性，件件令人可笑。不独于世上亲见这样的人不

---

① 参见袁世硕《贾宝玉心解》，《文史哲》1986 年第 4 期。

② 如袁世硕先生在其《贾宝玉心解》文中所指出的："他贪看龄官在园中地上画字，大雨淋得水鸡似的浑然不觉，反倒提醒龄官快去避雨；他将丫头手里的汤碗撞翻了，自己烫了手，倒不觉得，却问丫头'烫在那里了？疼不疼？'刘姥姥混编了一通一个女子死后成精，下雪天出来抽柴的'神话'，他竟信以为真，照着刘姥姥胡诌的地名去寻找，自然是一无所见；他还时而发些诸如'女儿是水做的骨肉'，器物'原不过供人所用'，'爱砸就砸'之类的近乎疯癫的议论等。这类行为、言语，如果不用文学的眼光，而是径直地当作现实的事物来看，那么当然会像书中的傅家的两个婆子那样，认为是'有些呆气'。但问题正在于作者要使贾宝玉的性格带有某些捉摸不定的神韵，富有深沉的意蕴，并不那么严格地拘泥于现实的真实性。试想，如果上面举的数事不像《红楼梦》所写，而是改成贾宝玉只顾自己避雨，只顾自己手烫得生疼，只把刘姥姥讲的'神话'当作故事来欣赏，那么，真固真矣，但却不再是曹雪芹笔下的贾宝玉了。"

曾，即阅今古所有之小说传奇中，亦未见这样的文字。于颦儿处更甚。其囫囵不解之中实可解，可解之中又说不出理路。合目思之，却如真见一宝玉，真闻此言者，移之第二人万不可，亦不成文字矣。"其中表露的，大概就是这样一种既熟悉又陌生的感觉。

总的来看，《红楼梦》有关宝玉成长过程的具体描写是高度写实的，应该主要来自作者的真实经历，但小说同时也有意识地在对这个人物形象的塑造中使用了符号化、意象化的手法，所以这个人物就如袁世硕先生所阐释的，成为一个"半写实、半意象化的人物"。究其原因，如前所论，成长叙事的哲学基础虽然都是个人主义，但其思想渊源在中西文化中却有所不同：西方文化中的个人主义来自西方哲学，强调个人与社会的对立；中国文化中的个人主义则来自中国的士文化、道家文化和禅宗思想，注重出世与入世、释道与儒等相互之间的补充与调适。《红楼梦》的作者在追忆和自述中"追踪蹑迹""取其事体情理"，同时使用了小说化和诗意化的方法，而其"诗意化"的来源，主要就是中国的道家文化、禅宗思想及士文化。

人物在各方面的成长是否与社会背景直接相关？从细读出发，直接相关处不多。《红楼梦》所描写的主人公的成长过程主要是其在生理、精神、情感等各方面的成长，其成长环境主要是大观园中的闺阁世界；宝玉自小就排斥闺阁以外的世界，拒绝与社会直接接触，其人生观、价值观在很大程度上是先验的，并不是在"波掀浪涌、矛盾丛生的现实社会"经历磨炼后才形成的。但作为带着先验的人生观、价值观的"通灵"人物，宝玉确实能够比其他人更敏感地察觉到生活中、社会中所充满的悲剧，"曹雪芹笔下的悲剧，又是通过贾宝玉的眼睛才看得出来的"，借助他的感知，确实能够更清晰地发现社会背景所存在的种种问题。

更加不能忽视的是，有关宝玉在生理、精神、情感等各方面的成长过程的描写虽然并不与《红楼梦》所描写的社会背景直接相关，但小说能具体描写这些纯属个人私人生活方面的成长细节，确实流露出平民精神和民主思想，这与小说写作所处的社会思想背景——明清时期王学左派思想盛行，资产阶级民主思想萌芽——无疑有着深刻的联系。

宝钗之"时"的儒学内涵和文化反思意义[*]

《红楼梦》第一次介绍宝钗外貌和性格特点是在第五回:

> 年岁虽大不多,然品格端方,容貌丰美,人多谓黛玉所不及。而
> 且宝钗行为豁达,随分从时,不比黛玉孤高自许,目无下尘,故比黛
> 玉大得下人之心。^①

其中,具体描绘其行为特点的是"行为豁达,随分从时"八个字。第
八回中,宝玉前往梨香院探望宝钗:

> 宝玉掀帘一迈步进去,先就看见宝钗坐在炕上做针线,头上挽着
> 漆黑油光的鬒儿,蜜合色棉袄,玫瑰紫二色金银鼠比肩褂,葱黄绫棉
> 裙,一色半新不旧,看去不觉奢华。唇不点而红,眉不画而翠,脸若
> 银盆,眼如水杏。罕言寡语,人谓藏愚;安分随时,自云守拙。宝玉
> 一面看,一面问:"姐姐可大愈了?"^②

这段话表面上从宝玉视角写出,但最后一句却有点特别,因为宝玉刚
刚走进宝钗房间,未及说话,怎见得就能看出她"罕言寡语,安分随时"?

---

　*　原载于《红楼梦学刊》2003 年第 1 期。

①　(清)曹雪芹、高鹗著,人民文学出版社编辑部校勘:《红楼梦》(四卷本,以程乙本为底
本),人民文学出版社 1957 年版,第 52 页。

②　同上书,第 96 页。

"人谓藏愚，自云守拙"就更明显地超出了宝玉的人物视角。我们可以判断，这最后一句出现在这里，实际上表现出叙事者急于让我们了解这些有关宝钗性格的评价。与第五回中所交代的宝钗的特点结合起来看，一为"行为豁达，随分从时"的意思，二为"罕言寡语，安分随时"，都有"随分从时"的意思。而说到"随分安时"，大家可能都会想到《红楼梦》第五十六回的回目，上联是"敏探春兴利除宿弊"，下联是"时宝钗小惠全大体"，其中的"敏"和"时"显然是作者对小说中探春和宝钗这两个人物所作出的评价。① 这些不能不使我们发现，作者有意识地要以"时"为核心来展示宝钗的精神境界。

《辞源》中列举了"时"的 14 个义项：①季，季节；②时辰；③泛指光阴、岁月；④时候，时机；⑤时代；⑥应时，合时；⑦按时；⑧时常，经常；⑨时尚；⑩善；⑪伺候，窥伺；⑫掌管，司；⑬此，是；⑭姓。② 其中与宝钗"安分随时"的特点有关的主要应该是 4、6 两个义项。而这两个义项之间也有密切关系，因为只有善于等待和把握时机，行动才能够应时、合时。

一 宝钗之"时"的表现及其儒者风范

宝钗是否善于等待和把握时机呢？小说第四回介绍她进京的原因是"近因今上崇诗尚礼，征采才能，降不世出之隆恩，除聘选妃嫔外，凡仕宦名家之女，皆亲名达部，以备选为公主郡主入学陪侍，充为才人赞善之职"，第十七、十八回元妃归省时，宝钗对宝玉说："谁是你姐姐，那上头穿黄袍的才是你姐姐！"艳羡后宫之情溢于言表。第七十回众钗填柳絮词，宝钗所作的《临江仙》云：

---

① 庚辰本、己卯本作"时宝钗小惠全大体"，甲辰本、程甲本、程乙本都作"贤宝钗"，而戚序本、王府本作"识宝钗"，列藏本底本作"时"后点改为"薛"。胡文彬谈到这个问题时认为"薛"字非评价，"识"字太表面化，而"贤"字不适合用在此时尚且不是贾府内女性的宝钗身上。鉴于小说多次强调宝钗的"随分安时"，我们赞同胡先生的这个观点；参见胡文彬《冷眼看红楼》，中国书店 2001 年版，第 7 页。

② 参见《辞源》（修订本，上册），商务印书馆 2000 年版，第 1431 页。

白玉堂前春解舞，东风卷得均匀！蜂团蝶阵乱纷纷。几曾随逝水，岂必委芳尘。万缕千丝终不改，任他随聚随分。韶华休笑本无根，好风频借力，送我上青云！①

从这些细节来看，她是在等待、盼望"充为才人赞善"，并且有意识地为此创造条件的。续书交代宝钗因受到薛蟠伤人案的牵连，不幸失去了待选的资格，这个安排还是合乎情理的。

在日常生活中，宝钗也的确能够审时度势，趋利避害。第十七至十八回，元妃将要省亲，王夫人等异常忙乱，小说这样写：

当下又有人回，工程上等着糊东西的纱绫，请凤姐去开楼拣纱绫；又有人来回，请凤姐开库，收金银器皿。连王夫人并上房丫鬟等众，皆一时不得闲的。宝钗便说："咱们别在这里碍手碍脚，找探丫头去。"说着，同宝玉黛玉往迎春等房中来闲顽，无话。②

当时在场的显然有黛玉、宝钗两个客居的小姐。依常理看，王夫人、凤姐忙于迎接贵妃而忽略了黛玉和宝钗有些失礼。宝钗此时主动提议"咱们别在这里碍手碍脚"，既显得很有眼色，为管家太太和下人们减少了麻烦，又一点也不外道，让贾府中人不觉在她这个亲戚面前失了礼数。确实彼此方便，令大家都觉得很得体。接着元妃在省亲过程中，将宝玉所作"红香绿玉"匾额改为"怡红快绿"，显见其不喜"玉"字。而宝玉却没有充分注意，在奉命为潇湘馆、蘅芜苑、怡红院、稻香村题咏时，其"怡红院"一首中又有"绿玉春犹卷"之句。宝钗特意上前提醒他："他因不喜'红香绿玉'四字，改了'怡红快绿'；你这会子偏用'绿玉'二字，岂不是有意与他争驰了？"并提议他以"绿蜡"代"绿玉"二字。可见宝钗比宝玉等要细心和善于揣摩他人心理。

---

① （清）曹雪芹、高鹗著，人民文学出版社编辑部校勘：《红楼梦》（四卷本，以程乙本为底本），人民文学出版社1957年版，第913页。

② 同上书，第203页。

从小说中可以看到，宝钗审时度势的原则和基本要义是"只恐人人面前失于应候"①，显然是在奉行利他原则。而同时"又要自己便宜，又要不得罪人，然后方大家有趣"，这样的处世原则颇得"中庸"的要义。第三十七回中，史湘云初入诗社，一时兴起，要邀一社，却没有考虑到自己没有这个经济能力。宝钗当时没有阻止她，以免她难堪，当夜却特意将她请到自己的蘅芜苑为她出谋划策：

> 湘云灯下计议如何设东拟题。宝钗听他说了半日，皆不妥当，因向他说道："既开社，便要作东。虽然是顽意儿，也要瞻前顾后，又要自己便宜，又要不得罪了人，然后方大家有趣。你家里你又作不得主，一个月通共那几串钱，你还不够盘缠呢。这会子又干这没要紧的事，你婶子听见了，越发抱怨你了。况且你就都拿出来，做这个东道也是不够。难道为这个家去要不成？还是往这里要呢？"一席话提醒了湘云，倒踌躇起来。
>
> 宝钗道："这个我已经有个主意。我们当铺里有个伙计，他家田上出的很好的肥螃蟹，前儿送了几斤来。现在这里的人，从老太太起连上园里的人，有多一半都是爱吃螃蟹的。前日姨娘还说要请老太太赏桂花吃螃蟹，因为有事还没有请呢。你如今且把诗社别提起，只管普遍一请。等他们散了，咱们有多少诗作不得的。我和我哥哥说，要几篓极肥极大的螃蟹来，再往铺子里取上几坛好酒，再备上四五桌果碟，岂不是又省事又大家热闹了。"湘云听了，心中自是感服，极赞他想的周到。②

一次"普遍一请"的螃蟹宴，无雅兴的只管饕餮，而有雅兴者则不妨即兴挥毫。皆大欢喜。宝钗本人更是既协助湘云妥当地关照了场面，又"讽和螃蟹咏"，吟出一首"寓大意"的"螃蟹绝唱"。

---

① （清）曹雪芹、高鹗著，人民文学出版社编辑部校勘：《红楼梦》（四卷本，以程乙本为底本），人民文学出版社1957年版，第560页。
② 同上书，第456页。

第五十六回"探春理家"中,宝钗周到、通脱的特点表现得更为突出。探春发动大观园中一些老妈妈"兴利除旧弊",而宝钗考虑的则是新利的分配问题:

> 宝钗笑道:"却又来,一年四百,二年八百两,取租的房子也能看得了几间,薄地也可添几亩。虽然还有敷余的,但他们既辛苦闹一年,也要叫他们剩些,粘补粘补自家。虽是兴利节用为纲,然亦不可太啬。纵再省上二三百银子,失了大体统也不像。所以如此一行,外头账房里一年少出四五百银子,也不觉得艰啬了,他们里头却也得些小补。这些没营生的妈妈们也宽裕了,园子里花木,也可以每年滋长繁盛,你们也得了可使之物。这庶几不失大体。若一味要省时,那里不搜寻出几个钱来。凡有些馀利的,一概入了官中,那时里外怨声载道,岂不失了你们这样人家的大体?如今这园里几十个老妈妈们,若只给了这个,那剩的也必抱怨不公。我才说的,他们只供给这个几样,也未免太宽裕了。一年竟除这个之外,他每人不论有余无余,只叫他拿出若干贯钱来,大家凑齐,单散与园中这些老妈妈们。他们虽不料理这些,却日夜也是在园中照看当差之人,关门闭户,起早睡晚,大雨大雪,姑娘们出入,抬轿子,撑船,拉冰床,一应粗糙活计,都是他们的差使。一年在园里辛苦到头,这园内既有出息,也是分内该沾带些的。还有一句至小的话,越发说破了:你们只管了自己宽裕,不分与他们些,他们虽不敢明怨,心里却都不服,只用假公济私的多摘你们几个果子,多掐几枝花儿,你们还有冤没处诉。他们也沾带了些利息,你们有照顾不到,他们就替你照顾了。"[①]

这实际上表现了"公私兼顾""利益均沾"和"和平过渡"的原则,用以减轻改革对旧的利益分配体制所造成的震荡,维持安定局面和保证改革的顺利推行。如果说在"理家"中探春表现出敏锐果敢的改革家风度,

---

① (清)曹雪芹、高鹗著,人民文学出版社编辑部校勘:《红楼梦》(四卷本,以程乙本为底本),人民文学出版社 1957 年版,第 714、715 页。

那么宝钗则显示了深谋远虑的政治家气质。两人特定的风度和气质赋予了"理家"以深厚的人文内涵，使后者的意义远远超出了平凡人家小儿女的整理内务。

相对而言，显然探春的改革更看重"利"，而宝钗的辅助措施更看重"体"。不仅"利益均沾"可维持旧秩序，且宝钗本人更表现出"君子喻于义"而远"利"的"大体"和身份：

> 李纨笑道："叫了人家来，不说正事，且你们对讲学问。"宝钗道："学问中便是正事。此刻于小事上用学问一提，那小事越发作高一层了。不拿学问提着，便都流入市俗去了。"
>
> 平儿忙笑道："跟宝姑娘的莺儿他妈就是会弄这个的。上回他还采了些晒干了编成花篮葫芦给我顽的，姑娘倒忘了不成。"宝钗笑道："我才赞你，你到来捉弄我了。"三人都诧异，都问这是为何。宝钗道："断断使不得！你们这里多少得用的人，一个一个闲着没事办，这会子我又弄个人来，叫那起人连我也看小了……"①

正是依靠"兴利"和"全大体"的相结合，改革受到家人的欢迎："从此姑娘奶奶们只管放心，姑娘奶奶们这样疼顾我们，我们再要不体上情，天地也不容了。"足见宝钗的审时度势和权衡利弊，主要是以"全大体"和推行"礼"为旨归的。

总之，宝钗的审时度势、周到通脱的行事策略和保全体统、礼法的处世原则，确乎使她具备了宗法社会中"齐家"的本领。小说第十三回写秦可卿辞世后"那长一辈的想他素日和睦亲密，下一辈的想他素日慈爱，以及家中仆从老小想他素日怜贫惜贱、慈老爱幼之恩，莫不悲号痛哭者"，可见其得人望的程度和在上下等级中的身份体统。但事实上小说对可卿为人处世的具体描写极少。可卿"鲜艳妩媚，有似乎宝钗，风流袅娜，则又

---

① （清）曹雪芹、高鹗著，人民文学出版社编辑部校勘：《红楼梦》（四卷本，以程乙本为底本），人民文学出版社 1957 年版，第 713 页。

如黛玉"①，乳名"兼美"，而上述其处世特点和境界，庶几乎只有宝钗近之。上引"长一辈……下一辈……以及……莫不……"的句式，很接近《论语·公冶长》谈及志向曾说的"老者安之，朋友信之，少者怀之"，令人怀疑作者是否在此有意识地将笔下女性的精神气质与儒家思想传统相联系。儒家强调"修身、齐家、治国、平天下"，《红楼梦》则慨叹"金紫万千谁治国，裙钗一二可齐家"，作者是否认为"礼失而求诸野"，儒家精神精髓反而要在先贤以为"难养"的女性身上加以追寻？

二 儒家思想对"时"的推重

小说对宝钗的核心定位——"时"，也与儒家精神有着深刻的联系。孟子评价孔子，有这样一段话：

> 伯夷，圣之清者也；伊尹，圣之任者也；柳下惠，圣之和者也；孔子，圣之时者也。孔子之谓集大成。集大成也者，金声而玉振之也。金声也者，始条理也；玉振之也者，终条理也。②

这段话不仅对孔子给予"时"的评价，而且赞扬"圣之时者"在"圣学"中的集大成意义。可见孟子对"时"的深刻理解和推崇。我们在《论语》中的确能读到孔子强调"时"的句子，比如"道千乘之国：敬事而信，节用而爱人，使民以时"③ 和"山梁雌雉，时哉！时哉"④ 等。前者认为执政要尊重农时、尊重实际，后者则赞叹山梁雌雉看到人的时候"色斯举矣，翔而后集"等警觉的动作所表现出的类似于儒者的"邦有道则见，无道则隐"⑤ 的处世策略与自我保护意识。可见，在"出"和"处"两种状态下，尊重实际和审时度势对儒者来说都有着重要的意义。孟子不仅如上文

---

① 第五回，写宝玉在太虚幻境见到警幻仙子之妹可卿，宝玉眼中的可卿形象；（清）曹雪芹、高鹗著，人民文学出版社编辑部校勘：《红楼梦》（四卷本，以程乙本为底本），人民文学出版社 1957 年版，第 64 页。

② 《孟子·万章章句下》。

③ 《论语·学而》。

④ 《论语·乡党》。

⑤ 《论语·泰伯》。

所述极赞孔子之"时",而且在自己的学说中也自觉贯彻了"时"的精神:

> 梁惠王曰:"寡人之于国也,尽心焉耳矣。……察邻国之政,无如寡人之用心者。邻国之民不加少,寡人之民不加多,何也?"
>
> 孟子对曰:"王好战,请以战喻。填然鼓之,兵刃既接,弃甲曳兵而走。或百步而后止,或五十步而后止。以五十步笑百步,则何如?"
>
> 曰:"不可,直不百步耳,是亦走也。"
>
> 曰:"王知如此,则无望民之多于邻国也。不违农时,谷不可胜食也。数罟不入洿池,鱼鳖不可胜食也。斧斤以时入山林,材木不可胜用也。谷与鱼鳖不可胜食,材木不可胜用,是使民养生丧死无憾也。养生丧死无憾,王道之始也。"
>
> "五亩之宅,树之以桑,五十者可以衣帛矣。鸡豚狗彘之畜,无失其时,七十者可以食肉矣。百亩之田,勿夺其时,数口之家可以无饥也。谨庠序之教,申之以孝悌之义,颁白者不负戴于道路矣。七十者衣帛食肉,黎民不饥不寒,然而不王者,未之有也。"①

这是孟子著名的有关"仁政"和"王道"的一段论述,"时"在其中的核心位置历历可见。从中不难看到,在孟子看来,没有顺乎时势的"用心",相对于不用心而言不过是"五十步笑百步";而真正能够造福于民和保民而王的"仁政",其要义在于统治者自觉地遵"时"的意识和执政理念。这大概就是孟子推崇孔子为"圣之时者"的根本原因。

三 《红楼梦》对两位儒者形象——薛宝钗和贾雨村的塑造,都强调了其"时"的处世风范

《红楼梦》第一回出场的儒生形象贾雨村,小说介绍他是"葫芦庙内寄居的一个穷儒——姓贾名化,表字时飞,别号雨村",又说其"思及平

---

① 《孟子·梁惠王上》。

生抱负，苦未逢时，乃又搔首对天长叹"，复高吟一联曰：

> 玉在椟中求善价，钗与奁内待时飞。①

这里多次强调"时"，其中当有深意存焉。"玉在椟中求善价"出自《论语·子罕》：

> 子贡曰："有美玉于斯，韫椟而藏诸？求善贾而沽诸？"子曰："沽之哉！沽之哉！我待贾者也。"

与"韫椟而藏诸"相对，"玉在椟中求善价"显然意指儒者的入世情怀。其下联"钗于奁内待时飞"，内涵与上联相近，而强调了"待时"两字，更点明了孔子"我待贾者也"的表述中包含择主择时而事的行为策略精神，可见《红楼梦》作者对儒家"时"之理念的高度关注和深刻领会。

值得注意的是，雨村所吟的"钗于奁内待时飞"含一"钗"字，很容易令读者联想到宝钗。有学者据此推论，宝钗日后当是嫁给了表字"时飞"的贾雨村。从字面看，的确有理由作出这种推断。② 但同时也可做其他理解：第一，点明宝钗有清醒的"待时"意识；第二，预言"钗"（宝钗）与"玉"（宝玉）的最终结合；第三，奠定"玉"（黛玉）、"钗"并列的格局。如上信息在后文都有多次强调和呼应，而所谓雨村与宝钗的姻缘却难以找到蛛丝马迹。与其想象他们之间或有横空出世的姻缘，莫若猜测作者在架构两位人物在"时"之方面的精神共通关系。

---

① （清）曹雪芹、高鹗著，人民文学出版社编辑部校勘：《红楼梦》（四卷本，以程乙本为底本），人民文学出版社 1957 年版，第 8 页。

② 参见胡邦伟《中国古典文学名著悬案》系列丛书《〈红楼梦〉中的悬案》，四川人民出版社 1994 年版，第 149 页。吴世昌先生曾提出过一个很大胆、很惊人的说法：宝钗最后嫁给了贾雨村。其实，在吴世昌之前亦有人发现过这一问题，只不过未能将问题说透，也未充分展开论证——1984 年在四川省图书馆特藏部发现并由巴蜀书社影印出版的《读〈红楼梦〉随笔》一书中，其作者佚名氏便认为：贾雨村高吟一联云："玉在椟中求善价，钗于奁内待时飞。"人以为雨村自抒怀抱也。而不知"红楼"自表书旨：玉者，黛玉也；价与贾同，谓黛玉待字于宝玉也。钗者，宝钗也；时飞，雨村之表字，亦贾也，谓宝钗亦欲求婚于宝玉也。

至少有三点理由可以支持这一猜测：第一，小说的确多次强调宝钗和雨村的"时"；第二，雨村是个儒生，而宝钗身上诸多特点，如其入世态度、齐家能力及博学多识等，都与儒家精神相呼应；第三，雨村与甄士隐暗示了小说的"真""假"对应结构，而宝玉"空对着山中高士晶莹雪，终不忘世外仙姝寂寞林"的态度也标举出宝钗与黛玉分别所代表的世俗之"假"与灵性之"真"的不同精神指向。二"时"对应二"假"，其间折射的对于儒学之"时"的质疑，不难感知。

既然宝钗与贾雨村两个人物身上寄寓着作者对儒家"时"之精神的深刻思考，我们能否思作者所思，审作者所思，乃至分析其"思"所赋予《红楼梦》这部小说的特殊的人文底蕴？

四　儒家思想之"时"包含"权"的精神内核

如前所云，孔子和孟子等儒家先哲都有着清醒的"时"的意识。孔子这位"圣之时者"，不但经常明确强调"时"，而且在阐述其学说的字里行间更传达出"时"的观念："父在，观其志；父没，观其行；三年无改于父之道，可谓孝矣"（《论语·学而》），"时"在"孝"中；"成事不说，遂事不谏，既往不咎"（《论语·八佾》），"时"在"事君"中；"君子无终食之间违仁"，"时"在"求仁"中；"吾十有五而志于学，三十而立，四十而不惑，五十而知天命，六十而耳顺，七十而从心所欲，不逾矩"，"时"更贯穿于整个人生。其中之"时"主要有两个特点：一是有明晰的渐进性，强调尊重规律，尊重客观，人由"十五"到"七十"的循序发展盖因于此；二是有清醒的目的性，否则尽孝"三年"后的改"道"、所求之"仁"与人生的"学""立"和"不惑"就都失去了其应有的价值，儒学也相应丧失了意义。从这个意义上，我们或可将儒学之"时"概括为两个词：权衡时势，求取大道。上文引述孟子极力推崇孔子之"时"曾云："集大成也者，金声而玉振之也。金声也者，始条理也；玉振之也者，终条理也。"其中所谓的"始条理"和"终条理"，如果从强调手段和目的的统一这一视角着眼加以理解，倒使儒学之"时"平添了几分辩证色彩和实践理性的精神。

孔子对"道"的强调经常被称述，毋庸赘言；而其权衡时势以求取大道的思想有一句非常核心的表述，值得引起我们的注意：

> 可与共学，未可与适道；可与适道，未可与立；可与立，未可与权。①

其中明确表示了"共学""适道""立"与"权"的渐进关系：从"共学"者，到可与"适道"、可与"立"，再到可与"权"者，依次减少。"权"，在"学"和求道的境界中堪称绝顶。其深层内涵究竟何在？为何受到"圣之时者"孔子的如此推崇？

汉字"权"的基本含义有如下几种：①秤锤；②权衡；③权力；④权利；⑤有利的形势；⑥权变；⑦权且，姑且；⑧姓。除第八义项，其他各义显然有内在联系："权"为形声字，上述其第一个义项"秤锤"为其本义；由"秤锤"的"称量"作用引申为"权衡""权变"，即衡量是非轻重，其要义是"权且"行事以占据"有利的形势"；"权"在社会学方面的常用义是"权力""权利"，而它们与"权衡""权变"之间又有相互转化的关系——没有"权利"和"权力"，很难诱发"权变"和占据"权衡"的主动地位，而不会权衡利弊和权变，恐怕"权利"和"权力"也只能留存其形而上的意义。

我们推测孔子所说的"权"主要指基本义中"权衡""权变"两个义项，理由有三：第一，孔子是位"圣之时者"，合时、待时的基本内涵正是权衡和权变；第二，从"共学""适道""立"与"权"的动词性链条来看，其中的"权"应该主要表达动作性含义，而上述基本义中的"权衡"和"权变"正符合这个条件；第三，积极入世的孔子，会将"权"置于与求"道"息息相关的位置，也应该是看到了"权衡""权变"的实践价值，看到了其所带来的实际"权利"和"权力"相对于"道"之推行的保障性意义。

---

① 《论语·子罕》。

五 "权"推迟所指在场的本性使儒家之"道"成为空洞的能指，而儒家的"家天下"的热诚也在权衡过程中变为无情

"权衡""权变"要求什么？为什么"权"位于"学"和"求道"工程的金字塔顶端？"权衡"利弊，标示的显然是选择情境。我们经常说"两害相权取其轻，两利相权取其重"，有选择，就有取舍；有取舍，就有牺牲。鱼与熊掌不可兼得，"舍生取义"（《孟子》），这已经很难做到；但《论语》中又有这样一段话：

> 子谓颜渊曰："用之则行，舍之则藏，惟我与尔有是夫！"子路曰："子行三军，则谁与？"子曰："暴虎冯河，死而无悔者，吾不与也。必也临事而惧，好谋而成者也。"[1]

可见孔子看重的不是个人"舍生"的勇气，而是结果之"成"。着眼于结果之"成"，更有价值的不是"义"，而是"谋"。相对于"舍生取义"，"好谋而成"更强调对目标的执着，而淡化了对个人的关注："舍生取义"毕竟还为自己收获了"义"，而"好谋而成"则要求完全超越个人的得失荣辱。

苏轼《留侯论》有云："古之所谓豪杰之士，必有过人之节，人情有所不能忍者。匹夫见辱，拔剑而起，挺身而斗，此不足为勇也。天下有大勇者，卒然临之而不惊，无故加之而不怒。此其所挟持者甚大，而其志甚远也。"其论述强调"忍"的前提在于"所挟持者甚大，而其志甚远"，可谓深得孔子"权衡时世"精神之三昧。的确只有对所信奉、所追求的"道"保有坚定不移的信念，才可能有"卒然临之而不惊，无故加之而不怒"的"过人之节"，才能忍"人情所不能忍者"。

这样的"豪杰之士"固然有理想化之嫌，却符合逻辑。为谋求大道可以牺牲自己，进一步当然也可以牺牲别人（尤其在这个"别人"也是"同

---

[1] 《论语·述而》。

道者"的情况下）。只是在传统中国推崇利他性道德的文化语境中，牺牲他人容易招致"不义"的指责。为了"道"而牺牲友谊、牺牲信义、牺牲普通意义上的道德，更足以显示出前者在"求道"者心目中至高无上的地位。

为了求道而不惜一切，固然令人钦佩。但在起敬之余，我们也不妨存疑。原因不完全在于其困难，也不在于其"忍"，而在于其价值。什么样的道，什么样的"志"，什么样的"所挟持者"，能够凌驾于所有人的生命和尊严之上，值得牺牲所有？而一旦牺牲了所有，这所谓的"道"，还能留存些什么？

"权"通向"空"的本质，在其有关"道"与"邦国"之关系的论证中得到了最明晰的体现。儒家反复强调"邦有道则知，无道则愚"[1]"危邦不入，乱邦不居。天下有道则见，无道则隐"[2]"邦有道，危言危行；邦无道，危行言孙"[3]等，其意显然在于一方面鼓励士大夫在邦国中为政行道，推行礼教，这是其"多情"和"无私"的一面；而另一方面因"多情""无私"的政治理想与现实之间的巨大差距，又必须强调保存自我，"可与权"（权衡时势）方可以"适道"。儒家礼教原本是家国思想，但在礼教推行中贯彻"权"的策略，却将邦国也置于可"隐"可"愚"之列。甚至"道不行"，还可"乘桴浮于海"[4]。"道"在此"权"的过程中被一步步推迟所指，最终变为空洞的符号，而推行"道"的"多情"和"无私"在此理性的权衡、舍弃中也不能不逐渐被无情和自私所替代。

六 宝钗之"时"与贾雨村之"时"有着利他与利己的不同，但共同的结局都是"空"

回到《红楼梦》。在儒生贾雨村判断葫芦案中；就表演了一场为所谓的"道"而权衡与"牺牲"的游戏：

---

① 《论语·公冶长》。
② 《论语·泰伯》。
③ 《论语·宪问》。
④ 《论语·公冶长》。

      ……门子笑道:"老爷当年何其明决,今日何反成了个没主意的人了! 小的闻得老爷补升此任,亦系贾府王府之力;此薛蟠即贾府之亲,老爷何不顺水推舟,作个整人情,将此案了结,日后也好去见贾府王府。"雨村道:"事关人命,蒙皇上隆恩,起复委用,实是重生再造,正当殚心竭力图报之时,岂可因私而废法? 是我实不能忍为者。"门子听了,冷笑道:"老爷说的何尝不是大道理,但只是如今世上是行不去的。岂不闻古人有云:'大丈夫相机而动。'又曰:'趋吉避凶者为君子。'依老爷这一说,不但不能报效朝廷,亦且自身不保,还要三思为妥。"

      ……

      贾雨村断了此案,急忙作书二封,与贾政并京营节度使王子腾,不过说"令甥之事已完,不必过虑"等语。此事皆由葫芦庙内之沙弥新门子所出,雨村又恐他对人说出当日贫贱时的事来,因此心中大不乐意,后来到底寻了个不是,远远的充发了才罢。[①]

    其中包含了丰厚的"权"的哲理。其一,贾雨村当年虽然明决,但"恃才侮上",被参罢官,如今在门子的指导下学习相机而动,趋吉避凶,效果良好。可见只有权衡才能保证实权。其二,在门子的开导下,贾雨村牺牲了昔日的执政作风,牺牲了对甄家的报恩之心,而最终贾雨村将门子这个"恩人"和"老师"也牺牲了,"权"的"吃人"的特征于此可见一斑。其三,贾雨村重新起复时尚存报效朝廷之志,但学会权衡后"为保自身"就只想到"恐他对人说出当日贫贱时的事来",再忆不起报效之志,儒家为道而"权"的信念在这里的实践中不免表现出买椟还珠的荒诞色彩。对于儒生从政"报效朝廷"的"大道理",小说在此以门子的评价"如今世上是行不去的",表达了虚无主义的态度。

    宝钗形象与贾雨村形象还不完全类同。

---

    ① （清）曹雪芹、高鹗著,人民文学出版社编辑部校勘:《红楼梦》(四卷本,以程乙本为底本),人民文学出版社 1957 年版,第 47 页。

第五回贾宝玉梦游太虚幻境，看到"金陵十二钗正册"中有关钗、黛的判词为："可叹停机德，堪怜咏絮才。玉带林中挂，金簪雪里埋。""停机德"即指宝钗。警幻仙子请宝玉欣赏《红楼梦》十二支曲子，其中①云："都道是金玉良姻，俺只念木石前盟。空对着，山中高士晶莹雪，终不忘，世外仙姝寂寞林。叹人间，美中不足今方信。纵然是齐眉举案，到底意难平。""山中高士"指的也是宝钗。这些都对宝钗的德行和境界给予了很高的评价。即此而言，《红楼梦》似以宝钗和贾雨村分别代表了"时者"的上与下、高尚与卑下为理念与为一己之私的不同层次，这与小说"为闺阁昭传"写"闺阁中本自历历有人"的立场恰是吻合的，也符合小说在第十三回中所表达的"金紫万千谁治国，裙钗一二可齐家"的态度。

但因宝钗"封建淑女"的气质，也因其最终得到了宝玉——很多读者心爱的"黛玉"的心上人，宝钗经常被讥为"会做人"，甚至受到"虚伪""俗气""市侩"等指责。如清人涂瀛所评价："宝钗善柔，黛玉善刚。宝钗用屈；黛玉用直。宝钗徇情；黛玉任性。宝钗做面子；黛玉绝尘埃。宝钗收人心；黛玉信天命，不知其他。"② 再如"什么是'薛宝钗性格'呢？简言之：貌似温柔，内实虚伪；看来敦厚，实很奸险；随时而不安分。或者说：封建淑女其表，市侩主义其里"③。

宝钗最受訾议之处，是"金蝉脱壳"，及对金钏、柳湘莲的不幸平淡视之等事。第二十七回宝钗无意中听到小红和坠儿的私情话，为不使小红等发现，故意叫道："颦儿，我看你往哪里藏！"以显示自己刚来此，未曾听到她们的对话。小红等果然不疑宝钗，而担心黛玉听了话去会有何举动。在此，宝钗为保护自己而移"祸"于黛玉，"己所不欲"而"施于人"，的确有失忠厚。但小说自此再未提"偷听"事件的后果，黛玉并未因此有何损失。第三十二回宝钗闻知金钏投井，赶去安慰对此事负有责任的王夫人，并提出拿出自己的新衣服为金钏妆裹。取衣服回来时，"只见

---

① 《终身误》。

② 见一粟：《古典文学资料汇编·红楼梦卷》（第一册），中华书局1964年版，第143页。

③ 张锦池：《论薛宝钗的性格及其时代烙印》，转引自《名家解读红楼梦》，山东人民出版社1998年版，第397页。

宝玉在王夫人旁边坐着垂泪。王夫人正才说他，因宝钗来了，却掩了口不说了。宝钗见此光景，察言观色，早知觉了八分。于是将衣服交割明白。"可见其先前赶去安慰时尚未明确得知金钏投井的原因。即令早先已知道金钏因与宝玉调情而被逐乃至自杀，以其行事风格恐怕也不会哭金钏而定王夫人和宝玉之"罪"，让这件事继续扩大，以至祸延王夫人、宝玉乃至整个贾府。如果说这样做"无情"而应受谴责，更应被谴责的难道不该是为金钏招惹了是非又在祸事来临时顾自逃走的宝玉吗？至于对待柳湘莲，在后者痛打呆霸王薛蟠时，薛姨妈"意欲告诉王夫人，遣人寻拿柳湘莲"。宝钗制止母亲道："如今妈先当件大事告诉众人，倒显得妈偏心溺爱，容他生事招人，今儿偶然吃了一次亏，妈就这样兴师动众，倚着亲戚之势欺压常人。"较比乃母不知开通明达几许。而在第六十七回中，尤三姐自尽，柳湘莲出家，"薛姨妈不知为何，心甚叹息。正在猜疑，宝钗从园里过来，薛姨妈便对宝钗说道：'我的儿，你听见了没有？你珍大嫂子的妹妹三姑娘，他不是已经许定给你哥哥的义弟柳湘莲了么，不知为了什么自刎了。那柳湘莲也不知往那里去了。真正奇怪的事，叫人意想不到。'宝钗听了，并不在意，便说道：'俗语说的好，天有不测风云，人有旦夕祸福。这也是他们前生命定。前日妈妈为他救了哥哥，商量着替他料理，如今已经死的死了，走的走了，依我说，也只好由他罢了。妈妈也不必为他们伤感了。倒是哥哥打江南回来了一二十日，贩了来的货物……'"宝钗此时又在其母为已经发生的事情伤感时劝其考虑处理眼前的事务。可见其能权衡时势并控制喜怒等情绪。如上三个事例中，宝钗大体上都能做到利于实务而不损人，与贾雨村的"陷害门子""诬陷石呆子欠官银夺取其扇子"等作为决然不同。与其说《红楼梦》意欲以类似的事例暴露宝钗的"奸诈""冷酷"，莫若体察小说从多角度、多侧面展示宝钗"时"之行事风范的苦心。

即使能抓住"时"这个核心认识宝钗形象，对此形象给予准确解析和定位也需要尽量克制"反封建"或"文化启蒙"的情绪。

当代学者李劼先生在其《历史文化的全息图像——论〈红楼梦〉》中这样评价宝钗：

在贾宝玉、林黛玉、薛宝钗三个人物之间，薛宝钗无疑是一个最具阐释性的形象。这个形象的张力在于：她在小说的写实层面上是一个极具规范的大家闺秀，而在小说的隐喻层面上却又恰好身处创造性推动的历史发生学位置，亦即通生一、一生二、二生三、三生万物的"三"之位。在《圣经》中，该位置上的角色由蛇扮演，在《浮士德》中由梅菲斯特扮演，而在《红楼梦》中却恰恰由这样的一个好像是"讷于言而敏于行"的少女扮演。在一个最具变异意味的位置上，小说出示了这个最为规范的人物。如果人们在贾宝玉的死亡准备和林黛玉的爱情期待中看到的是作者的憧憬和颂赞的话，那么在薛宝钗的生存策略中所蕴含的则是作者的叛逆信息和批判指向。因为无论是存在的诗意还是历史的锐意进取，在薛宝钗那里全都体现为生存的策略而不是人生的历险如贾宝玉或者生命的体验如林黛玉。一个狡黠的眼神或者一个莫测高深的微笑便把薛宝钗从贾宝玉和林黛玉那里清清楚楚地划分开来。而历史的创造意味也就在这样的眼神和这样的微笑中被消解得干干净净，一如杯水之于沙漠。从薛宝钗的生存策略中，人们可以瞥见典型的中国人的生存方式和生活形态；而从作为生存策略之象征的薛宝钗形象本身，人们又可以感受一部了无生气的历史是如何以死而不僵的形态不声不响地延续下来的。也即是说，有关薛宝钗形象及其生存策略的解读是双重的，既是人物本身的解读，又是该人物所象征着的历史的解读。[①]

在薛宝钗的生存策略中，浑然不觉只是一种手法，此外尚有杨妃戏蝶、机带双敲、讽和螃蟹咏、兰言解痴癖、小惠全大体、脱身避嫌隙等一大串精彩节目。宝姐姐平日里寡言罕语，自云守拙，但在关键时刻却动如脱兔，一出口总能收到可观的利益和动人的效果。虽说是个闺阁少女，但其世故之深，绝不下于贾雨村式的须眉官僚。也许是中国政治和家族结构高度对称的原因所致，薛宝钗的生存策略全然等

---

① 李劼：《历史文化的全息图像——论〈红楼梦〉》，青海人民出版社 1994 年版，第 184 页。

同于帝王将相之间的宫廷和官场的处世之道。在此，利益博弈和道德面具分别作为一阴一阳的策略核心互相补充互相照应。①

人们所赞许的就是俭朴的不语亭亭（宝钗以俭朴著称，而又作过"不语亭亭"的诗句），而不是凄美的倦倚西风（黛玉的诗句）。因为人们的道德热情远远超过他们的审美兴趣。②

……当贾探春站在男人的创造位置上大刀阔斧地兴利除弊的时候，薛宝钗在一旁关心的却是收买人心的小恩小惠，一如王夫人赏赐给丫环衣物那样的仁慈。这种道德形象既没有审美意味，也没有创造指向；既没有林黛玉式的风流潇洒，也没有贾探春式的心胸气度。③

文中对宝钗身上表现的儒家精神和"时"的生存策略有所察觉，但分析中情绪压倒理性，论断压倒分析。第一段中在"一生二、二生三、三生万物"这个链条上考察宝钗的作用，将她置于"三"的位置，认为她不及西方创世神话中诱惑亚当和夏娃的"蛇"，没有创造力；这样的类比颇富想象力而主观性太强，把"一生二，二生三，三生万物"之"一""二""三"理解为"第一""第二""第三"更表现出"六经注我"的随意。第二段引文将宝钗与贾雨村之类"须眉官僚"相类比，并讥其"利益博弈和道德面具分别作为一阴一阳的策略核心互相补充互相照应"，本已忽略了宝钗与贾雨村之流的不同。第四段引文更评价宝钗在"理家"中的"小惠全大体""既没有审美意味，也没有创造指向；既没有林黛玉式的风流潇洒，也没有贾探春式的心胸气度"，尤显其偏隘极端、无视事实的书生意气。在上述引文中，李劼反复召唤"审美兴趣""审美意味"而摒弃"道德"，显然欲以"审美"作为救世、救文化之良药。而这已是《红楼梦》走过并证实走不通的老路。不从宝钗所携带的文化信息本身的逻辑对这个

---

① 李劼：《历史文化的全息图像——论〈红楼梦〉》，青海人民出版社 1994 年版，第 186 页。
② 同上书，第 196 页。
③ 同上书，第 205 页。

人物加以分析，单纯呼唤所谓的"审美精神"，我们的起点就只能低于《红楼梦》，而再次失去提升和改造民族文化的时机。

"时"宝钗在《红楼梦》中的表现已如前述，那么其结果和命运如何？在"千红一哭，万艳同悲"的大结局中，"时"的悲剧有何独特意义和地位？

宝钗以"薛"为姓。由其判词的"金簪雪里埋"、香菱判词的"菱花空对雪嘶嘶"①及兴儿等的玩笑"还有姨太太的女儿，姓薛，叫什么宝钗，竟是雪堆出来的"②等，可见"薛"与"雪"谐音。宝钗被誉为"冷美人"和"任是无情也动人"，足见"雪"在性情上喻其冷静、理性乃至"无情"。宝钗的"蘅芜苑""雪洞一般，一色玩器全无"，令贾母叹息"年轻的姑娘们，房里这样素净，也忌讳"③，"雪"又预示着宝钗日后婚姻家庭生活的寂寞清冷。而贾府最后的结局"好一似食尽鸟投林，落了片白茫茫大地真干净"，"雪"又隐喻了整个家族没落衰败的总结局。

宝钗的结局和命运也一如其姓：在日常生活中，宝钗事事"相机而动，趋利避害"，牺牲自己先天的"热"和"情"以修炼齐家的本领，最终却因"权"的"无情"而无功于家族、家国，最后为宝玉舍弃，她要"齐"的家更"似食尽鸟投林，落了片白茫茫大地真干净"。

《红楼梦》第七十回中，宝钗"咏絮"所作《临江仙》感慨"韶华休笑本无根"，她似乎已察觉到自己的理想在现实中的"无根"，而即使如此，她也想在"东风卷得均匀"即准确把握时势的条件下"频借力"以"上青云"。在贾府中，宝钗不像黛玉那样拥有宝玉的爱恋、贾母的宠爱，但安分随时，在舆论中就能占据压倒性优势。这也是"权"的柔弱胜刚强的一大实例。但最后的结局却是"空"。可见与牺牲相始终的"权"，并不能合逻辑地带来收获"道"的结局。这样的安排，演绎着小说作者对儒家

---

① 此处"雪"指宝钗之兄薛蟠。

② （清）曹雪芹、高鹗著，人民文学出版社编辑部校勘：《红楼梦》（四卷本，以程乙本为底本），人民文学出版社 1957 年版，第 854 页。

③ 同上书，第四十回，第 494 页。

之"时"与"权"的深刻理解和尖锐批判。

对于宝钗，小说不断强调其"时"，又写其"冷"与"无情"，又写其最终得到的"空"的结局。这些都与儒家思想传统相勾连，从而使这个形象的塑造超越了一般小说中的人物，而表达出沉重的文化反思的情绪。如我们反复强调的，《红楼梦》文化反思的指向总是"虚空"和"无"。超越《红楼梦》的反思而使中华文明能切实地面对当今社会问题，当是今天的文化工作者的使命。

《红楼梦》 的洋味*

　　《红楼梦》里写洋货，大都是在炫耀、渲染家族的富贵。

　　比如，什么样的家庭、什么样的人有洋货呢？当然是富贵之家。在
《红楼梦》中，四大家族大都有洋货。

　　老太太有洋货，还经常送给自己喜欢的人洋货，比如第五十二回写她
赏赐给宝琴和宝玉洋衣服：

　　　　宝玉……又嘱咐了晴雯一回，便往贾母处来。贾母犹未起来，知
　　道宝玉出门，便开了房门，命宝玉进去。宝玉见贾母身后宝琴面向里
　　也睡未醒。贾母见宝玉身上穿着荔色哆罗呢的天马箭袖，大红猩猩毡
　　盘金彩绣石青妆缎沿边的排穗褂子。贾母道："下雪呢么？"宝玉道：
　　"天阴着，还没下呢。"贾母便命鸳鸯来："把昨儿那一件乌云豹的氅
　　衣给他罢。"鸳鸯答应了，走去果取了一件来。宝玉看时，金翠辉煌，
　　碧彩闪灼，又不似宝琴所披之凫靥裘。只听贾母笑道："这叫作'雀
　　金呢'，这是哦罗斯国拿孔雀毛拈了线织的。前儿把那一件野鸭子的
　　给了你小妹妹，这件给你罢。"宝玉磕了一个头，便披在身上。贾母
　　笑道："你先给你娘瞧瞧去再去。"宝玉答应了，便出来，只见鸳鸯站
　　在地下揉眼睛。因自那日鸳鸯发誓决绝之后，他总不和宝玉讲话。
　　宝玉正自日夜不安，此时见他又要回避，宝玉便上来笑道："好姐姐，

---

　　* 此文系未刊稿。

你瞧瞧，我穿着这个好不好。"鸳鸯一摔手，便进贾母房中来了。宝玉只得到了王夫人房中，与王夫人看了，然后又回至园中，与晴雯麝月看过后，至贾母房中回说："太太看了，只说可惜了的，叫我仔细穿，别遭踏了它。"贾母道："就剩下了这一件，你遭踏了也再没了。这会子特给你做这个也是没有的事。"说着又嘱咐他："不许多吃酒，早些回来。"宝玉应了几个"是"……①

这里贾母说"就剩下了这一件"，可见是保留下来的，或者是贾家早年积下的财产，也可能是从史家带过来的。

再一个，凤姐手头多洋货，第五十一回她一下子就送出两件洋货，一件大红猩猩毡的衣服给袭人，另一件大红羽纱的雪褂子给邢岫烟。据记载，这些在清朝主要是从荷兰进口的。她额头上还经常贴着"依弗娜"。她的洋货是从哪里来的？应该是从王家带来的。这个我们从第十六回一段文字中可以看出来：

赵嬷嬷道："阿弥陀佛！原来如此。这样说，咱们家也要预备接咱们大小姐了？"贾琏道："这何用说呢！不然，这会子忙的是什么？"凤姐笑道："若果如此，我可也见个大世面了。可恨我小几岁年纪，若早生二三十年，如今这些老人家也不薄我没见世面了。说起当年太祖皇帝仿舜巡的故事，比一部书还热闹，我偏没造化赶上。"赵嬷嬷道："唉哟哟，那可是千载希逢的！那时候我才记事儿，咱们贾府正在姑苏扬州一带监造海舫，修理海塘，只预备接驾一次，把银子都花的淌海水似的！说起来……"凤姐忙接道："我们王府也预备过一次。那时我爷爷单管各国进贡朝贺的事，凡有的外国人来，都是我们家养活。粤、闽、滇、浙所有的洋船货物都是我们家的。"②

---

① （清）曹雪芹、高鹗著，人民文学出版社编辑部校勘：《红楼梦》（四卷本，以程乙本为底本），人民文学出版社1957年版，第652页。

② 同上书，第181页。

足见王家洋货之多和富贵之极。薛家的生意也经常做到"西海沿子上",小说中就写宝琴见多识广,曾跟随她的父亲到"西海沿子"。薛蟠的伙计在薛蟠过生日的时候还能送给他"暹(音'鲜')罗"国进贡的"暹猪"(第二十六回)。可见薛家的洋货也少不了。

总之,四大家族——四个富贵之家都曾是多洋货的,而且他们也喜欢以家里多洋货相夸耀,表示家族的富贵。

《红楼梦》还多次用乡巴佬不识洋货的喜剧,来渲染贾府的富贵。比如第六回写刘姥姥一进荣国府,就被洋货晃花了眼,大出洋相:

> 刘姥姥只听见咯当咯当的响声,大有似乎打箩柜筛面的一般,不免东瞧西望的。忽见堂屋中柱子上挂着一个匣子,底下又坠着一个秤砣般一物,却不住的乱晃。刘姥姥心中想着:"这是什么爱物儿?有甚用呢?"正呆时,只听得当的一声,又若金钟铜磬一般,不防倒唬的一展眼。接着又是一连八九下。方欲问时,只见小丫头子们齐乱跑,说:"奶奶下来了。"周瑞家的与平儿忙起身,命刘姥姥:"只管等着,是时候我们来请你。"说着,都迎出去了。①

这是写乡巴佬第一次看见挂钟。再有第四十一回写"怡红院劫遇母蝗虫",这一段是这样的:

> (刘姥姥)转了两个弯子,只见有一房门。于是进了房门,只见迎面一个女孩儿,满面含笑迎了出来。刘姥姥忙笑道:"姑娘们把我丢下来了,要我碰头碰到这里来。"说了,只觉那女孩儿不答。刘姥姥便赶来拉他的手,"咕咚"一声,便撞到板壁上,把头碰的生疼。细瞧了一瞧,原来是一幅画儿。刘姥姥自忖道:"原来画儿有这样活凸出来的。"……刚从屏后得了一门转去,只见他亲家母也从外面迎了进来。刘姥姥诧异,忙问道:"你想是见我这几日没家去,亏你找

---

① (清)曹雪芹、高鹗著,人民文学出版社编辑部校勘:《红楼梦》(四卷本,以程乙本为底本),人民文学出版社1957年版,第74页。

我来。那一位姑娘带你进来的？"他亲家只是笑，不还言。刘姥姥笑道："你好没见世面，见这园里的花好，你就没死活戴了一头。"他亲家也不答。便心下忽然想起："常听大富贵人家有一种穿衣镜，这别是我在镜子里头呢罢。"说毕伸手一摸，再细一看，可不是……①

我们很容易看出来，刘姥姥在宝玉的怡红院里见到的是油画和镜子。乡巴佬的出丑，喜剧性地烘托了富贵人家的排场。

正因为洋货渲染了富贵人家的排场，洋货的减少就成为《红楼梦》中四大家族衰败的重要表现。

比如上面说贾母送宝玉"雀金裘"的时候就说："就剩这一件了，这会子现给你做这个也是没有的事。"凤姐说当年王家"养活"外国人，"洋船货物"都是她们家的，可见如今也风光不再了。

《红楼梦》续书对这一点体会得特别深刻，第九十二回写冯紫英拿几件洋物给贾政看，打算卖个价钱，贾政就叹买不起，让人拿给贾母看，贾母也说不要。再后来抄检贾府，家中一大批东西被抄出来，以后就不知花落谁家了。到抄家的时候，洋货就再不是可以带来富贵喜悦的祥瑞之物了，而是"匹夫无罪，怀璧其罪"，只能招人嫉妒。

从这些细节来看，《红楼梦》续书对原著精神的领会倒是很准确，也很深刻的。它欠缺的地方是通过写洋货来写人的神采，这一点原著水平是很高的。

前八十回怎样通过写洋货来写人的神采呢？说穿了，实质上就是通过写洋货来写人的地位、性格和人物之间的关系。

比如前面说过，贾母等有钱的主子乐意给自己喜欢的人一些洋货，这样得到洋货就意味着得宠，意味着在贾家地位高。贾母给宝玉"雀金裘"，不给其他儿孙，就因为她最宠爱宝玉；她给宝琴野鸭子毛的那件洋物，也是因为她喜欢宝琴，甚至有意思让宝琴嫁给宝玉，做她的孙媳。得宠就会

① （清）曹雪芹、高鹗著，人民文学出版社编辑部校勘：《红楼梦》（四卷本，以程乙本为底本），人民文学出版社1957年版，第510页。

骄傲，骄傲就会有神采。比如宝琴穿上洋装，在雪中那么一站，大家都羡慕，贾母说比画上的还好看。其实不只衣服使人好看，心情也使人好看。受人抬举、受人宠爱总是令人心中愉悦的，受主子抬举宠爱更容易使人飘飘然，甚至忘乎所以。

《红楼梦》中宝玉身边的小丫鬟芳官就是这样一个恃宠而骄、忘乎所以的人物。比如第六十三回写宝玉给芳官起了众多的洋名："玻璃""温都里纳"等。不仅送洋名，洋物也随她使。比如第六十回有这样一段：

> 这里柳家的见人散了，忙出来和芳官说："前儿那话儿说了不曾？"芳官道："说了。等一二日再提这事。偏那赵不死的又和我闹了一场。前儿那玫瑰露姐姐吃了不曾，他到底可好些？"柳家的道："可不都吃了。他爱的什么似的，又不好问你再要的。"芳官道："不值什么，等我再要些来给他就是了。"

> 当下芳官回至怡红院中……又说还要些玫瑰露与柳五儿吃去。宝玉忙道："有的，我又不大吃，你都给他去罢。"说着命袭人取了出来，见瓶中亦不多，遂连瓶与了他。芳官便自携了瓶与他去。正值柳家的带进他女儿来散闷，在那边犄角子上一带地方儿逛了一回，便回到厨房内，正吃茶歇脚儿。芳官拿了一个五寸来高的小玻璃瓶来，迎亮照看，里面小半瓶胭脂一般的汁子，还道是宝玉吃的西洋葡萄酒。母女两个忙说："快拿旋子烫滚水，你且坐下。"芳官笑道："就剩了这些，连瓶子都给你们罢。"五儿听了，方知是玫瑰露，忙接了，谢了又谢。芳官又问他"好些？"五儿道："今儿精神些，进来逛逛。这后边一带，也没什么意思，不过见些大石头大树和房子后墙，正经好景致也没看见。"芳官道："你为什么不往前去？"柳家的道："我没叫他往前去。姑娘们也不认得他，倘有不对眼的人看见了，又是一番口舌。明儿托你携带他有了房头，怕没有人带着他逛呢，只怕逛腻了的日子还有呢。"芳官听了，笑道："怕什么，有我呢。"柳家的忙道："嗳哟哟，我的姑娘，我们的头皮儿薄，比不得你们。"说着，又倒了

茶来。芳官那里吃这茶，只漱了一口就走了。柳家的说道："我这里占着手，五丫头送送。"①

这里就活画出了一个活泼伶俐的小姑娘得宠后轻浮、得意忘形的姿态。显得人物更鲜明，也很有神采。

既然人在得宠时才能得到洋物，有没有洋物代表着身份、际遇不同，那当然人人想得洋物，得到洋物的必然会被人嫉妒。宝琴穿上洋装，她姐姐都说："我不信我哪里不及你。"湘云也说："你只在老太太、太太那里，别人那里别去，都是要害咱们的。"有嫉妒就会有陷害，有打击，有矛盾和争斗。第六十回"茉莉粉替去蔷薇硝，玫瑰露引来茯苓霜"，就是写几件东西招得贾府下人之间你争我斗，引发了"厨房政变"等。这还是在下人之间，其实主子也一样，因为贾府的主子也是更高一层主子的奴才，也要争宠争地位。

这样，通过写洋货，就写出了各色人等的情态、人物之间的关系。当然主要是利益关系。

从上面几点来看，《红楼梦》中的洋货主要是地位、富贵的表现形式，是一种代码。所以它一般写洋货只笼统地说是洋货，很少准确地说明洋货的产地。《红楼梦》中准确的外国地名都没有几个，只有法兰西、俄罗斯等地名出入不大，别的或者笼统，或者错误，或者杜撰，比如说"美人国"等。这说明这个小说重点不在于介绍西方、介绍洋货，而是借写洋货来写四大家族的兴衰。也就是说，"洋味"在《红楼梦》中主要是用来表达寓意的，而不完全是现实主义的写法。

其实不仅《红楼梦》，晚清之前人们对西方的整体认识也差不多。朝廷觉得自己是"泱泱大国"，"万国来朝"，来朝的属国多当然说明国力强盛，国家富贵，当然觉得快乐。它并不觉得该好好了解这些来"朝贺"的"小国"。这是中国传统的"自我中心观"。

---

① （清）曹雪芹、高鹗著，人民文学出版社编辑部校勘：《红楼梦》（四卷本，以程乙本为底本），人民文学出版社 1957 年版，第 771 页。

能够说明《红楼梦》的"洋味"主要是写意而非写实的，还有第五十二回写到的"西方美人"。这一段话是这样的：

> 宝琴笑道："……我八岁时节，跟我父亲到西海沿子上买洋货，谁知有个真真国的女孩子，才十五岁，那脸面就和那西洋画上的美人一样，也披着黄头发，打着联垂，满头带的都是珊瑚、猫儿眼、祖母绿这些宝石，身上穿着金丝织的锁子甲洋锦袄袖，带着倭刀，也是镶金嵌宝的，实在画儿上的也没他好看。有人说他通中国的诗书，会讲五经，能作诗填词，因此我父亲央烦了一位通事官，烦他写了一张字，就写的是他作的诗。"众人都称奇道异。
>
> ……
>
> 宝琴因念道："昨夜朱楼梦，今宵水国吟。岛云蒸大海，岚气接丛林。月本无今古，情缘自浅深。汉南春历历，焉得不关心。"众人听了，都道："难为他！竟比我们中国人还强。"[①]

这段话看着没什么特别的意思，不过是说西方也有女子多才，写的诗比中国人还强。应该能证明宝玉的观点：女儿是水做的骨肉，个个都是花为肌肤，雪做肚肠，也就是秀外慧中。

但是，熟悉《诗经》的人很容易由"西方美人"上面联想到《诗经·邶风·简兮》中的一段话："云谁之思？西方美人。彼美人兮，西方之人兮。"这里这个"西方美人"并不是真正的美人，郑玄注曰："思周室之贤者。"也就是说诗歌在召唤"贤人"，召唤能够带来政治清明的大人物。所以"西方美人"就是一个有寓意的代码，不能照字面上去理解。

用"美人"代指君王、贤人，这在古代是有传统的，屈原就经常自比为美人。曹植这些人也都曾用"美人"比喻自己的理想。

《红楼梦》中宝琴所说的"美人"究竟有没有类似的寓意，这见仁见智。从《红楼梦》整体的喜欢比喻、隐喻的习惯来看，这是极有可能的。

---

① （清）曹雪芹、高鹗著，人民文学出版社编辑部校勘：《红楼梦》（四卷本，以程乙本为底本），人民文学出版社 1957 年版，第 652 页。

因为宝琴本人是个比较完美的人物，有宝钗和黛玉各自的优点，而没有这两个人明显的缺点，有点像太虚幻境中的可卿，那个可卿叫"兼美"：鲜艳妩媚似乎宝钗，风流婉转似乎黛玉。贾府一直在选择宝钗和黛玉中哪一个为宝玉之妻这件事情上举棋不定。《红楼梦》作者也说两个人一个是"山中高士"，一个是"世外仙姝"，各有其美。宝钗身上多儒生的品格，黛玉身上多诗人的气质。所以两个人不只是两个女性形象，也代表了传统文人气质情调的两个方面，两个层次。两方面、两层次都是好的，惜乎难以统一。因为儒生入世，不得不权衡时势，有时就不够真诚；诗人倒很真诚，却又没什么用处。有没有一种理想人格，能够融合两方面呢？有这样人格的人，才能成为"贤人"，才能给家族、社会和文化带来希望吧？

笔者认为这是《红楼梦》写"西方美人"的寓意，仅供大家参考。

次叙述层中的小故事在《红楼梦》中的功能[*]

　　小说中的人物讲述故事时，小说就出现了新的叙事层次。热拉尔·热奈特把文本叙述分为三个层次：故事外层、故事或故事内事件、元故事，而学者们通常将以上三个层次称为超叙述层、主叙述层和次叙述层，其中占文本主要篇幅的层次称为主故事层，为它提供叙述者的上一层次可称为超故事层，由它提供叙述者的下一层故事则称为次叙述层①。近十年，学者从叙述分层的角度研究中国小说，陆续提出"文言小说此类超叙述目的是给这故事更多的权威和更多的'史实性'"②，"在中国的白话小说中，主叙述以上层次不可能架置特设的超叙述层次，因为已有一个固定的拟书场超叙述结构"③，唐前小说基本上还是沿袭史著叙事法，即以第三人称全知视角叙事，按照编年的原则做纵向的顺叙，这就很难产生出叙述上的分层。随着小说创作意识的自觉以及小说艺术的复杂，小说的叙述分层开始在唐传奇中出现，这是对史著叙事规范的突破与超越，是"唐人始有意为小说"的一个具体体现。④以上说法或描述某类小说特征，或讨论小说史研究的一些常规命题，都比较清晰和有说服力，取得了一定的实绩。

　　一般而言，小说的次叙述层可分为两类：一是小说中的人物暂时代替

---

* 　原载于《红楼梦学刊》2006 年第 5 期。

① 　参见里蒙·凯南《叙事虚构作品》，姚锦清等译，生活·读书·新知三联书店 1989 年版，第七章第二节。

② 　赵毅衡：《苦恼的叙述者》，北京十月文艺出版社 1994 年版，第 119 页。

② 　同上书，第 118 页。

④ 　参见宋常立《中国古代小说的叙述分层》，《明清小说研究》1999 年第 1 期。

主叙述层叙事者讲述主叙述层故事，在这种情况下，次叙述层与主叙事层的唯一区别在于前者采用的是直接引语形式。例如，《三国演义》："皇甫嵩破黄巾，只在朱隽一边打听得来；赵云袭南郡，关张袭两郡只在周郎眼中耳中得来……"① 传统评点通常称为"虚写""远树轻描"，因其相对于主叙述层缺乏独立性，有些学者不把此类叙述当作次叙述，而仅仅称为"二度叙事"②。第二类是小说中人物另外讲出一个故事，即"大故事套小故事"，后者与主叙述层的故事各自独立。

继赵毅衡提出《红楼梦》"至少有四个叙述层次"，是"现代之前世界文学中可能绝无仅有的复杂分层小说"③，许多学者都反复强调《红楼梦》有其丰富的叙述层次，但他们所关注的主要都是《红楼梦》的超叙述层，尤其强调主叙述层中的宝玉与超叙述层中的"石兄"、超超叙述层中的"作者"之间的关系，对其次叙述层则重视不足，尤其对次叙述层中小故事的功能更少有论及。④

就笔者所见，赵毅衡的《苦恼的叙述者》谈到"《红楼梦》的主叙述中又悬浮了不少故事"⑤，但并未展开阐述；宋常立在《中国古代小说的叙述分层》⑥ 一文中将唐传奇《古镜记》《张佐》等篇出现次叙述层小故事，当作"虚幻"意识和"小说构思法"自觉的表现，但该文于白话小说一脉只论及《金瓶梅》《西游补》，而对《红楼梦》却不着一字，甚至其《论〈红楼梦〉叙述分层的作用及对晚清小说的影响》一文，竟也丝毫未论及《红楼梦》次叙述层中的小故事，这不能不说是一种疏失。某些有关《红

---

① 毛宗岗评：《三国演义》，《三国演义》（会评本），北京大学出版社 1986 年版，第 17 页。

② 参见王彬《红楼梦叙事》，中国工人出版社 1998 年版，第 17—22 页；王平《跌宕生姿意蕴无穷——〈红楼梦〉开头艺术研究》，《红楼梦学刊》2002 年第 2 期；孙海平、徐爱国《〈红楼梦〉对中国古典小说叙事视角的创拓及意义》，《山东电力大学学报》2000 年第 2 期。

③ 赵毅衡：《苦恼的叙述者》，北京十月文艺出版社 1994 年版，第 119 页。

④ 参见高淮河、李春江《十年来〈红楼梦〉叙事学研究述评》，《咸阳师范学院学报》2004 年第 3 期。该文比较全面地整理总结了近十年有关《红楼梦》叙事研究的情况，它对叙述层次的有关内容仅关注到主叙述层、超叙述层和次叙述层的"二度叙事"，但对次叙述层小故事则只字不提，这也从一个很重要的角度反映了研究现状。

⑤ 赵毅衡：《苦恼的叙述者》，北京十月文艺出版社 1994 年版，第 120 页。

⑥ 宋常立：《中国古代小说的叙述分层》，《明清小说研究》1999 年第 1 期。

楼梦》中"二度叙事"① 的研究文字偶然涉及《红楼梦》次叙述层小故事，但受其研究视角所限，都未对后者给予全面系统的整理分析。

一

由小说中人物再讲述一个相对独立的故事，这种叙述分层在古代白话小说史上出现较晚。研究者认为是白话小说"文化地位太低"② "叙述行为过于直接"③， "供不起"或"难以虚构出"多层次的叙述。宋常立说，"《金瓶梅》作为第一部文人独创型的长篇白话小说，首先出现了次故事层的叙述"，就目前所见，这一判断还是比较可靠的。《红楼梦》"蝉蜕"于《金瓶梅》，其次叙述层中小故事的风格、功能相对于《金瓶梅》也有着明显的学习、模仿和超越关系，因此在具体研究《红楼梦》次叙述层之前，有必要首先对《金瓶梅》次叙述层的小故事进行整理和分析。

《金瓶梅》中共有7个次叙述层小故事，依其来源可分为通俗笑话和宗教故事两种类型，都属引用类，而非原创。

（一）通俗笑话类

故事一：第一回，西门庆等在玉皇庙看四大元帅画像。

> 常峙节便指着下首温元帅道："二哥，这个通身蓝的，却也古怪，敢怕是卢杞的祖宗。"伯爵笑着猛叫道："吴先生你过来，我与你说个笑话儿。"那吴道官真个走过来听他。伯爵道："一个道家死去，见了阎王，阎王问道：'你是什么人？'道者说：'是道士。'阎王叫判官查他，果系道士，且无罪孽。这等放他还魂。只见道士转来，路上遇着一个染房中的博士，原认得的，那博士问道：'师父，怎生得转来？'道者说：'我是道士，所以放我转来。'那博士记了，见阎王时也说是

---

① 参见王彬《红楼梦叙事》，中国工人出版社1998年版，第17—22页；王平《跌宕生姿意蕴无穷——〈红楼梦〉开头艺术研究》，《红楼梦学刊》2002年第2期；孙海平、徐爱国《〈红楼梦〉对中国古典小说叙事视角的创拓及意义》，《山东电力大学学报》2000年第2期。
② 赵毅衡：《苦恼的叙述者》，北京十月文艺出版社1994年版，第119页。
③ 宋常立：《中国古代小说的叙述分层》，《明清小说研究》1999年第1期。

道士。那阎王叫查他身上，只见伸出两只手来是蓝的，问其何故。那博士打着宣科的声音道：'曾与温元帅搔胞。'"说的众人大笑。①

应伯爵所讲故事不仅可笑，有活跃气氛的作用，而且故事中说染坊博士冒充道士，这样的故事讲给吴道士听，又有调侃他混迹世俗、非真正出家人之寓意。

故事二：第三十五回，应伯爵、谢希光等到西门庆家用餐，西门庆讲故事。

> 席上伯爵二人把一碟子荸荠都吃了。西门庆道："我不会唱，说个笑话儿罢。"说道："一个人到果子铺问：'可有榧子么？'那人说有。取来看，那买果子的不住的往口里放。卖果子的说：'你不买，如何只顾吃？'那人道：'我图他润肺。'那卖的说：'你便润了肺，我却心疼。'"众人都笑了。伯爵道："你若心疼，再拿两碟子来。我媒人婆拾马粪——越发越晒。"②

西门庆所讲故事显然带有影射意义，故事中卖果子人"心疼"别人白吃他的果子，西门庆借此幽默地表示自己也"心疼"别人白吃他的荸荠，一语而双关。听故事的应伯爵对此心领神会，故而开玩笑地说"你若心疼，再拿两碟子来"。讲故事一方是毫无顾忌地调侃，听故事一方是毫不惭怍地领受，双方的角色关系和性格特征在此得到了比较生动的呈现。

故事三至五：第五十四回，西门庆等聚会，席间应伯爵讲述了三个小故事。

> 众人都笑了，催他讲笑话。伯爵说道："一秀才上京，泊船在扬子江。到晚，叫艄公：'泊别处罢，这里有贼。'艄公道：'怎的便见得有贼？'秀才道：'兀那碑上写的不是江心贼？'艄公笑道：'莫不是

---

① （清）张道深评，王汝梅等点校：《金瓶梅》，齐鲁书社1991年版，第23页。
② 同上书，第543页。

江心赋，怎便识差了?'秀才道:'赋便赋，有些贼形。'"西门庆笑道:"难道秀才也识别字?"常峙节道:"应二哥该罚十大杯。"伯爵失惊道:"却怎的便罚十杯?"常峙节道:"你且自家去想。"原来西门庆是山东第一个财主，却被伯爵说了"贼形"，可不骂他了! 西门庆先没理会，到被常峙节这句话提醒了。伯爵觉失言，取酒罚了两杯，便求方便。西门庆笑道:"你若不该，一杯也不强你;若该罚时，却饶你不的。"伯爵满面不安。又吃了数杯，瞅着常峙节道:"多嘴!"西门庆道:"再说来!"伯爵道:"如今不敢说了。"西门庆道:"胡乱取笑，顾不的许多，且说来看。"伯爵才安心，又说:"孔夫子西狩得麟，不能够见，在家里日夜啼哭。弟子恐怕哭坏了，寻个牯牛，满身挂了铜钱哄他。那孔子一见便识破，道:'这分明是有钱的牛，却怎的做得麟!'"说罢，慌忙掩着口跪下道:"小人该死了，实是无心。"西门庆笑着道:"怪狗才，还不起来。"金钏儿在旁笑道:"应花子成年说嘴麻犯人，今日一般也说错了。大爹，别要理他。"于是重新入席饮酒。西门庆道:"你这狗才，刚才把俺们都嘲了，如今也要你说个自己的本色。"伯爵连说:"有有有，一财主撒屁，帮闲道:'不臭。'财主慌的道:'屁不臭，不好了，快请医人!'帮闲道:'待我闻闻滋味看。'假意儿把鼻一嗅，口一咂，道:'回味略有些臭，还不妨。'"说的众人都笑了。常峙节道:"你自得罪哥哥，怎的把我的本色也说出来?"众人又笑了一场。①

其中第一、第二个故事影射、嘲讽西门庆这个财主"有些贼形""分明是有钱的牛，却怎的做得麟"，都包含寓意。在小说主叙述层中，以应伯爵这样机灵、善阿谀的人，讲出这样得罪自己"衣食父母"的话，显然有些失态，有失水准，故而金钏笑他"应花子成年说嘴麻犯人，今日一般也说错了"。应伯爵所说的最后一个故事很有点意思，故事中的帮闲先说财主放屁不臭，财主却担心放屁不臭说明身体健康出现了问题，帮闲只好

---

① （清）张道深评，王汝梅等点校:《金瓶梅》，齐鲁书社1991年版，第802、803页。

再加以补救，假意"把鼻一嗅，口一咂"，道"回味略有些臭，还不妨"。故事将帮闲曲意逢迎的难度和妙处表露无遗，饱含自嘲意味，也双关地解释了此前的失误并表达了歉意。

故事六：第五十四回，西门庆请任医官为李瓶儿诊病，交诊金时讲了一个笑话。

> 任医官道："老先生这样相处，小弟一分也不敢望谢。就是那药本，也不敢领。"西门庆听罢，笑将起来道："学生也不是吃白药的。近日有个笑话儿讲得好：有一人说道：'人家猫儿若是犯了癫的病，把乌药买来，喂他吃了就好了。'旁边有一人问：'若是狗儿有病，还吃甚么药？'那人应声道：'吃白药，吃白药。'可知道白药是狗吃的哩！"那任医官拍手大笑道："竟不知那写白方儿的是什么！"又大笑一回。[1]

故事中的"犯癫"谐音"犯赖"，即"耍赖"；"白药"双关"白吃药"。西门庆借这个故事幽默地表示自己不会耍赖不给药钱。

(二) 宗教故事类

第五十九回，李瓶儿之子官哥受惊夭亡，李瓶儿伤心欲绝，薛姑子讲故事说因果，开解李瓶儿。

> 薛姑子夜间又替他念《楞严经》《解冤咒》，劝他："休要哭了。他不是你的儿女，都是宿世冤家债主。《陀罗经》上不说的好：昔日有一妇人，生产孩儿三遍，俱不过两岁而亡，妇人悲啼不已。抱儿江边，不忍抛弃。感得观世音菩萨化作一僧，谓此妇人曰：'不用啼哭，此非你儿，是你生前冤家。三度托生，皆欲杀汝。你若不信，我交你看。'将手一指，其儿遂化作一夜叉之形，向水中而立，报言：'汝曾杀我来，我特来报冤。今因汝常持《佛顶心陀罗经》，善神日夜拥护，

---

[1] （清）张道深评，王汝梅等点校：《金瓶梅》，齐鲁书社1991年版，第808页。

所以杀汝不得。我已蒙观世音菩萨受度了，从今永不与汝为冤。'道毕，遂沉水中不见。不该我贫僧说，你这儿子，必是宿世冤家，托来你荫下，化目化财，要恼害你身。为你舍了此《佛顶心陀罗经》一千五百卷，有此功行，他害你不得，故此离身。到明日再生下来，才是你儿女。"李瓶儿听了，终是爱缘不断。但提起来，辄流涕不止。①

主叙述层中李瓶儿母子之间的关系与薛姑子所讲述的《陀罗经》故事中的母子关系相类似，后者有点明主叙述层故事主题的作用。主叙述层说李瓶儿"终是爱缘不断"，不能彻悟，预示了其将不久于世的结局。

宋常立认为第三十九回尼姑讲五祖故事也是次叙述，但这段叙述是间接引语，是主叙述层叙述者而非人物在支持叙述，所以严格看来，该段还不能被看作次叙述层。

总体而言，上述《金瓶梅》次叙述层的小故事主要承担以下功能。

第一，渲染气氛。

第一类故事一至五都在西门庆等聚会欢闹中出现，都有活跃气氛效果。

第二，烘托人物性格。

第一类故事一、三、四、五系应伯爵所述，表现了其机敏、无耻的帮闲个性。故事二、六叙述者为西门庆，前者开玩笑地表示自己心疼别人来占便宜，后者戏谑地表示自己不会白吃大夫的药，两例都从侧面渲染了西门庆此时财大气粗、春风得意、不以金钱为意的情状。

第三，点明主叙述层故事主题，表达主叙述层叙事者态度。

第一类故事三、四讽刺财主"有些贼形""只是有钱的牛"，都与主叙述层鞭挞金钱至上之时代风气的主题相一致，有辅助点明主题的作用。第一类故事五嘲讽财主和帮闲之间是"放屁"和"赞屁"的关系，也与主叙述层所设计的西门庆和其诸"兄弟"之间的关系相一致，生动地表达了主题。故事一讽刺世上道士大多系俗人冒充，也与主叙述层对道士、尼姑的

---

① （清）张道深评，王汝梅等点校：《金瓶梅》，齐鲁书社1991年版，第885页。

批评相一致。宗教故事阐明血亲关系有时只是孽缘，也与主叙述层所设计的李瓶儿母子关系、吴月娘母子关系相一致。

从形式上看，《金瓶梅》次叙述层小故事的设计还比较简单：讲述过程简单，次叙述层与主叙述层关系单一。讲述过程模仿曲艺，取悦观众，述者与接受者之间缺乏互动；叙述者（人物）立场都与主叙述层叙述者（说书人）立场相一致，二者未构成反差、矛盾，也没有形成对话关系。

只有其中第一类故事三、四、五对简单的形式进行了变形，值得引起高度注意：

其一，故事三、四讲错了笑话，受到众人嘲笑，应伯爵只得再讲一个。整个讲述过程有反馈，有批评，有互动。

其二，故事三、四拍错了马屁，故事五则言拍马屁之难，三个故事之间寓意相关，构成了互文关系。

其三，故事三、四嘲讽财主，表达的是公众立场、社会良心，而不是帮闲立场，讲述这样的故事是站错了立场，但错误本身就表现了不同意识形态之间的对抗交锋，凸显了两个不同层次叙事者精神立场的矛盾。

在讲述过程与主叙述层之间关系等角度，这样的故事设计都趋向复杂化、深刻化，展现出初步的对话精神。

明末小说《西游补》也包含丰富的次叙述，受到宋常立的推崇，但从形式上看，《西游补》中次叙述层小故事的设计还都比较简单，相对于《金瓶梅》并没有明显的发展。

二

《红楼梦》共包含 13 个次叙事层小故事，其中来自通俗笑话者 6 个，来自佛教故事者 1 个，来自话本剧本故事者 2 个，来自野史传说者 1 个，其余 4 个系叙事者原创。后面三类为《金瓶梅》所无。

（一）通俗笑话类

故事一至二：第五十四回，元宵佳节，贾母、凤姐为活跃气氛，先后说笑话：

　　贾母笑道："并没什么新鲜发笑的，少不得老脸皮子厚的说一个罢了。"因说道："一家子养了十个儿子，娶了十房媳妇。惟有第十个媳妇伶俐，心巧嘴乖，公婆最疼，成日家说那九个不孝顺。这九个媳妇委屈，便商议说：'咱们九个心里孝顺，只是不象那小蹄子嘴巧，所以公公婆婆老了，只说他好，这委屈向谁诉去？'大媳妇有主意，便说道：'咱们明儿到阎王庙去烧香，和阎王爷说去，问他一问，叫我们托生人，为什么单单的给那小蹄子一张乖嘴，我们都是笨的。'众人听了都喜欢，说这主意不错。第二日便都到阎王庙里来烧了香，九个人都在供桌底下睡着了。九个魂专等阎王驾到，左等不来，右等也不到。正着急，只见孙行者驾着筋斗云来了，看见九个魂便要拿金箍棒打，唬得九个魂忙跪下央求。孙行者问原故，九个人忙细细的告诉了他。孙行者听了，把脚一跺，叹了一口气道：'这原故幸亏遇见我，等着阎王来了，他也不得知道的。'九个人听了，就求说：'大圣发个慈悲，我们就好了。'孙行者笑道：'这却不难。那日你们妯娌十个托生时，可巧我到阎王那里去的，因为撒了泡尿在地下，你那小婶子便吃了。你们如今要伶俐嘴乖，有的是尿，再撒泡你们吃了就是了。'"说毕，大家都笑起来。凤姐儿笑道："好的，幸而我们都笨嘴笨腮的，不然也就吃了猴儿尿了。"尤氏娄氏都笑向李纨道："咱们这里谁是吃过猴儿尿的，别装没事人儿。"薛姨妈笑道："笑话儿不在好歹，只要对景就发笑。"

　　说着又击起鼓来。小丫头子们只要听凤姐儿的笑话，便悄悄的和女先儿说明，以咳嗽为记。须臾传至两遍，刚到了凤姐儿手里，小丫头子们故意咳嗽，女先儿便住了。众人齐笑道："这可拿住他了。快吃了酒说一个好的，别太逗的人笑的肠子疼。"凤姐儿想了一想，笑道："一家子也是过正月半，合家赏灯吃酒，真真的热闹非常，祖婆婆、太婆婆、婆婆、媳妇、孙子媳妇、重孙子媳妇、亲孙子、侄孙子、重孙子、灰孙子，滴滴搭搭的孙子、孙女儿、外孙女儿、姨表孙女儿、姑表孙女儿……嗳哟哟，真好热闹！"众人听他说着，已经笑了，都说："听数贫嘴，又不知编派那一个呢。"尤氏笑道："你要招我，我可撕你的嘴。"凤姐儿起身拍手笑道："人家费力说，你们混，我就不说了。"贾母笑道："你说你说，底下怎么样?"凤姐儿想了一想，笑道："底下就团团地坐了一屋子，吃了一夜酒就散了。"众人见他正言厉色的说了，别无他话，都怔怔的还等下话，只觉冰冷无味。史湘云看了他半日。凤姐儿笑道："再说一个过正月半的。几个人抬着个房子大的炮仗往城外放去，引了上万的人跟着瞧去。有一个性急的人等不得，便偷着拿香点着了。只听'噗哧'一声，众人哄然一笑都散了，这抬炮仗的人抱怨卖炮仗的打的不结实，没等放就散了。"湘云道："难道他本人没听见响?"凤姐儿道："这本人原是聋子。"众人听说，一回想，不觉一齐失声都大笑起来。又想着先前那一个没完的，问他："先一个怎么样? 也该说完。"凤姐儿将桌子一拍，说道："好罗唆，到了第二日是十六日，年也完了，节也完了，我看着人忙着收东西还闹不清，那里还知道底下的事了。"众人听说，复又笑将起来。凤姐儿笑道："外头已经四更，依我说，老祖宗也乏了，咱们也该'聋子放炮仗——散了'罢。"①

这段叙述中有两个小笑话：贾母所讲的"吃猴儿尿"的笑话，凤姐所讲的"聋子放炮仗"的笑话。正如薛姨妈所言，"笑话不在好歹，只要应景就发笑"，贾母的笑话影射的是凤姐，所以尤氏等笑凤姐"咱们这里谁是吃过猴儿尿的，别装没事人儿"。凤姐的笑话是为一语双关，借炮仗之"散"提议撤宴休息。

值得注意的是，凤姐在此处其实共讲了两个故事：第一个是"团团地坐了一屋子，吃了一夜酒就散了"，第二个才是"聋子放炮仗"的通俗笑话。第一个其实是即席编造的，让大家听了觉得不知所云，"冰冷无味"，下面"即兴虚构"类将详细论及。

故事三至四：第七十五回，又一年元宵佳节，贾政、贾赦为讨贾母欢心，先后讲笑话。

---

① （清）曹雪芹、高鹗著，人民文学出版社编辑部校勘：《红楼梦》（四卷本，以程乙本为底本），人民文学出版社1957年版，第690页。

　　贾政见贾母喜悦，只得承欢。方欲说时，贾母又笑道："若说的不笑了，还要罚。"贾政笑道："只得一个，说来不笑，也只好受罚了。"因笑道："一家子一个人最怕老婆的。"才说了一句，大家都笑了。因从不曾见贾政说过笑话，所以才笑。贾母笑道："这必是好的。"贾政笑道："若好，老太太多吃一杯。"贾母笑道："自然。"贾政又说道："这个怕老婆的人从不敢多走一步。偏是那日是八月十五，到街上买东西，便遇见了几个朋友，死活拉到家里去吃酒。不想吃醉了，便在朋友家睡着了，第二日才醒，后悔不及，只得来家赔罪。他老婆正洗脚，说：'既是这样，你替我舔舔就饶你。'这男人只得给他舔，未免恶心要吐。他老婆便恼了，要打，说：'你这样轻狂！'唬得他男人忙跪下求说：'并不是奶奶的脚脏。只因昨晚吃多了黄酒，又吃了几块月饼馅子，所以今日有些作酸呢。'"说的贾母与众人都笑了。贾政忙斟了一杯，送与贾母。贾母笑道："既这样，快叫人取烧酒来，别叫你们受累。"众人又都笑起来。

　　……

　　这次在贾赦手内住了，只得吃了酒，说笑话。因说道："一家子一个儿子最孝顺。偏生母亲病了，各处求医不得，便请了一个针灸的婆子来。婆子原不知道脉理，只说是心火，如今用针灸之法，针灸针灸就好了。这儿子慌了，便问：'心见铁即死，如何针得?'婆子道：'不用针心，只针肋条就是了。'儿子道，'肋条离心甚远，怎么就好?'婆子道：'不妨事。你不知天下父母心偏的多呢。'"众人听说，都笑起来。贾母也只得吃半杯酒，半日笑道："我也得这个婆子针一针就好了。"贾赦听说，便知自己出言冒撞，贾母疑心，忙起身笑与贾母把盏，以别言解释。贾母亦不好再提，且行起令来。[①]

　　这段叙述也包含两个通俗笑话：其一是贾政所讲怕老婆的笑话，其二

---

　　① （清）曹雪芹、高鹗著，人民文学出版社编辑部校勘：《红楼梦》（四卷本，以程乙本为底本），人民文学出版社1957年版，第984—986页。

是贾赦所讲母亲"偏心"的笑话。

贾政讲的笑话本来并不可笑，但他"从不曾说过笑话"，所以一开头大家就笑了。贾母对贾政的笑话凑趣说"既这样，快叫人取烧酒来，别叫你们受累"，反应机敏幽默，反而比贾政的笑话更可笑。

贾赦的笑话引起了贾母的疑心，后者自觉前者有意嘲讽，语气颇有不悦。

两个笑话相对照，似乎也说明一个道理：说笑话固然要应景，固然要有针对性，但也不可说到"真病"，尤其是需要被取悦者的"真病"。应景的笑话也是有风险的。

故事五：第七十六回，同一元宵佳节夜宴场合，男丁散后，女眷聚坐，尤氏为活跃气氛讨贾母欢心而讲笑话：

> 尤氏笑道："我也就学一个笑话，说与老太太解解闷。"贾母勉强笑道："这样更好，快说来我听。"尤氏乃说道："一家子养了四个儿子：大儿子只一个眼睛，二儿子只一个耳朵，三儿子只一个鼻子眼，四儿子倒都齐全，偏又是个哑吧。"正说到这里，只见贾母已朦胧双眼，似有睡去之态。尤氏方住了，忙和王夫人轻轻的请醒。贾母睁眼笑道："我不困，白闭闭眼养神。你们只管说，我听着呢。"①

这是一个未讲完的笑话。尤氏主动请缨讲笑话之时，贾母对她的笑话就没抱什么期待，所以没听完就"已朦胧双眼，似有睡去之态"。笑话本身也确实不佳，说了半天，未进入主题，这倒还在其次，故事中几个儿子没有一个是零件功能齐全的，这更令人倒胃口和扫兴，元宵家宴，贾母正有人丁不全之叹，说这样的笑话更犯忌，更不合时宜。尤氏的失败，说明讲笑话之难。《红楼梦》中也确实是唯绝顶聪明者才秉口才，善说笑，说笑话在《红楼梦》中赢得了前所未有的身份。

故事六：第一一七回，贾府被抄，家境日衰，贾蔷、贾芸等日日聚餐

---

① （清）曹雪芹、高鹗著，人民文学出版社编辑部校勘：《红楼梦》（四卷本，以程乙本为底本），人民文学出版社 1957 年版，第 990 页。

聚赌，一日邢大舅在座，讲笑话贬损贾蔷：

> 以后邢大舅输了，众人要他唱曲儿，他道："我唱不上来的，我说个笑话儿罢。"贾蔷道："若说不笑仍要罚的。"邢大舅就喝了杯，便说道："诸位听着：村庄上有一座元帝庙，旁边有个土地祠。那元帝老爷常叫土地来说闲话儿。一日元帝庙里被了盗，便叫土地去查访。土地禀道：'这地方没有贼的，必是神将不小心，被外贼偷了东西去。'元帝道：'胡说，你是土地，失了盗不问你问谁去呢？你倒不去拿贼，反说我的神将不小心吗？'土地禀道：'虽说是不小心，到底是庙里的风水不好。'元帝道：'你倒会看风水么？'土地道：'待小神看看。'那土地向各处瞧了一会，便来回禀道：'老爷坐的身子背后两扇红门就不谨慎。小神坐的背后是砌的墙，自然东西丢不了。以后老爷的背后亦改了墙就好了。'元帝老爷听来有理，便叫神将派人打墙。众神将叹口气道：'如今香火一炷也没有，那里有砖灰人工来打墙！'元帝老爷没法，叫众神将作法，却都没有主意。那元帝老爷脚下的龟将军站起来道：'你们不中用，我有主意。你们将红门拆下来，到了夜里拿我的肚子垫住这门口，难道当不得一堵墙么？'众神将都说道：'好，又不花钱，又便当结实。'于是龟将军便当这个差使，竟安静了。岂知过了几天，那庙里又丢了东西。众神将叫了土地来说道：'你说砌了墙就不丢东西，怎么如今有了墙还要丢？'那土地道：'这墙砌的不结实。'众神将道：'你瞧去。'土地一看，果然是一堵好墙，怎么还有失事？把手摸了一摸道：'我打量是真墙，那里知道是个"假墙！"'众人听了大笑起来。贾蔷也忍不住的笑，说道："傻大舅，你好！我没有骂你，你为什么骂我！快拿杯来罚一大杯。"邢大舅喝了，已有醉意。[①]

这个笑话以"墙"谐音"蔷"，骂贾蔷为"龟"。有意思的是，笑话中

---

① （清）曹雪芹、高鹗著，人民文学出版社编辑部校勘：《红楼梦》（四卷本，以程乙本为底本），人民文学出版社 1957 年版，第 1500、1501 页。

龟背充当庙墙，因而无力阻盗，主叙述层中贾蔷等被安排看家，聚赌聚党，引盗招祸，二者匹配得确实很巧妙。

与《金瓶梅》中同类次叙述层小故事相比，以上六例主要有如下特点。

其一，内容更丰富，《金瓶梅》中的笑话主要针对占便宜、沾光、揩油，《红楼梦》中的小笑话内容宽泛多样一些。

其二，在应景、对景方面，比《金瓶梅》针对性更强，更具体，更生动。

其三，功能更强，如故事三、四所引起的贾母的不同反应，深刻地反映了人物之间不同的关系，寓意更为丰富、深刻。

（二）宗教故事类

第二十二回，"听曲文宝玉悟禅机"，宝钗、黛玉也用禅机开导他。

> 三人果然都往宝玉屋里来。一进来，黛玉便笑道："宝玉，我问你：至贵者是'宝'，至坚者是'玉'。尔有何贵？尔有何坚？"宝玉竟不能答。三人拍手笑道："这样钝愚，还参禅呢。"黛玉又道："你那偈末云，'无可云证，是立足境'，固然好了，只是据我看，还未尽善。我再续两句在后。"因念云："无立足境，是方干净。"宝钗道："实在这方悟彻。当日南宗六祖惠能，初寻师至韶州，闻五祖弘忍在黄梅，他便充役火头僧。五祖欲求法嗣，令徒弟诸僧各出一偈。上座神秀说道：'身是菩提树，心如明镜台，时时勤拂拭，莫使有尘埃。'彼时惠能在厨房碓米，听了这偈，说道：'美则美矣，了则未了。'因自念一偈曰：'菩提本非树，明镜亦非台，本来无一物，何处染尘埃？'五祖便将衣钵传他。今儿这偈语，亦同此意了。只是方才这句机锋，尚未完全了结，这便丢开手不成？"①

---

① （清）曹雪芹、高鹗著，人民文学出版社编辑部校勘：《红楼梦》（四卷本，以程乙本为底本），人民文学出版社 1957 年版，第 257 页。

本段中宝钗所讲的也是一个佛教故事，但与《金瓶梅》中薛姑子所讲的故事相比，显然有雅俗、深浅之分。

更为难能可贵的是，故事中对禅悟方法的探讨与主叙述层中宝玉的精神困惑有关，两相阐发，对提升全书的哲学品位和思想深度有益。

（三）话本剧本故事类

《金瓶梅》中未发现此类小故事，清代《说岳全传》第十回"大相国寺闲说评话"倒有一例，该回写说书人讲杨家将故事、罗成故事，已经形成相对独立的次叙述层，是大评书中的小评书。听书后杨、罗后人比武，却被岳飞一枪制伏，隐含今日英雄更胜往日英雄之意，次叙述层与主叙述层构成相互映照的互文关系。

故事一：第五十四回，元宵节听说书，"史太君破陈腐旧套"。

> 一时歇了戏，便有婆子带了两个门下常走的女先儿进来，放两张杌子在那一边命他坐了，将弦子琵琶递过去。贾母便问李薛听何书，他二人都回说："不拘什么都好。"贾母便问："近来可有添些什么新书？"那两个女先儿回说道："倒有一段新书，是残唐五代的故事。"贾母问是何名，女先儿道："叫做《凤求鸾》。"贾母道："这一个名字倒好，不知因什么起的，先大概说说缘故，若好再说。"女先儿道："这书上乃说残唐之时，有一位乡绅，本是金陵人氏，名唤王忠，曾做过两朝宰辅。如今告老还家，膝下只有一位公子，名唤王熙凤。"众人听了，笑将起来。贾母笑道："这重了我们凤丫头了。"媳妇忙上去推他，"这是二奶奶的名字，少混说。"贾母笑道："你说，你说。"女先儿忙笑着站起来，说："我们该死了，不知是奶奶的讳。"凤姐儿笑道："怕什么，你们只管说罢，重名重姓的多呢。"女先儿又说道："这年王老爷打发了王公子上京赶考，那日遇见大雨，进到一个庄上避雨。谁知这庄上也有个乡绅，姓李，与王老爷是世交，便留下这公子住在书房里。这李乡绅膝下无儿，只有一位千金小姐。这小姐芳名叫作雏鸾，琴棋书画，无所不通。"贾母忙道："怪道叫作《凤求鸾》。

不用说，我猜着了，自然是这王熙凤要求这雏鸾小姐为妻。"女先儿笑道："老祖宗原来听过这一回书。"众人都道："老太太什么没听过！便没听过，也猜着了。"贾母笑道："这些书都是一个套子，左不过是些佳人才子，最没趣儿。把人家女儿说的那样坏，还说是佳人，编的连影儿也没有了。开口都是书香门第，父亲不是尚书就是宰相，生一个小姐必是爱如珍宝。这小姐必是通文知礼，无所不晓，竟是个绝代佳人。只一见了一个清俊的男人，不管是亲是友，便想起终身大事来，父母也忘了，书礼也忘了，鬼不成鬼，贼不成贼，那一点儿是佳人？便是满腹文章，做出这些事来，也算不得是佳人了。比如男人满腹文章去做贼，难道那王法就说他是才子，就不入贼情一案不成？可知那编书的是自己塞了自己的嘴。再者，既说是世宦书香大家小姐都知礼读书，连夫人都知书识礼，便是告老还家，自然这样大家人口不少，奶母丫鬟伏侍小姐的人也不少，怎么这些书上，凡有这样的事，就只小姐和紧跟的一个丫鬟？你们白想想，那些人都是管什么的，可是前言不答后语？"①

女先儿说残唐五代《凤求鸾》的故事，刚交代故事中人物就被打断，没有说完，倒是引发了贾母对陈陈相因的才子佳人故事的批评。值得注意的不是该故事本身，而是接受者对故事模式的评价。

故事二：第八十五回，贾政升任工部郎中，贾府摆宴庆贺，适逢黛玉生日，席间听戏。

说着，丫头们下来斟酒上菜，外面已开戏了。出场自然是一两出吉庆戏文，乃至第三出，只见金童玉女，旗幡宝幢，引着一个霓裳羽衣的小旦，头上披着一条黑帕，唱了一会儿进去了。众皆不识，听见外面人说："这是新打的《蕊珠记》里的《冥升》。小旦扮的是嫦娥，前因堕落人寰，几乎给人为配，幸亏观音点化，他就未嫁而逝，此时

---

① （清）曹雪芹、高鹗著，人民文学出版社编辑部校勘：《红楼梦》（四卷本，以程乙本为底本），人民文学出版社1957年版，第684页。

升引月宫。不听见曲里头唱的'人间只道风情好,哪知道秋月春花容易抛,几乎不把广寒宫忘却了'。"[1]

"外面人"所述《冥升》剧情显然是暗示了黛玉将未嫁夭亡的结局。

(四) 野史传说类

第七十八回,"老学士闲征姽婳词"。

彼时贾政正与众幕友们谈论寻秋之胜,又说:"快散时忽然谈及一事,最是千古佳谈,'风流隽逸,忠义慷慨'八字皆备,倒是个好题目,大家要作一首挽词。"众幕宾听了,都忙请教是系何等妙事。贾政乃道:"当日曾有一位王封曰恒王,出镇青州。这恒王最喜女色,且公余好武,因选了许多美女,日习武事。每公余辄开宴连日,令众美女习战斗功拔之事。其姬中有姓林行四者,姿色既冠,且武艺更精,皆呼为林四娘。恒王最得意,遂超拔林四娘统辖诸姬,又呼为'姽婳将军'。"众清客都称:"妙极神奇。竟以'姽婳'下加'将军'二字,反更觉妩媚风流,真绝世奇文也。想这恒王也是千古第一风流人物了。"贾政笑道:"这话自然是如此,但更有可奇可叹之事。"众清客都愕然惊问道:"不知底下有何奇事?"贾政道:"谁知次年便有'黄巾''赤眉'一干流贼余党复又乌合,抢掠山左一带。恒王意为犬羊之恶,不足大举,因轻骑前剿。不意贼众颇有诡谲智术,两战不胜,恒王遂为众贼所戮。于是青州城内文武官员,各各皆谓'王尚不胜,你我何为',遂将有献城之举。林四娘得闻凶报,遂集聚众女将,发令说道:'你我皆向蒙王恩,戴天履地,不能报其万一。今王既殒身国事,我意亦当殒身于王。尔等有愿随者,即时同我前往;有不愿者,亦早各散。'众女将听他这样,都一齐说愿意。于是林四娘带领众人连夜出城,直杀至贼营里头。众贼不防,也被斩戮了几员首贼。

---

[1] (清) 曹雪芹、高鹗著,人民文学出版社编辑部校勘:《红楼梦》(四卷本,以程乙本为底本),人民文学出版社 1957 年版,第 1121 页。

然后大家见是不过几个女人，料不能济事，遂回戈倒兵，奋力一阵，把林四娘等一个不曾留下，倒作成了这林四娘的一片忠义之志。后来报至中都，自天子以至百官，无不惊骇道奇。其后朝中自然又有人去剿灭，天兵一到，化为乌有，不必深论。只就林四娘一节，众位听了，可羡不可羡呢？"众幕友都叹道："实在可羡可奇，实是个妙题，原该大家挽一挽才是。"说着，早有人取了笔砚，按贾政口中之言稍加改易了几个字，便成了一篇短序，递与贾政看了。贾政道："不过如此。他们那里已有原序。昨日因又奉恩旨，着察核前代以来应加褒奖而遗落未经请奏各项人等，无论僧尼乞丐与女妇人等，有一事可嘉，即行汇送履历至礼部备请恩奖。所以他这原序也送往礼部去了。大家听见这新闻，所以都要作一首《姽婳词》，以志其忠义。"①

贾政所述林四娘故事系转述朝堂上所听"新闻"，其后宝玉、贾环、贾兰分别以古体、七绝、五律歌咏林四娘故事。

（五）即兴虚构类

此类故事最具创新性，不仅故事本身具"原创性"，而且场面性地全程展现虚构过程，自觉暴露叙事的虚构本质，已经有了点"元小说"的味道。

故事一：第十九回，黛玉饭后卧床，宝玉恐影响其健康，编造故事引其注意：

> 宝玉只怕他睡出病来，便哄他道："嗳哟！你们扬州衙门里有一件大故事，你可知道？"黛玉见他说得郑重，且又正言厉色，只当是真事，因问："什么事？"宝玉见问，便忍着笑顺口诌道："扬州有一座黛山。山上有个林子洞。"黛玉笑道："就是扯谎，自来也没听见这山。"宝玉道："天下山水多着呢，你那里知道这些不成。等我说完

---

① （清）曹雪芹、高鹗著，人民文学出版社编辑部校勘：《红楼梦》（四卷本，以程乙本为底本），人民文学出版社1957年版，第1026页。

了，你再批评。"黛玉道："你且说。"宝玉又诌道："林子洞里原来有群耗子精。那一年腊月初七日，老耗子升座议事，因说：'明日乃是腊八，世上人都熬腊八粥。如今我们洞中果品短少，须得趁此打劫些来方妙。'乃拔令箭一枝，遣一能干的小耗前去打听。一时小耗回报：'各处察访打听已毕，惟有山下庙里果米最多。'老耗问：'米有几样？果有几品？'小耗道：'米豆成仓，不可胜记。果品有五种：一红枣，二栗子，三落花生，四菱角，五香芋。'老耗听了大喜，即时点耗前去。乃拔令箭问：'谁去偷米？'一耗便接令去偷米。又拔令箭问：'谁去偷豆？'又一耗接令去偷豆。然后一一的都各领令去了。只剩了香芋一种，因又拔令箭问：'谁去偷香芋？'只见一个极小极弱的小耗应道：'我愿去偷香芋。'老耗并众耗见他这样，恐不谙练，且怯懦无力，都不准他去。小耗道：'我虽年小身弱，却是法术无边，口齿伶俐，机谋深远。此去管比他们偷的还巧呢，'众耗忙问：'如何比它们巧呢？'小耗道："我不学他直偷。我只摇身一变，也变成个香芋，滚在香芋堆里，使人看不出，听不见，却暗暗的用分身法搬运，渐渐地就搬运尽了。岂不比直偷硬取的巧些？'众耗听了，都道：'妙却妙，只是不知怎么个变法，你先变个我们瞧瞧。'小耗听了，笑道：'这个不难，等我变来。'说毕，摇身说'变'，竟变了一个最标致美貌的一位小姐。众耗忙笑道：'变错了，变错了。原说变果子的，如何变出小姐来？'小耗现形笑道：'我说你们没见世面，只认得这果子是香芋，却不知盐课林老爷的小姐才是真正的香玉呢。'"①

耗子精的故事系宝玉"信口胡诌"，妙在娓娓道来，"卒章"方显其志，以"香芋"谐音"香玉"，赞美黛玉。

故事二、三：第三十九回，回目说得明确，"村姥姥是信口开河，情哥哥偏寻根问底"。

---

① （清）曹雪芹、高鹗著，人民文学出版社编辑部校勘：《红楼梦》（四卷本，以程乙本为底本），人民文学出版社 1957 年版，第 227、228 页。

　　那刘姥姥那里见过这般行事，忙换了衣裳出来，坐在贾母榻前，又搜寻些话出来说。彼时宝玉姊妹们也都在这里坐着，他们何曾听见过这些话，自觉比那些瞽目先生说的书还好听。那刘姥姥虽是个村野人，却生来的有些见识，况且年纪老了，世情上经历过的，见头一件贾母高兴，第二件这些哥儿姐儿们都爱听，便没了说的也编出些话来讲。因说道："我们村庄上种地种菜，每年每日，春夏秋冬，风里雨里，那有个坐着的空儿，天天都是在那地头子上作歇马凉亭，什么奇奇怪怪的事不见呢。就像去年冬天，接连下了几天雪，地下压了三四尺深。我那日起的早，还没出房门，只听外头柴草响。我想着必定是有人偷柴草来了。我爬着窗户眼儿一瞧，却不是我们村庄上的人。"贾母道："必定是过路的客人们冷了，见现成的柴，抽些烤火去也是有的。"刘姥姥笑道："也并不是客人，所以说来奇怪。老寿星当个什么人？原来是一个十七八岁的极标致的一个小姑娘，梳着溜油光的头，穿着大红袄儿、白绫裙子——"刚说到这里，忽听外面人吵嚷起来，又说："不相干的，别唬着老太太。"贾母等听了，忙问怎么了，丫鬟回说："南院马棚里走了水，不相干，已经救下去了。"贾母最胆小的，听了这个话，忙起身扶了人出至廊上来瞧，只见东南上火光犹亮。贾母唬的口内念佛，忙命人去火神跟前烧香。王夫人等也忙都过来请安，又回说："已经下去了，老太太请进房去罢。"贾母足的看着火光熄了方领众人进来。宝玉且忙着问刘姥姥："那女孩儿大雪地作什么抽柴草？倘或冻出病来呢？"贾母道："都是才说抽柴草惹出火来了，你还问呢。别说这个了，再说别的罢。"宝玉听说，心内虽不乐，也只得罢了。刘姥姥便又想了一篇，说道："我们庄子东边庄上，有个老奶奶子，今年九十多岁了。他天天吃斋念佛，谁知就感动了观音菩萨，夜里来托梦说：'你这样虔心，原来你该绝后的，如今奏了玉皇，给你个孙子。'原来这老奶奶只有一个儿子，这儿子也只一个儿子，好容易养到十七八岁上死了，哭的什么似的。后果然又养了一个，今年才十三四岁，生得雪团儿一般，聪明伶俐非常。可见这些神佛是有的。"这一席话，实合了贾母、王夫人的心事，连王夫人也都听住了。

……

一时散了，背地里宝玉足的拉了刘姥姥，细问那女孩儿是谁。刘姥姥只得编了告诉他道："那原是我们庄北沿地埂子上有一个小祠堂里供的，不是神佛，当先有个什么老爷。"说着又想名姓。宝玉道："不拘什么名姓，你不必想了，只说原故就是了。"刘姥姥道："这老爷没有儿子，只有一位小姐，名叫茗玉。小姐知书识字，老爷太太爱如珍宝。可惜这茗玉小姐生到十七岁，一病死了。"宝玉听了，跌足叹惜，又问后来怎么样。刘姥姥道："因为老爷太太思念不尽，便盖了这祠堂，塑了这茗玉小姐的像，派了人烧香拨火。如今日久年深的，人也没了，庙也烂了，那个像就成了精。"宝玉忙道："不是成精，规矩这样人是虽死不死的。"刘姥姥道："阿弥陀佛！原来如此。不是哥儿说，我们都当他成精。他时常变了人出来各村庄店道上闲逛。我才说这抽柴火的就是他了。我们村庄上的人还商议着要打了这塑像平了庙呢。"宝玉忙道："快别如此。若平了庙，罪过不小。"刘姥姥道："幸亏哥儿告诉我，我明儿回去告诉他们就是了。"宝玉道："我们老太太、太太都是善人，合家大小也都好善喜舍，最爱修庙塑神的。我明儿做一个疏头，替你化些布施，你就做香头，攒了钱把这庙修盖，再装潢了泥像，每月给你香火钱烧香岂不好？"刘姥姥道："若这样，我托那小姐的福，也有几个钱使了。"宝玉又问他地名庄名，来往远近，坐落何方。刘姥姥便顺口胡诌了出来。①

刘姥姥现编现说，编造了两个故事：大姑娘"抽柴火"的故事，老奶奶虔诚得子的故事。前者投了宝玉之好，后者迎合了贾母、王夫人。有趣的是第一个故事讲到半截，贾府突然失火，"抽柴火"故事便不宜再讲，刘姥姥竟能移步换景，改讲第二个故事，故事说一个老奶奶第一个孙子夭

---

① （清）曹雪芹、高鹗著，人民文学出版社编辑部校勘：《红楼梦》（四卷本，以程乙本为底本），人民文学出版社1957年版，第478—480页。

折，因虔诚信佛，再得一孙，这跟主叙述层中王夫人的经历有些耦合，所以才能拍马成功，多少挽回了第一个故事"招致"灾祸的过失。偏偏宝玉对第一个故事念念不忘，纠缠刘姥姥寻根问底。叙事过程呈现如画。

故事四：前引第一类故事第二例，凤姐在讲"聋子放炮仗"故事之前，讲了一个奇怪的故事。

> 凤姐儿想了一想，笑道："一家子也是过正月半，合家赏灯吃酒，真真的热闹非常，祖婆婆、太婆婆、婆婆、媳妇、孙子媳妇、重孙子媳妇、亲孙子、侄孙子、重孙子、灰孙子、滴滴答答的孙子、孙女儿、外孙女儿、姨表孙女儿、姑表孙女儿……哎哟哟，真好热闹！"众人听他说着，已经笑了，都说："听数贫嘴，又不知编派那一个呢。"尤氏笑道："你要招我，我可撕你的嘴。"凤姐儿起身拍手笑道："人家费力说，你们混，我就不说了。"贾母笑道："你说你说，底下怎么样？"凤姐儿想了一想，笑道："底下就团团的坐了一屋子，吃了一夜酒就散了。"众人见他正言厉色的说了，别无他话，都怔怔的还等下话，只觉冰冷无味。史湘云看了他半日。凤姐儿笑道："再说一个过正月半的。几个人抬着个房子大的炮仗往城外放去……"众人听说，一回想，不觉一齐失声都大笑起来。又想着先前那一个没完的，问他："先一个怎么样？也该说完。"凤姐儿将桌子一拍，说道："好啰唆，到了第二日是十六日，年也完了，节也完了，我看着人忙着收东西还闹不清，那里还知道底下的事了。"众人听说，复又笑将起来。凤姐儿笑道："外头已经四更，依我说，老祖宗也乏了，咱们也该'聋子放炮仗——散了'罢。"①

孤立地看，凤姐这里所讲的所谓"一家子过正月半"的故事实在不成其为故事，但说完"聋子放炮仗"的故事，取其"散了"的另一语义，表达终要散场之意，这就超出了听众的期待，巧妙而幽默。故事结尾处凤姐

---

① （清）曹雪芹、高鹗著，人民文学出版社编辑部校勘：《红楼梦》（四卷本，以程乙本为底本），人民文学出版社1957年版，第690页。

说"我看着人忙着收东西还闹不清，那里还知道底下的事"，自己跨层进入次叙述层参与活动，拉近了两个叙述层次的关系，明示了主叙述层"盛筵必散"的结构和主题，非常耐人寻味。

不能不承认，在讲述过程、与其他小故事关系、与主叙述层故事关系等各个方面，这个小故事的设计都别具匠心，值得注意。

总体而言，上述《红楼梦》次叙述层的小故事学习模仿了《金瓶梅》，以笑话居多，主要承担渲染气氛、烘托人物性格、影射主叙述层人物关系、辅助表达主叙述层主题等功能，但在以下几个方面更有着较大的进步。

其一，类型更丰富，内容更深刻。

其二，出现了即兴虚构类小故事。不仅增加了艺术构思的难度，而且场面性地全程展现虚构过程，自觉显露叙事的虚构本质，已经有了点"元小说"的味道。

其三，从形式上看，《红楼梦》次叙述层小故事的设计趋向于丰富、复杂：讲述过程生动，次叙述层之间、次叙述层与主叙述层之间关系灵动复杂。讲述过程生活化，述者与听者之间高度互动，叙述行为被讨论和质疑；次叙述层之间、次叙述层与主叙述层之间形成高度互文关系，相互阐发。这种形式设计方式真正具备了复调色彩和对话精神。

三

热奈特对叙述分层讨论颇多，他认为产生新的叙事层次"似乎是满足人物的好奇心，实际为满足读者的好奇心"[①]。罗兰·巴尔特认为，"发现日记，收到信，找到手稿"等分层手段，全是"使叙述自然化的方法"。[②] 受其影响，赵毅衡也认为热奈特低估了叙述分层的作用，"任何叙述技巧都可以说是满足好奇心，不独分层为然"，"叙述分层的主要目的是使叙述

---

① Gerard Genette, *Narrative Discourse*, Tr. Jane E. lewin, Oxford: Blackwell, 1980, p. 182.

② Roland Barthes, "Introduction to Structural Analysis of Narrative", *Image-Music-Text*, 1977, p. 251.

者身份实体化"。①

宋常立认为叙述分层的出现标志着"小说创作意识的自觉以及小说艺术的复杂",对文言小说而言意味着"对史著叙事规范的突破与超越",对白话小说而言意味着话本创作的"案头化"②。他强调的是小说虚构性的增强,这看上去与罗兰·巴尔特等所说叙述分层"使叙述自然化""使叙述者身份实体化"的观点相抵牾,但实际上并不矛盾。虚构性增强是针对创作心态、写作技法而言,自然化、真实化提升则是针对叙述效果、读者观感而言。前者是后者的条件和前提。

从叙述艺术的发展过程来看,粗糙、原始、急迫的叙述行为难免像竹筒倒豆子,无暇变换叙述方法;而叙述略为成熟、从容时,写作者就可以仔细揣摩哪些叙述信息应由哪些人传达,哪些话该由哪些人来说,具体该说什么,怎样说,说到什么程度,写作者的安排越合理,叙述越个性化,越能达到真实可感的效果。"假作真时真亦假",这就是由假(虚构)生真(真实感)的实例。

《红楼梦》不仅让人物讲故事,还全面地展示选择人物讲故事、人物选择故事、人物虚构故事的过程、痕迹。并非人人会讲故事,只有凤姐之类才能引起听者的兴趣,不会讲故事的人(尤氏)纵讲了也不讨好;并非时时可讲故事,宝玉平时还可讲故事,但贾政在场,他就知道"说笑话倘或不发笑,又说没口才,连一笑话不能说,何况别的,这有不是。若说好了,又说正经的不会,只惯油嘴贫舌,更有不是,不如不说得好"(第七十五回)。选择故事也是门学问,不但要应景,也要考虑自己与听众之间的关系,像贾赦所讲"偏心"的故事固然应景,但触犯了忌讳,就并不讨好。更有才分的人不但会讲流行故事,还可自行编造故事,雅者如宝玉,所编"香芋"的故事想象奇诡灵动,出人意料且活色生香;俗者如刘姥姥,所诌"抽柴火"的故事和"老妇生子"的故事固然老套,无甚新意,妙在能见人下菜碟,雅俗共赏;而凤姐更能卖一送一,在"聋子放炮仗"

---

① 赵毅衡:《苦恼的叙述者》,北京十月文艺出版社 1994 年版,第 121 页注释 1。
② 参见宋常立《中国古代小说的叙述分层》,《明清小说研究》1999 年第 1 期。

故事上搭配自产故事一个，也是别具慧心。凤姐若不在场，贾府诸人就会觉得少了什么；"有他一人来说说笑笑，还抵得过十个人的空儿"（第七十六回），是讲述行为增强了她的"在场"性和实体感。不能不承认，讲述过程的选择性、虚构性展示得越全面，讲述行为本身就越真实。

真假相生，永无止境。真或假都不是叙事的全部本质。今天的"元小说""元意识"要求暴露虚构，展示真实，"肯定叙述的人造性和假设性，从而把控制叙述的诸种深层规律——叙述程式、前文本、互文性价值体系与释读体系——拉到表层来，暴露之，利用之，把傀儡戏的全套牵线班子都推到前台，对叙述机制来个彻底的露迹"①，但其暴露虚构本身还是在追求一种真实感，换言之，它也能成为造成真实感的一种叙事策略、叙事方法。再真实可感的效果也都是叙事虚构的产物。越承认虚构，越接近真实。对于这一事实，今天的作家和理论家的认识并不比两百多年前《红楼梦》的作者更深刻。

承认虚构不足以取消真实，但当叙述的话语权下移给人物时，叙述的神性却被消解了。卑贱如刘姥姥也能讲故事，甚至能"信口开河"，他们所讲的故事就不能不接受听众的评价、质疑。宝玉讲"耗子精变香芋"的故事，虽然自称取自"故典"，也未能"取信"于听者黛玉，后者佯嗔说："饶骂了人，还说故典呢！"刘姥姥刚讲"抽柴火"的故事，贾府便碰巧失火，贾母说："别说这个了，再说别的罢。"选择故事的裁决权其实已不在讲述者，而归于听众。白话小说向以说书人身份凌驾于听众（读者），后者是被教化的对象，至此，这个权力格局不能不被颠覆。第五十四回"史太君破陈腐旧套"，淋漓尽致地批判了通行才子佳人小说"是诌断了肠子的"，这在别的小说中或显突兀，但在有着丰富次叙述的《红楼梦》中，却是个顺理成章的结果。

被讨论、质疑乃至批判的不只是才子佳人小说，还包括参与组成次叙述层小故事的所有文体：这里面有民间故事、宗教故事、野史传说，也有

---

① 赵毅衡：《当说者被说的时候：比较叙述学导论》，中国人民大学出版社 1998 年版，第269 页。

诗词歌赋（如第七十八回咏林四娘故事的古体、七绝、五律）。承担不同意识形态的各种文体在欠缺神性的次叙述层中共同呈现，其原有的文本等级在一定程度上被打破。

这多少会令我们想起西方当代学者有关"文本间性"的讨论："词（文本）是若干词汇（文本）的交汇，人们至少可以从中读出另一词（文本）来……任何文本都是引语的拼凑，任何文本都是对另一文本的吸收和改编。"① 克里斯特瓦把文本间性作为小说本体论来看待，而且从叙事文学的历史出发，得出"文本间性"的首要内容是小说体裁中的历史遗产的观点。她认为，小说对民间生活中市井言语的引述，显形或隐形的引语形式，小说文本对多样性世界观念和言语表达方式的书写，都属于文本间性的内容。《红楼梦》次叙述层小故事的设计，就成功地营造了这种"文本间性"。而这种"文本间性"，正是使小说的言语空间具有开放性、对话性，使其思想进程具有无限性的前提条件。

---

① ［法］克里斯特瓦：《词、对话与小说》，转引自史忠义《20 世纪法国小说诗学》，社会科学文献出版社 2000 年版，第 144 页。

《红楼梦》戏曲演出活动相关描写的叙事语法和叙事形态[*]

对于《红楼梦》中的戏曲，学界关注已久。俞大纲的《〈红楼梦〉中的戏曲史料》^①、胡念贻的《关于〈红楼梦〉所继承的小说戏曲史料》^②、傅雪漪的《〈刘二当衣〉考》^③、吴书荫的《也谈〈刘二当衣〉》^④、徐扶明的《〈红楼梦〉中戏曲剧目汇考》^⑤、胡小伟的《曹雪芹与李渔——兼论戏剧对〈红楼梦〉艺术的影响》^⑥等文重在探讨《红楼梦》中戏曲的题材来源及小说作者所面对的戏剧环境；徐扶明的《〈红楼梦〉中戏曲演员生活》^⑦《〈红楼梦〉与家庭戏班》^⑧和王湜华的《论〈红楼梦〉与昆曲》^⑨等文讨论小说

---

* 本文是未刊稿；本文所做分析均依据（清）曹雪芹、高鹗著，人民文学出版社编辑部校勘《红楼梦》（四卷本，以程乙本为底本），人民文学出版社 1957 年版。

① 俞大纲：《〈红楼梦〉中的戏曲史料》，原载于《新生报》副刊，后收入《戏剧纵横谈》，台北传记文学出版社 1969 年版，第 15－68 页；其后，又改定收入《红楼梦研究专刊》（第十二辑），香港新亚研究所 1976 年版，第 1—33 页。

② 胡念贻：《关于〈红楼梦〉所继承的小说戏曲史料》，载《中国古典文学论丛》，上海古典文学出版社 1957 年版，第 125－165 页。

③ 傅雪漪：《〈刘二当衣〉考》，《红楼梦学刊》1980 年第 3 期。

④ 吴书荫：《也谈〈刘二当衣〉》《红楼梦学刊》1980 年第 2 期。

⑤ 徐扶明：《〈红楼梦〉中戏曲剧目汇考》，《红楼梦研究集刊》1980 年第 3 期。

⑥ 胡小伟：《曹雪芹与李渔——兼论戏剧对〈红楼梦〉艺术的影响》，《北方论丛》1983 年第 5 期。

⑦ 徐扶明：《〈红楼梦〉中戏曲演员生活》，《红楼梦研究集刊》1980 年第 2 期。

⑧ 徐扶明：《〈红楼梦〉与家庭戏班》，《红楼梦研究集刊》1980 年第 4 期。

⑨ 王湜华：《论〈红楼梦〉与昆曲》，《红楼梦学刊》1994 年第 2 期。

中的贾府及清初贵族家庭戏班的演练和生活情况；汪道伦的《〈红楼梦〉对曲艺的融会贯通》① 等文综论《红楼梦》对传统曲艺表现形式的继承创新等。以上文章多从文献或文化研究视角探讨《红楼梦》中的戏曲等相关问题，对后者进行文本研究的成果较少。②

小说文本从本质上说是一种叙事文学，小说中的戏曲作为小说文本中的一种文学符号和艺术元素，其表现能力也应主要从叙事角度予以阐释和衡量。《红楼梦》中写到戏曲演出活动的章节主要有第十一回（贾敬寿辰）、第十八回（元妃省亲）、第二十二回（宝钗生日）、第二十九回（道观打醮）、第四十三回（王熙凤生日）、第五十三、五十四回（元宵夜宴）等③，演出起因有祝寿庆生、接驾娱上、求神祷福、节日庆典等不同类型。本文拟对以上不同类型戏曲演出活动相关描写的叙事语法和叙事形态给予分析概括，借以研究其叙事特点及艺术价值。

一　生日庆典演剧活动描写的叙事语法和叙事形态

（一）贾敬寿辰

第十一回，从"先是贾琏、贾蔷到来，先看了各处的座位，并问：'有什么玩意儿没有？'家人答道：'我们爷原算计请太爷今日来家来，所以未敢预备玩意儿。前日听见太爷又不来了，现叫奴才们找了一班小戏儿并一档子打十番的，都在园子里戏台上预备着呢。'"起，至"于是说说笑笑，点的戏都唱完了，方才撤下酒席，摆上饭来"，写宁国府为贺贾敬寿辰安排酒戏，凤姐探望病中的秦可卿，去往会芳园听戏途中又遇到起了

---

① 汪道伦：《〈红楼梦〉对曲艺的融会贯通》，《红楼梦学刊》1994 年第 2 期。

② 康来新的《辟自梨园的写作蹊径》《红楼梦的伶人群像》等文探讨了《红楼梦》中伶人群像的艺术特征和价值，收入其《红楼梦研究》，中国台湾文史哲出版社 1981 年版；胡文彬的《红楼梦与中国文化论稿》中"红楼梦与中国戏曲文化"等章节也从"对情节的推动作用""通过场景化方法塑造人物性格"等角度分析了《红楼梦》文本中戏曲的审美功能，中国书店 2005 年版，第 97—106 页。

③ 后四十回有关戏曲活动的描写主要见于第八十五回"黛玉生日"等篇章，出现频率较少，很难准确概括其叙事特征，姑且从略。

"淫心"的贾瑞，戏演到"八九出"才来到天香楼。这段文字主要聚焦于凤姐的活动，因此凤姐可以被视为本段的主体（主角）。

从叙事语法角度看，本段故事中的人物（或环境）可以归入格雷玛斯所概括的以下六种角色范围①：

主体（Subject）＝凤姐

客体（Object）1＝祝寿

客体（Object）2＝"逛逛"（散心）

发出者（Sender）1＝祝寿庆生的习俗

发出者（Sender）2＝好"玩意儿""好热闹"的心性

接收者（Receiver）＝凤姐

辅助者（Helper）1＝贾敬（过生日）

辅助者（Helper）2＝宁府"瘦死的骆驼比马大"的经济现状

辅助者（Helper）3＝街上被"现叫来的一班小戏儿并一档子打十番的"

反对者（Opponent）1＝贾敬（因其不参加，贾珍才敢请了戏班。贾敬是戏曲活动的反对者，但其缺席却成全了演剧，这里似乎有一个隐喻：贾敬虽然长期离家，但仍应为宁府的没落负"不作为"之罪）

反对者（Opponent）2＝秦可卿（凤姐因往可卿处探病而拖延了观剧）

反对者（Opponent）3＝贾瑞，因对凤姐起了"淫心"，阻滞了凤姐返回观剧的行动

贾敬生辰却缺席寿筵，使众人的贺寿目的在实质意义上落了空；反对演剧活动，却因缺席而成全了众人观剧的兴致。这都使相关活动显得不伦不类、不知所谓，所以连邢夫人、王夫人都说："我们来原为给大老爷拜寿，这不竟是我们来过生日来了么？"凤姐等在祝寿外，还为散心取乐而

---

① ［法］A. J. 格雷玛斯：《结构语义学》，蒋梓骅译，百花文艺出版社 2001 年版，第 257—264 页。

来，但因探病和受辱，凤姐并未达到散心取乐的目的。

依据演剧活动的变化，本段故事可以划分为以下叙事程序[①]。

第一，从开戏到演过"七八出"戏，即从"尤氏的母亲并邢夫人、王夫人、凤姐儿都吃毕饭，漱了口，净了手，才说要往园子里去"，至凤姐来到天香楼，"慢慢地走着，问：'戏唱了几出了？'那婆子回道：'有八九出了。'"这一程序写凤姐看戏前先去探望可卿，去往看戏又路遇贾瑞。

凤姐探病、受辱，所以主体（主角）的目的并未很好地达成。这个程序的叙事功能可以概括为 NP1：$F(SnO)$[②]。

第二，从凤姐点戏到演剧结束，即从"凤姐儿听了，款步提衣上了楼"，到"于是说说笑笑，点的戏都唱完了，方才撤下酒席，摆上饭来"。这一程序写凤姐来到天香楼后点了两出戏，看戏过后即散场吃饭。

凤姐点戏后问"爷们都往那里去了"，下人回答"爷们才到凝曦轩，带了打十番的那里吃酒去了"。小说写"凤姐说道：'在这里不便宜，背地里又不知干什么去了！'尤氏笑道：'那里都像你这么个正经人呢。'"从两人的对话看，凤姐语带讥讽，读者能体会到她对适才受辱仍然含恨；尤氏的回答本没有太大问题，但在凤姐听来，联想到适才受辱，很难不愤慨于无辜受辱，甚至有可能怀疑尤氏是否也在语含讥讽。取乐等目的也并未完全达成。这个程序的叙事功能也可以概括为 NP2：$F(SnO)$。

以上两个叙事程序相组合，呈现出离合型[③]的叙事模式，关乎人际的聚散邂逅。寿筵戏曲演出活动旨在贺寿祈福、团聚取乐，但受疾病、淫乱等因素干扰，终于笼罩在不伦、不祥的氛围之中。

这段离合型叙事究竟呈现出怎样的时空形态？起到了怎样的艺术作用？

首先，从叙事时间上看，前面"八九出戏"着笔于凤姐探病、途中受

① "叙事程序"概念较早见于格雷玛斯的《结构语义学》等论著，本文对"叙事程序"的分析借鉴罗钢比较简明的方法；参见罗钢《叙事学导论》，云南人民出版社 1994 年版，第 123—130 页。

② 此处 NP＝叙事程序，F＝叙事功能，S＝主体，O＝客体（即主体的愿望），n＝相斥。

③ 参见罗钢《叙事学导论》，云南人民出版社 1994 年版，第 112 页。

辱，节奏缓慢；后面只有两出戏，凤姐在点戏时且言"再唱这两出，也就是时候了"，节奏仓促急迫。此种前缓后急的叙事节奏变化形态，使写凤姐的不乐、不快成为叙事重心，适合于表达求乐得忧、求荣得辱的叙事主题，与本段叙事模式的定位是相匹配的。

值得高度注意的是，在本段叙事中，戏曲活动的时间刻度功能非常突出：演剧从午饭后开始，凤姐来到天香楼之前演过八九出戏，此后她又点了两出戏，就到了晚饭时间。一个下午的时间不计以几个时辰，也不计以"几盏茶""几柱烟"云云，而计以"几出戏"，就笔者所见这应该是《红楼梦》的一个绝妙的创新，其间不仅显示出作者切实的生活经验，也因关涉"人生如戏"之喻，而传达出几许苍凉、几许旷达，诗意盎然。

其次，从叙事空间上看，由于本段自始至终没有正面写戏台，戏曲活动相关描写呈现出舞台虚化、戏在戏外的特点，不仅吸引读者关注戏外人物的举动，而且容易诱导读者在小说中人物的命运与只出现了剧名的戏曲之间产生联想，影响叙事的阐释方向和阐释空间。如读者很容易猜测被主体（主角）凤姐探望的秦可卿是否会如前者所点《还魂》中的杜丽娘那样一病不起，如《弹词》中的杨贵妃那样被追念和褒贬不一等。

（二）宝钗生日

第二十二回，从"谁想贾母自见宝钗来了，喜他稳重和平，正值他才过第一个生辰，便自己蠲资二十两，唤了凤姐来，交与他置酒戏"，至"说着，四人仍复如初"。整段故事讲宝钗生日家宴中点戏、评戏等活动，宝玉与宝钗、黛玉、湘云之间的矛盾。在冲突中，宝玉对爱情、命运等开始有了懵懂的选择取向。这段文字主要聚焦于宝玉的活动，因此宝玉可以被视为本段的主体（主角）。

从叙事语法角度看，本段故事中的人物（或环境）可以归入以下六种角色范围：

主体（Subject）＝宝玉

客体（Object)1＝爱情

客体（Object)2＝怡红（让所有女孩子开心）

客体（Object)3＝出世回归

发出者（Sender)1＝木石前盟

发出者（Sender)2＝"意淫"的本性

发出者（Sender)3＝回归的宿命

接收者（Receiver)＝宝玉

辅助者（Helper)1＝贾母（吩咐安排酒戏）

辅助者（Helper)2＝凤姐（张罗酒戏）

辅助者（Helper)3＝宝钗（启发宝玉体会曲中禅意）

反对者（Opponent)1＝贾母（看重宝钗，引起了黛玉的不满和宝玉的担忧）

反对者（Sender)2＝金玉良缘

反对者（Opponent)3＝黛玉（因爱生嗔，苛责宝玉）

反对者（Opponent)4＝宝钗（开解宝玉不要为禅着魔）

反对者（Opponent)5＝宝玉（轻易臣服于黛玉和宝钗的智慧，暂时放弃对禅境的追寻）

以演剧活动的发展为线索，本段故事可以划分为以下叙事程序。

第一，从贾母准备为宝钗生日安排酒戏，到宝玉至黛玉处"拉起他来，携手出去"。

这是第一个叙事程序 NP1，写的是开戏之前。贾母吩咐凤姐为宝钗庆生，引起了黛玉的猜疑和嫉妒，后者不肯去听戏，宝玉前往开解黛玉，暗示自己对后者更亲厚。黛玉释然，随宝玉前往听戏，主体（主角）的愿望暂时得到实现。这个程序的叙事功能可以概括为 NP1：$F(SuO_1)$[1]。

第二，从"吃了饭点戏时，贾母一定先叫宝钗点"开始，到"众人却都听了这话，留神细看，都笑起来了，说果然不错。一时散了"。

---

[1] 此处 u＝相合。

　　这是第二个叙事程序 NP2，写点戏听戏过程。宝玉原本不满宝钗讨好贾母，讽刺她只会点"热闹戏"，但听宝钗细品曲文，不由被曲中禅境所吸引，表示出对宝钗的折服，引起黛玉的不满。演员扮相酷似黛玉，被湘云道破，黛玉疑心被"比作戏子取笑"，大为生气。宝玉既偏爱黛玉，又希望所有女孩子都开心，主体（主角）的目的不单一，受到挫折。本程序的叙事功能可以概括为 NP2：$F(SnO_1)$ 和 NP2：$F(SnO_2)$。

　　第三，从"晚间，湘云更衣时，便命翠缕把衣包打开收拾"，到"四人仍复如旧"。

　　这是第三个叙事程序，写戏后波澜如何归于平静。宝玉"爱博而心劳"，处处不讨好，因而灰心丧气，回想起席间所听的曲文，别有所悟，顿有出世之想。黛玉、宝钗等前往比试应对偈语、机锋，迫其自认愚钝，放弃禅念。主体前两个目的由受挫到基本达成，第三个目的（出世）由接近达成到受挫。这个程序的叙事功能可以概括为 NP3：$F(SnO1)$—$F(SuO_1)$；NP3：$F(SnO_2)$—$F(SuO_2)$；NP3：$F(SuO_3)$—$F(SnO_3)$

　　以上三个叙事程序相组合，呈现出契约型[①]的叙事模式，故事中心涉及某种契约的订立和撕毁，契约类型包括命令、禁令等[②]。宝玉与黛玉之间有着前世的、性灵的"木石前盟"，与宝钗之间有着现世的、理性的"金玉良缘"，与所有女孩子之间有着来自超世俗的、神性的"怡红"之约，而自身又有着回归世外的宿命，以上几种契约相互之间的冲突很难调和，其中的张力构成了小说文本意义空间的主要部分。正因为关乎主体（主角）的契约非只一端，且相互之间有矛盾冲突，故而本段叙事各个程序功能显得比较复杂，主体（主角）的某种目的达成之时，其他目的反而受挫。人生原本经常得失参半，这样的叙事看似戏剧化，但从现实性角度看仍不失真实和深刻，所以并不给人以生硬、做作之感。

　　这段契约型叙事的形态如下所述。

　　首先，从时间形态上看，本段叙事多场面描写，节奏较缓：宝钗对宝

───────────

① 参见罗钢《叙事学导论》，云南人民出版社 1994 年版，第 111 页。
② 同上，而笔者以为契约类型还应包括约定、宿命等。

玉解说曲文；小戏子被带到众人面前分辨与席间哪位模样相仿；宝玉先后向湘云、黛玉赔罪而二人皆不领情；宝玉灰心作偈；黛玉、宝钗等打机锋迫宝玉放弃出尘之想。如上舒缓细腻的场面描写有利于充分展示主体（主角）在人际、思想方面所经历的矛盾和变化，适合于表达本段的叙事模式。

其次，在空间形态上，本段叙事以主体（主角）的活动为线索，依次在以下几个场所展开：黛玉闺房（劝解黛玉）、贾母内院（听戏）、湘云闺房（劝解湘云）、黛玉闺房（劝解黛玉）、宝玉卧室（灰心作偈、接受黛玉等劝解），这种空间变换形态具象地表达了宝玉的"爱博而心劳"。饶有趣味的是，在宝玉顿悟、不再奔走于女孩之间的时候，后者倒转而齐心一致来开解他（同时也是阻挠他参禅），此中既体现了两性关系的微妙之处，也显示出主体（主角）所面对的矛盾有着丰富的层次。

（三）凤姐生日

第四十三、四十四回。从"展眼已是九月初二日，园中人都打听得尤氏办得十分热闹，不但有戏，连耍百戏并说书的男女先儿全有，都打点取乐玩耍"，到"此时戏已散出，凤姐跑到贾母跟前"……本段故事讲宝玉在凤姐生日那天出门祭奠金钏，回家戏已开场；凤姐因此次办生日家宴系贾母特意安排，在众人面前非常有面子，席间高兴多喝了几杯，回家歇息之时发现贾琏在家里与仆妇风流，夫妻争闹，回到贾母上房求助，戏已散场。这段文字主要聚焦于宝玉和凤姐的活动，因此宝玉和凤姐都可以被视为本段的主体（主角）。

从叙事语法角度看，本段故事应有两个主角（主体），故事中的人物（或环境）可以归入以下两个系列、六种角色范围。

系列一：

主体（Subject）＝宝玉

客体（Object）1＝怡红

发出者（Sender）1＝"意淫"的本性和超验的"怡红"使命

接收者（Receiver）＝宝玉

辅助者（Helper)1＝茗烟（陪同祭奠）

辅助者（Helper)2＝黛玉（体会到宝玉的心情）

反对者（Opponent)1＝贾母（为宝玉私自外出而着急）

反对者（Sender)2＝凤姐（其生日恰与金钏祭日为同一日，增加了宝玉外出的难度）

反对者（Opponent)3＝黛玉（认为宝玉不必外出祭奠，心到神知即可）

系列二：

主体（Subject）＝凤姐

客体（Object)1＝有面子

发出者（Sender)1＝虚荣好强的本性

接收者（Receiver）＝凤姐

辅助者（Helper)1＝贾母（隆重安排生日家宴）

辅助者（Helper)2＝尤氏（认真张罗家宴）

辅助者（Helper)3＝向凤姐敬酒的众家人

辅助者（Helper)4＝前来表演的戏班

辅助者（Helper)5＝平儿（帮助凤姐打与贾琏风流的仆妇）

反对者（Opponent)1＝尤氏（语含讥讽，对凤姐嫉妒、不服）

反对者（Sender)2＝贾琏（在凤姐生日与仆妇寻欢，被撞破后又到众人面前与凤姐争闹）

反对者（Opponent)3＝鲍二家的（与主子贾琏寻欢，言辞中更对主母凤姐不敬）

反对者（Opponent)4＝平儿（受贾琏和鲍二家的认可，使凤姐更觉没面子）

以演剧活动的发展为线索，本段故事可以划分为以下叙事程序。

第一，从"展眼已是九月初二日，园中人都打听得尤氏办得十分热闹，不但有戏，连耍百戏并说书的男女先儿全有，都打点取乐玩耍"，到

"林黛玉因看到《男祭》这一出上，便和宝钗说道……宝钗不答。宝玉回头要热酒敬凤姐儿"。

这是第一个叙事程序，讲的是当日看演《荆钗记》，《男祭》这一出之前，宝玉私自离府出城，在野外要檀香炉、炭等物，茗烟猜测主子应为祭奠而来，建议往水月庵，宝玉认为水月庵供奉洛神，恰适合今日之祭。此时读者已能猜出宝玉欲私祭的应为投井而死的金钏。主仆祭罢回府，众人正在着急等待，金钏的妹妹玉钏正在落泪，读者可以猜出其落泪同样应该是为了金钏，基本可以断定宝玉外出是为了祭奠金钏。来到设宴的大花厅，戏早已开场。本叙事程序中，主体（主角）宝玉祭奠金钏、怡红（茗烟代致的祭辞中吐露甚明）的目的基本达成。这个程序的叙事功能可以概括为 NP1：$F(S_1 uO)$。

第二，从"原来贾母说今日不比往日，定要叫凤姐痛乐一日。本来自己懒待坐席，只在里间屋里榻上歪着和薛姨妈看戏"，到"此时戏已散出，凤姐跑到贾母跟前，趴在贾母怀里"……

这是第二个叙事程序。自"宝玉回头要热酒敬凤姐儿"，后者就代替前者成为主体（主角）。这个程序写凤姐接受众人敬酒，虽然尤氏敬酒时略带醋意和不服，鸳鸯的劝酒辞令也软中带硬，显露出凤姐要维系其体面地位实在要面临来自各方的挑战，但在贾母的支持下，凤姐此时还算得很有面子。凤姐离席休息，在家中撞到丈夫与仆妇风流，夫妻争闹，回到贾母处求救，此时戏已散出，凤姐在众人面前颜面扫地。主体的愿望由基本达成转为受挫。这个程序的叙事功能可以概括为 NP2：$F(S_2 uO)-F(S_2 nO)$。

以上两个叙事程序相组合，也呈现出契约型的叙事模式：宝玉与女性之间有着超世俗的"怡红"之约，凤姐与贾琏之间也有着世俗的婚姻之约。前者不受具体约束，而宝玉能够排除困难，竭力守约；后者受伦理道德约束，而凤姐却得不到婚姻之约的有效保护。两相对照，可见前者所蕴含的尊重女性观念之超前、神圣。

这段契约型叙事的形态可做如下分析。

首先，从时间形态上看，本段叙事也是多场面描写，节奏较缓：宝玉在水月庵祭奠金钏；黛玉在听戏时善意地嘲讽和提醒宝玉；凤姐在人前风光无限，在家里却受辱于丈夫。如上细腻的场面描写充分地展示出宝玉与女性之间关系的美好，凤姐与贾琏夫妻之间关系的恶劣，有利于凸显二者之间的反差。

其次，从空间形态上看，本段叙事以主体（主角）的活动为线索，依次在府外（城外、水仙庵）、府内（贾母内房、凤姐贾琏内室）展开。二者的交汇点在贾母内室，宝玉自外回府，席前正在上演《荆钗记》；宝玉向凤姐敬酒，主体（主角）转换为凤姐，凤姐回家休息受辱，又回到贾母内室求救。两个故事之间没有直接的逻辑关联，但当日看戏场面不仅提供了转换故事的具体契机，而且特殊的剧目（《荆钗记》）也在叙事中辅助建立了两个故事之间的隐喻关系：《荆钗记》剧情关涉婚姻之约，本段两个叙事程序也都关涉两性之间的契约模式。如前所云，宝玉能够排除困难，竭力守虚无的"怡红"之约，而凤姐却得不到实际婚姻的有效保护；宝玉隐瞒众人离府去践约，凤姐在自己家里撞破丈夫的奸情却不能堂堂正正地反对和抗议（担心得"妒"之名），这都说明家庭乃至伦理纲常都并不能保证两性之间的约定和幸福。联想到黛玉"不拘那里的水舀一碗看着哭去，也就尽情了"之语，叙事者似乎在暗示只有"尽心"才是保证约定的最高境界。这与明清"心学"思潮有很深的契合关系，在当时两性观的陈述中还非常少见和超前，值得研究思想史、两性关系史的学者注意。

总之，本段叙事的时空辅助建立了两个故事之间的隐喻关系，增强了叙事的阐释力和思想深度。

二 接驾娱上类演剧活动描写的叙事语法和叙事形态

第十八至十九回，从"那时贾蔷带领十二个女戏，在楼下正等得不耐烦，只见一太监飞来说：'作完了诗，快拿戏目来！'"到"贾妃甚喜，命'不可难为了这女孩子，好生教习'，额外赏了两匹宫缎，两个荷包并金银锞子、食物之类。然后撤筵，将未到之处复又游顽"。本段故事讲元妃省亲当日，命龄官等演戏，点了四出戏后，又命龄官自择两出表演；贾蔷代龄官择了两出，后者却偏要自择"本角之戏"，受到了元妃的认可。这段文字主要聚焦于元妃和龄官的活动，因此元妃和龄官都可以被视为本段的主体（主角）。

这段文字虽短，但从叙事语法角度看，本段故事也应有两个主体（主角），故事中的人物（或环境）可以归入以下两个系列、六种角色范围。

系列一：

主体（Subject）＝元妃

客体（Object）＝贾府永享安宁富贵

发出者（Sender）＝本性

接收者（Receiver）＝元妃

辅助者（Helper）1＝皇帝（封其为贵妃，允其省亲）

辅助者（Helper）2＝贾府"瘦死的骆驼比马大"的现状

反对者（Opponent）1＝贾府的"奢华靡费"

反对者（Sender）2＝贾府的后继乏人

反对者（Opponent）3＝"盛极转衰"的自然规律

系列二：

主体（Subject）＝龄官

客体（Object）＝自主自由

发出者（Sender）＝个性

接收者（Receiver）＝龄官

辅助者（Helper）＝元妃（支持其自择曲目）

反对者（Opponent）＝贾蔷（欲代龄官选择）

以演剧活动的发展为线索，本段故事可以划分为以下叙事程序。

从本段开头，到"虽是妆演的形容，却作尽悲欢情状"。

这是第一个叙事程序，讲贾蔷带领十二个女戏子等待多时，终于等到元妃点戏。元妃省亲，对她本人及其家族都是莫大的荣宠，其此时最大愿望不外乎家人各安本分，使家族能够永享富贵安宁。省亲当日其所见省亲别墅之繁华、宝玉等人之长进，都能暂时满足其愿望。但元妃亲点的四出戏如脂批所言，《豪宴》"伏贾家之败"，《乞巧》"伏元妃之死"，《仙缘》"伏甄宝玉送玉"，《离魂》"伏黛玉死"，"所点之戏伏四事，乃通部书之大过节，大关键"，戏名所暗示的贾府和主要人物的结局都是悲剧性的，与元妃的主观愿望相悖。故而这一程序的叙事功能可以概括为 NP1：$F(S_1 uO)$—$F(S_1 nO)$。

从"刚演完了，一太监执一金盘糕点之属进来，问：'谁是龄官?'"到"贾妃甚喜，命'不可难为了这女孩子，好生教习'，额外赏了两匹宫缎，两个荷包并金银锞子、食物之类"。

这是第二个叙事程序。讲元妃令龄官再演两出戏，贾蔷欲代龄官点戏，龄官却偏要自选曲目，受到元妃的认可。元妃本言"不拘那两出"，贾蔷却命龄官演《游园》《惊梦》；龄官"执意不作，定要作《相约》《相骂》"，演出受到元妃好评，主观愿望得到了满足，且客观效果良好。这个程序的叙事功能可以概括为 NP2：$F(S_2 nO)$—$F(S_2 uO)$。

以上两个叙事程序相组合，呈现出离合型与完成型[1]相叠加的叙事模式，离合型模式的特点已如前述，完成型模式则事涉艰苦的求索、经历考验等。从离合型角度来看，主体（主角）为元妃，她希望家人能各安本分，家族永享安宁富贵，但这个愿望不符合聚散离合的客观规律，很难长久得到满足；从完成型角度看，主体（主角）为龄官，她希望想唱就唱，唱什么由自己做主，在本段故事中，她坚持自我，克服困难，这个愿望得到了实现。

两个模式并非简单叠加，而是有着相互渗透的关系：元妃、龄官都在对方"做主"的模式中任配角，龄官为元妃唱戏，元妃允龄官自择曲目，都是对方模式中的帮助者；龄官违反下人本分的个性为省亲气氛平添了不和谐音，元妃对龄官的支持也纵容了后者的不守本分，从隐性和长远影响看，二者又都是对方模式中的反对者。

两个模式之间还存在相互衬托、相互阐发的关系：离合型模式中的主

---

① 参见罗钢《叙事学导论》，云南人民出版社 1994 年版，第 112 页。

角贵为皇妃，也不能左右兴衰离合；完成型模式中的主角龄官贱为优伶，却能克服困难坚持自我。二者相互衬托，叙事者在世俗富贵和精神自由之间的价值抉择，其倾向性可谓一目了然。

对这段离合型与完成型相叠加的叙事之形态可做如下分析。

从时间形态上看，这段叙事多概要性描写，节奏较快，只在龄官择戏这个环节描写比较细致，近于场面描写："太监又道：'贵妃有谕，说"龄官极好，再作两出戏，不拘那两出就是了"。'贾蔷忙答应了，因命龄官作《游园》《惊梦》二出。龄官自为此二出原非本角之戏，执意不作，定要作《相约》《相骂》二出。贾蔷扭他不过，只得依他作了。贾妃甚喜，命'不可难为了这女孩子，好生教习'……"功能有三：其一，主角转换为龄官；其二，龄官的性格给人留下深刻印象；其三，被选择的剧目（《相约》《相骂》）显得醒目，容易令人怀疑其中是否有寓意。

从空间形态上看，本段叙事主要包括戏台上、戏台下两个空间，而龄官择戏这一细节写演员在台下，戏内戏外的界限被打破，产生了某种隐喻效果：龄官自择曲目是为了演出"本角之戏"（贴旦），但她执意自择曲目的行为实际上有悖于其现实中之角色身份（优伶，下人）；人说话做事究竟怎样才算既符合现实身份，又不玷辱尊严和良心？

三　求神祷福类演剧活动描写的叙事语法和叙事形态

第二十九回，从"一时，凤姐儿来了，因说起初一日在清虚观打醮的事来，遂约着宝钗、宝玉、黛玉等看戏去"，到"还是贾母带出宝玉去了，方才平服"。本段故事讲贾府在清虚观打醮、看戏，阖府上下去了不少人；戏前张道士向宝玉提亲，引起黛玉的猜忌和宝玉的不满；神前拈戏，得《白蛇记》《满床笏》《南柯梦》。

本段故事也有两个主体（主角）：贾母、黛玉，故事中的人物（或环境）可以归入以下两个系列、六种角色范围。

系列一：

主体（Subject）＝贾母

客体（Object)1＝贾府永享安宁富贵

客体（Object)2＝孙辈（尤其是宝玉、黛玉）幸福

发出者（Sender)＝本性

接收者（Receiver)＝贾母

辅助者（Helper)1＝贾府"瘦死的骆驼比马大"的现状

辅助者（Helper)2＝张道士等代为打醮的神职人员

辅助者（Helper)3＝冯将军、赵侍郎等前来送礼之人

辅助者（Helper)4＝宝、黛二人的要好

反对者（Opponent)1＝"盛极转衰"的客观规律（天意、神意）

反对者（Opponent)2＝贾府的后继乏人

反对者（Opponent)3＝黛玉过弱的体格、过强的性格

反对者（Opponent)4＝宝、黛二人的过于要好

系列二：

主体（Subject)＝黛玉

客体（Object)1＝爱情

客体（Object)2＝宝玉幸福（"你好我自好"）

发出者（Sender)＝本性

接收者（Receiver)＝黛玉

辅助者（Helper)1＝宝玉的感情

辅助者（Helper)2＝贾母的疼爱

反对者（Opponent)1＝病体

反对者（Opponent)2＝"金玉良缘"之说

反对者（Opponent)3＝宝玉的泛情

反对者（Opponent)4＝贾母对黛玉性格、体格的不满意

本段故事可以划分为以下叙事程序。

从本段开头，到"贾母听了便不言语。贾珍退了下来，至外边预备着申表，焚钱粮，开戏，不在话下"。

这是第一个叙事程序，讲贾府前往清虚观打醮、点戏。贾母是这个程

序中的主体（主角），其主观愿望是家族永享富贵。贾府当日在途中和观内的阵势都可谓热闹繁华，能使主体（主角）暂时获得愿望达成之感，故而其面对神前所拈之戏《满床笏》，有"这倒是第二本上"之问，可见在其心目中，已有贾府的富贵乃与生俱来且能万古长存之错觉。但神前拈戏《白蛇传》《满床笏》《南柯梦》似乎预示着家族盛极转衰的结局，与其主观愿望相悖。这一程序的叙事功能可以概括为 NP1：F(S$_1$uO)—F(S$_1$nO)。

从"且说宝玉在楼上，坐在贾母旁边，因叫个小丫头子捧着方才那一盘子贺物，将自己的玉带上，用手翻弄寻拨，一件一件的挑与贾母看"，到本段结尾。

这是第二个叙事程序，讲戏外二玉之间的矛盾。黛玉是这一程序中的主体（主角），其主观愿望是与宝玉亲密无间，获得真正的爱情。宝玉心中难免有其他姐妹，惹得黛玉不满，正如本程序开始叙宝玉从贺物中代湘云留下了金麒麟，引起了黛玉的注意。但这已不是本叙事程序的主题。本段叙宝玉见"凡远亲近友之家所见的那些闺英闱秀，皆未有稍及林黛玉者，所以早存了一段心事"，对黛玉的感情已发展为排他的爱情。但二人之间又出现了新的矛盾：宝玉愿"我不管怎么样都好，只要你随意"，黛玉想"你只管你，你好我自好，你何必为我而自失。殊不知你失我自失"。二人都愿为对方舍弃"自我"，而这个"自我"又偏偏是对方最看重的。叙事者言："求近之心，反弄成疏远之意。"越亲近，弄得越疏远；越疏远，实质上也就越亲近。这一程序的叙事功能可以概括为 NP2：F(S$_2$uO)—F(S$_2$nO)—F(S$_2$uO)。

以上两个叙事程序相组合，呈现出离合型与契约型相叠加的叙事模式。从离合型模式看，主体（主角）为贾母，她希望家族永享安宁富贵，但这个愿望不符合聚散离合的客观规律，很难长久得到满足；从契约型角度看，主体（主角）为黛玉，她希望实现"木石前盟"，得到宝玉的爱情，在本段叙事中，她能够领悟爱情的真谛，希望宝玉"你只管你，你好我自好"，不再一味吃醋和苛责，虽然与宝玉之间还有"求近之心，反弄成疏远之意"的矛盾，但矛盾的实质是"你失我自失"，是双方真正意义上的无分彼此、亲密无间，故而其愿望已得到最高意义上的达成。

两个模式之间同样并非简单叠加，而是有着相互渗透、相互影响、相互阐发的关系：

贾母、黛玉都在对方"做主"的模式中任配角，黛玉陪同贾母打醮、听戏，贾母为黛玉和宝玉解决纠纷，都是对方模式中的帮助者；黛玉性格、体格不符合贾母选择家族继承人宝玉之配偶的条件，贾母不能忽略家族发展的要求坚决支持宝黛之缘，所以从长远和实质意义上看，二者又都是对方模式中的反对者。

贾母"做主"的离合型模式要求宝玉的婚恋、事业等符合家族利益，而黛玉也逐渐能超越个人利益，只希望宝玉"你只管你，你好我自好"；黛玉"做主"的契约型模式追求宝黛二人的相知、相守，贾母作为最疼二人的长辈、二人感情经历的目击者，也很难断然反对宝黛之缘（故而她对张道士言及宝玉应该选一个"模样性格好的"结亲，而身边明明有符合此条件的宝钗，却从未见贾母有求亲之意；黛玉与宝玉闹矛盾，贾母说"不是冤家不聚头"，似乎有特殊寓意，客观上也使宝黛更意识到相互之间确有特殊的情感联系）。两个模式中主体（主角）的愿望之间，并非截然的相互抵触和相互排斥关系。

对这段离合型与契约型相叠加的叙事之形态可做如下分析。

从时间形态上看，这段叙事多场面描写（贾府上下人等坐车轿前往清虚观的场面，道观上下隆重、亲厚招待贾母等人的场面，宝玉等听戏的场面，宝玉与黛玉口角的场面）、心理描写（宝、黛二人口角中的心理活动），节奏较缓。这些细腻的场面、心理描写有利于展现人物之间的关系和矛盾冲突，凸显本段的叙事主题"享福人福深还祷福"和"痴情女情重愈酌情"。

从空间形态上看，本段叙事多集中于两个空间：道观、黛玉内室。两个空间的相对传达出某种隐喻意义。其中，道观内主要展开第一个程序的叙事，主角贾母眼见当下的繁华，而神前所拈之剧目却预示着将来家族的寥落，这个空间的气氛是外热而实冷；黛玉内室主要展开第二个程序的叙事，主角黛玉与情人之间相互不断说一些貌似绝情的话，内心与对方却不断贴近，这个空间的气氛是外冷而实热。两个空间相互衬托，其中可见叙事者在"福"与"情"之间的价值评判倾向。

四　节日庆典类演剧活动描写的叙事语法和叙事形态

第五十三、五十四回，从"至十五日之夕，贾母便在大花厅上命摆几席酒，定一班小戏，满挂各色佳灯，带领荣宁二府各子侄孙男孙媳等家宴"，到"贾母便命个媳妇来，吩咐文官等叫他们吹一套《灯月圆》。媳妇领命而去"。

本段故事也有两个主体（主角）：贾母、宝玉。故事中的人物或环境总体而言可以归入以下两个系列、六种角色范围。

系列一：

主体（Subject）＝贾母

客体（Object）＝家族团聚，永享富贵

发出者（Sender）1＝佳节的传统风俗

发出者（Sender）2＝家族兴旺、永享富贵的正常愿望

接收者（Receiver）＝贾母

辅助者（Helper）1＝贾家人丁兴旺及两府"瘦死的骆驼比马大"的现状

辅助者（Helper）2＝管家人凤姐

辅助者（Helper）3＝家人仆妇

辅助者（Helper）4＝戏班

反对者（Opponent）1＝贾敬（因求仙不参加）

反对者（Opponent）2＝贾赦（"自到家中与众门客赏灯吃酒，自然是笙歌聒耳，锦绣盈眸，其取便快乐另与这边不同的"）

反对者（Opponent）3＝其他因各种原因不能参加家宴者（如"或有年迈懒于热闹的；或有家内没有人不便来的；或有疾病纠缠，欲来竟不能来的；或有一等妒富愧贫不来的；甚至于有一等憎畏凤姐之为人而赌气不来的；或有羞口羞脚，不惯见人，不敢来的"，妙在前三种和末一种理由属普遍情况，可以理解；第四、五两种却系贾家特殊

情况——有"妒富愧贫不来的",则宁荣两府目前"瘦死的骆驼比马大"的经济现状,既为团聚庆元宵提供了条件,又在一定范围内成为阻碍整个家族团聚的因素;有"憎畏凤姐之为人而赌气不来的",这个理由显得有点突兀,则凤姐不仅是张罗家宴的助手,又成为影响团聚的"对头")

反对者(Opponent)4=宁荣两府超出家族中其他支系的经济现状

反对者(Opponent)5=凤姐(使某些家人"憎畏"其"为人"而"赌气不来"参加家宴)

反对者(Opponent)6=宝玉(中途退场)

系列二:

主体(Subject)=宝玉

客体(Object)=关怀女性

发出者(Sender)=本能和超验的"怡红"之约

接收者(Receiver)=宝玉

辅助者(Helper)1=麝月、秋纹等跟随之人

辅助者(Helper)2=送果品等给袭人、鸳鸯的媳妇们

辅助者(Helper)3=鸳鸯(前来陪伴袭人)

反对者(Opponent)=鸳鸯(不愿与宝玉亲近)

依据演剧活动的变化为线索,本段故事可以划分为以下叙事程序。

从演剧开始到"贾珍等方退出"。

这是第一个叙事程序,讲"《西楼·楼会》这出将终"之前的观剧场面。贾母在大花厅摆了席,安排合族上下吃酒看戏。其中"《西楼·楼会》这出将终"掀起了一个小高潮,戏台上"于叔夜因赌气去了,那文豹便发科诨道:'你赌气去了,恰好今日正月十五,荣国府中老祖宗家宴,待我骑了这马,赶进去讨些果子吃是要紧的。'"贾母及贾珍、贾琏等都向戏台上撒赏钱,后者就便"趋至里面",给贾母及女眷们敬酒,一时之间其乐融融,家庭氛围浓厚。贾母作为主角的心愿暂时得以实现。这个程序的叙事功能可以概括为 NP1:$F(S_1 u O)$。

从"当下天未二鼓，戏演的是《八义》中《观灯》八出。正在热闹之际，宝玉因下席往外走"，到"一时上汤后，又接献元宵来。贾母便命将戏暂歇歇"。

这是第二个叙事程序，讲戏台上演出当日的主要剧目《八义·观灯》八出。这个程序的主角是宝玉，他在演出中私自离席，回怡红院探望守孝的袭人；在房外听到袭人已有鸳鸯作陪，宝玉因恐鸳鸯看到自己又要避嫌离开，过房门而不入，回到花厅看戏。从表面上看，宝玉探望袭人的目的并未达成；但从实质上看，宝玉探望的目的是让袭人得到安慰，鸳鸯的陪伴已经让她得到了安慰，宝玉不进家门反而成全了她们，"怡红"的心愿已经得到了实现。这个程序的叙事功能可以概括为 NP2：$F(S_2 nO)—F(S_2 uO)$。

从"因有媳妇回说开戏"开始，到"贾母便命个媳妇来，吩咐文官等叫他们吹一套《灯月圆》。媳妇领命而去"。这是第三个叙事程序，讲贾母等让外来的戏班暂歇，命家班演戏。该程序开始前，贾母已命贾珍等男丁散去，带领内眷挪进暖阁，实际上此时席中已经不团圆，如贾母所云，"虽然这些人取乐，竟没一对双全的"。贾母让"咱们"（家班）的女孩子们表演，又因之回忆起出嫁前娘家盛时观戏的往事，难免有"今不如昔"之感，可以想见其很难再保持最初办戏酒时的兴致。本程序的叙事功能可以概括为 NP3：$F(S_1 nO)$。

以上三个叙事程序相组合，呈现出离合型与契约型相叠加的叙事模式。贾母是其中离合型模式的主角，她希望阖家团聚，欢度元宵，但"千里搭长棚，没有不散的宴席"，戏酒最终还是消散在贾母回忆繁华过往的怅惘伤感之中。宝玉是其中契约型模式的主角，他希望自己身边的女子如袭人等都能幸福、快乐，尽管本段叙事中袭人不待宝玉的陪伴已然得到了安慰，貌似宝玉探望袭人的目的没有实现，但其"怡红"之心愿已经得到实质意义上的达成。

两个模式之间同样并非简单叠加，而是有着相互渗透、相互衬托、相互阐发的关系。

贾母、宝玉都在对方"做主"的模式中任配角，宝玉应命陪席、敬酒，贾母命人送果肴给袭人，都是对方模式中的帮助者；宝玉离席影响了家族的团聚，贾母安排的家宴不方便让袭人等有孝在身之人参加，也不能认可宝玉长时间离席，所以二者又都是对方模式中的反对者。

贾母"做主"的离合型模式希望全家相聚相守，共享繁华；宝玉"做主"的契约型模式也希望长期与女孩子们相守，同得幸福。从出发点看，二者的要求有相契合之处。但前者从本质上是利己的，以个人利益的最大化为追求目标；而后者在最高层次上是利他的，以对方利益的最大化为追求目标（在本段叙事中，宝玉过家门而不入，已非希望女孩们全"守着我"的儿时心态，其"怡红"的境界已臻化境）。

在本段叙事中，贾母的家宴由热闹到寥落，外热而实冷；宝玉的探访过家门而不入，外冷而实热。从中可以看到叙事者的价值取向。从全书范围看，宝玉入世历劫的两大目的（通灵宝玉所代表的"享受"和神瑛侍者所代表的"怡红"）都已经达成。到了该落幕的时候，叙事者的"繁华"之梦早已淡然，"怡红"之情却仍然炽热，只是此情已从相拥有的痴迷，化作为对方守望的坦然。

这段离合型模式的叙事，其时空形态有如下特征。

其一，在时间形态方面，本段故事呈现出丰富的叙事时间形态，多次使用"时间倒错"，如倒叙，有内倒叙（宝玉外出，引得贾母询问袭人因何未能前来服侍，凤姐回答说袭人丧母，自己安排她不必前来，贾母又想起鸳鸯也是同样情况，可以去与袭人做伴，仆妇答云鸳鸯早已去了，这些叙述都属于内倒叙，可以解释宝玉为什么会离席返回大观园，成为贾母元宵戏酒活动的暂时"对头"——原来是为探望丧母独处的袭人，也可以解释宝玉为什么"过家门而不入"——不愿打扰鸳鸯和袭人的谈话）、外倒叙（第三个叙事程序中，贾母回忆起出嫁前娘家盛时观戏的往事，后者发生在《红楼梦》主叙事层的起始时间之前，属于外倒叙。如前文所说，这段回忆与今日的戏曲活动形成今昔对比，传达出"好事难久长"、终将离散的叙事指向，也与贾母张罗酒戏的初衷相悖）。

本段故事呈现出缓慢而多变的时间节奏，以场景描写为主，穿插多次停顿。与小说其他章节中的演剧活动相关描写类似，本段场景描写的聚焦点多是观剧者，较少以戏台上的表演为对象（而小说同一回对说书、讲笑话等活动的场景描写则多以表演者为主角）；但与其他相关描写不同之处在于，本段还是对"《西楼·楼会》这出将终"等细节给予了场景描写，引起了读者对演剧场面一定程度的关注。

"时间倒错"的运用和叙事聚焦偶而以戏台表演为主，使这段故事中戏曲表演的呈现出现了"断点"①。从虚构作品的角度看，叙事断点可以丰富读者的阅读体验，便于读者在接受作品时进行"再创造"，有利于作品审美情趣的表达和实现。比如，当日戏台上演出了《八义》八出，虽未直接描写舞台表演或介绍剧情，但宝玉在演出中离席，大观园中秋纹还玩笑说："外头唱的是《八义》，没唱《混元盒》，哪里又跑出'金花娘娘'来了。"贾母后来也说："刚才《八义》闹得我头疼。"好奇的读者会思考当日为什么会大张旗鼓演出《八义》，大观园中的"金、花"与《八义》有无关联，贾母看过《八义》后为什么会觉得被"闹得头疼"，等等。

本段叙事中的演剧活动也有着明显的时间刻度功能：宝玉离席时正演出《八义·观灯》，"天未二鼓"，回来敬酒，又听了一会儿说书，"天有三更了"。戏曲表演的时间刻度功能本文已在"贾敬生日"一节加以分析，此处不予赘述。

其二，从叙事空间形态上看，围绕戏台，形成了大家族分席观赏的空间格局，贾母的大花厅上坐的是十几席内眷，"两边大梁上，挂着一对联三聚五玻璃芙蓉彩穗灯。每一席前竖一柄漆干倒垂荷叶，叶上有烛信插着彩烛。这荷叶乃是錾珐琅的，活信可以扭转，如今皆将荷叶扭转向外，将灯影逼住全向外照，看戏分外真切"；"廊上几席"则是贾珍等，他们"也暗暗预备下大簸箩的钱，听见贾母说'赏'，他们也忙命小厮们快撒钱。只听满台钱响"。宝玉中途离席，其所经过的花厅后廊、大观园一线又形成一个剧场外空间。

在帮助形成空间层次基础上，戏曲活动还引导着空间层次之间的相互

---

① 即叙事中的一种省略或空缺，一般分为"暂时断点"和"永久断点"两种，"暂时断点"如叙述中设置悬念、倒叙、插叙等手法的运用，而"永久断点"则指常理推断无法填充的空缺；参见［美］戴卫·赫尔曼主编《新叙事学》，马海良译，北京大学出版社2002年版，第27页。

渗透，推动着故事情节的发展。

比如前文提到，《西楼记·楼会》一出将终时，戏台上"于叔夜因赌气去了，那文豹便发科诨道：'你赌气去了，恰好今日正月十五，荣国府中老祖宗家宴，待我骑了这马，赶进去讨些果子吃是要紧的。'"贾母及贾珍、贾琏等都向戏台上撒赏钱，后者就便"趋至里面"，给贾母及女眷们敬酒。此时，"花厅内"和"廊上"两个空间的间隔便被打破，内眷和男丁之间其乐融融，形成了故事的一个高潮。其实，"文豹"之所以能够得赏，也是因为他的科诨有意违反了舞台空间的虚拟化原则，打破了戏内戏外的界限。

再如宝玉等在大观园内遇到给鸳鸯、袭人送果品的媳妇们，说是"老太太赏金、花二位姑娘吃的"，秋纹等说笑道："外头唱的是《八义》，没唱《混元盒》，哪里又跑出'金花娘娘'来了。"虽然是插科打诨，但也以谐音的方式建立起戏内戏外的关联。

以戏曲演出为基础形成的以上各个空间的相互关联，使各个空间之间形成了互为主体的关系，扩展了叙事的阐释空间。

比如"廊上"的男丁进来敬酒时，也在"花厅内"就座的宝玉就显得有些不伦不类，见其他男丁都跪下，"宝玉也忙跪下"，"史湘云悄推他笑道：'你这会子又帮着跪下做什么？'"宝玉为什么不跟随其他男丁到"廊下"就座呢？因为他尚年幼？可后文宝玉给所有女眷敬酒，"只除贾蓉之妻是丫头们斟的"，多半是因为宝玉已经成年，不方便再给侄子媳妇敬酒（不似早先可以无忌讳地睡在贾蓉和秦可卿房内）；黛玉不饮宝玉所斟的酒，而是"拿起杯来，放在宝玉唇上边"，引得凤姐等提醒宝玉注意自己的举止，恐怕也与宝玉已成年有关。如果没有在戏曲活动基础上形成各个空间的互相映衬、互为参照，宝玉在其中不伦不类、不尴不尬的特殊位置，可能还不会如此具象地得以呈现。而作为被贾母及荣、宁二公唯一看好的可承继家业之人，宝玉虽已成年却没有也不愿坐到自己该坐的位置上，这也预示着前者盼望家族兴旺的心愿终将落空。

以上分析说明，《红楼梦》中戏曲演出活动相关描写从活动起因看涵盖祝寿庆生、接驾娱上、求神祷福、节日庆典四种类型，其中以祝寿庆生类（祝寿庆生类活动相对更具家常性）最多，符合贾府的地位和经济情况。从叙事语法上看，戏曲演出活动相关描写多以小说中的主要人物（宝玉、凤姐、贾母、黛玉等）为主体（主角），符合这些人物在小说中的身份（有能力安排或有资格享受戏曲表演），也符合故事情节发展和人物形象塑造所需。类似描写不仅包含了叙事模式的每一种类型（离合型、完成型、契约型），而且大多段落呈现为不同模式类型的组合，使叙事的主题非常丰富；不同模式之间的组合方式灵动自然，表现出相互渗透、影响和衬托的关系，深化了主题的内涵。

从叙事时空形态上看，相关描写在时间上以演剧活动的展开为线索，或顺叙，或有时间倒错，节奏或快或慢，都能适合于表达主题的需要；空间上或打破戏内戏外界限，或建立主体活动的不同场合之间的关联，都以隐喻的手法深化了主题，扩展了叙事的审美阐释空间。

古语云"人生如梦""人生如戏"。"红楼"之"梦"写"人生如戏"也是其题中应有之义。但《红楼梦》写戏不是简单地建立小说与戏之间的隐喻性关联，而是在语法、功能、模式、形态等各个层面使戏融入小说的叙事，成为《红楼梦》这个"雀金裘"的原料及自身针线、纹理的组成部分，而不是某种喻体。

方法论思考

文化交流中的中国近代翻译文学*

——读《中国近代翻译文学概论》①

    对中国而言，翻译文学指中国人用中文翻译的外国文学作品。中国翻译文学是中外文化交流的一个重要载体。在近代中西文化交流中，外国文学对中国文学的影响，从某种意义上也可以说是翻译文学对中国文学的影响。但由于过去研究界对翻译的本质、特点及其在文化交流中的意义和作用认识不足，很少有人对翻译文学进行专门论述，近代翻译文学研究也始终没有成为独立的研究课题。郭延礼先生的新著《中国近代翻译文学概论》（湖北教育出版社 1998 年版）的出版，确立了该项研究的独立地位。

    近代翻译文学史研究是一个亟待开拓的领域，同时也是一项难度很大的工作。首先在资料整理方面就障碍重重。第一，对于近代翻译家队伍的"底"，至今还很不清楚。据郭先生初步统计，近代有姓名可考的翻译家约250 人，但其中学界比较熟悉的大概只有 20 人，如梁启超、严复、林纾、伍光健、马君武、周桂笙、陈景韩、周瘦鹃、包天笑、鲁迅等。他们的知名也大多并非仅仅因为翻译；而人们对专门从事翻译的翻译家，则了解得很少。第二，近代译者在翻译外国作家名字时，由于读音不标准，有的译音还杂以方言，因此同一位作家的中文译名距离很大。遇到知名度不大的作家，辞典上查不到，加之译者又不注明原作者的外文姓名，此时搜寻翻

---

   * 原载于《东岳论丛》1998 年第 6 期。

   ① 郭延礼：《中国近代翻译文学概论》，湖北教育出版社 1998 年版。

译作品的"娘家"可谓难上加难。仅仅从整理材料方面，也可以体会到著者不避艰难和勤恳务实的治学态度。

此外，系统、完整地勾勒近代翻译文学发展史需要足够的理论支持，但这一研究领域恰恰处于理论匮乏状态：对于翻译文学史的概念、内涵、分期、定位等问题，学术界还从未进行过探析。这是该著在研究过程中所要面对的一个更大的不利因素。该著在这种阻碍面前同样知难而进，为编撰近代翻译文学史奠定了坚实的理论基础。其理论奠基作用主要表现在以下几个方面：第一，全面考察了翻译文学史的各个因素，包括作品、译者、译界潮流和动向等；第二，从文体类型角度对翻译文学作品进行分类，如翻译诗歌、翻译小说、翻译戏剧等，使翻译文学史成为真正意义上的"文学"史，为翻译文学史的研究作出了准确的学科定位；第三，以翻译文学的文体类型是否完备，翻译方式是否忠实于原著，以及翻译体例是否健全等为主要衡量标准，把近代翻译文学发展史描述为萌芽期、发展期和繁盛期三个阶段；第四，充分考虑到翻译文学作为文化交流载体的独特性质，把近代翻译文学对中国近代文学的影响视为研究的一个重要内容。这种认识明确了近代翻译文学史研究与中国近代文学研究之间的内在联系，显示了研究近代翻译文学史的一个内在驱动力以及这项课题的深远意义。

郭延礼先生在该著中反复强调，他研究近代翻译文学抱有双重目的：梳理近代翻译文学的发展脉络，借此更好地认识文化交流中外国文学对中国近代文学的影响；近代翻译文学可以被视为一个"参照系"，用来深化我们对近代中西文学交流的认识。

为了引导研究者更好地使用比较的方法，该著主要在以下几个方面启示了可行的途径。

第一，比较翻译文学作品与接触翻译文学之前的中国近代文学作品（此时的中国文学就其基本属性而言尚未完全突破中国传统文学的樊篱）在文体类型、题材储备和艺术表现等方面的诸多差异，分析近代中国译介与学习外国文学的目的、内容和意义。比如翻译小说中的政治小说、侦探小说、科学小说和教育小说都是中国传统小说所没有的类型，其题材内容都属于近代文明的范畴，而且作品数量较大，可见输入文明和借鉴其思想意义是近代小说翻译的重要目的。在上述类型翻译小说的影响下，中国近代小说中出现了最早的政治小说、侦探小说、科学小说和教育小说，这说明学习外国文学在中国小说由传统向现代转化的过程中起到了不可忽视的作用。

第二，比较翻译文学作品的近代译本和原语文本（或今译本），探究近代译者对外国文学作品的接受程度和改进策略。近代译者为了适应中国普通读者的传统伦理观念、欣赏习惯和审美情趣，经常删节、改译外国文学作品，或者因袭中国古典小说的程式和故套，这种现象在1907年之前尤为突出。类似的改造行为集中体现了当时文化语境对异质文明既接受又排斥的双重心态。

第三，主要在以上两点的基础上，比较近代不同阶段的翻译文学作品，梳理近代翻译文学在丰富性和准确性方面逐渐发展的基本脉络。

第四，比较译者与中国近代作家在作品特点方面的类似之处，揭示译者对近代作家的影响。该著的下篇详细评述了20余位译者的翻译选择倾向及其译文的个人风格（当然这首先是比较译文与原语文本的结果），为具体考察译者的个人因素在翻译文学作品被接受和被模仿过程中所起到的作用准备了充分的条件。此外，不少近代译者，如梁启超、苏曼殊、马君武、曾朴、陈景韩、包天笑、周瘦鹃、鲁迅、周作人、胡适、陈独秀、刘半农等，或直接从事文学创作，或倡导过文学革新运动；了解这些人的翻译活动与他们所从事的其他文学活动之间的联系，同样是研究在近代文化交流中外国文学对中国文学之影响的一个方面。

总之，以上各点初步表明，借助于近代翻译文学这个多层次、多向度的参照系，可以为具体考察近代西方文学的"东渐"，同时也为更好地认识中国近代文学，找到一个新的切入点，打开一片新的天地。该著的问世对建构近代翻译文学史和深化中国近代翻译文学研究都具有开拓性的意义。

《红楼梦》 女性观与明清女性文化*

  《红楼梦》首章作者自叙云："忽念及当时所有之女子，一一细考校去，觉其行止见识，皆出我之上。……我之罪故不免，然闺阁中本自历历有人，万不可因我之不肖，自护其短，一并使其泯灭也。"言明"我"对女性的尊重出自女性自身的杰出表现。引文中"历历有人"一语亦确属明清女性文化的实际写照。这说明《红楼梦》的女性观与明清女性文化的繁荣有着密切的关系。本文打算由此入手分析小说作者对女性文化的具体体悟，把握小说的女性观对女性文化的审思、观照意义。

  众所周知，《红楼梦》的女性观集中地表现于书中人物贾宝玉对待女性的态度。不过贾宝玉的态度之所以能够体现文本倾向，主要并不在于他是书中的主要人物，而在于《红楼梦》的叙事视角机制确定了作者"我"与贾宝玉之间的"等同"关系，这与传统白话小说由叙事者"说书人"超然地讲述他人故事的叙事倾向显然大异其趣。《红楼梦》开卷首段云：

    此开卷第一回也。作者自云：因曾经历一番梦幻之后，故将真事隐去，而借"通灵"之说，撰此《石头记》一书也。

  作者自云写的是"我"的回忆性自传，叙事方式正如作者所言：借"通灵"之说，撰此《石头记》一书。之后，《红楼梦》像一般白话小说一

 * 原载于《红楼梦学刊》2000 年第 2 期。人大复印资料 2000 年第 10 期全文转载。

样，由说书人"在下"讲述故事，说女娲补天遗一石，被茫茫大士和渺渺真人捡起，携往"花柳繁华地，温柔富贵乡"去走一遭，又不知过了几世几劫，空空道人经过青埂峰下，"忽见一块大石，上面字迹分明，编述历历"，石头向空空道人表白：

> 我师何太痴也？至云无朝代可考，今我师竟假借汉唐等年纪添缀，又有何难？……至若佳人才子等书，则又千部共出一套……竟不如我半世亲睹亲闻的这几个女子，虽不能说强似前人书中所有之人，但事迹原委，亦可以消愁解闷；也有几首歪诗熟话，可以喷饭供酒。

作者自叙中"我"惦记的闺阁女子转化为石头言说中几个"半世亲睹亲闻""或情或痴，或小才微善"的"异样女子"。叙事对象的统一，暗示着作者与所谓"石头"的浑然一体。而石头又是文本中主要人物贾宝玉的前身。至此，作者与石头、与贾宝玉之间出现了一个隐约可见的等号，贾宝玉的口吻、心性无不体现着"我"的腔调与情感基色。

贾宝玉素爱脂粉，喜与女性为伍，种种表征似与"淫徒""好色之徒"接近，贾政即曾斥责宝玉"将来酒色之徒耳"（第二回），但实际上二者之间有很大差别。在小说第五回中，曹雪芹借警幻之口，将宝玉的"女性情结"界定为"意淫"，这种提法既表达了对"淫"的独特理解，又将"意淫"与"淫"进行了精神实质上的区分：

> 自古来多少轻薄浪子，皆以"好色不淫"为饰，又以"情而不淫"作案，此皆饰非掩丑之语也。好色，即淫，知情更淫。是以巫山之会，云雨之欢，皆由既悦其色，复恋其情所致也。吾所爱汝者，乃天下古今第一淫人也……
>
> 淫虽一理，意则有别。如世之好淫者，不过悦容貌，喜歌舞，调笑无厌，恨不能尽天下之美女，供我片时之趣兴。此皆皮肤淫滥之蠢物耳。如尔则天分中生成一段痴情，吾辈推之为"意淫"。"意淫"者，唯心会而不可口传，可神通而不可语达。

这段话将"淫"解释为"好色""知情",即对女性的好感。语意表明好色系男子之常情,因此对"淫"不应有所避讳,但"淫"之境界则有所不同。一般男子"恨不能尽天下之美女,供我片时之趣兴",只不过是"皮肤淫滥之蠢物"。那么与此相反,宝玉的"意淫"必非对女性的欺辱和占有。小说第七十八回贾太君的一段感慨,可使我们更清楚地了解"意淫"的特点:

> 我也解不过来,也从未见过这样的孩子。别的淘气都是应该的,只他这种和丫头们好却是难懂。我为此也耽心,每每的冷眼查看他。只和丫头们好,必是人大心大,知道男女的事了,所以爱亲近他们。既细细察试,究竟不是为此。岂不奇怪?想必原是个丫头错投了胎不成?

宝玉之所以会使人产生"丫头投胎"的错觉,正在于他对待女性的喜爱基本上超越了功利的、占有的层次。可以说,"意淫"观既将女性视为喜爱和倾慕的对象,又尊重女性的独立。曹雪芹不仅借警幻之口提出了"意淫"观,而且由她指出女性和社会上一般人对"意淫"观必持相反态度:"汝今独得此二字,在闺阁中固可为良友,然于世道中未免迂阔怪诞,百口嘲谤,万目睚眦。"这进一步说明曹雪芹立志要做"闺阁良友",将女性视为平等、独立的群体。这种女性观之所以会"百口嘲谤,万目睚眦",正是因为它表达了对世俗女性观的背离。

提高女性地位的意识是明清社会思潮的一股潜流,这种潜流的出现与繁荣的女性文化有着密切关系。考察女性文化对社会思潮的影响,并比较《红楼梦》女性观与同时期有关意识的深度,无疑会加深我们对《红楼梦》女性观的理解。

明清女性文化的繁荣,主要源自社会(主要指男性)对女性需求层次的提高。明代个性解放思潮的高涨,曾经带来放纵情欲的社会局面,如明代梅鼎祚在其《青泥莲花记序》中所述:"逮胜国,上焉具瞻赫赫,时褫带而绝缨;下焉胥溺滔滔,恒濡足而缅首。旷古皆然,于今烈尔。"《明史》《万历野获编》《列朝诗集小传》诸书关于此时士人热衷房中术的累累记载，均为社会放纵之风的明证。极度的放纵之后，单纯的色相之美已不能满足士人的精神需求。李渔表示"有色无才，断乎不可""蓬心不称如花貌，金屋难藏没字碑"① 等，集中表达了要求女性具备一定文化素质的社会心理。这种社会要求使"女教"的内容向"才"之方向倾斜，如清代王相母亲作《女范捷录》，其"才德篇"曰："男子有才便是德，斯言犹可；女子无才便是德，此语诚非——盖不知才德之经与邪正之辨也。"这段话即明确了"才"在"女教"中的位置。"才"之地位的确立，为女性文化的繁荣创造了良机。

明清女性文化的繁荣主要表现于文学和艺术两方面。其文学创作能力尤为出色。明代"良媛以笔札垂世者多矣"②，清代女性文学作品集更是"超轶前代，数逾三千"③。仅以词的创作而论，考察明清以前的词坛，那基本上是一个男性的天地，女词人既少，知名者更鲜。据清初《林下词选》所录而言，宋元明三朝的闺阁词人不到百家。而仅仅有清一代的女词人，据许乃昌汇辑的《小檀栾汇刻闺秀词》及《闺秀词钞》二书，即有六百余家。其中徐灿、顾贞立、吴藻、顾太清等人，成就还非常突出。明清女作家之间的交往也比较密切，不仅现存作品中有许多相互之间的唱和之作，而且还先后出现了一些文学社团，如"蕉园诗社""清溪诗社"等。《红楼梦》中有关海棠结社的华彩篇章，均为对清代女性结社之风的审美再现，这一点夏晓虹先生在其《东山雅会让脂粉——〈红楼梦〉与清代女子诗社》一文中曾经详细论及，兹不赘述。

明清女性在艺术创造方面亦表现出极大的潜力。女作家李因、黄媛介、朱柔则、吴兰畹、何慧生等均擅长作画，黄媛介曾"僦居西泠桥头，赁一小阁，卖诗画自给，稍给便不肯作"④，一时传为佳话。冒辟疆的《影

---

① （清）李渔：《风筝误传奇》（卷上），清刻本。
② （明）沈德符：《万历野获编》（卷二十三），载《元明史料笔记丛刊》，中华书局1957年版，第595页。
③ 胡文楷：《历代妇女著作考·自序》，上海古籍出版社1985年版，第5页。
④ （清）陈维崧：《妇人集》，转引自王英志主编《清代闺秀诗话丛刊》，凤凰出版社2010年版，第24、25页。

梅庵忆语》记述董小宛在烹饪、刺绣、茶道、花道、制作香丸等方面都有高超的技艺，处处追求清新自然、恬淡雅致的艺术美感；沈复的《浮生六记》追忆芸娘发明"活花屏"、制作"梅花盒"等，均为明清女性的艺术慧性留下了不朽的明证。《红楼梦》记载贾母、秦可卿、林黛玉善于装点居室的种种细节，固然出自塑造人物的需要，但亦不失为时代风尚的真实写照。

人际关系的最高境界是精神交流，高层次的精神交流可以带来相对平等的人际关系。明清女性文化的高涨增加了两性之间进行精神交流的机会，对改变女性的社会形象和提高女性的社会地位起到了潜移默化的作用。

面对女性文化品位的提高，李贽、冯梦龙等人纷纷提出了肯定女子才智、主张两性之间应该和谐相处的进步见解。李贽在其《答以女学道为见短书》一书中曾云：

> ……谓人有男女则可，谓见有男女岂可乎？谓见有长短则可，谓男子之见尽长，女子之见尽短，又岂可乎？[1]

冯梦龙认为两性之才像日月一样，和谐而非抵触：

> 譬之日月：男，日也，女，月也；月借日而光，妻所以齐也；日没而月代，妻所以辅也。此亦日月之智，日月之才也。今日也赫，月必壹壹，曜一而已，何必二？[2]

袁黄亦有类似的主张：

> 夫妇而寄以朋友之义，则衽席之间可以修省，一唱一和，其乐无

---

① （明）李贽：《焚书》（卷二），清光绪三十四年（1908）上海国学保存会铅印本。
② （明）冯梦龙：《智囊补》（卷十一），"闺智部总叙"，国家图书馆古籍阅览室藏。

涯，岂独可以生子哉？终身之业，万化之源，将基之矣。[①]

明代不少士人与伴侣唱和相随，"夫妇而寄以朋友之义"，如钱谦益编订《列朝诗集》时，托柳如是勘定《香奁》（《闺秀》）一集；冒辟疆编汇《全唐诗》，亦视董小宛为其得力助手；任兆麟支持张允滋（即"清溪士"）为金闺领袖，成立"清溪吟社"等，类似举动均逾越了传统礼教的范围，对改变女性的文化环境、提高女性的文化地位具有重要意义。

明清时期社会的女性观虽然随女性文化的高涨有所调整，但主张"男主外，女主内"，视女性为男性附属物的思维定式依然存在。上文曾引述冯梦龙关于"日月之智"的观点，这段话即明确主张开发女子智力的目的在于"辅助"男性。清代陈句山在其《才女说》一文中亦曾表达类似观点：

> 世之论者每云"女子不可以才名，凡有才名往往福薄"。余独谓不然。……诚能于妇职余闲，流览坟索，讽习篇章，因以多识故典，大启性灵，则于治家相夫课子，皆非无助。以视村姑野媪惑溺于盲子弹词、乞儿谎语为之啼笑者，譬如一龙一猪，岂可以同日语哉？又《经解》云温柔敦厚，诗教也。……由此思之，则女教莫诗为近。才也而德即寓焉矣。[②]

清代袁枚广招女弟子，其不避物议的勇气固然令人钦佩，但他的提倡也仍然系从提高男性家庭生活的品位着眼："俗称女子不宜为诗，陋哉斯言！……余按荀奉倩云：'女子以色为主，而才次之。'李笠翁则云：'有色无才，断乎不可。'有句云：'蓬心不称如花貌，金屋难藏没字碑。'"[③]

其中赏玩、俯视女性的态度溢于言表。类似言论均将女性文化的意义

---

① （明）袁黄：《祈嗣真诠·和室》（第六），载（明）陈继儒辑《宝颜堂秘笈·普集第七》（第三十一册），文明书局民国十一年（1922）石印本。

② （清）陈兆仑：《紫竹山房文集》（卷七），乾隆浙江陈氏刻本。

③ （清）袁枚著，王英志校注：《随园诗话·补遗》（卷一）第六十二条，江苏古籍出版社2004年版，第442页。

局限于提高"相夫教子"的能力、更好地满足男性的生活和精神需要，这种倾向说明女性存在的独立价值还没有受到足够的关注和肯定。

视女性为附属物的思维定式，与女性文化的自身发展趋势构成了矛盾。表现在女性文学方面，"相夫教子"的要求使女性创作的体裁和题材选择受到严重限制。如上引陈句山之语，"女教莫诗为近"，浅俗鄙俚的通俗文学不宜为女性涉足；同样，作为闺娃，"辞章放达，则有伤大雅"①。女性文学在种种限制下举步维艰。

女性文学符合男性"红袖添香""相对忘言"的审美需求，尚有如此的困境，少数女性涉足"少雅趣"的学术、科学领域，甚至希望在社会上建功立业等，更难得到理解与支持。清代女性王贞仪对天文、气象、地理、数学和医学均有研究，是一个很有天分的科学人才。但身为女性，她不可能得到像男性一样的求学和研究条件，其《星象图释》《筹算易知》《术算简存》等著作在其生前亦无法发行。面对种种不公正待遇，贞仪悲愤地表示："岂知均是人，务学同一理。"②

类似的不平呼声，也经常出自一些"事功"型女性之口。如女戏曲家王筠在其剧本《繁华梦》卷首有自题《鹧鸪天》一词，清楚地传达了壮志难遂的感慨：

> 闺阁沉埋十数年，不能身贵不能仙。读书每羡班超志，把酒长吟太白篇。怀壮志，欲冲天，木兰崇嘏事无缘。玉堂金马生无份，好把心事付梦诠。

同样为"闺阁"所"沉埋"的陈端生、吴藻、邱心如、沈善宝等人，亦有相似的心事。陈端生与邱心如分别在其弹词作品中塑造了女扮男装的主人公形象，女主人公的命运也很接近：均以超人的才智位列三公，但在

---

① （明）梁孟昭：《寄弟》，（清）王士禄《宫闺氏籍艺文考略》述，转引自胡文楷《历代妇女著作考》，上海古籍出版社 1985 年版，第 164 页。

② （清）王贞仪：《宛玉以古文近作寄质于予，欣为点定，并答以诗》载《德风亭初集》（卷十二），蒋氏慎修书屋民国五年（1916）校印本"金陵丛书丁集之二十二"，第 343 页。

其女性身份暴露后，又都不得不回到闺阁。陈作《再生缘》中的孟丽君表示："何须必要归夫婿，就是这正室王妃岂我怀？"（第四十四回）邱心如作品《笔生花》中的姜德华亦云："枉枉的，才高八斗成何用？枉枉的，位列三公被所排。"（第二十二回）都对传统"男主女辅""男主外，女主内"的社会定位表示强烈不满。清代著名女词人吴藻一生以不能做男子为恨，她曾写剧本《乔影》（又名《饮酒读骚图》，失传），女主人公作男子装，寄托女子怀才不遇之命运悲剧更甚于屈原的寓意。女词人沈善宝更以绝望的语调呼吁："问苍天，生我欲何为？空磨折！"①

前代虽然也有女性不甘雌伏之例，如武则天、黄崇嘏，但女性的不平心理从未像明清这样普遍而激烈。这说明女性文化的发展已使女性对平等和独立地位的要求逐渐走向自觉。明清社会为女性文化的发展创造了一定的条件，却不肯彻底改变女性的从属、依附地位，这无异于让女性在自我之"才"和妇人之"德"之间走钢丝，必然会为女性带来困惑与痛苦。有关明清女性文化的优秀作品因此不仅应该反映女性文化的繁荣，亦应对女性文化的困境给予深刻的揭示。

回顾《红楼梦》的女性观，其卓越之处正在于通过所谓"意淫"的新颖提法，否定了一般之"淫"（即"供己之乐"的功利、占有态度），表达了做"闺阁良友"（此处"闺阁"显然指女性全体）的理性认识，尊重女性的高度独立。持有"意淫"观的宝玉始终希望"女儿不嫁"，这表明曹雪芹已清楚地意识到占有、俯视女性的观念是如此普遍，以至女性在世俗婚姻中无法保持自身的独立。《红楼梦》关于女性文化的热情描写与"女儿必然要嫁"的恐惧意识交织在一起，艺术地揭示了女性文化在自身发展与礼教束缚之间的尴尬、荒诞处境，具有深厚的哲理意蕴。

《红楼梦》的接受史同时是其新型女性观的解读史，而正确解读《红楼梦》必然伴随对世俗女性观的审思与提纯。如脂砚斋在警幻提出"意淫"观处批道："按宝玉一生心性，只不过是体贴二字，故曰意淫。"（甲

---

① （清）沈善宝：《满江红·渡扬子江感成》，载（清）徐乃昌辑《小檀栾室汇刻闺秀词》（第一集），清小檀栾室精刻本。

成本第五回）清代二知道人评价宝玉"必务求兴女子之利，除女子之害，利女子乎即行，不利女子乎即止"① 等，均抓住了《红楼梦》主张关怀与尊重女性的特点，且表达了感佩与赞赏的态度。李汝珍在《镜花缘》中强调设身处地为女性着想，反对缠足、扎耳，支持女性参政、研究学术等，种种观点亦导向使女性"各得其情，各遂其欲"，与宝玉的"意淫"观有着内在的联系，对《红楼梦》女性观的理解显然更为精到。《红楼梦》以其进步的女性观影响着社会，实践着作者"为闺阁昭传""作闺阁良友"的精诚誓言。

明清女性文化应社会需要而生，反过来又使女性形象和地位得以改变的事实，说明两性之间存在"一荣俱荣，一损俱损"的关系。审思女性文化的《红楼梦》不仅以"意淫"观肯定了女性的独立地位，而且通过贾宝玉寻求自尊、独立之异性知音的精神历程，揭示了女性的独立品格对建立和谐之两性关系的意义。

读《红楼梦》者当深知宝玉对待不同女性的不同态度：婆子可杀，女人可恶，女儿则是水做的骨肉。探究原因，其着眼点关键在于不喜女性的奴性与自卑。大观园中的管家婆子对同性"不能照看，反倒折挫"（第五十八回），是《红楼梦》女性中最具奴性的一类。王夫人等女人亦时有打击同性之举，如逼死金钏、晴雯等。即使女儿，间或也流露出自卑、自抑心理。如湘云、宝钗劝说宝玉："没见你成年家只在我们队里搅些什么？"（第三十二回）宝钗表示："自古道'女子无才便是德'，总以贞静为主，女红还是第二件。其余诗词，不过是闺中游戏，原可以会可以不会。"（第六十四回）只有黛玉在"风刀霜剑严相逼"的处境中坚守自尊与独立，因此宝玉逐渐与其他女性"生分"，最终与黛玉建立了"你好我自好，你失我自失"（第二十九回）的关系。此种关系肯定男女双方面的独立与自尊，为两性之情的最高境界——爱——做了别开生面的诠释。女性的独立自尊因此不仅对女性自身具有重要意义，而且成为建立高层

---

① （清）二知道人（蔡家琬）：《红楼梦说梦》，转引自一粟《古典文学研究资料汇编·红楼梦卷》，中华书局 1964 年版，第 90 页。

次两性文化的前提。

《红楼梦》以宝玉的精神之旅评定众位女性的独立、自尊程度，实质上对女性的独立品格提出了较高的要求。评定中显示的种种问题，说明曹雪芹对女性具备独立品格的普遍性并不持乐观态度。女性很难摆脱自卑、自抑和从众心理，同样是曹雪芹审思女性文化所得出的结论。守分处常、安于"男尊女卑"定位的女性在明清时期依然数量众多，其从众心理可以想见，无须赘言。另外，虽有诸多女性不满于受压抑、受限制的地位，但她们的不满经常转化为希望变为男子的异常心理，此种心理使她们很难看到男性价值观的荒谬和悖于人性之处，其思想深度因此也很难与一些真正的大师相比。

《红楼梦》对女性的从众和自卑心理给予了深刻的揭示。小说中诸女性，如宝钗、湘云、探春等均有过人的才智，为宝玉所衷心钦佩。但她们都盲从现存价值体系，或云"我若是个男人，可以出得去，我必早走了，立一番事业，那时自有我的道理"（第五十五回探春语），或云"你就不愿读书去考举人进士的，也该常常地会会这些为官做宰的人们，谈谈讲讲些仕途经济的学问"（第三十二回湘云语），对男性"安身立命"之道扼杀人性的认识远没有宝玉深刻。盲从性使《红楼梦》女性很难在理性层次上反抗自身所遭受的不公正待遇。安本分者或如袭人主张"有那个福气，没有那个道理"（第十九回），或如香菱认为担心薛蟠及其正妻虐待自己是非分之举，所以毫不留情地斥责真正关心她的宝玉（第七十九回）；不安本分者或如熙凤以暗害尤二姐表达对丈夫纳妾的不满（第六十九回），或如赵姨娘企图暗算正妻之子宝玉（第二十五回）。女性的自卑、从众心理使她们对宝玉所向往的和谐无间的关系缺乏足够的想象力，每每误解宝玉，使后者受到深重的伤害。因此宝玉多次灰心丧气，意欲逃遁于"赤条条来去无牵挂"（第二十二回）的人生境界。

通过揭示女性自卑、从众心理对建立新型两性文化的严重阻碍，《红楼梦》也向它所观照的女性文化敲响了警钟，提醒它的"闺阁良友"注意存在于自我方面的问题。近现代以来，随着女权主义的兴起，不利于女性的公开行为已经能够受到自觉抵制，但许多女性潜隐的"第二性"心理却像锁定女性弱者身份的密码，始终给女权提倡者带来极大的困扰。联系这一点，我们应该更深刻地理解《红楼梦》女性观的现实意义。

如上所述，《红楼梦》深刻揭示了明清女性文化在自我发展与礼教束缚之间的困境，其女性观具有深刻的哲理意蕴。即此而言，明清女性文化显然为《红楼梦》独特女性观的产生提供了契机。而《红楼梦》对女性文化的审视不仅可以促进社会关注女性问题，而且能够提醒女性从自我出发追求女性的真正独立，又以"闺阁良友"的姿态为女性和女性文化的解放做出贡献。《红楼梦》与明清女性文化之间的互动关系说明女性文化是人类文化的有机构件，女性文化可以孕育最优秀的文化产品，亦能由后者得到激发与启示。对此，真正有志于人类文化、女性文化的人们，都应该深思与记取。

图像传播时代的中国古典小说传承*

——以《红楼梦》为例

  图像传播也就是以图像为媒介的传播。按照传播中的具体形态和方式，图像传播又可以分为静态的图像传播和动态的图像传播两种。静态的图像传播主要指绘图，形式包括传统的绣像、回前插图、国画、年画、版画，以及后起的香烟牌、火花贴、连环窗、邮票画等；动态的图像传播则主要指戏曲、戏剧和现代影视。静态的图像传播可以在任何时候、任何场合供案头阅读和欣赏，动态的图像传播则必须具备必要的设备和条件，受一定的时空制约。

  图像传播并非始于今日，它一直是经典文化向大众文化辐射和渗透的重要渠道之一。但在历史上，图像传播从未像今天这样，取代文字传播而占据人们艺术世界和日常生活的核心地位——正如我们所看到的，人们已习惯于用读"图"代替读"字"，当今社会已经进入一个以视觉文化为中心的图像时代。在这样的社会背景和文化语境中，古代文化典籍在当代的存在方式（包括传播、改编、接受等各种类型）不可避免地受到视觉文化和图像媒介的影响。而在图像传播的规定语境中探讨古典文化的传承，也就成为相关领域研究者很难逃避的历史使命。如美国学者 W. J. T. 米歇尔所言："哲学家们所谈论的另一次转变正在发生，又一次关系复杂的转变

---

* 原载于《中国海洋大学学报》2011 年第 6 期。

正在人文科学的其他学科里、在公共文化的领域里发生。"① 文化研究正经历着由"语言学转向"过渡到"图像转向"的转变过程。

小说因其"浅而易解""乐而多趣"②，在中国文化的近代化变革中历来被寄予更高的期待。古典小说借助图像媒介的再现和传播，也是经常被关注的话题：图像作品（如影视剧）是否应该忠实于小说原著？能否做到忠实于原著？怎样才能做到忠实于原著？是否应该不停地改编原著？该怎样处理改编自原著的不同类型、不同时代的图像作品之间的关系？这些问题的核心，实质上是如何实现文字作品的图像化，以及与此相关的古典作品的当代化，精英作品的大众化。

围绕这些问题，有些学者立足于本土实践，或具体分析当代几部影视剧改编古典小说的得失，如刘燕城的《小说名著改编电视剧得失谈》③、张德祥的《"名著"改编中存在的问题》④、马晓虹等的《论四大名著影视改编与传播的当代性》⑤、饶道庆的《〈红楼梦〉影视改编与传播》⑥、王同坤的《〈西游记〉：从小说向影视的转型》⑦ 等；或梳理传统时代小说经由图像而传播的经验，如王平的《论明清时期小说传播的基本特征》⑧、宋莉华的《明清时期的小说传播》⑨、郭志强的《中国古代通俗小说传播研究》⑩、汪燕岗的《古代小说插图方式之演变及意义》⑪、王俊玲的《点石斋与晚清时期的小说图像传播》⑫、冀运鲁的《文言小说图像传播的历史考察——以

---

① ［美］W. J. T. 米歇尔：《图像理论》，转引自陶东风等主编《文化研究》（第 3 辑），天津社会科学院出版社 2002 年版，第 17 页。

② 梁启超：《论小说与群治之关系》，《新小说》1902 年第 1 期。

③ 刘燕城：《小说名著改编电视剧得失谈》，《当代电视》2003 年第 10 期。

④ 张德祥：《"名著"改编中存在的问题》，《文艺评论》2005 年第 3 期。

⑤ 马晓虹、张树武：《论四大名著影视改编与传播的当代性》，《东北师范大学学报》2009 年第 6 期。

⑥ 饶道庆：《〈红楼梦〉影视改编与传播》，博士学位论文，中国艺术研究院，2009 年。

⑦ 王同坤：《〈西游记〉：从小说向影视的转型》，《山东社会科学》2006 年第 8 期。

⑧ 王平：《论明清时期小说传播的基本特征》，《文史哲》2003 年第 6 期。

⑨ 宋莉华：《明清时期的小说传播》，中国社会科学出版社 2004 年版。

⑩ 郭志强：《中国古代通俗小说传播研究》，博士学位论文，扬州大学，2007 年。

⑪ 汪燕岗：《古代小说插图方式之演变及意义》，《学术研究》2007 年第 10 期。

⑫ 王俊玲：《点石斋与晚清时期的小说图像传播》，硕士学位论文，上海师范大学，2007 年。

〈聊斋志异〉为中心》① 等研究插图对小说传播的影响，万梦蕊的《明代〈水浒传〉传播初探》②、李根亮的《〈红楼梦〉的传播与接受》③、段江丽的《从小说叙事到影视叙事的改编空间》④ 等强调明清时期文人、艺人曾探讨乃至总结用图像方式呈现小说的原则。也有一些学者借鉴西方理论，探讨影视剧改编小说应该注意的问题，如秦俊香的《从改编的四要素看文学名著影视改编的当代性》⑤、仲呈祥等的《论经典作品的电视剧改编之道》⑥、薛丹凤的《从小说到电影剧本》⑦ 等。如上成果都足资借鉴，但前者多偏重于对现象的描述，后者的理论概括则多忽略了中国小说以汉字为载体、以汉文化为母语文化的独特性，因而都很难对中国小说特有的生存形态和编码方式给予深入考察和切实关注，也就很难对其在图像时代的表达空间和趋向作出令人信服的分析和展望。

只有结合中西理论与实践，概括图像传播时代中国古典小说传承所面对的文献（原著）、文本（图像作品）、文化（大众、媒体和专家）多层面各种关系的一般性和特殊性，才能有助于总结中国小说图像化的规律和所应遵循的原则，这不仅对指导实践有利，也是小说研究"图像转向"的题中应有之义。本文试图以《红楼梦》为例，探讨中国古典小说的图像化问题。

首先，中西小说概念内涵、编码方式、文化际遇不同，中国小说有其特有的生存状态。

西方小说名称 Fiction 或 Novel，其主要内涵为"虚构性故事""新颖的、新奇的故事"⑧，而中国"小说"在传统目录学中一直被界定为"街谈

---

① 冀运鲁：《文言小说图像传播的历史考察——以聊斋志异为中心》，《兰州学刊》2009 年第 6 期。

② 万梦蕊：《明代〈水浒传〉传播初探》，硕士学位论文，华东师范大学，2006 年。

③ 李根亮：《〈红楼梦〉的传播与接受》，黑龙江人民出版社 2007 年版。

④ 段江丽：《从小说叙事到影视叙事的改编空间》，《红楼梦学刊》2007 年第 3 期。

⑤ 秦俊香：《从改编的四要素看文学名著影视改编的当代性》，《北京电影学院学报》2003 年第 6 期。

⑥ 仲呈祥、周月亮：《论经典作品的电视剧改编之道》，《文艺研究》2005 年第 4 期。

⑦ 薛丹凤：《从小说到电影剧本》，硕士学位论文，南京师范大学，2007 年。

⑧ ［英］伊恩·P. 瓦特：《小说的兴起》，生活·读书·新知三联书店 1992 年版，第 6 页。

巷语，道听途说"①。相比之下，西方小说的"虚构性""新颖性、新奇性"内涵偏重于界定小说文本中的世界与现实世界之间相区别的关系：比现实世界虚假、新奇；而中国"小说"的"街谈巷语，道听途说"概念偏重强调小说的传播方式、载体和功能：民间传说，口耳相传，收集整理，聊备"可观"。后者虽在传播渠道、记载方式上缺乏可信度，经常难免"诬谩失真，妖妄荧听"之讥，有与"虚构性"相近的特征，但与西方小说显然不尽相同。西方小说以"虚构性""新颖性、新奇性"为其主要文体特征；而中国"小说"则以转述性、多种语体杂糅、沟通雅俗为主要文体特征。

以最容易令人怀疑西方小说"追求小说相对于现实的距离感"这一论断的所谓"现实主义"作品举例：

> 要是他起身继续散步，她便凑趣的坐在窗前瞧着围墙，墙上挂着最美丽的花，裂缝中间透出仙女萝、昼颜花，和一株肥肥的、又黄又白的景天草，在索漠和都尔各地的葡萄藤中最常见的植物。

这是《欧也妮·葛朗台》中的一段景物描写，引文中描写的花草是"在索漠和都尔各地的葡萄藤中最常见的植物"，正如亲情、爱情在日常生活中是最平常的感情一样。这些在日常生活中最平常的感情，欧也妮却都得不到满足。她眼中的"植物"看似平常，却被老葛朗台所营造的世俗生活所藐视和忽略。前者与世俗现实之间是有距离的。就如伊恩·P. 瓦特所云："现实主义的总体特征是批判性的、反传统的、革新的；它的方法是由个体考察者对经验的详细情况予以研究，而考察者至少在观念上应该不为传统影响"，"小说的基本标准对个人经验是真实的——个人经验总是独特的，因此也是新鲜的"②。

而中国古典小说则不同。如经常被视为"现实主义巨著"的《红楼梦》中，同样描写恋爱中少女的痛苦，笔触就有很大差异：

---

① （汉）班固：《汉志·诸子略·小说序》，中华书局1962年版，第1745页。
② ［英］伊恩·P. 瓦特：《小说的兴起》，生活·读书·新知三联书店1992年版，第5页。

　　林黛玉心中益发动了气……越想越伤感起来，也不顾苍苔露冷，花径风寒，独立墙角边花阴之下，悲悲戚戚呜咽起来。原来这林黛玉秉绝代姿容，具希世俊美，不期这一哭，那附近柳枝花朵上的宿鸟栖鸦一闻此声，俱忒楞楞飞起远避，不忍再听。真是：

　　　　花魂默默无情绪，鸟梦痴痴何处惊。

因有一首诗道：

　　　　颦儿才貌世应希，独抱幽芳出绣闺，
　　　　呜咽一声犹未了，落花满地鸟惊飞。

　　引文描写黛玉怀疑宝玉与宝钗亲厚，自怜身世，伤心落泪。对于黛玉的经常落泪，蔡义江先生曾这样分析："续书所写改变了原作者定下的黛玉精神痛苦的性质，把她对宝玉的爱和惜改变为怨和恨，因男子负心（其实是误会）而怨恨痛苦。这没有什么新鲜，俗滥小说中可以找到成千上万，任何一个平庸的女子都会如此，这样的结局怎么也不能算是绛珠仙子报答了神瑛侍者甘露灌溉之惠。"[①] 其实从小说中上面这段引文看，黛玉正是为了情人的"负心"而痛苦。所谓的"不平庸"，主要来自叙事者借评论宿鸟高飞等细节和几首诗而赋予其痛苦的"诗意"。
　　其次，中西小说与图像传播之间关系有所差别。
　　因以上所述中西小说编码方式的不同，二者在转化为图像语言时表现出程度不同的适应性。西方小说（一般意义上的小说）与图像传播之间的关系既有高度的相容性（因其叙事性而自身语言易于转化为角色语言或画面语言），又有高度的相斥性（小说自身语言被转化而隐退）。中国"小说"则因其叙事的转述性、多种语体杂糅等特征，相对不易于直接转化为角色语言或画面语言，其与图像传播之间的相容性较低，而相斥性也较低（小说自身语言经常较多地保留于图像作品）。

---

　　①　蔡义江：《〈红楼梦〉诗词歌赋鉴赏》，中华书局2010年版，第215页。

近几年《红楼梦》等古典小说重拍电视剧，原著语言，尤其是叙事者语言很难转化为图像语言就是一个备受关注的问题。"文学的美是语言的美，语言是文学存在的肌肤，只要人存在，语言就存在，语言审美精神也就一定会以文学的形式传之后世，读者在传统文学中所感受到的思想内容是无穷的，有个体差异的，这也正是文学语言的魅力所在。而大众传媒通过画面、声音所表现出来的有限的、直接的形象恰恰破坏了文学语言含蓄的、韵味无穷的美感。"① 这只是泛谈文学语言的特点，而实际上相对于西方小说，《红楼梦》等中国古典小说原著语言难以直接转化为图像语言的程度更加突出。

1987 版《红楼梦》堪称经典，但在问世之初也曾受到很多质疑，究其原因，主要在于读者深爱《红楼梦》的"荒唐言"和"言"外之"意"，"言"外之"味"："'两弯似蹙非蹙罥烟眉，一双似喜非喜含情目。态生两靥之愁，娇袭一身之病。泪光点点，娇喘微微。娴静时似娇花照水，行动处如弱柳扶风。心较比干多一窍，病如西子胜三分'，这样的林黛玉只有在书中我们才能感受得到，才能看得到。经过演员演绎的这些林黛玉形象，又有多少能做到形神兼备呢？"②

2010 版电视剧《红楼梦》大胆尝试，更多直接呈现原著语言，大段大段的人物语言甚至叙事语言直接搬上屏幕，但效果却颇受争议，"早期的电视剧《红楼梦》历来也被人们视为经典之作，其最成功的地方则在于能依照原著之意在人物的性格上有所突破，对每个人物鲜明的性格都精雕细琢了一番，给观众留下了深刻的印象，让其在脑中可以直观地将人物加以区分，湘云的动，宝钗的娴，黛玉的愁，乃至妙玉的洁。……当然作品成功的另一个重要的因素则在于演员精湛的演技，人物的设定是死的，而对其进行演绎的人则是活的，只有演员具备极强的艺术修养和功底，方能对角色进行深刻的刻画，带来角色与角色之间的明显差异之感。……而近期，随着新版《三国演义》与《红楼梦》的陆续上映，网上的沸沸扬扬，

① 王晓娟：《经典文学遭遇大众传媒——由〈红楼梦〉重拍引发的思考》，《北京广播电视大学学报》2006 年第 1 期。
② 同上。

现实中的争议不断，再一次带动了国学的热潮。与早期的版本对比后，不难看出，差异还是颇为明显的。看完新版《红楼梦》剧集，记忆最深刻的莫过于布景的效果，场面的设置更加唯美，人物衣着更加华贵与考究，色彩更加鲜明，背景音乐因为过分空灵而显得妖异；而对人物的印象却弱化了，远没有老版本之鲜明"①。

文中谈新版《红楼梦》"对人物的印象弱化"，根本原因其实并不在于所谈"背景"语言、音乐、色彩、场面等元素冲击力过强，压倒了人物本身的魅力——"花柳繁华地"的家世背景、"白茫茫大地真干净"的荒诞结局等元素与人物形象同样，都是小说原著"荒唐言"的组成部分——而在于类似元素（包括人物形象）没有更好地在图像语言中转化、结合和呈现，成为一个忠实于原著而又相对独立、能与原著相媲美的视像艺术精品。实现这一目标，仅仅依赖"演员精湛的演技"显然是不够的。《红楼梦》等经典原著语言各种元素如何借助编剧加以转化、结合，这是一个艺术难题，确实值得学者们深入思考。

再次，中西小说在图像传播过程中所建立的文化范式不同。

西方小说的"虚构性"内涵偏重于界定小说文本中的世界与现实世界之间的关系，追求相对于后者的距离感和陌生化，其艺术品位适宜于中产阶级知识分子的批判现实情怀；而图像传播的逼真性会在感官上缩小小说原文世界与现实之间的距离，不利于接受者思考现实世界的合理性，适宜于大众的消费享乐意识，"最易于骗人的视觉，也最不费力地适应于今天的社会"②，"消费时代享乐的平面化、意义的深度消失和纷乱场景的拼贴意识，深深影响了人们的阅读方式"。从理论上和现实中看，西方小说的图像传播，使研究者所面对的，都主要是批判精神流失的问题。

中国"小说"的"转述性"内涵侧重界定小说文本中不同语体之间的关系，追求不同语体之间的互文性、语体携带者（不同阶层的人物）之间信息的畅通感及语体隐含的价值形态之间的和谐感，通俗地说，即追求信

---

① Kimi：《经典名著的影像解读——以〈红楼梦〉和〈三国演义〉为例解析大众传媒的发展》(http://group.mtime.com/ShortComments/discussion/1143617/5/)。

② ［法］居伊·德波：《景观社会形态评论》，王昭凤译，南京大学出版社2006年版，第6页。

息的上通下达、品位的雅俗共赏。图像中的角色可以直接发言，不必借助于叙事者，后者的语言在图像传播中很难呈现，小说语言的多元性特征在图像传播中难免受损。在艺术效果上，原文中世俗故事的呈现或因缺乏叙事语言的理性审查而有所谓的"诲淫诲盗"之嫌，或因缺乏叙事语言的诗性描绘而丧失艺术美感。显然，中国"小说"的图像传播，使研究者面对的主要是因图像语言的单一化（只有人物语言）所带来的文化信息的减弱和审美价值降低的问题。如前文所引："'两弯似蹙非蹙罥烟眉，一双似喜非喜含情目……这样的林黛玉只有在书中我们才能感受得到，才能看得到。经过演员演绎的这些林黛玉形象，又有多少能做到形神兼备呢？"

虽然中西小说生存状态、编码方式虽有差异，但仍有很多相近、相通之处。何况中国古典小说的传播也并非始终处于中国"小说"概念所规定的文化语境。近代以来，古典小说的传播深受"去中国化"（全盘西化）思潮的影响；而近年来古典小说的传播则又深受"国学复兴"思潮的牵引。我们应该充分尊重人类文化的共通性和近代以来中国文化纳入世界文化格局的基本事实，对不同时代小说图像传播的得失给予客观分析和评价，并在融通不同时代、不同文化生态中相关实践的基础上，探讨中国古典小说图像化所应遵循的原则。

总之，在当今的图像传播时代，中西小说经典的传承所面对的文献（原著）、文本（图像作品）、文化（大众、媒体和专家）多层面各种关系，都存在诸多的相似和相异之处。只有在深入研究二者异同的基础上，结合古典小说在传统时代和当今时代图像传播中的具体经验得失，才能概括总结中国小说图像化的一般性和特殊性规律。这比以往研究更有针对性，可以更有效地指导实践，对小说学"图像转向"理论建设而言也有重要的补充和推动意义。从世界范围看，更可以提升我们在小说研究、传播研究、文化研究等领域的学术对话能力。

从"言以足志，文以足言"的传统语言观角度审视红学界"文献、文本、文化"研究融通的学术倡议[*]

　　红学界所提出的"文献—文本—文化"（以下简称"三文"）融通的 21 世纪学术转向，根源于"心—言—文"的传统语言观，但相对而言更关注"言"和"心"，与传统语言观的重"文"和传统学术的偏重文献考索不同。这样的转变，主要根源于西方语言学的影响和五四以来科学理性主义思潮（科学工具论）的冲击。

　　1999 年全国中青年《红楼梦》学术研讨会，提出会议的议题是：在面向 21 世纪的时刻，红学研究如何将文献、文本、文化研究三者相互融通和创新。^①会议中梅新林先生对文献、文本、文化研究三者的各自内涵和融通研究的内容给予了具体阐述，其中文献研究"主要指有关这部小说的背景、作者、版本、源流等材料的钩稽考证"，文本研究是"应该把《红楼梦》作为一部相对独立的小说作品，着重就作品本身展开研究，具体包括人物形象、情节结构、叙事模式、语言艺术、美学风格、艺术价值、主题意蕴研究等各个方面"，文化研究则"具有更为广阔的学术视野，更加注重对文学作品内涵的深层开掘"，"其研究范围相当广泛，主要包括神话文

　　* 原载于《红楼梦学刊》2005 年第 4 期。
　　① 参见赵建忠先生《面向 21 世纪：文献·文本·文化研究的融通与创新——1999 全国中青年〈红楼梦〉学术研讨会述评》，《红楼梦学刊》2000 年第 1 期。

化、宗教文化、儒家文化、家族文化、民俗文化、饮食文化、艺术文化研究等方面"①；而三者的融通即指"以文献为基础，以文本研究为轴心，以文化研究为指归，在回归文本研究中寻求以上三者的融通和创新，从而真正消除曹学与红学的分野，打破外学和内学的藩篱"②。

提出文献、文本、文化研究三者融通的深刻之处在于：不仅文献、文本、文化研究是当前红学中三种主要的范式（共时态），而且文献研究—文本研究—文化研究的链条还高度概括了百年来红学发展的轨迹（历时态）。因此在世纪之交，提出三者融通确乎具有反思、整合和创新研究范式的方法论意义。

只是，对造成 20 世纪红学由文献研究到文本研究，再向文化研究发展的深层动因和这一发展链条的内在规律，学界的认识似乎尚嫌不足。梅先生强调：

> 正因为新红学的建立是以文献考证为基点，新红学的延续实际上也就是文献研究的延续，因而在相当长的时期内，与盛况空前的文献研究形成鲜明对比的是，文本研究受到明显的冷落，到了本世纪中叶，藉助马克思主义文艺理论的传播与运用，延续新红学而来的研究方法得到了矫正与更新，然而当时红学界所关注的热点却转向《红楼梦》产生的历史—社会背景以及作品的历史政治内涵——以新批评派的理论观之，就是从所谓的"传记式批评"转向"历史—社会批评"。在这样的学术氛围中，一方面是红学研究的日趋兴盛，尽显显学之盛势；另一方面则是在非文学化中进而走向泛历史化、泛社会化、泛政治化，尽管较之新红学的文献研究已发生了明显的学术转型，但也不可能真正走上文本研究之路。在 20 世纪末期的八九十年代，红学界通过反思五十年代以来红学研究的坎坷之路，才逐步开始重视文本研究。然而，"文化热"的勃然而兴，又将正处于转折时期的红学研究的重心引向文化研究一端。③

---

① 会议文章后来刊载于《红楼梦学刊》，参见梅新林《文献·文本·文化研究的融通与创新——世纪之交红学研究的转型与前瞻》，《红楼梦学刊》2000 年第 2 期。
② 同上。
③ 同上。

其中将文献研究—文本研究—文化研究的演进动力主要归结于外在的政治环境、文化环境的要求。而俞晓红等先生则比较笼统地认为"'三文'融通的研究方法，不同程度存在于20世纪的红学历程，只是没有自觉形成方法论的理论框架"①，这就将红学范式嬗演的基本事实也给淡化了。而没有对红学范式嬗演的内部动因和规律的认识，我们将很难对原有的范式予以反思，更难在此基础上实现所谓的融通和创新。所以，无怪乎在该次研讨会上，红学会副会长、著名红学家刘世德先生会提出"希望中青年学者在红学研究中不要'一切从零开始'，要在红学界已有的研究成果基础上前进"② 这种饱含忧虑的建议。

文献研究—文本研究—文化研究这一红学范式的演进中究竟隐藏着什么样的内在动力和内在规律？

关于三种研究各自的内涵，上面曾引述梅先生等学者的看法，即文献研究"主要指有关这部小说的背景、作者、版本、源流等材料的钩稽考证"，文本研究"把《红楼梦》作为一部相对独立的小说作品，着重就作品本身展开研究"，而文化研究立足于"《红楼梦》具有特别突出的文化包容性和文化深邃性，因而在文献研究与文本研究之上进而走向文化研究，显得尤为重要"。

换一种更能显示三者之间差别的说法，则可以说文献研究主要是围绕《红楼梦》成书情况的文献考索，作为其研究对象的"文献"主要是一些文字资料③；文本研究相对而言更关注《红楼梦》用文字讲述的故事，即小说的"假语村言"层面；而文化研究更倾向于挖掘和阐释《红楼梦》"字里行间"的深层意蕴内涵。

这样则不难发现范式演进中的以下几个方面的特点和意义：第一，伴

---

① 赵建忠：《面向21世纪：文献·文本·文化研究的融通与创新——1999全国中青年〈红楼梦〉学术研讨会述评》，《红楼梦学刊》2000年第1期。

② 同上。

③ 正如梅先生在分析"文献"的词源含义时所强调的："析言之，'文献'之'文'是指书本记载，'献'是指口头议论。……今天的'文献'概念较之马端临先生的定义又发生了一些变化，大体是指历史文件，即马端临所说的'文'部分而不包括口传议论即'献'部分。"参见梅新林《文献·文本·文化研究的融通和创新——世纪之交红学研究的转型与前瞻》，《红楼梦学刊》2000年第2期。

随文献研究—文本研究—文化研究的范式演进，红学对《红楼梦》讲述的故事及其内涵越来越关注，用时下语言学常用的术语来说，即对小说的"所指"越来越重视；第二，从梅新林等对"三文"融通的具体阐述——以文献研究为基础，以文本研究为轴心，以文化研究为指归——来看，探索《红楼梦》的深层内蕴被作为红学研究的最高目标，而有关小说语言文字（能指）层面的研究则被当作达成、通往这一目标的工具、路径；第三，反过来看，当前红学界能在重视探索《红楼梦》的深层内蕴的前提下提出"三文"融通，也表明学者们认可、信任有关小说语言文字层面（能指）的研究之于内蕴（所指）探索的意义，而这样的认识实际上根源于"言以足志，文以足言"①的传统语言观。

以上分析的根本用意，在于改变梅新林先生关于"三文"之间关系的所谓"文献研究的视角，是从作品之外看作品，文本研究的视角是从作品内部看作品，文化研究的视角又回到作品之外看作品，这是一个否定之否

---

① 《左传·襄公二十五年》载孔子说："《志》有之：'言以足志，文以足言。'不言，谁知其志？言之无文，行而不远。"在这段话中，"文"字通常被解释为修辞性、装饰性的文辞；而周裕锴先生指出："孔子所引用的《志》的说法值得注意，由于这段话的语法结构是一种递进关系，所以应该按照德里达所说的'形上等级制'的观念来理解，即'志'指思想或意志，'言'指口头语言，'文'指书面文字（原注：《日知录集释》（卷二一），《字》曰：'春秋以上，言文不言字。'河北花山文艺出版社 1990 年版，第 937 页）；联系到先秦儒家对文字记载的典籍的尊重，我们有充分的理由认为《志》所谓'言以足志，文以足言'的原意是：语言足以充分表达思想，而文字足以充分表达语言。同时，根据孔子所一贯主张的语言观，'不言，谁知其志？言之无文，行而不远'这段话也可以做这样的理解，即：如果一个人不说话，谁能知道他的思想？而如果他说的话没有用书面文字记载下来，也不能传播久远。"在儒家哲学著作《易传》里，还可看到一种与"言以足志，文以足言"的排列方式正好相反的说法："子曰：'书不尽言，言不尽意。然则圣人之意其不可见乎？'子曰：'圣人立象以尽意，设卦以尽情伪，系辞焉以尽其言，变而通之以尽利，鼓之舞之以尽神。'"（《周易·系辞上》）其中"书不尽言，言不尽意"的言意观明显不同于孔子的一贯主张，而近于老子的"非言"。周先生对此解释说："即使这段话表达了孔子对语言文字传递思想的有效性的疑惑，他仍相信'圣人之意'可以通过另一套象征性系统而表现出来。"笔者欣赏并同意周先生的分析，同时认为以上《左传》和《易传》的两段引文显示出儒家在糅合道家反面看法的基础上丰富了"言以足志，文以足言"的言意观的内涵，使后者成为中华民族传统语言观的核心；参见周裕锴《"文无隐言"与儒家的形上等级制》，《中国文化研究》2003 年春之卷。

定的依次展开、相互融通、不断超越的过程"① 的界定，而在"意"—"言"—"文"的语言学奖励会议层面考察 20 世纪红学研究范式的嬗演中所折射的深层认知方式的变化，并在中西语言观和认知习惯相碰撞的文化背景下考察红学嬗演的动因、规律和意义，借以更好地把握"世纪之交红学研究的转型与前瞻"。毕竟，"近百年来，凡是与学术研究沾上边者，总会直接或间接地受到红潮的牵引"②，研究红学与 20 世纪中西学术碰撞之间的内在联系，也应是 21 世纪红学的题中应有之义。

"言以足志，文以足言"的说法有些近似于古希腊亚里士多德（Aristotle）的一段表述："口说的话象征着内心体验，而书面文字象征着口说的话。"（spoken words are the symbols of mental experience and written words are the symbols of spoken words.）法国哲学家雅克·德里达曾将亚里士多德的表述称为"形上等级制"（metaphysical hierarchy），即"意""言""文"由高到低的等级排列。而"言以足志，文以足言"的中国传统语言观则隐含着对语言文字的充分信任，与古希腊"意""言""文"由高到低的等级排列意识有着细微而深刻的差异。

周裕锴先生在《"文无隐言"与儒家的形上等级制》一文中曾概括了中国传统语言观念异于西方的两个方面：其一，相信"通过书面记载可以克服时间（古昔）、空间（千里）的障碍，这是文字的功能，此即'言之无文，行而不远'"。其二，也相信"反过来从理解的角度看，通过语言文字就可以充分了解言说者和写作者的思想意识"。概而言之，即认为"'心''言''书'之间并不存在着等级制，在表达和理解的两个环节中，

---

① 梅新林：《文献·文本·文化研究的融通与创新——世纪之交红学研究的转型与前瞻》，《红楼梦学刊》2000 年第 2 期。梅先生的说法亦颇富创意和辩证色彩，只是有几个明显缺陷：其一，把文献研究和文化研究都看作"外部"研究，二者的根本差别何在？其二，所谓"内—外—内"的界定只是从研究与小说"作品"之间距离的角度观察红学研究视角的变迁，具有明显的主观性；其三，"内""外"的评价尺度本身描绘性强而分析性较差，很难用来揭示红学研究范式转变的内在规律，更难用来将红学范式的转变及其意义置于中西学术传统的碰撞背景中考察，故为本书所不取。

② 黄天骥：《红学与二十世纪学术思想·序》，人民文学出版社 2000 年版，第 3 页。

'心''言''书'可以自由地双向交流"①。

传统言意观中，老庄有关道言悖论、言意悖论的认识同样影响深远，儒家也有"言之不足……手之舞之，足之蹈之"等语，都指出了"言"也有不能尽"意"的可能，与"言以足志，文以足言"这种充分信任语言文字表意功能的态度都不尽相同。老子虽强调道言悖论，即"道可道，非常道"，其《道德经》也还是在以"言"明"道"；庄子的"寓言十九，重言十七，卮言日出"也都还是"言"，"得意忘言"更在贬低"言"的同时基本上肯定了其"得意"功能。可以说儒家"言之不足……手之舞之，足之蹈之"之语，和老庄的"非言"，都指出了"言"有不容易尽"意"的情况，但也都以手足之舞蹈或高度形象化的比喻、寓言等辅助着一般的语言文字表达，并相信最终能"得意"。

总之，从主导倾向上看，传统言意观基本肯定和信任"言""文"的达"意"性，而这种肯定和信任又与推崇信赖"象"相联系。或者不妨说，"象"在传统言意观中成为表意能力最强的语言文字符号。"言以足志，文以足言"和"文无隐言"，最终以"象"无隐言、"象"无隐意为保障。

"象"的表"意"性之所以能受到高度推崇，应该与其直观性等特征有关。如手足之舞蹈可直观地模拟情状，比喻寓言也可借助简单直观的形象说明近似相关的抽象情理。类似形"象"性的表意，因此都表现出较强的模拟性、近似性，强调混同而淡化差异，要求接受对象具备推广、混融性思维素质，"举一隅而以三隅反"乃至"闻一知十"，将表达者具体的"意"推广提升，有限的所指被推广至无限，表"意"的局限性由此被克服。

汉字象形性较强的特点成为传统言意观信任语言文字表意功能的深层根源和重要根据。《周易·系辞上》言"书不尽言，言不尽意。……圣人立象以尽意"，汉代扬雄《法言·问神》云"言不能达其心，书不能达其言，难矣哉！惟圣人得言之解，得书之体，白日以照之，江河以涤之，灏灏乎

---

① 周裕锴：《"文无隐言"与儒家的形上等级制》，《中国文化研究》2003 年第 1 期。

其莫之御也。面相之辞相适，捵中心之所欲，通诸人之嗫嗫者，莫如言。弥纶天下之事，记久明远，著古昔之，传千里之忞忞者，莫如书"，都借虚构"圣人"的造字权神话着汉字的表意能力。而其"造神"的根据，不外乎汉字的象形性及由此而来的"尽意"（即借助近似、混融性思维"弥纶天下之事"，提升、推广和变"简易"之"象"为"不易"之理）和"记久明远"（相对于拼音文字确少受方音和时音等影响，稳定性较强）功能。

在信任汉字表意功能的基础上，中国传统言意观对"心""言""书"三者之间关系的认识的确有别于西方，应该引起我们的足够注意。

上引《周易》所言"书不尽言，言不尽意"和《法言》所云"言不能达其心，书不能达其言"，都明显以言统书，以心统言，并指出后项作为表意工具的不足、缺陷，"心""言""书"三者之间被表述为由高到低的等级排列关系。这与前述雅克·德里达所指出的亚里士多德语言观中"意""言""文"由高到低的排列近似。而两段引文中"圣人立象以尽意""惟圣人得言之解，得书之体"等语，则强调"圣人"所创文字可"著古昔之"和"传千里之忞忞"，即字可通（统）言、意，"心""言""书"三者之间的等级关系出现了翻转。

从逻辑上看，"心"—"言"—"书"由高到低排列中，个体性、具体性渐次减弱，而社会性、规约性渐次增强。排列所遵循的主要是个体性、具体性原则，即强调、要求个性地、具体地表达"心""意"。而反之，"文"—"言"—"意"的由高到低等级序列，则主要遵循社会性、规约性原则，强调遵守共同的符号体系和规则。

中国传统言意观中"圣人立象以尽意""惟圣人得言之解，得书之体"等语，即强调遵守共同的文字符号体系和规则。语言文字不能充分表达意识，本身根源于社会性、规约性与个性、具体性之间的必然矛盾，"惟圣人得言之解，得书之体"等语却将不能充分表意归结为表意者个人语言文字修养的缺陷，此缺陷不是通过修正、变通，而是借助更忠实地习得"圣人"传承下来的文字符号体系才能予以克服。

历时地看，《周易·系辞上》中"圣人立象以尽意，设卦以尽情伪，系辞焉以尽其言，变而通之以尽利，鼓之舞之以尽神"，所言之"象"等并不尽指语言文字符号。而《法言·问神》中的"言""书"则明确指富于形象性的汉字符号系统。传统言意观推崇规约性、凝固性文字符号体系的倾向显然逐渐明朗、增强，与西方相异的特点也逐渐明确。中西学术、文化等也在不同的语言文字符号体系、不同的言意观传统之基础上生长、发展。

传统语言观尊崇文字的重"文"倾向，造就了偏重文献考索和文字推求的学术传统。经（典籍）学是传统学术的核心，而古文经学和今文经学又都以考订经书文字为第一要务。20世纪以来，受西方语言学和科学理性主义思潮（科学工具论）的冲击，语言观出现重大变化，文字"沦落"为意识、语言的"工具"，整体人文学科学术研究的方式和风气也随之转变。就红学而言，学术范式即经历了文献研究—文本研究—文化研究的转变，乃至今天提出"以文献研究为基础，以文本研究为轴心，以文化研究为旨归"的"三文"融通的学术倡议，研究重点逐渐转向阐发《红楼梦》文字背后不可穷尽的语意。① 在此意义上，20世纪红学研究范式的演进折射着所受西方语言学的影响，但同时如上文所说，有关"三文"融通的阐述饱含着对语言文字之表意功能的信任，与传统的"言以足志，文以足言"的语言观明显仍保持着千丝万缕的联系。

"以文献为基础，文本为轴心，文化为旨归"只是强调"通过语言文字可以充分了解言说者和写作者的思想意识"，而没有看到语言文字（抽象意义上的个人语言文字习惯，或民族语言文字系统）对"言说者和写作者的思想意识"的反作用。研究"言""文"长期分离的中国传统文化，关注文—言—意这一反向流程更加符合历史实际。

"言以足志，文以足言"的传统语言观和认知态度究竟会给红学发展

---

① 这种阐发工作与索隐派有着根本的不同：前者要阐发的是《红楼梦》作为"说部"、小说的美学内涵，而后者则将《红楼梦》作为一部特殊"史书"而索其"隐"去的"事实真相"和"生活原型"；前者主要使用文学、美学的阐释方法，而后者则主要依据汉字作为象形文字的造字方式"猜谜"。概言之，前者关注的是《红楼梦》的语言和语意，后者则着眼于《红楼梦》的"文字"和字意。后者向前者的变化本身表现出"字本位"向"语本位"的转化，显示出受西方语言学影响的痕迹。

带来怎样的局限？

"言以足志，文以足言"包蕴着如下基本内涵：第一，从时间先后来说，先有"志"（意），再有"言"，最后产生"文"；第二，"志"（意）对"言"和"言"对"文"都有绝对的支配权；第三，"言""文"可以充分（"足"）表达"意"，因此"通过语言文字可以充分了解言说者和写作者的思想意识"①。"意""言""文"三者之间的关系因此可以被概括为表达活动中的"意"—"言"—"文"和阐释活动中的"文"—"言"—"意"两个不同流向的链条。如上文所说，周裕锴先生曾将这两个链条表述为"在表达和理解的两个环节中，'心''言''书'可以自由地双向交流"②。

表面看来，支持"心"（"意"）、"言""书"（"文"）之间"自由地双向交流"的中国传统语言观确乎比"西方逻各斯主义贬低文字的倾向"更富辩证性和合理性③，但同时也潜伏着特有的不易被察觉的危险，即：西方将"意""言""文"由高到低给予等级排列的语言观强调了"言""文"的表"意"局限，实际上也在对"言""文"表"意"程度给予极高的要求，有助于推动"言""文"紧随表"意"的需要发展；而中国传统语言观对"言""文"表"意"能力的高度乐观态度，却容易使人放松及时更新"言""文"的警惕性。如我们前面所分析，《周易》等有关"圣人立象""圣人得言之解，得书之体"的造字神话描述更带来尊崇凝固性、规约性文字符号体系的倾向。这也说明上述危险的确存在。

这种危险的存在和显现意味着"言以足志，文以足言"所描绘的三者之间"自由地双向交流"的关系图示只是一张画饼。不过，"双向交流"这个词倒真的能够如实概括中国文化史上"意""言""文"三者之间的特殊关系，只是把"双向交流"界定在"表达和理解的两个环节"中，强调"表达"和"理解"两个过程中"意"—"言"—"文"或"文"—"言"—"意"的不同流向，却不是真正意义上的"双向交流"，因为表达

---

① 周裕锴：《"文无隐言"与儒家的形上等级制》，《中国文化研究》2003 年第 1 期。

② 同上。

③ 从周先生言及"'心''言''书'可以自由地双向交流"的语气中，对传统语言观的欣赏和民族自豪感已然溢于言表。

和理解是两个相对独立的行为。难道"语言文字"只能有助于"充分了解言说者和写作者的思想意识",而不能"影响""言说者和写作者的思想意识"吗?如果我们不把"言""文"单纯看作一段具体的言语或文字表述,而是从言语方式、文字特征等较形而上的角度来看,应该不难看到一个人所掌握的语言文字对其思想意识的影响,一个民族所使用的语言文字对其思维方式的反作用,乃至语言文字的变革对思想革命的意义。换句话说,仅仅在表达过程当中,"意""言""文"之间也存在着双向交流。而且在中国传统文化中,"文"长期凝固,"言""文"脱离,不能从"意"—"言"—"文"的单向流程中解释这一现象,更要求我们高度关注反向流程,即"文字"对"语言"和"思想意识"的反作用。这种"双向交流"中民族的"编码序列",有可能成为我们对人类认知"基因库"的特殊奉献。

在"文献、文本、文化"研究相融通的学术实践中,考虑到"文"—"言"—"意"的反向作用链,应该高度重视"文献"研究,但不应把"文献"研究局限于围绕《红楼梦》成书情况的文献考索。

在红学领域,所谓"文献、文本、文化"研究三者的"融通",也应该立足于三者之间的"双向交流":既看到"意"—"言"—"文"的正向作用链,借助"言""文"上溯其"意","以文献为基础,文本为核心"阐发作品的文化意蕴;同时也需要关注"文"—"言"—"意"的反向作用链,尤其应该高度重视"文献"研究。但不应把"文献"研究局限于围绕《红楼梦》成书情况的文献考索,而更需要关注传统文学创作模式(抽象意义上的写作习惯和运思模式——"文"自身的规则),关注奠定这一模式的"《诗》六义"说及文章学,关注它们之于《红楼梦》文本("言")和意蕴("意")的影响、意义,分析《红楼梦》相对于前者的承继或创新关系,并在此基础上考察《红楼梦》在古代文学史上的地位、价值和意义。

1999年全国中青年《红楼梦》学术研讨会上,针对会议主题即有关"三文"融通问题,陈维昭先生曾提出不同看法,他认为:

20 世纪的红学依然处于模仿的阶段。为了能超越模仿，我们必须选择有效的中介，从《红楼梦》本身归纳、概括、抽象出一套规则、范畴。这些规则、范畴植根于中华文化土壤之中。因此，把握《红楼梦》与中国的价值思维传统、文章学传统的关系，是实现红学的创造性建构的第一步。而 20 世纪人类所创造的最有价值的理论应该成为《红楼梦》研究者的知识背景，融汇在研究者的知识结构之中。现在的问题不是文献、文本、文化研究三者是否应该融通的问题，也不是三者之间的关系问题，而是应该如何进行创造性建构的问题。①

他显然不赞同有关"三文"的提法，而急于发出"超越模仿"（就上下文语境看，此处的"模仿"当指仿效西方研究方法）和"进行创造性建构"的倡议。值得注意的是，陈先生所提出的"超越模仿"的条件主要有如下两个：其一，从《红楼梦》本身归纳、概括、抽象出一套规则、范畴，把握《红楼梦》与中国的价值思维传统、文章学传统的关系；其二，以 20 世纪人类所创造的最有价值的理论（实质上主要还是来自西方的理论资源）为知识背景。从中既可看到已有学者高度关注"文章学传统"与《红楼梦》之创作"规则、范畴"之间的关系，也可感受到这些学者借助"理论"解析其中关系的努力。只是这些内容本身也是"三文"融通的意旨，没有必要抛开有关"三文"的概括另起炉灶。这也从反面证明了目前红学界对"三文"内涵、三者的历史渊源、三者融通的可能和意义等基本问题的界说尚存在缺陷。

其一，考察传统文学（主要是"诗文"）创作模式对《红楼梦》文本之影响，与一般意义上的"文本"研究相比具有独特的意义。

主要在于：第一，避免单一使用"小说"尺度研究评价《红楼梦》文本；第二，避免机械使用西方的"小说"概念和批评方法，将《红楼梦》

---

① 赵建忠：《面向 21 世纪：文献·文本·文化研究的融通与创新——1999 全国中青年〈红楼梦〉学术研讨会述评》，《红楼梦学刊》2000 年第 1 期。

的文本特点剪裁为"人物形象""情节结构""叙事模式"和"美学风格""艺术价值"等诸多方面的印象拼盘;第三,倾向于从中国文学创作的传统出发,整体、系统、客观地分析研究《红楼梦》文本在中国文学史中的特点、创新和意义;第四,在以上三点基础上,比较中国传统文学创作模式影响下的《红楼梦》文本与西方小说经典之间的异同,为世界范围内的小说研究作出中国学者应有的贡献。

其二,考察传统文学(主要是"诗文")创作模式对《红楼梦》意蕴之影响,与一般意义上的"文化"研究相比也具有独特的意义。

主要在于:第一,立足于文学创作角度考察文化传统之于《红楼梦》的影响,避免欠缺针对性和文学认知价值的"泛文化"研究;第二,着眼于《红楼梦》对传统文学创作模式继承和创新,分析作者对传统文学创作模式的态度,从进行创作模式沿袭或创新的角度考察创作的用意、主旨,在上述范围内切实解答《红楼梦》的内涵和价值问题;第三,关注《红楼梦》在"《诗》六义"说、文章学所代表的传统创作模式和后起的小说创作习惯之间的取舍,并研究它在更深层的雅俗文化之间的立场、态度;第四,在以上三点基础上,比较中国传统文学创作模式影响下的《红楼梦》的文化内涵、立场与西方经典小说之间的异同,使"文化"研究真正为分析、解读、阐释小说服务,成为小说研究的一个有机范畴。

其三,被忽略的重点:研究诗文创作传统与《红楼梦》的"创新"之间的关系,提出《红楼梦》以诗文作小说的特点及其文学史意义。

关于《红楼梦》的"创新性"的问题,《红楼梦》叙事者早已自信地宣称要"令世人换新眼目","自有《红楼梦》出来以后,传统的思想和写法都被打破了"[①] 也已成为定评。"传统的思想和写法"究竟指什么?《红楼梦》怎样打破了这样的"传统"?《红楼梦》的"思想和写法"有何独创性?这都应该是红学研究的"重心",也应是小说史研究的"重心"。但这

---

① 鲁迅:《中国小说的历史变迁》,载《鲁迅全集》(第9卷),人民文学出版社1981年版,第338页。

方面的系统研究并不多。就笔者所见，2002 年周中明先生的《〈红楼梦〉的艺术创新》①是较早着力于本课题研究的专著。正如李希凡先生在序言中所指出的：

> 《〈红楼梦〉的艺术创新》正是从这"打破"的理论基础出发，细致入微地阐述了《红楼梦》的"前所未有"的艺术创新。阐述了这"打破"不只表现在对"历来野史""市井理治""佳人才子"等书，或涉于"淫滥的风月笔墨"的千部一腔的打破，而且对于中国小说史上前面所出现的几部名作《三国》《水浒》《西游》《金瓶》，也都在立意、取材、人物描写、艺术结构上，有着"全面"意义上的创新。②

这是从"小说本体"研究的角度考察了《红楼梦》在小说史上的艺术创新，即对"传统写法"的创新。为了全面证明《红楼梦》把"传统的思想和写法都打破了"，该著也强调《红楼梦》"不是以我国古典文学中传统的'廊庙文学''山林文学'的思想，而是以初步的民主主义思想对封建社会作了哀彻痛极的批判，宣判了中国封建社会必然走向灭亡的历史命运"，并将《红楼梦》与"前此出现的长篇小说杰作的不脱封建思想窠臼"进行比较，主要拈出前者的塑造"强似前代所有书中之人"③"创造具有时代精神的新人"④，阐明其在小说史上的"思想"创新。

实际上，鲁迅先生评价《红楼梦》把"传统的思想和写法都打破了"的提法，将对"思想"的"打破"放在"写法"的"打破"之前，已隐含了"思想"创新为"写法"创新之前提的认知态度⑤，无形中诱导学者力

---

① 周中明：《〈红楼梦〉的艺术创新》，黑龙江教育出版社 2002 年版。

② 李希凡：《"传统的思想和写法都打破了"——序》，载周中明《〈红楼梦〉的艺术创新》，该序后来发表于《红楼梦学刊》2002 年第 4 期。

③ 第一回石头语；（清）曹雪芹、高鹗著，人民文学出版社编辑部校勘：《红楼梦》（四卷本，以程乙本为底本），人民文学出版社 1957 年版，第 3 页。

④ "创造具有时代特色的新人"是周中明先生的提法，但"强似前代所有书中之人"与"具有时代特色的新人"内涵和外延毕竟有着重大差异。

⑤ 即"言以足志，文以足言"，只是相对于此传统语言观更重视"思想"，重视《红楼梦》传达的"悲凉之雾，遍披华林"的悲剧意识，重视小说的"启蒙"意义。

图从小说点点滴滴的艺术创新中追溯其思想创新"背景"。① 这样做自然也有其合理性，但问题在于，近代以来思想启蒙的文化使命使大家一直有意无意地抬高《红楼梦》的思想性，以作为发出"悲凉之雾，遍披华林"之警钟的"启蒙"杰作。目前学界已公认"《红楼梦》的思想是反映资本主义萌芽的新的民主思想，曹雪芹是超前的思想家"②，在此认识基础上回去论证"思想家"笔下人物的"时代精神"和"叛逆性"，即如《〈红楼梦的〉艺术创新》一书将《红楼梦》中"强似前代所有书中之人"阐释为"创造具有时代精神的新人"，这就难免有削古人之足以适今日之履的嫌疑。

这种循环论证的学术怪圈，主要也起因于"言以足志，文以足言"的传统语言观；这种语言观将"志"（"意"）、"言""文"糅合在一起，淡化三者之间的距离，也忽略了"言""文"的自身传统对具体表"意"行为、效果的影响，一旦读者所处的"言""文"语境与创作时的情况有重大变化，他对"意"的理解就有可能出现重大偏差而不自觉。

周中明先生通过比较《红楼梦》与前代小说研究其艺术创新，这已经是关注《红楼梦》创作语境的表现。但仅从"小说本体"还不足以考察《红楼梦》的创新之"意"（"志"）。因为这个"小说本体"在文学史上并不孤立，在中国文学史上甚至并不独立。

一个相对被忽略的研究重点是考察《红楼梦》的所谓"创新"与诗文创作传统之间的关系。具体做法可以从《红楼梦》第一回叙事者借石头之口表述的"令世人换新眼目"这一写作愿望大做文章，就其"令世人换新眼目"之意旨所强调的写"真""俗""女儿""情"等核心范畴出发，探究上述范畴在小说评点学中的基本意义及其与传统"《诗》六义"说和文章学之间的联系，借以分析《红楼梦》之"创新"的真实内涵和意义。相

---

① 李希凡先生在为《〈红楼梦〉的艺术创新》所作的序中，一再强调"艺术创造又是和作家思想的'创新'无法截然分开的。因为艺术上的创新，'写法'上的打破，同'传统思想'的打破是血肉一体的""本书论述的艺术创新的'打破'，首先就着眼于'传统'思想的打破"，比该书作者将"艺术创新"与"思想创新"相连的意识还要强烈，就出于与鲁迅先生相似的认知态度。

② 冯其庸：《论〈红楼梦〉的思想·自序》，《红楼梦学刊》2002 年第 1 期。

关表述可看作《红楼梦》作者的小说论。而以往研究《红楼梦》的创作特点、创新性多借助文本分析，从《红楼梦》作者的小说观入手的考察还不够系统、深入。

研究者多将小说看作市民心声载体和文学近代化的标志，《红楼梦》因其写"真""俗""女儿""情"等更被评价为"超前""伟大"之作。但像文学史上有以诗、文入词、曲的现象一样，明清小说也有着诗化趋向。《红楼梦》更是以诗文作小说的集大成者，其写"真"等，本质上都是写诗、写道的隐喻。正是传统诗文（尤其是"诗"）等最富汉字性、文言性的文体对新兴俗语文体的影响、引力，使《红楼梦》等成为隐喻的、诗性的文本。

希望在充分考虑"文"对于"语""意"和诗文对于小说等的向心力的基础上，我们能对《红楼梦》等的创作特点和"创新性"作出更准确的分析。

与当代作家的对话交流

《红楼梦》 与小说文化 *

王　蒙

　　研究《红楼梦》的文章浩如烟海，给人们的启发和教益是多方面的。有的研究大处落墨，成龙配套，将虚虚实实、千端万绪、有时候见头不见尾、有时候令人一头雾水的小说故事与处理手法梳理成最进步的历史社会思想观念，使之归属于已有的完整的理论系统，六经注"梦"，"梦"证经典，六经治（理）"梦"，"梦"弘经典，六经圆"梦"，"梦"颂经典；高屋建瓴，势如破竹，既显示了经典的无所不包，也显示了"梦"的无往不适。把弘经与弘"梦"结合起来，这也是研究者对薛宝钗式的"时"的有效发挥吧！

　　可惜的是，它只能证明已有的结论，用已有的结论分析小说，用小说证明已有的结论，带有循环论证、互为前提、互为结论的色彩。

　　有的则着力于训诂考据，大开眼界，大长知识，也使对"梦"的所谓文本研究更加复杂艰巨。哪一段哪一回哪一卷是真本原本，哪一段哪一回哪一卷是讹是赝是另有隐情都弄不清，还怎么奢谈文本？为此，作为"梦"书爱好者，我十分感谢对《红楼梦》及其作者、背景做了大量考证的学者的贡献。同时，我也深感"曹学""版本学"等掌握的材料、证物、证据太少，谜团太多，等待结论的太多，结果许多断语其实是出自论者的

　　* 王蒙：《〈红楼梦〉与小说文化》，《读书》2003 年第 12 期；此文系王蒙先生为笔者专著《〈红楼梦〉：一个诗性的文本》（中国社会科学出版社 2003 年版）所作序言暨书评。

猜测乃至好恶，出自论者的感觉、灵感、个性，再辅以材料甄别与逻辑论证，主观倾向往往胜过客观实证，从一分材料得出十分结论，至少九分属于"风险投资"。你无法因"梦"的版本、作者、背景的尚有争议、尚待考证而暂停文本研究，无法等待一切考证齐活再去触摸文本，你就依靠一点点已有的背景知识大谈文本却又给人以无知妄言或者逃避考据的"硬"功夫，乃向着阻力最小的文本评说卖弄起来的感觉。

或谓"梦"的研究的特殊性与要点在于从中进行中华文化的研究与弘扬，善哉斯言！随着历史的曲折进程，国人愈益知道了中华文化这本大经的重要与美丽。谁能捧"梦"而忽略文化的中华传统特性，谁能谈中华文化而不谈《红楼梦》，爱中华文化而不爱《红楼梦》？

怎么样从传统文化的角度逼近与把握《红楼梦》，则是学养欠缺如笔者一直没有解决的问题。东读西看，鳞鳞爪爪，碎玉散珠不少，系统的考察探寻则不多，更不深不透。泛泛的吃喝拉撒睡、衣食住行用……东一榔头西一棒子的"文化"不少，文学的、文艺学的与小说学的文化研究反而不够。莫非"梦"的文化内涵就在那些细物用品风俗名称的冷门细节偏题上，而不在全书体系之中？"梦"如大海，莫非"梦"的文化不在于海水海浪海潮而只在于一沫一沙、一藻一虾？当然，细节的知识性、趣味性问题也是需要搞明白的，也是惠人良多的；但是《红楼梦》中的文化当不仅是点点滴滴零零碎碎的堆积，也不可能只是泛漫无际的"碰上什么算什么"，而应有其整体性，有其主干。它应该是全书的思路、观念、感情、精神架构、价值选择、来龙去脉、符码体系的凝聚。什么时候能有一种贯穿全局，不遗细部，正面回答《红楼梦》的文化性格问题，中西学兼有而以中学为体的，既是全面的大气的，又是细腻的、敏锐的、感觉精微的论著出现呢？

接触到中国海洋大学的年轻女教师薛海燕博士的红学新著《〈红楼梦〉：一个诗性的文本》书稿，颇有些喜出望外。它确实部分地满足了我多少年来的上述认知饥渴和阅读期待。作者有意识地不采用一般西方文论特别是现实主义小说理论中的人物、结构、情节、语言几大块的评析方法，也不跟随拔高上纲的理论提升路线，不拘泥于已有的各大名家的红学主旨，而又充分照应了当今各路红学好手们的真知灼见；紧紧抓住书中的几个关键的命题，几个关键的语、词、字，继承了中华治学的字句分析考究的古老传统，旁征博引，追根溯源，参考百家，联系全书，联系中国传统文学特别是诗文（即不限于小说）与明清历史文化的渊源，作出既不人云亦云，也不故意唱反调的；既是相当独出心裁的，又是相当合情合理的；我甚至要说是平易近人的，却又与众不同的论断。读之，每感深得吾心，又每感深益我学，乃乐我之先睹为快，有不能已于言者。

例如，作者说："近代以来思想启蒙的文化使命，使大家一直有意无意地抬高《红楼梦》的思想性……难免有削古人之足以适今日之履的嫌疑。"作者明明白白地分析了"梦"中扬女抑男的种种说法与近现代男女平等思想之间的重大区别，并援引了明清时期已经一再出现的类似的扬女抑男的说法。

作者指出，借赞扬女性的相对自然和超功利特点，以表达反对束缚的创作观和社会观（"女儿"—超功利—诗—避世、抗拒束缚），这在明清反复古的创作潮流中早已成为一时之风气。

作者援引当代日本学者合山究在《〈红楼梦〉中的女人崇拜思想和它的源流》一文中得出的结论："这和经常说的，和近代的男女平等的女性观有很大的距离。不过，像这样的封建的恋爱观和女人崇拜，应该说是《红楼梦》让封建的美学结成了美丽的果实。"

作者认为，这是将《红楼梦》及明清有关"天地灵秀之气，不钟于男子而钟于妇人"的议论归于"美学"范畴，而否认其与所谓的"近代妇女解放论"之间的联系。这是很大胆的论断，但又是很有根据的说法。顺便说一下，一个男作家对于（青少年）女性的高度欣赏态度，诗化态度，叫作无限爱慕的态度，对女孩子出嫁的遗憾心理等，其实也可以从精神分析的观点加以说明。不论是"屠格涅夫的女性"还是安徒生的"海的女儿""冰姑娘"，不论是梅里美的"卡门"还是小仲马的"茶花女"，乃至雨果、狄更斯、福楼拜（他说过："包法荔夫人就是我。"）、陀思妥耶夫斯基笔下的女性，都凝聚了创作者的无比爱心。这种爱心既包含了对污辱残害女性的社会的批判，也承载了作家本人对于女性的眷恋、追求与向往，有它的弗洛伊德——艺术审美式心理依据。例如，安徒生就是一个老单身汉。他的童话《老单身汉的睡帽》写出了老单身汉的多少痛苦！而笔者的少作中也常常流露出此类爱恋（更中华文化式的说法应该是"爱慕"而不是爱恋）"女儿"、为女孩子的命运忧伤的心绪，以致于有的领导与师长善意地指出：王某在《组织部来了个年轻人》与《青春万岁》等作品中都有对结婚、结婚典礼的非正面（惆怅、无奈甚至厌恶的）描写，说明了本人的"感情不健康"。

与此同时，薛博士对贾宝玉的分析与强调他的反封建、叛逆性格论者不同，而是指出他"不以现实价值和意义要求生活，而能寻求有韵味和独得之乐的生活方式"，指出宝玉"放弃强势而选择弱势，放弃攻势而选择守势，放弃功利而选择审美"，并从宝玉只管当前、只管瞬间的倾向中寻找杨墨思想的迹象，应该说这些都具有原创性与说服力。

再如作者对于薛宝钗并非阴谋害人的论述，比较贴近事实，也符合我个人的一贯阅读观感。作者指出："宝钗大体上都能做到利于实务而不损人……与其说《红楼梦》意欲以类似的事例暴露宝钗的'奸诈''冷酷'，莫若体察小说从多角度、多侧面展示宝钗'时'之行事风范的苦心。"

作者强调《红楼梦》"以诗文为小说"的写法特点及其意义，充分考虑《红楼梦》的雅俗共赏特点，考察《红楼梦》联结雅俗的方式，强调超越俗言的解读规则的重要性。例如，作者认为《红楼梦》中的"女儿"，总是与诗联系在一起的，女儿与诗互为符号。

作者说，"诗"与"女儿"之间的高度对应，在具体描写中，主要表现为两种形式：一种写"诗一样的女儿"（即以"诗"体语言做能指，描写"女儿"心态），其描写对象主要是锦心绣口、善写诗的女子；一种是写"女儿一样的诗"（即以描写"女儿"做能指，对"诗"性提出态度和看法），其选择的女性主要是聪慧灵秀、光风霁月、品性高洁之流。这样一种感应，应该说本身就很"诗"也很"女儿"。作者关于"女儿"与"水"之间隐喻关系的"纯阴"内涵使《红楼梦》的阴性立场和女性关怀最终都以形而上的"诗"和"美"作为旨归的论断极有特色。在一个男性中心的社会里，"女儿"自然而然地帮助艺术欣赏、美学理想与艺术消费实现了对象化。艺术本身，就常常富有阴性特色，更贴近女性。舞蹈也好，艺术体操也好，水上冰上芭蕾也好，人体造型（绘画、摄影、雕塑以及人体本身的彩绘等）也好，某些（强调坤角的）戏曲也好，女性都占据主要、核心或全部位置。这样看，《红楼梦》的阴性立场不难理解。

我很欣赏作者对于"呆香菱情解石榴裙"一段的分析。作者说《红楼梦》"女儿是水做的骨肉，男人是泥做的骨肉"的语境中，香菱被推到泥地里，"裙上犹滴滴点点流下绿水来"，而宝玉帮助她换裙，隐喻了这个"水一样的女儿"被"烂泥"玷污，而宝玉则希望给她抚慰和关心。"解石榴裙"和"夫妻蕙""并蒂菱"等语码虽然带有明显的性指涉含义，但小说中有关换裙子的描写委婉曲折，又写宝玉回去借袭人的裙子，又写宝玉叹息香菱的所事非人，最后成为对宝玉与"水一样的女儿"之间"意淫"关系的细腻真实的描绘，"解石榴裙"等符码的性内涵不能不被淡化和推迟。《红楼梦》的性描写因此实现了细腻真实与含蓄委婉兼备，不与伦理道德冲突，从而达到了"言俗而意不俗"的境界。传统小说性描写的意义危机、立场危机也因此被解除。

这样的分析堪称命中靶心。笔者每读到此节，就会想起《静静的顿河》中一起半强迫的性事后弄脏了裙子的描写，那个描写相当野性，有点脏。果然，那个被半强暴了的哥萨克"女儿"后来变成了性饕餮，一名男子与她交合后的反应是："（对她应该）牵一匹公马来！"比较一下此章节的"情解石榴裙"的说法，虽然太多地透露了性的含义，但内容又似乎远远拉开了距离。一个是《静静的顿河》；一个是《红楼梦》；一个是肖洛霍夫，一个是曹雪芹；一个是哥萨克，一个是大清贵族之家，不同文化的性意识文学，其不同处是多么有趣。

其实《红楼梦》里也有野的描写，如关于贾琏和鲍二家的、和多姑娘的性事的叙述，就是往兽化上、漫画化上靠。对于曹雪芹来说，性事上的文野之分，是人格人品之分的重要标志，这里边固然有封建文化对于性的压制禁忌，但也有它形成的道理，生为人类，也还得考虑考虑，琢磨琢磨。

这样，人们对于《红楼梦》的意淫说，对于理解《红楼梦》爱情描写、性描写从欲望的层次升华到审美的层次有很大的意义，对于理解与感受林黛玉这一人物"用眼泪过滤了性内涵"也很重要。

作者以相当的材料论证指出明清小说有一种对小说的礼教和伦理教化的内涵持淡化和虚无化态度。她说："淡化、虚无化小说意义（所指）的倾向与强调小说教化意义的正统创作观念构成儒道互补的关系（作者按，此论有新意，但嫌粗疏了），以'无'和'假'的不同方式应对现实，共同抗拒着小说的现实化和世俗化。"这就使《红楼梦》的出现变得有迹可循，也使我们对于中国小说传统的理解丰富了、深化了。

我尤其得益于此书的是作者对于中国小说言俗而意雅、言此而意彼的状态和由来的分析，它们涉及具有中国特色的小说学流变，也涉及中国雅文学、中国诗文的一些根本特点；它们包含了对于中国文学史的把握，也直指中国文艺学的个性——站得高、视野远，而又尊重事实的各个侧面。

薛氏指出：传统白话小说作为一种地位很低的叙述文类，迫于"价值危机"和"生存压力"，在选择"言语"（能指）和确定"意义"（所指）方面一直有比较明显的追慕经史、诗文等高级文类、雅文化文类的倾向。但是小说在中国历史上的地位又使之无法高攀雅文化，乃至出现了许多议论，许多策略。

为何非要高攀不可？

以我为例，知道"车、别、杜"却不知道清朝写《蜃楼志序》的罗浮居士。于是见到他对于小说与大言之异的辨析，便深感雀跃：

> 小说者何，别乎大言言之也。一言乎小，则凡天经地义，治国化民与夫汉儒之羽翼经传，宋儒之正心诚意，概勿讲焉。一言乎说，则凡迁、固之瑰玮博丽，子云、相如之异曲同工，与夫艳富、辩裁、清婉之殊科，宗经、原道、辨骚之异制，概勿道焉。其事为家人父子日用饮食往来酬酢之细故，是以谓之小；其辞为一方一隅男女琐碎之闲谈，是以谓之说。然则，最浅易、最明白者，乃小说之正宗也……《大雅》犹多隙漏，复何讥于自《邶》以下乎！

多年前我曾经反感于对小说只写杯水风波，只写小男小女小猫小狗小花小草等的指责，指出"别忘了还有一小，就是小说，否则改成大好了"。这回好了，薛博士的论著里的材料证明，中国历史上早就研究过这方面的问题，中国文艺学小说学远不是那么寒碜。当然，罗浮居士的做法是以退求活，是低调求扩展小说的活动空间，他的立论并不完备。

薛氏称她撰写此书，乃是着眼于《红楼梦》对传统文学创作模式的继承和创新，分析其对文学创作模式的态度，从沿袭或创新的角度考察创作的用意、主旨，在上述范围内切实解答《红楼梦》的内涵和价值问题；关注《红楼梦》在"《诗》六艺"说、文章学所代表的传统创作模式和后起的小说创作习惯之间的取舍，并研究它在更深层的雅俗文化之间的立场、态度；并比较中国传统文学创作模式影响下的《红楼梦》的文化内涵、立场与西方经典小说之间的异同，使"文化"研究真正为分析、解读、阐释小说服务，成为小说研究的一个有机范畴。

这个大气的声明不是猛烈的"大言炎炎"，而是实践。

薛氏引用《红楼梦》作者的夫子自道：

> 满纸荒唐言，一把辛酸泪。
> 都云作者痴，谁解其中味。

薛氏认为，《红楼梦》的现实性和世俗性的"实录"不过是"满纸荒唐言"，而真正"意指"（"所指"）隐藏在所谓"泪"与"味"中。"谁解其中味"，表明了"读"和"想"必须"略其行迹，伸其神理"，这既是期待，又强调了必须超越于"俗言"的解读规则。"言此意彼"的游戏态度制造出"道可道，非常道"的经典的文化求索氛围，其间传达出几许狡黠，几许怅惘。

分析得巧，但窃以为能指与所指的关系是双向的，"荒唐言"与"其中味"的关系也是双向的，没有前者就没有后者；没有后者，同样也没有前者。

我认为，荒唐言云云，还传达着作品的另类性，与作者的极尽想象虚构之能事。在这个意义上，小说都有点"荒唐言"的味道。不承认小说的荒唐性，与不承认小说的"小"一样，将会制造出许多牛头不对马嘴之纷扰，乃至造成文学与精神生活的劫难。同理，喜欢大言炎炎的人可能有许多好的成功的选择，唯独选择写小说是糊涂：他或她毁了自己也毁了小说。

都云作者痴，谁解其中味？薛海燕说"谁解"二字既是期盼也是绝望。呜呼，何知曹之深也！

晴雯补裘，作者认为这一事件略略脱离了宝玉爱护女儿的性格逻辑，此论令人一震。作者又从补裘想到修旧如旧的象征意义，指出"补裘"之"补"既是挽救疗救，又是修旧如旧——"修补"前代小说漏洞的之"补"既是挽救疗救，也是修旧如旧。《红楼梦》写法之"新"，使小说创作回归经史传统。这种关于创新与回归传统之间的关系的分析，值得一想。作者提出了一个很好的观点，但还需要探讨再探讨，深入再深入。

薛氏从"梦"对于晴雯补裘修补描写之细拈出"界线法"，想到全书的补天主题，分析"梦"的"批判现实主义"与西方批判现实主义之别在于一个模糊"我"与现实的距离，一个强调这种距离。同时"梦"的结构又有别于西式象征主义，前者强调，而后者模糊象征与现实之间的距离。

薛氏强调《红楼梦》的反儒，回归到阴阳之道，乃有结构上共时的二元格局，历时上的转化循环，立场上的同情弱者，并从中分析其与西方长篇小说结构上的区别，值得做几篇大文章。

作者指出，我们将主要考察有关白话小说的评点、评论，并把小说的"真实性"分为三个层次：一是合理性，即小说的叙事"合情合理"，这是小说的能指层面——文字是否具备可信性的问题；二是现实性，或曰客观性，即小说所叙是否"实有其事"，这是小说与外在现实的关系问题；三是真诚性，即作者是否通过叙事倾向真实表达了自我，这是小说与作者的关系问题。此说亦十分要紧。20世纪80年代我曾经提出客观真实与主观真实即真诚的问题，有人惊呼勇敢，有人表示非议。过了二十多年，终于在这里找到了一点同调。看来中国传统的真实观，也是一个好题目。

本书从结构的民族性这一大角度，力图同时考察其相对于西方小说的民族性和相对于前代小说的创新性，并在此基础上分析其特点、意义和价值。作者指出《红楼梦》的时空格局的循环性与求真求实精神的淡漠与缺席。说是《红楼梦》"真假"探讨的游戏性和艺术性模糊了其面对现实、世俗和自我的态度，将小说引向了非现实化和非世俗化的道路。本书又强调"散点透视"相对于"焦点透视"的内在精神，主要在于其主观性原则；而中国长篇章回小说的"散点透视"倾向，却一向被研究者看作导引小说走向"客观"描写生活和"写实"的重要结构因素。事实上，在中国长篇章回小说发展史中，"散点透视"倾向有着促使小说逐步抒情化、"诗化"和文本化的意义。

薛氏论述明清白话小说"载道"结构由"实心"向"空心"的转变，伴随着小说的文人化（文人创作）和文本化（由说话型转向阅读型）进程。在此意义上，文人之与小说发展的贡献不仅是增强了后者的反思性和文化底蕴，同时还使后者表"意"而无"意"，成为一个"无题"，一个"声声慢"，一个通俗的"修辞"。从本质上说，这是诗文创作方法介入小说创作的结果。

这些论述牵扯到一些重大的文学史与文艺学问题，论之亦大矣！这种有想象力的治学，令人称快称奇。其实，象征的力量恰恰在于它可能突破原作者自己的设计，而这种能指的后面有着几乎是无尽的所指的创作，其价值恰恰在于它的几乎无尽的可想象性、可寄托性、可分析性。但是，遇到呆板的，头脑拴到一根绳子上的读者，再好的作品也没有用了，再好的理论也无计可施了。

此书对于"意""言""文"（按罗浮居士的说法，还应该加上"说"）三者之关系，对于"时宝钗"之"时"，对于"情不情""情情""无情"之情以及情在儒家思想中的作用，以及对于林黛玉之"思家"与封建的"家国"观念的分析极可回味。它一面揭开宝黛关系中被推迟出场、被过滤了的性内容，一方面又指出了《红楼梦》对真挚亲情的表达乃是向伦理情感和家国思想回归，《红楼梦》家族语境中亲情的真挚性与其社会性和功利性之间有所分裂背离，还指出《红楼梦》中黛玉之"思家"和"质本洁来还洁去"的本质：非所谓"追求自由"，而实则表达了对"家国"之

"根"的系念和惘然情绪。这种家国观念，其实是符合儒家思想的。作者还强调了与爱情几乎是同等重要的《红楼梦》的亲情的地位与作用，即使是宝黛关系，除了爱情以外，也还包含着亲情。而亲情的另一面，恰恰是儒家强调的人伦道德。这么一说，全面些了，也实际些了。我们只看到它的爱情悲剧，看不到它的亲情悲剧，这恐怕也是文艺观念西化的结果。

关于探春的"兴利除宿弊"与兴利、争利、享受三者间的关系，对于"网状结构"说的林林总总的论说，也都可圈可点。

这是一部认真做学问的书，旁征博引，古今中外，读之，你当为作者的硬碰硬的治学努力所折服。这又是一部颇有灵性的书，学问认真但绝不呆气，叫作灵动有致，时见珠玑。这是一部独立思考，很有头脑的书，读之获得一种智力享受。如果说还有什么期待，那就是文献问题恐难过于回避（例如后四十回问题），个别论断尚嫌生硬，大量学问与大量宏大见识也还有待更好地消化推敲与融会贯通，非常博士的文体也还可以向更娓娓动人的叙述方面过渡一下。学而时习之，其乐何如！

在现代与传统的对视中寻求张力与均衡 *

——论王蒙新作《青狐》

　　《青狐》之名，很容易令人想起中国古代文学史上众多描写狐女的作品。《青狐》写青狐"像一只奇特的狐狸，《封神演义》与《西游记》上的说法叫作玉面狐狸"，其实更多、更集中、更成功地描写了狐女形象的当然要推文言小说集《聊斋志异》，其中《青凤》篇的女主人公青凤就是一个狐女。而"青"字在狐描写传统（乃至"情"字在民族文化中）中又有思乡、回归等诗意内涵。所以读解《青狐》，不宜忽略其与中国古代文学写狐传统，尤其是《聊斋志异》等有关狐的诗意书写之间的联系。

　　王蒙在20世纪引进过西方意识流等手法，一向被看作"真正的具有现代主义意味"的作家，而其21世纪第一部长篇力作《青狐》——王蒙称为"后季节"小说——却一反常态地建立起与传统之间的密切联系。该怎样认识《青狐》作为"后季节"小说的精神取向？是否可以简单地判断王蒙创作开始"回归传统"了呢？

　　20世纪文学的基本主题是学习西方，超越传统。间或也有"寻根"的呼吁，终究不是主流。21世纪呢？当下如火如荼的文史哲各个领域的"文化自主性"讨论，似乎已经奠定了"回归传统"的世纪文化基调。而此时"从伟大祖国的各个角落，几乎同时刊出了青狐的大名，就像无数道探照

---

　　*　原载于《中国海洋大学学报》2005年第6期。

灯光柱，集中在高空，集中在一个地方，那儿写着两个大字：青狐"①，是否也已吹响了中国当代文学向传统回归的号角？

很有意思的是，《青狐》曾借女主人公的作品的"接受史"梳理了当代文学思潮演进的历程，并借女主人公对外界评论的反应或多或少地表达了王蒙本人对文学思潮的态度：在传统与现代、中与西的对抗碰撞中，不肯走极端。

比如青狐的早期创作《阿珍》等被视为"伤痕文学""现代派"；而针对其封笔之作《深山月狐》，"有的论者指出，《深山月狐》批判了现代性，批判了发展主义、消费主义与科学主义，崇尚自然，守护家园，回归土地……是东方文化正在取代西方文化地位的一只报春的燕子"②，评价标准又由崇西崇现代改为扬中扬古，即由学西转为回归传统。

而青狐本人早期创作时认为："虽然她走上文学道路是受了俄罗斯、法兰西、英吉利与美利坚文学的影响，她宁愿选择屠格涅夫、莫泊桑、梅里美、狄更斯、霍桑……但是只要一回到真实的生活，她还是更接近冯梦龙和'三言两拍'。"③ 也就是说，不同意外界单纯以西方标准评价自己的作品，认为传统文学对自己的影响更深刻、更隐秘。面对论者对其封笔作"批判了现代性""回归大地，坚守诗意"之类的评价，青狐却又"气得不行"，觉得"我完了，我只不过是一个牺牲品，我孤独，我寂寞，我迷茫，我平生没有写过一篇自己满意的作品，没有交上一个换心的朋友，没有穿过一件合身的衣装，没有住过一套舒服的房子。尤其是，没有爱情，只有自欺欺人，没有真心，只有虚情假意，没有高潮，只有无穷的你骚扰我，我骚扰你，自我骚扰，互相骚扰"④，其感受到和要求的是种种属于"我"的、个体的、真实的东西，这些恰恰又属于西方的、现代性的范畴。

总之，青狐的真实反应与外界评价总是反的，总是不搭调。你说我西，说我现代，我觉得我是中的、传统的；你改口说我中，说我传统，我

---

① 王蒙：《青狐》，人民文学出版社 2004 年版，第 146 页。
② 同上书，第 438 页。
③ 同上书，第 175 页。
④ 同上书，第 440 页。

反而又发现自己还是更倾向西和现代。这个反差喜剧性地，也悲剧性地揭示了中国当代文学自我认定、自我发展的难题。

借助描写这种反差，王蒙实际上也表达了其对文学思潮和时尚、流行的态度：冷静，保持一定距离。在传统与现代、中与西的对抗碰撞中，他更倾向于使两极对视，在对视中寻求张力和均衡，而不肯走极端。

具体的在对视中寻求张力和均衡的方式，主要可以从青狐形象、塑造形象的精神动因，及至更深层的小说的写作目的等方面加以分析。

一　青狐形象的现代性和传统性

（一）古典狐描写史：从自然神、女神，到为男性恋畏的"狐狸精"

有学者考证，狐，尤其是九尾狐，曾经是夏民族的图腾和高禖神。"其后，九尾狐的形象出现了分化，一部分由于狐图腾独特的神话形态中包含了先民对于多子多孙、后代昌盛的企望，使九尾狐成为一种瑞应，并在儒家典籍中被升高为具有三德的祥瑞之兽，但'淫'的特点被删除了。另一部分在父系文明建立后开展的驱逐女神的运动背景下，经儒释道的合力，由高禖神变为淫妇，进而被妖化为狐狸精。"① 这样的分析高度概括了古典时期狐描写史的发展过程。

在儒家典籍中，狐确实经常被当作有德之兽。《说文解字》将之归纳为三德："其色中和，小前大后，死则丘首。"② 即言狐狸尤其是九尾白狐颜色中和（白色为中间色，质朴安详）、头小尾蓬多子、死则面向故乡等特征，符合儒家崇尚中和美、孝、仁义不忘本等道德标准。狐的性征中利于国家、利于族类的一面被认可和赞许。

但大家更耳熟能详的有关狐的说法"狐狸精"，则从负面强调了性与淫之间的关系，使传说和文字记载中出现了反面的狐狸形象。《搜神记·陈羡》《洛阳伽蓝记·孙岩》等曾言"狐者先古之淫妇""妇人着彩衣者，

---

① 陈宏：《狐狸精原型的文化阐释》，《北方论丛》1995 年第 2 期。
② 《礼记·檀弓上》："古之人有言曰：狐死正丘首，仁也。"郑玄注："正丘首，正首丘也。"孔颖达疏："所以正首而向丘者，丘是狐窟穴根本之处，虽狼狈而死，意犹向此丘。"

人指为狐魅",说明当时"狐"已被用来比喻美丽而不守妇道的女性。唐朝沈既济的《任氏传》描写了一位美丽、聪慧、狡黠的狐女,虽然本性风流,但有了固定的恋人后尚能守贞,乃至最后"殉人以死",算是委婉备至地表达了男性要求女人情理兼修、风流与贞洁并备的愿望,流露出对女性魅力既恋且畏的复杂心理。

降至宋明,伦理道德层面"存天理,灭人欲"的要求与社会现实层面伴随城市经济发展而出现的纵欲倾向,二者之间的冲突加剧了对女性魅力的恋畏情绪。爱美是天性,但人们不能不意识到纵欲不仅会伤身和影响生育,还会带来个人本位倾向,危及家天下。于是当时的文学作品极力渲染女人尤其是"狐狸精"的魅力之强和危害之大(即王蒙所言的"美"和"魅"相连)。美人狐的形象被高度妖魔化。王蒙的《青狐》所提及的《封神演义》和《西游记》中的"玉面狐狸"都是祸国殃民(在《西游记》中又可称"祸教殃道")的"狐狸精"。

狐故事在传统时代的"曲终奏雅",主要当然归功于清代蒲松龄的《聊斋志异》。《聊斋志异》写狐的优秀篇章甚多,但从狐描写传统的角度看,《青凤》篇有着非常独特而重要的意义。

事实上,《聊斋志异》之《青凤》篇仅以"弱态生娇,秋波流慧,人间无其丽也"写青凤之美,以"所闻见,辄记不忘"写青凤之慧,以求耿生救其叔之举写青凤之孝顺,着墨不多也未见跌宕,因此使这个人物的性格特征不免流于概念化,在《聊斋志异》的狐女群像中未见出色。但蒲松龄本人显然相当看重青凤,不仅《青凤》篇因其得名,后来还写了一篇《狐梦》,言其友毕怡庵"每读青凤传,心辄向往,恨不一遇",后来果有狐女来自荐枕席,且念念于"君视我孰如青凤"和"聊斋与君文字交,请烦作小传,未必千载下无爱忆如君者",俨然将青凤视为自己所塑造的众多狐女形象的一个主要代表。

考察其中原因,当与蒲松龄在青凤形象塑造和《青凤》篇中的"文化寄托"有密切关系。《青凤》中耿生夜闯狐族家宴,与老狐狸相谈甚欢。老狐狸提到耿家先祖曾作《涂山外传》,并称"我涂山氏之苗裔也。唐以后,谱系犹能忆之;五代而上无传焉。幸公子一垂教也。"耿生"略述涂山女佐禹之功，粉饰多词，妙绪泉涌"，使得老狐狸大喜，让家眷出来一起聆听，耿生因此见到青凤。

"涂山女佐禹之功"的故事见于《吕氏春秋》《吴越春秋》等。《吴越春秋》载："禹未娶，行至涂山，恐时暮失制，曰娶必有应焉。乃有白狐九尾造焉。禹曰：'白者吾服也；九尾者阳服也。'于是娶于涂山云。"大禹的妻子涂山氏后来在传说故事中成为狐族的祖先。《青凤》中的狐叟言耿家先祖曾作《涂山外传》，并向耿生请教，让全家来聆听"祖德"，隐隐然似乎是在重拾和与人类共同回顾这段历史。但回思狐族初落户时，"堂门辄自开掩，家人恒中夜骇哗。耿患之，移居别墅"，人狐难以共处，耿家人似乎辜负了狐族的信任和先祖遗德。耿生最终与狐族和谐共居，则昭示了历史和神话的回归。

此外，青凤形象的特点则大抵符合《说文解字》对狐的"三德"的界定：其一，温顺可人，面对耿生的"停睇不转"只是"辄俯其首"，"生隐蹑莲钩，女急敛足，亦无愠怒"，既守礼又不使客人难堪，可谓得"中和"之妙；其二，嫁给耿生后其堂弟代为谆谆教导耿生嫡子，全家雍睦，有助家族繁盛兴旺之德，似也可谓"小前后大"；其三，孝顺不忘本，尽管叔父对其管教甚苛，但始终以"反哺"为念，亦可谓"死亦丘首"。

这样，《青凤》虽然只是个短篇，但其中设置的耿家先祖曾作《涂山外传》和青凤形象符合儒家"三德"标准等信息却连接和"激活"了早期"狐史"，富有历史纵深感地展示了"狐文化"的古今差异，并表达了是古而非今、要求回归的态度。

如文章开头所言，"青"字在狐描写传统（乃至"情"字在民族文化中）中有思乡、回归等诗意内涵。"青"字容易使人联想起传说中狐的故乡"青丘"，是个带有回归意向的有意味的语码：《山海经》提到九尾狐的时候常言及"青丘"，如"青丘之山"、青丘国、青丘之国等。《太平御览》云："禹娶涂山女，思恋本国，筑台以望之，谓之青台，上有禹祠，下有青台驿。"看来"青台"是涂山女守望故乡之地，似与"狐死丘首"的说法暗合。有学者根据《楚辞·天问》中"禹之力献功，降省下土四方，焉得彼涂山女，而通之于台桑"之句，推断"青台"云云为大禹与涂山女交合之所。① 无论"青丘""青台"是传说中狐的故乡还是禹与涂山女相会之所，都沉淀着对尚有生殖崇拜的远古时期人类社会的悠长记忆，有象征文化之根的意义。正因如此，《青凤》篇看似写狐，实则有追念文化的诗意内涵。

（二）《青狐》狐描写的反传统性：推崇邪气、个色和表现两性的不和谐，立场向有现代意义的女性本位转移

《青狐》引子中借钱文的视角写青狐"面孔像一只奇特的狐狸，《封神演义》与《西游记》上的说法叫作玉面狐狸"②，似在有意避开写狐更成功、更有名的《聊斋志异》。原因可能在于，如果说《青凤》通过写狐女的宜室宜家宜男人为美丽的女人辩护，那么《青狐》则干脆渲染了庸俗男子的不能、不配、不够格与不一般的女人一起营造幸福。前者还是男性本位立场的，后者则是女性本位的，二者不是一个路数。还是直接将《封神演义》等所写的狐女不守妇道、狐女是祸水等邪祟气直接翻转为出色女性的个性魅力，更有利于表现其个性本位和女性本位观。《青狐》中在上引"《封神演义》与《西游记》上的说法叫作玉面狐狸"句后紧跟"这里有一种明晃晃的天才，有一种眩目刺心的个性"，是为明证。

《青狐》相对于狐描写传统的现代性，最根本之处确乎在于其个人本位、女性本位立场：文学和文化史上的狐或为族类生存（作为自然神和女神），或为男人生存（被男人既恋且畏的狐狸精），而《青狐》笔下的女主人公则切切实实地在过着个人的生活（我的生活、你的生活、他的生活、她的生活，尽管"都是狗屎"）。

《青狐》在叙事视角上以青狐为主要人物之一，展示了当代中国的季节和后季节中一个女人个人生活的悲剧：第一次谈恋爱，恋人是个立志学哲学的高中生，五七年搞反右时被揪出来，跳楼自杀了；第一次与男子发生性关系，对方是大学政治辅导员，后者硬是被组织和群众认定下蒙

---

① 参见陈宏《狐狸精原型的文化阐释》，《北方论丛》1995 年第 2 期。
② 王蒙：《青狐·引言》，人民文学出版社 2004 年版，第 2 页。

汗药强奸女学生，送去劳教，"永远地消失了"；第一次结婚，丈夫是个"大单位的丧妻的小领导"，说青狐有"一种泡着许多水草并且按时喂了鱼虫的养龙睛鱼的鱼缸的味道"，"是一个烂货，烂一点香"，被青狐踹到地下，后来冬天忽然得感冒死了；再次结婚，对方是比她小两岁的大学新毕业生，先是因后者做爱时放屁和吃肉丝炒蒜苗时不顾丈母娘等琐事俗事两人分居，后来青狐发表处女作《阿珍》刚等到个人才华的"发射"，丈夫却在车祸中意外丧生。青狐的男人死于政治、疾病或意外，死于自身的怯懦、虚弱或猥琐，但社会和男人认为青狐是白虎星，"已经有四个男人死在她的手里了"，没有人同情、关怀、体贴青狐，连青狐本人都经常自己对自己说："我有大罪。"①

越是不幸，青狐越想追求个人的幸福，对她而言，最大的幸福就是得到爱。在她创作成功有了点人样，觉得自己又有了追求爱的权力后，她先后心仪过杨巨艇、王模楷（从名字看，二人应该是中国男子尤其是"文革"后中国男性知识分子的中坚和楷模），乃至雷先生（父亲是中国人，母亲是民主德国人，享受到了东方与西方，社会主义与资本主义两方面的一切便利一切优越性的混血男人）。求爱之旅横亘中西，都没有成功。不仅没有求得爱，连性都没有得到。

青狐个人悲剧的现代性之处，还在于表现出社会的现代化没有结束青狐这样的女人的个人悲剧。迈向现代的社会像传统社会一样不能接受人的出格、另类和卓异。

小说开篇即概略地介绍了青狐这样一种不凡的女性在现代社会被排斥和同化的过程："这样的不凡女子已经经过了大时代的栽培，已经和你我一样平稳、朴素、勤俭、胆怯，已经和光同尘，与泥土菜根融为一体。请看她的套袖，一副洗得发白的竹布色的套袖，显得多么安全，像洗衣店的清洁工还是餐馆的洗碗工？在 20 世纪 70 年代末，女作家是戴着套袖来参加文学艺术乃至政治思想的研讨会的，我爱你，劳工中华！⋯⋯相传有心的狐狸夜夜拜月苦修，吸日月主要应该是月之精华，最后才修炼成为美丽

---

① 王蒙：《青狐》，人民文学出版社 2004 年版，第 31 页。

的天才的有毒的与芬芳的女作家女艺术家，这样的女人是精灵尤物，彩蘑罂粟，天仙神女，妖魅冤孽。她们使乏味的人间多了一点神奇，使平凡猥琐丑陋肮脏的男人们在一个短时间勃勃起来，燃烧起来，英俊起来。然而美人仍然受到提防和质疑，受到审查和歧视，美的品质远比丑更可疑，更危险。美是狐狸、狼和潘金莲，而龟、蜗牛和武大郎的品质才是善。长期以来，我们的口号是做老黄牛，做革命的傻子。即使是'心灵美'的提法，由于容纳了一个'美'字，开始的时候也受到了老同志的质疑。如此，化成了美女的狐狸时时也会难成正果，再变回去，重新变为一只拖着粗重的长尾巴的狐狸，这样，她的千百年的苦修付诸东流。苦啊。"① 从出名前的和光同尘，到刚出名时戴套袖低调（同时也是别出心裁）地处理自己的出名，再到成名日久被钱文认为烧包过度，被王模楷警告"美的品质比丑更危险，更可疑"，青狐的经历证明现代狐狸精像传统时代的狐狸精一样，都必须夹起尾巴做人。传统时代，"美是狐狸、狼和潘金莲，而龟、蜗牛和武大郎的品质才是善"。而进入现代以后，"长期以来，我们的口号是做老黄牛，做革命的傻子"。无论传统还是现代都以公众本位的道德观放逐出众而纵容平庸，所以"卓异""美"就像苦修的狐狸一样，难成正果。

"狐狸精"语码包含的魅、狡猾、害人等内涵，在《青狐》中就这样被提升为不俗、不凡和卓异，这就从根本上使狐描写赋予了现代性。而《青狐》对现代"狐狸精"追求自我、追求个性的苦修之旅最终迷失的揭示，实质上又从个人本位角度质疑着现代文明，表现出"后"现代的精神立场。

（三）反中之合：青狐形象的回归因素

《青狐》中狐狸形象的回归性主要表现在两个方面：青狐的母性和阴性（隐喻中国阴性文化的内涵）；而这两个方面都是"合于族类"乃至像远古文化中的狐形象那样带有"自然神"和"女神"色彩的，而非体现上

---

① 王蒙：《青狐》，人民文学出版社 2004 年版，第 2、3 页。

面所谈到的女性和个人本位。

青狐不是母亲，她的非婚生的儿子没有长成。但她对心仪的男性（尤其是杨巨艇）的态度总是掺杂着浓郁的母爱。第十章写杨巨艇请青狐听音乐而突然犯疝气病，青狐送他回家，"在她告辞将要离开杨家的时候，杨巨艇从床上伸出了苍白的大手，他捏住了青狐的手，再不肯放开，像一个孩子不肯放开自己的妈妈"。两人之间从未发生传闻中的性关系，但互相牵挂。第十三章写杨巨艇到青狐家做客，前者想："她已经什么都知道什么都理解了，她知道什么是金子什么是粪土，她知道什么是难能可贵的什么是无足挂齿的。她知道什么是崇高什么是蝇营狗苟。她并没有瞧不起我（笔者注：主要应该指其无性能力），她是灵魂的友人，是我真正的红粉知己。"而青狐则想："我喜欢你，巨艇，即使李秀秀与雪山说的都是实话，又能怎么样呢？所有的巨人都是孩子。所有的孩子都需要照顾、关怀和爱。我其实不是一个坏人。遇到杨巨艇这样的巨人，我可以去掉一切粗俗的肉的东西，我只愿意侍候你亲近你交流你，同时让我们永远保持一个最美好的距离。"[①]

小说写青狐与杨巨艇关系的方式很值得注意，比如第十三章，一方面写杨巨艇的侃侃而谈和把自己放在一个"崇高"的位置上，一方面写青狐对前者的"侍候亲近"和"照顾、关怀和爱"，一方面则又从叙事者的立场发言指出"青狐智商极高，她明明听出了杨巨艇的高论一方面是高大全，一方面其实有点捉襟见肘，但是她警告自己对巨艇不应该刻薄"云云，这实际上把"崇高"的杨巨艇放在了青狐的脚下和怀中，使二者之间几类于母子。巨艇停靠在青狐的怀中，那么青狐不正像平静博大的港湾吗？

进一步，青狐形象不仅具有母性而且具备阴性（隐喻中国阴性文化）特征，是因为小说将传统文学中狐意象的多种指涉如精灵、狡猾、有魅惑力、苦修等加以整合和抽象化，使自己所塑造的狐成为几千年的民族阴性文化的象征，而其中青狐的最终隐归"深山"也多少隐喻了阴性文化的回归。

---

① 王蒙：《青狐》，人民文学出版社 2004 年版，第 209 页。

有关狐修炼的故事较早出自《搜神记》《玄中记》等所言"千岁之狐，起为美女"①"狐五十岁，能变化为妇人，百岁为美女，为神巫，或为丈夫与女人交接。能知千里外事，善蛊魅，使人迷惑失智，千岁即与天通，为天狐"②。类似变化当然出自修炼。《青狐》中青狐的苦修则不是个人的苦修。第二十五章写青狐中年才成名和走出国门，在飞机上青狐想到"这里有一只智慧的和美丽的狐狸，她终于得到了机会，她终于练就了不凡的人身！直到这时候她感到了几分庄严，在她们背后，是一个国家：吃尽苦头，走尽弯路，几千年历史，立志惊天动地，个个血海深仇，聪明得赛过狐狸，勤俭得胜于苦行僧，怔忡得像是深度睡眠，祖国，终于要走向世界了"③。这样则青狐的苦修也就成为整体的中华民族和文明的苦修。

《酉阳杂俎》载："旧说：野狐名紫狐，夜击尾火出；将为怪，必戴髑髅拜北斗，髑髅不坠，则化为人。"这又神化地描述了狐狸夜间修炼的情景。《青狐》绝妙地撷取了狐狸夜间对月对北斗修炼与中国阴性文化的暗合，将前者提升为对后者的象征。第二十九章青狐写出了封笔作《深山月狐》，其中女主人公月月"常常深夜独自进入危险深山，独自欣赏深山夜景，她与山、月、石、树、草、涧水与松鼠野兔相亲，她是自然之女，山野之女，回归大荒。她是美神，山神，树神，狐神，爱神。村里的人传说着，她进入深山的目的是向一只来无影去无踪的老狐狸拜师学道。……她在深山看到过一只狐狸，那只狐狸在迷蒙的月色中向月亮跪拜，她常常晚上进山，是为了与狐狸一起拜月"④。"回归大荒"的月狐形象置于青狐的封笔作和《青狐》这部小说的尾声中，都不能不传达出召唤回归的寓意。

如此则不难发现，"青狐"之名确实与"青凤"相仿，都以"青"字点击了文明之源，不可阻遏地散发着留恋母性和阴性的回归信号。

可以更进一步说，《青狐》撷取了"狐"语码的有魅惑力和苦修等内涵，使其表现进攻、进取性，表现进化观和个人本位态度；也撷取了

---

① 《搜神记》（卷一二）。
② 《太平广记·狐一》（卷四四七）。
③ 王蒙：《青狐》，人民文学出版社 2004 年版，第 384 页。
④ 同上书，第 436 页。

"青"语码的家、故乡、源头等内涵，使其传达回溯和内敛意向，传达追念传统的情绪和文化本位观念。前者在《青狐》文本中主要形之于动作、情节和叙事，后者则主要形之于情绪、心理和抒情。两方面的结合使《青狐》在文学上兼备叙事和抒情，在精神底蕴上则取现代与传统、个人与族类（文化）之间的宽容、包容和从容，呈现出与简单的进化论和一般的个人主义不同的思想立场。

二　寻求与传统之间的"制衡"——塑造青狐形象的精神动因

为什么要塑造青狐这样一个形象？为什么既要强调她的现代性，又要突出她的回归？狐仙是虚幻的，文学史上的野狐禅却从来都是"有深意存焉"。人民文学出版社出版的《青狐》腰封是这样一个对联："王蒙画青狐，风姿万种，才情百态，悟出人生哲理，下笔如冷面杀手？季节裁新体，波浪千般，苦闷九重，说破春秋奥妙，行文乃古道热肠！"可见"画青狐"与"说破春秋奥秘"之间有着一定的隐喻关系。不必希冀在"青林黑塞间"（《聊斋志异·自志》云："知我者，其在青林黑塞间乎！"）寻找《青狐》的知音，我们经由《青狐》的"后季节"意义及其与"季节系列"的关系，应该也可尝试探究青狐形象的塑造中潜藏的有关"春秋""季节""历史"及"传统"之思的"寄托"和深意。

（一）第一个层次："季节"向"后季节"的日新月异、毫无犹疑的推延，显示出历史时间的不可逆即"一往无前"

《青狐》中的多数人物来自"季节"系列，"后季节"写他们"文革"后的新生。钱文和东菊从新疆回到北京，地位和住房等都迅速改善，身边的朋友、同行、故人的命运也大大改观。总体来看，作家重新受到重视是作为"后季节"的《青狐》的大背景。

社会生活相对于"季节"也有巨大变更，比如衣服，由穿破衣服戴套袖变为穿外贸服装（青狐）；比如歌曲，由革命歌曲到邓丽君的歌再到摇滚；比如流行词语，由革命词汇到"性骚扰""性高潮"等。节奏之快以至于"不必与前四部季节比较,你也'当惊世界殊','换了人间'了"①。

有意思的是,《青狐》(尤其是末章)还写了进入"后季节"的钱文们将很快被"后人"取代和淘汰:钱文的儿子钱远行娶了要人的女儿成为"官商",自己开着一辆原装"宝马",表示要给父母买250平方米(应该是个戏谑)的 Town House,还口出狂言"你们这一代人太可怜了";小白部长和夫人紫罗兰夺了老白部长的权,但其"一次次地讲话,提法,坚持,辩论表白,发脾气……"的好日子,也很快就"一去而不复返了";杨巨艇成为半植物人;雪山的儿子雪堆青出于蓝胜于蓝,比父亲还能吹能忽悠,而雪山则大谈其"过时论"曰"赵树理、孙犁、艾青、郭小川、北岛、余光中都过时了。钱文过时了,王模楷过时了,青狐也过时了"……最足以喜剧性和悲剧性地表现此种"长江后浪推前浪"之势的,是雪山的"过时论"的顶端,即"他庄严宣布,他雪山与他宣布的'过时论'本身已经过时了"②。

(二) 第二个层次:主要人物钱文的心理时间以善回溯和回忆为基本
　　　　特征,与自然时间的"一往无前"和片面追求进化的现代时间
　　　　观念形成强烈反差,成为一个特有的反思批判尺度

钱文在"后季节"中是一个主要的受益者,但他从未简单地满足和陶醉于自己的受益。相反地,比较今昔,他时时对普遍认为今胜昔的观念表示怀疑。

第十六章写钱文的心理活动:"在五七年失去了爱情也失去了希望的才子,有像萧连甲那样的,他们再也赶不上什么了。也有像米其南这样的,复活了,不再天真,不再温文尔雅,他们要的是补偿,心理的社会的更是物质的与生理的补偿。……而二十几年前呢?那真是一个失态的季节,除了萧连甲,他们都失态了。也许,现在,人们又在新条件下失起态了?"

---

① 王蒙:《青狐》,人民文学出版社 2004 年版,第 442 页。
② 同上书,第 447 页。

第二十一章写钱文的类似的想法："现在一切的一切都是鸟枪换炮了，鸟枪换炮的进程方兴未艾，真是那么好吗？参加很多出头露脸的活动，一定比不参加这些活动好吗？……甚至于他奇怪，当朋友们被压制被迫害（原注：姑且算是被迫害吧）至少是被打击至少是被批评被整肃的时候，他们都显得多么可爱。那时的米其南是天真的，忠实的，追求着渴望着文学，尊敬着每一本铅字印到白纸上的书，已经饭都吃不饱了，他仍然做着高尚的梦。而现在，他是一副卑琐肉欲的偷儿形象！被迫害的时候他有一副头脑，一个灵魂，一腔悲哀和忍耐；而现在，经过这几年的好日子，他只剩下了一个嘴巴和一根鸡巴！第一次看到青姑的时候也比现在的青狐可爱，现在已经有一点烧包了，以后呢？……"

值得注意的是，钱文的反思多产生在与自己的爱妻东菊之间出现不快的时候，妻子的不快经常成为引发钱文反思的契机。

第五章写钱文返京不久，正沉浸在得以新生的喜悦中，东菊却说："你是真高兴呀。你一下子命运就发生了百八十度的大变化。我呢？当然，你的高兴就是我的高兴。我又怎么样呢？我能怎样呢？我的工作，我的生活其实至少是暂时没有发生多么大的变化。"钱文马上就"噎住了"，接着就"想起早在边疆就听人说过的名言：'四人帮'倒的那个时候，大家高兴了一阵子，完事了呢，您说怎样着，外甥打灯笼——照旧（舅）"。

第八章写钱文到一位高级领导同志家里开座谈会，回家以后，"钱文费了许多唇舌解释为什么这一天回家回得这么晚。……他想大叫一声，这是怎么回事呀，是不是我愈倒霉愈好？是不是大家甚至包括东菊已经习惯于我处于无人问津的状态了"？其中"大叫"一词似乎表达了钱文对东菊的些许不满，但接着听到米其南命运改变后急着找女人满足自己的生理欲望的消息，钱文"呻吟了一声"，显然是在前面的刺激下更敏锐地感知到了时代前进和命运改变的负面效应。

东菊之所以成为提醒钱文多层面地看待今天和回忆往昔的警示灯，主要原因似乎有两个：其一，像第二十一章中钱文所意识到的"他本来可以多一点时间与东菊在一起。他本来可以生活得单纯很多。然而他没有做到。他错了。他忽然莫名其妙地想起了斯大林的妻子和女儿，女性的非政治化有时候是一种平衡的因素，惰性的因素，有了她们，生活才不至于过分发烧"。其二，东菊与钱文在困难的年代相濡以沫，夫妻感情和谐；而回京以后钱文事务繁忙相对忽略了妻子，后者"愈来愈情绪低落"；夫妻感情与社会地位的反向发展因此成为表现历史发展"相对论"的最具有显示度的事例。

有意思的是，以上两个原因都使东菊在钱文生活中乃至《青狐》文本中成为一个"制衡"性的因素：政治与非政治之间的制衡；今昔优劣得失判断中的制衡等。

钱文在缺乏制衡的现实中越来越清晰地发现妻子东菊身上所包含的制衡因素，而后者也使钱文越来越自觉地从是否能够制衡的角度思考现实中事物和活动的利弊得失。第十六章、二十一章、二十二章等重点描写钱文反思"后季节""真是那么好吗"的篇章，都因东菊不快即夫妻之间失去平衡开始，都由思考制衡的重要性切入，也都由自觉地寻求某方面的制衡结束。直到写东菊出走，钱文"等不来老婆"却分析出了几乎所有人身上的欠缺制衡性的特点，待第二天妻子回来了，"几天后他们悄悄自行去了海滨"，"再结一次婚和再度一次蜜月"，再次找到了夫妻生活的和谐和个人生活与社会生活之间的制衡。"制衡"，因此成为钱文认识、反思"季节""后季节"演进的基本立足点。

钱文所认识到的"制衡"，包括共时态和历时态两个方面。共时态的"制衡"如文艺与政治之间、文艺家与政客之间，及文艺性和政治性的两种诗歌语言之间，"两种语码，钱文都熟悉，都会心，都能理解，都能整合，又都能超越"，但"领导文艺的人一定要坚持文艺家提高思想认识永无止境，端正或选准方向永无止境……而文艺家最希望的就是少来几个永无止境，多来一点天马行空。偏偏他钱文既理解文艺理解文艺家又理解领导理解中国，他卡在当中，非马非驴，亦政亦诗，不理想也不现实，左右逢源，内外夹击，大患于不忍，欲说还休，终将变成照镜子的猪八戒"。他所欣赏的"制衡"和所具备的"制衡"能力是现实所缺乏的，现实所富有的不是"制衡"，而是"斗争"。

好"斗"使人格、性格偏私、褊急而不和谐、不均衡，这是共时态的缺乏"制衡"在人群中的普遍表现。正如第二十一章钱文所认识到的："他只能眼看着白有光眼露杀机；眼看着老白部长装腔作势；眼看着犁原风言雨语；眼看着杨巨艇大言如雷；眼看着雪山上蹿下跳；眼看着袁达观无定向射击；眼看着青狐才高学浅，情深命薄；眼看着紫罗兰横空出世，唇枪舌剑；眼看着赵青山等待时机，报仇雪恨；眼看着米其南鬼祟祟色情狂；眼看着张银波苦口婆心；眼看着这样的一些人，那样的一拨人，拿着唾余呼真理，拿着权力当私房，拿着姿态破纪录，拿着时髦兜售救命仙丹，拿着帽子耍威风……"其中提到的这些人多为自己捞什么而斗，虽然也有"杨巨艇大言如雷""青狐才高学浅，情深命薄"等不完全属于同类情况，但共同特点是片面、肤浅。

历时态的缺乏"制衡"则表现为"一窝蜂"，"不是西方压倒东风就是东风压倒西风，是三十年河东三十年河西，河东河西都有盲目性"。这是第二十章中参加过一个充满火药味的会议后，"经历太像钱文"的王模楷（上引钱文感慨的众人中偏偏没有此人，青狐又总忍不住把此人跟钱文相比，而且还差点与此人发展一段恋情。或者，此人为钱文的分身）对钱文所说的话，前者接下去还分析"这样下去，中国早晚还有一劫，早晚还有一次分裂，动乱，混战"。钱文听到这番话心中当即叫天："老天！能不能保佑中国少一点坎坷，少一点冲突，少一点杀气腾腾与骂倒一切，多一点和平，多一点理智，多一点切实的工作和贡献？"显然在他看来，缺乏"制衡"也使历史的发展缺少"和平""理智"和"切实的工作和贡献"，即使之多变而肤浅。

两种时态的缺乏"制衡"之间当然互为因果，但钱文和《青狐》叙事者的最深刻之处，倒不在于看到了二者之间的这种因果关系，而是将历时态的时间段主要确定为20世纪以来的历史，即中国由传统走向现代的特定历史阶段；这样就展现出传统观念与现代观念之间缺乏"制衡"，给近现代中国历史和中国人所带来的普遍的片面、肤浅和不均衡，即王蒙从《活动变人形》以来不断强调的现代中国人的"不均衡"。

第十五章写钱文接到白有光的会议通知后"感觉到大事不那么妙了"，"迟疑了很久"但还是配合领导去参加了会议，他认为"世界上有各种各样的国家，它们在完全集权乃至专制的时候并没有垮，在完全实现了民主与法制的时候更不会垮，但是在转型过渡的时期很容易土崩瓦解。他不是儿童，他不是诗疯子，他不是新出炉的留洋博士，他不是牛皮大王，他知道这一切的厉害"。但多数人显然不知道其中的"厉害"，所以总会出现新的劫数和混乱。

散会后回家，钱文等不回来妻子，焦躁中回忆起王模楷所说的有关还将有一"劫"的话，有这样一段感悟："他想起了胡适之关于'过河卒子'的名言，那时候胡适才四十多岁，他的低等打油诗叫作'偶有几根白发，心情微近中年，做了过河卒子，只有拼命向前'。他没有选择也没有办法，他只能眼看着首先是经过革命事业的大获全胜，接着又经过几十年的动荡浮沉之后，理想主义者们变得好斗成性，啰里啰唆，各执己见，泛政治化而且动不动上火，动不动说一些很满很到顶的话。"① 作为五四新文化运动和文学革命的倡导者，胡适已经痛感到"只有拼命向前"的无奈和悲凉，但几十年后，革命的理想主义者们也呈现出同样的姿态。

钱文作为贯穿"季节"和"后季节"的主要人物，其对整个世纪历史由传统向现代的演进中缺乏"制衡"性的深刻感知，表现出质疑片面进化论的姿态，提出了要求与传统对视和交流的严峻命题。

（三）第三个层次："狐"叙事渗透在"季节"叙事中，其超时空
        性和神性反衬、质疑和怜悯着不可逆、不对视、不回忆的
        "进化论"时间观念

《青狐》对女主人公的来历、处境的介绍很有意思：她从哪里来，她的父亲是谁，她的父母在什么情况下结合生下了她，这都是秘密；而她小学、中学、大学、工作后、创作生涯中有时代烙印的种种经历却比较详尽。这似乎使青狐在确定性之外又有不确定性，时代性之外又有非时代性。

青狐的写作也有类似的特点：她进入作家圈后与同行的交往、自身地

---

① 王蒙：《青狐》，人民文学出版社 2004 年版，第 315、316 页。

位的变化、创作每个阶段中文艺思潮的特点、作品发表后同行和社会中的反响，这些都很清楚，因此其写作似乎有鲜明的时代性；但她关注的内容和写作对象始终是女性自古就有和被压抑的情爱与欲望，其写作状态又是"每天都写出出其不意——出旁人出世人的不意，出文坛的不意，出自己的不意——的文字"①，因此似乎又是神秘性和非时代性的。

青狐形象就是这么奇特，她切切实实地经历着民族由传统走向现代的这个特定时间中的"季节"和"后季节"，但又有作为"狐"的神秘性和超时空性。

这个形象在《青狐》这个"后季节"小说中作为参与者、见证者的重要地位，使《青狐》的"季节"叙事带有了空灵的隐喻意义，由传统走向现代的"季节"被隐喻为一个特有的"修炼"阶段，"季节"因此汇流入民族无始无终的时间长河，接受后者的质疑和检验。

青狐写出了封笔作《深山月狐》，其中的月月每晚进山，跟山中对月修炼的狐狸一起修炼，青狐—月月—狐狸—月亮，这样一个链条显然是无穷思"返"式的路径，与普遍的"一往无前"的现代化观念相反。

钱文要求"制衡"，青狐向往"返"，前者发自理性立场而后者出于神性立场，但共同点在于提出了回顾和与传统对视、对话，用《青狐》结尾充溢诗意的词语，即召唤"回忆"。

回忆是一种尊重和包容。《青狐》结尾的召唤"回忆"不只针对"季节"和"后季节"中时代风气的好斗、不包容，还针对"后季节"之后时代风气貌似包容而实非包容的变化，如"个个上知天文，下知地理，左右开弓，中外齐贬，上溯孔孟，外交美法……一面申请入党，一面抨击官方，一面恪尽忠孝，一面静待老人让路拜拜。……中体西用，西体中用，体用互补，声东击西，郢书燕说，端的十分了得"，等等，这是另外一种适应"河东""河西"形势变化的策略，其中仍然是自我中心和没有"和平、理智和切实的工作和贡献"，说到底是仍然没有真正的对话和对视，没有真正的尊重和包容。

---

① 王蒙：《青狐》，人民文学出版社 2004 年版，第 256 页。

所以《青狐》结尾在概略介绍"后季节"后种种变化之后感喟："而我们熟悉的一些人和事，都变得愈来愈成为回忆，或者更正确地说，已经没有什么人去回忆了。也许，人们愿意生活在没有回忆的快活里。"

20 世纪初，鲁迅的《狂人日记》写了历史的"吃人"，文尾呼吁"没有吃过人的孩子，或者还有"和"救救孩子"，这是强调现代与传统的对立；21 世纪初的《青狐》却提出要拯救"回忆"，似乎在要求尊重时间和历史发展的整体性。不一样的基调，却表现出一样的时代感知能力和责任感，讲述着民族在传统向现代的演进中不断寻求自我超越和自我认定的心灵苦旅。

三　重拾文学书写的民族链条和"留下文章"——《青狐》之"写"的叙事自觉

（一）《青狐》中"写"的在场性、角色化和隐喻性，使"写"成为这部小说"传统"和"现代"之思的内在立足点

"季节"小说因主要根据一批作家的经历写当代史已经比较特别，《青狐》中除继续写这批作家在"后季节"时代的经历外，又增加了一个重量级的作家青狐，后者在各个阶段的构思、写作又贯穿整部《青狐》。可以说，《青狐》的主要描写对象，是"后季节"气候如何影响作家，和作家在"后季节"如何写作。

同时，青狐和钱文分别作为小说中"狐"叙事和"季节"叙事两方面的主要角心人物，互相评判对方的写作特点和写作才能是两人之间关系的一个主要内容。小说多次写钱文认识到青狐的"才高学浅，情深命薄"，"他喜欢青狐的才华……从第一眼他就认定了青狐的'薄'。她可能有一千种魅力一万种优点，然而她的'薄'使他不能不为之惋惜"①。第十七章中众作家一起坐火车前往海滨，青狐与钱文面对面交谈，这是小说中少有的写两人之间的直接交流，谈话的内容就是青狐最新小说的构思。所以，作

---

① 王蒙：《青狐》，人民文学出版社 2004 年版，第 330、331 页。

家们之间互相如何看待对方的写作，也是《青狐》的

同样有意思的是，《青狐》中不断插入叙事者直
场的评论、干预，比如"就让我们假设，《季节》和
也有过马特洛索夫夏令营的经历吧"①"也许这时说两
是多余的。在《踌躇的季节》里李秀秀开始出场"②，
叙事者如何讲述故事，也是《青狐》有意让读者了解

类似的对"写"的多层次予以穷尽的交代（如何
如何"写"，被"写"的人又如何认识"写"等），
"事"两个方面有意识地分别开来。因而一般在小说中
和"写"，在《青狐》中却是被置于前台的，是"在场

强调小说中的人物乃至叙事者的"写作者"身份
"在场"，同时也使"写"角色化：不同人物的"写"
因人物精神风貌的不同表现出不同特征。比如小说中
狐、钱文、王模楷乃至雪山等，为人为文都不相同。

其中，青狐的"写"作为"后季节"的产物，在
具整体性的隐喻意义。

首先，她的处女作《阿珍》给钱文等人的观感是
里有了爱情，有了人性，有了风景，有了冤屈和悲伤
仇，还有人的死亡，还有耐人寻味的人物。是真的，
诗歌又变成诗歌了，人又变成人了。"③此即具有取代
写作和"报春"的意义。

其次，她在创作中的表现又"真是一个才女……
山倒海，她们的愤懑与蓄积等待井喷。她们拿起笔来
的却是天才的语句抒发她们的情愫，于是闪电和惊雷
和排泄物搅得周天失色"④。应该说这样的描写使青狐

---

① 王蒙：《青狐》，人民文学出版社 2004 年版，第 79 页。
② 同上书，第 163 页。
③ 同上书，第 78 页。
④ 同上书，第 330 页。

的一批写个性和人性的有才华的作家，尤其是一批女作家。

20世纪末21世纪初，青狐在其《深山月狐》中不再写梦和想象中的拥抱，而是直接写性、身体和"高潮"，"令包括米其南在内名声在外色厉内荏的男作家面红耳赤，气短心跳"，这又颇有时下正流行的美家"身体写作"之风，或者至少也是后者的先导。最后，《深山月狐》话，青狐"边缘化了，人老珠黄，没有什么人认真搭理她了"，雪山乃"赵树理、孙犁、艾青、郭小川、北岛、余光中都过时了。钱文过时王模楷过时了，青狐也过时了"。青狐因此成为文学走到"后季节"过"后季节"的标志，也是文学不断地"现代化"的一个里程碑。

《青狐》总体的"传统"和"现代"之思，因此落实在对"写"的审追问之上。社会和哲学问题由此成为一个文学问题，准确地说成为一文学史观的问题。

（二）揭示现代文学自身的"非现代"性即"新文言"性：现代
　　　汉语和文学同样也有所谓对现实的"遮蔽"

20世纪五四运动"文学革命"提出的目标是"推倒雕琢的阿谀的贵族，建设平易的抒情的国民文学；推倒陈腐的铺张的古典文学，建设新的立诚的写实文学；推倒迂晦的艰涩的山林文学，建设明了的通俗的社文学"①。即言传统文学脱离现实和透义性不够强，不足以"写实"和诚"。现代文学摒弃文言而使用现代白话，根本目的也在于追求"写和"立诚"。

而《青狐》中"写"的在场性和角色化，则使读者可以清晰地看到"和"实"的距离："写"都要经过语言文字加工，都不是事实本身。基础上，《青狐》更有意地展示了各种类型现代文学作家的创作脱离

钱文曾反思自己这一代作家"他们都相信文字，从社论到文件，从口诗篇，他们相信语言、思想、信念和感情的力量。他们相信对于阶

---

① 陈独秀：《文学革命论》，载《陈独秀文选》，四川文艺出版社2009年版，第177页。

级、国家、民族、对党和人民或对被侮辱与被损害者的忠诚与执着。……他们经常感到忧虑的不是自己的思想理论脱离实际，而是自己周围的实际脱离了理论，脱离了思想，脱离了信仰，也脱离了文学"①。现代精英文学脱离现实，通过"经常感到忧虑的不是自己的思想脱离了实际，而是周围的实际脱离了理论"这一点评而被轻松和深刻地予以揭示。

再如青狐的写作。她的作品始终写爱，而她在生活中从未得到爱，甚至长期不懂爱也不懂性："你可以在小说里爱上一百个英俊的男人，每个男人都是英雄都是好汉都是罗密欧也都是佐罗，你可以在小说里与一百个强壮而又优雅的男人缱绻缠绵，云雨翻跹；你可以因小说而得到无数的羡慕的乃至爱恋的目光。然后你回到卧室，你对着四壁怔忡，你怜惜自己的年华与身体，你自言自语，你翻来覆去，你怀着永远的刀割一样的遗憾咀嚼自己的孤独和悲凉。然后你用自己的孤独和悲伤编织新的供人玩赏令人唏嘘的爱情故事。"② 在青狐这里，文学作品不仅不"写实"，而且基本与现实背道而驰："她的癫狂和她的一篇又一篇小说都不是由于得到了爱而是由于始终得不到爱。……小说写得愈好离生活愈远。远才是近，近正是远。"③ 相信这样的描写非常有利于我们理解当下非常有市场的一种通俗文学——"美女作家"的"身体写作"。文笔大胆乃至放浪的女作家，在生活中未必常浴爱河；文坛多有这样的女作家，并不意味着社会已有足够的性解放程度；同样，女作家此种类型的作品大受欢迎，也未必像某些精英批评家所理解的那样，显示出人性和女权的张扬，而很有可能体现了女性"渴望被爱"和读者乐于"玩赏"女性这种传统的两性心理的合拍。

显然，用现代白话和简化字写成的现代文学未必比传统文学更写实。相反，现代文学所使用的白话表面上确实比文言贴近现实，更容易使写作者和读者忘记文学自身的语言文字本性和非现实性，也就更容易使人忘记其对现实的"遮蔽"。如果将"遮蔽"现实的文学语言都称为"文言"，那么现代文学语言在某种意义上就是一种"新文言"。

---

① 王蒙：《青狐》，人民文学出版社 2004 年版，第 314 页。
② 同上书，第 254 页。
③ 同上。

（三）"文"的独立性和保留文学自身传统的必要性

揭示现代文学语言"遮蔽"现实和"新文言"的特征，是否意味着抹杀白话和文言之间的差别以及现代文学与传统之间的差别？是否意味着否定五四以来新文学的理论和实践成果？

从其根本立场来看，不是。因为其基本倾向中所体现的要求"写实"（联系实际）和对文学语言与生活语言（"文"和"言"）之间的距离保持高度警觉的精神，恰恰是五四文学精神的核心。只是五四以来，20 世纪的文学现代化循着"反文言"的道路发展，认为使用文言是造成文学脱离现实的根本原因，摒弃文言改用白话则可写实；而《青狐》对现代白话文的非写实性的揭示则打破了这一神话：只要是文学就具有文字性，而文字性的语言就不可能等同于生活中的语言。联系几十年的新文学实践来看，只有这样的语言文字观和文学观才能有助于正视"文""言""意"之间的距离和动态，系统、辩证地看待三者之间的相互牵引关系，才能有助于淡化对文学的崇拜和培养文学写作和阅读的平常心（《青狐》中所展示的作家命运的戏剧性变化都与民族对文字和文学的崇拜有关，这也是现代文学的"新文言"性和不够"现代"之处。正如王蒙经常强调的，一个崇拜作家的民族是一个没有长大的民族），才能有助于文学在与现实的正常联系中培养现代品格和写实精神。

这样的观念既然强调了"言""文"之间的必然距离，也就肯定了"文"的相对独立性。而"文"的相对独立性，则使其保留、正视和发展自身的传统变得合理、合规律和合乎文学现代性的要求，从而现代文学对待传统文学的态度也就自然应该由对抗、排斥而变为对话和对视。

（四）如何"留下文章"：文学发展中一个同样与"回忆"有关的命题

像在社会观和历史观方面主张现代与传统的对视一样，《青狐》的文学史观的核心似乎也是主张对视和回忆，尊重和包容。《青狐》结尾等处叙事者对"回忆"的深情召唤主要出自对创作界的评价，因而既是社会历史观，也表达了对文学史的态度。此外，钱文及王模楷作为对"一往无前"的现代化洪流的觉察者和旁观者,其有关现代文学的评价和忧患也集中地表达了上述观念。

最有代表性的片段,如第二十六章钱文与王模楷的对话:

> 我们要面对的不仅是一时一地的领导,我们必须面对昆仑山和长江,我们还要面对满天星斗:屈原、李白、苏轼,还有普希金和拜伦……
>
> 大家都要面对,大家都面对子孙的责问:你们留下来的文章在哪里?
>
> ……
>
> 我们生活在一个急急忙忙,办事粗线条的时代。革命要求简约:是不是反革命?敌还是友?回答问题从来是非此即彼。……合着那么长时间过去了,别的事都前进了一大截了,只有文艺界成天练"向右转""向左转""向后转""天天是""把颠倒了的再颠倒过来""重写文字史"……然后是各说各话,自说自话,什么时候说什么时候的话。关上门来称王称霸,小圈子里你好我好图个吉利:一天等于二十年,转眼又是新纪元。现在,又粗线条地改革开放起来了。偏偏我们搞的文学是个细活儿,像你说的,我们要面对的是昆仑山和黄河长江,是满天文学星斗,是无情的文字史、文学史和整个文化史民族史国家史世界史,历史只相信作品……[1]

显然,其中强调文学自身的发展最需要面对历史和传统,最需要面对历史和传统的学习和比较,最需要在扎实细致的学习和比较中变得从容和厚重。因此,如何"留下文章",就成为一个与对视和回忆最为密切相关的命题。

对于青狐的创作,钱文与王模楷两人的看法相近,钱文认为青狐"才高学浅,情深命薄",王模楷则说"青狐是一个天才,也许是一个无知的天才、傻天才",他们都很遗憾青狐的文学功底的欠缺尤其是对文学传统

---

① 王蒙:《青狐》,人民文学出版社 2004 年版,第 395 页。

的无知。第二十九章即结尾交代钱文"一直在就《白蛇传》故事写长诗",王模楷则据说"已经基本上写好一部惊天动地的长篇小说,堪称东方新史诗",也就是说都在与文学传统和社会历史的"对视""回忆"中写应该能够"留下"来的文章,但前者"就要完成了,他不想发表",后者据说"由于他现在任要职,不好拿出来"。总之,能够"留下来"供将来被"回忆"的作品,还在被期待和召唤中。

(五)《青狐》自身"留下文章"的写作尝试,核心即在于在与
　　传统的"对视"中追求张力和均衡

从《青狐》全文来看,其"对视"写法建立了《青狐》与文学传统(尤其是写狐的《聊斋志异》和写"水一样的女儿"的《红楼梦》等经典小说)之间的对话,增强了小说的"用典"色彩和文本性,带有鲜明的学习传统文学的特点和追求文学独立性的意义,这使其有关文学现代性的理论贯彻于实践,也使其多层面的"对视"内涵主要统一于对文学现代性的追求。

上文曾提到《青狐》对《聊斋志异》等写狐的古代小说的学习、对话和超越。其实不仅"青狐"形象能够体现二者之间的联系,而且《青狐》中的不少细节也都有模仿和戏拟《聊斋志异》的迹象。比如写青狐因忘记杨巨艇的电话号码而失去了与杨的联系,也容易令人想到《聊斋志异·公孙九娘》中男主人公因忘记九娘准确墓址而辜负了后者要求迁坟的嘱托。有意思的是,《青狐》借用弗洛伊德的理论评价女主人公的"疏忽",说"所有的失误背后,都潜藏着某种故意",如果我们借以分析《公孙九娘》,对这个经典悲剧的内涵可能得出与以前不完全一样的认识。

《青狐》对《红楼梦》的自觉评价、比较、超越也相当明显,因此与《红楼梦》的对话也是其运用"对视"手法的一个重要表现。比如《青狐》写钱文"从小就喜欢女生""读了《红楼梦》,他相信贾宝玉的抑男扬女论是一般青春期男孩子的通识,人同此心,心同此理,不必等候资本主义萌芽"[①],写钱文和爱妻在"季节系列"中有一次游香山,二十多年以后又续

_____

① 王蒙:《青狐》,人民文学出版社 2004 年版,第 325 页。

上了，"这就像《红楼梦》，写到一半，原稿丢掉了，然后过了许多年，出来一部续书。续作是原作？是伪作？"① 类似之处都以小说笔法探讨了《红楼梦》的女性观和续书等热点问题，有平常心，也有卓识，更颇足解颐。尤其值得注意的是，《青狐》有关钱文与东菊之间爱情生活"原创性"的定位："他们确实度过了原创的，当然比宝玉和黛玉幸福得多的日子。年近半百也罢，他们投身到度蜜月（其实只是几个蜜日）的青年人当中来了，他们仍然像新婚夫妻一样。"② "宝黛"爱情的描写历来被公认为《红楼梦》最具文学"原创性"处之一，此处《青狐》的爱情描写显然表露出自觉地超越《红楼梦》和追求文学创新的意识。

类似细节一方面表现出《青狐》对古典文学的欣赏、模仿和学习，另一方面因其自觉以现代思想和文学观审视反思古典文学，又强调出现代与传统之间的差异，认同而兼以求异，因此折射出富有张力感和均衡感的文学史观，也表现出从容细腻、富有可分析性的文章之美。

---

① 王蒙：《青狐》，人民文学出版社 2004 年版，第 337 页。
② 同上。

老子对"我"的帮助*

读过王蒙先生的新作《老子的帮助》①，深受触动，草拟如下一篇读后感。之所以效颦，起"老子对'我'的帮助"这样一个名字，原因有三。其一，我觉得王蒙先生这本书的名字起得非常好，愿意学习一下。其二，读书之后我也反躬自省，认真思考了一下老子对我本人究竟有哪些帮助。我这个人比较愚钝，按本性来说，很难得到老子的帮助，但在某些时候，在某些层面，我还是从《道德经》中受益匪浅。其三，我觉得探讨一下老子对哪一阶段的"我"、哪一部分的"我"、哪一个"我"有所帮助，也还是很有意义的。

正如王蒙先生在本书前言所说，这样的一篇文字如果命名为理解、心得、发挥、体会云云，都太一般化了。余生也晚，没有王蒙先生那样迄今七十余年精彩人生的所见所闻所历所悟所泣所笑所思所感，但仅凭三十余年平淡的人生经历，也自觉没有必要妄自菲薄，书写得再好，也需要对我有所帮助，有所启发，对我才是有意义的，否则纵然别人评价得如何"玄之又玄"，对我而言也是枉然。王阳明的《传习录》云："你未看此花时，此花与汝心同归于寂。"现代的说法叫作接受美学，叫作个人本位主义，其实二者是相通的。王蒙先生又提出所谓"证词"的说法，我也觉得很新鲜，很有意思。用数学方法的证明和反证、实验科学所要求的可重复性

＊ 本文系未刊稿。
① 王蒙：《老子的帮助》，华夏出版社 2009 年版。

（王蒙先生所说的体验、对证、查证）来对待"玄之又玄"的《道德经》，在我而言还是平生第一次看到。最初认为这是试图用西方哲学、现代科学阐释道家原典，使后者古为今用，渐渐又感觉这种"李书王说"的想象力，恰恰是《道德经》的精髓所在。没有一种"以我为主"的气魄，就没有类似"李书王说"的想象力；而没有这种想象力，《道德经》也就很难真正活起来，为我所用，对我有所帮助。

老子对我本人有什么帮助呢？儒道之间，我自问更亲近儒，而非道。我这个人，本性上比较缺乏挑战性，缺乏想象力。小时候，家长谆谆教诲要学做好人，长大以后对这种训导也不敢一时或忘。记得读研究生的时候，有一次与同门几个师兄师姐一起看电影，散场后，我所尊重的一位年长较多的师兄问我和一位师姐："如果有机会演电影，你愿意演一个好人，还是一个坏人？"我不假思索地回答："当然要演一个好人。"答后用类似看家长、看老师的眼光看着师兄，准备得到赞许。师姐却回答："要演一个坏人。平时做好人做得太累了，演演坏人更过瘾。"我无法忘却师兄看向师姐的激赏的眼神，让我至今仍觉得羞愧。我是不是太没有个性了，总想得到别人肯定的评价，不敢哪怕暂时做一下坏人？我是不是太没有想象力了，连演电影都不敢换一种角色，换一个活法？

换一个活法当然不容易。不过我从此为人为学，确实多了一些反思意识。再读儒家经典，就有了一些与以往不一样的体会。《语》云："孰谓微生高直？或乞醢焉，乞诸其邻而与之。"[1] 又云："乡愿，德之贼也。"[2] 都反对"委曲世故，以博取人之称誉者"。学做好人，也应该多问问自己，是不是做给别人看的，是不是真诚的、有价值的。孔子批评"乡愿"，与老子所言"天下皆知美之为美，斯恶矣。皆知善之为善，斯不善矣"，二者的意思有相通之处。只是后者主要还是从逻辑、从哲理上考虑问题，而前者对个人如何在实践中学会独立思考、学会坚持自我更有指导意义。古代士大夫讲究儒道互补，还是很有道理的，儒家强调"我善养吾浩然之

---

[1] 《论语·公冶长》。
[2] 《论语·阳货》。

气""自反而缩，虽千万人吾往矣"①，道家则追求"乘天地之正，而御六气之辩，以游无穷"②，二者之间虽在表面上有着"出"与"处""仕"与"隐"之别，但在精神本质上都追求个人人格的高度独立。

既然儒道两家在精神本质上都追求个人的高度独立，为什么在实践中、在大多数人看来，中国传统思想中缺乏个人主义意识？什么是个人人格的高度独立？儒道两家所追求的个人的高度独立究竟是指什么？我突发奇想，试图参照西方现代心理学有关人格结构由本我、自我、超我三部分所组成的理论③，考察以上所提出的问题。

在西方宗教原罪论的思想背景下，本我与超我之间被强调为恶与善二者之间相对立、相斗争的关系④，界限分明。自我处于本我和超我之间，充当仲裁者，监督本我的动静，给予适当满足。自我的心理能量大部分消耗在对本我的控制和压制上。所以弗洛伊德有这样一个比喻：本我是马，自我是马车夫。马是驱动力，马车夫给马指方向。自我要驾驭本我，但马可能不听话，二者就会僵持不下，直到一方屈服。自我又像一个受气包，处在"三个暴君"的夹缝里：外部世界、超我和本我，努力调节三者之间相互冲突的要求。

儒家思想长期以性善论为主流，本我与超我之间的界限被模糊⑤，自我在这样描绘的人格结构中的地位被忽略，成为"无我"——或者也许恰恰相反，自我在这样的情况下只有被夸张为"大我"，才能化腐朽为神奇，将本我这匹马变为白龙马，在超我的天空自由驰骋。⑥

---

① 《孟子·公孙丑上》。

② 《庄子·逍遥游》。

③ 弗洛伊德在《自我与本我》一书中提出，人格结构由本我、自我、超我三部分组成：本我是在潜意识形态下的思想，代表思绪的原始程序——人最为原始的、来自本能冲动的欲望，如饥饿、生气、性欲等，它与生俱来，亦为人格结构的基础；自我及超我，即是以本我为基础发展而来。本我的目的在于遵循享乐原则，追求个体的生物性需求如食物的饱足与性欲的满足。超我则是人格结构中的管制者，由完美原则支配，属于人格结构中的道德部分。自我处于本我和超我之间，代理理性和机智，具有防卫和中介职能，它按照现实原则来行事，充当仲裁者。

④ 《圣经》说："世界上没有一个善人。"马太福音19：17。

⑤ 孔子虽然"罕言性与天道"，但他说"七十而从心所欲不逾矩"，"从心所欲"要求顺应本我原则，"不逾矩"要求遵守超我原则，本我与超我之间的界限已经开始被模糊。

⑥ 孟子说"我善养吾浩然之气"，大概就是类似的意思。

道家对本我、超我的认识与儒家异趣。《道德经》有云："天地不仁，以万物为刍狗。圣人不仁，以百姓为刍狗。"我很欣赏王蒙先生对"天地不仁""圣人不仁"两句话的感悟："天地压根儿不管你人间的爱心啊、人道啊、怜悯啊、苦难啊、救赎啊……这么多难分难解的事儿。天地不仁，圣人不仁，这是两枚大杀伤力炸弹，多少中产、小资、白领、妙龄、诗意的玫瑰色软趴趴一厢情愿瞎浪漫的世界被它炸毁啦！"①"不仁"并不是恶，而是"不管"通俗所谓的善恶，无所谓善，无所谓恶。而天地、圣人尚且不仁，何况凡夫俗子，何况其余？超我所追求的完美原则、道德至上原则，在老子"天地不仁，圣人不仁"的论断面前，确实遭遇了最彻底的解构。

《道德经》又说："吾所以有大患者，为吾有身，及吾无身，吾有何患？"这句话既肯定了本我的存在，又把后者当作"大患"，当作需要超越和消解的对象。值得注意的是，《道德经》对本我、超我进行的解构、消解，最终目标是"后其身而身先，外其身而身存"，是"贵以身为天下，若可寄天下；爱以身为天下，若可托天下"，简言之，其实也是自我的"无我"化和"大我"化。②

《道德经》谈过"大方无隅，大器晚成，大音希声，大象希形"③，也谈过"大直若屈，大巧若拙，大辩若讷"④，不少都与自我的"无我"化和"大我"化有关，其中"大直若屈"一词主要谈是非曲直，涉及人际关系、为人处世，可与儒家相关论述形成参照。

王蒙先生对此词这样阐释："老子心目中的直，直道，正直与耿直，与俗人庸人心目中的直，不可能完全重叠。我们说群众的眼睛是雪亮的，那是从长远、从根本上来说，是一个历史性、战略性的判断……然而，具体化了，人众所谓的直，可能是简单化、黑白分明化，有时候是煽情化、

---

① 王蒙：《老子的帮助》，华夏出版社 2009 年版，第 24 页。
② 正如王蒙先生所说，这"就不是及无吾身，而是怎样去扩大身的内涵"；参见王蒙《老子的帮助》，华夏出版社 2009 年版，第 57 页。
③ 《道德经·第四十一章》。
④ 《道德经·第四十五章》。

激进化、极端化的，也有时候是浅见化、鼠目寸光化的。而在不顺利的情况下又是极其胆小怕事，不敢承当的。"① 这与前面提到的孔子反对"乡愿"和批评"孰谓微生高直"意思相近，都强调要坚持自我，不可人云亦云，与时俯仰。

我觉得"大直若屈"也可以从相反的角度解释：不要太固执自我，坚持己见，要听取各方面意见，取得折中的看法。这看上去委屈了自己，显得有点软弱，实际上这才是真正的坚强和正直。这种解释，可能更符合"大直若屈"字面上的意思："越是坚持正直，越是显得屈枉软弱"。这种理解，与儒家"中庸"的精神又是相通的。②

同样一个词，之所以可以作完全相反的两种阐释，关键就在于道家所追求的人格独立与儒家相仿，都包含自我的"无我"化和"大我"化两方面的内容，都将二者相等同。

从人格结构上说，本我遵循享乐原则、利己原则，不承担道德义务，超我作为人格结构的管制者，由完美原则、道德原则支配，才可能提出有关"是非曲直"的诘问。《道德经》将"是非曲直"这样一个需要站在超我立场加以评判的带有绝对性、客观性的问题，借本我角度的相对性、主观性进行了否定——从理论上看，"是非曲直"的评判取决于客观存在的道德准则，但在实践中，"是非曲直"相关者、评说"是非曲直"者无非都是具体情境中的个体，谁又能真正跳出自身本我的立场，超越利害得失，给予绝对公正客观的对待和评价呢？所以纯粹意义上的"是"与"直"，在实践中是很难存在、很难实现的。反过来说，既然从本我角度看，此亦一是非，彼亦一是非，那么在此意义上评判是非曲直，也就缺乏绝对价值。这样，本我因暴露、夸张了其相对性、主观性，同时也被否定。

---

① 王蒙：《老子的帮助》，华夏出版社 2009 年版，第 189 页。
② 其实王蒙先生在解释"大直若屈"时也提到了另一种意思："世界是多样的，叫作杂多的，此亦一是非，彼亦一是非，唯之与阿，相去几何？……而且客观事物是时时变化的，我们的认识如果不能与时俱进，那么，原来的直，也会变成害人不浅的教条，变成老朽昏庸，变成祸国殃民。而与时俱进的认识，又怎么可能不被一些头脑简单而又情绪激动的人视为屈枉，视为'过于聪明——一味委曲求全'呢？"但是我认为这一下子拔得太高，不如解释为折中共时态的多方面的意见更为切近。

那么究竟应该怎样对待"是非曲直"问题呢？"大直若屈"的设定将"是非曲直"的道德评判问题，引向了一个人生境界的问题：你的自我究竟愿意做一个小我，还是做一个大我呢？要做一个大我，就需要既超越本我的相对性、主观性，又克服对超我的绝对性、客观性的盲目信任、盲目崇拜。既不能依靠本我，又不能依靠超我，要"无所待""御六气之辩，以游无穷"——这意味着"大"的最终边界是"无"，"大我"的极致是"无我"——既要形成自己超越性的见解，敢于坚持自我，又可以做到中庸，甚至最终做到忘怀有无，忘怀是非曲直，如王蒙先生所言，最终做到"直乎屈乎，巧乎拙乎，辩乎讷乎，反而不需要那么严格计较了"①。

王蒙先生说："老子是原告，春秋战国时期的社会政治军事个人生活尤其是当时的主流观念孔孟之道则是被告。"② 我也想借用这个精彩的比喻形容儒道互补所形成的自我观与西方的不同：孔孟之道用性善论教导、熏陶国人，每一个受教者（每一个自我）都有权利对这个教育产品提出质疑，老子用"无身""不仁"提出反诘，确实是个最得力、最称职的原告。但这个原告与被告有无相生，正言若反，引导终审法庭放弃判定有罪无罪（严格意义上的法庭）、是非善恶（道德法庭）——那是处在外部世界、超我和本我"三个暴君"的夹缝里、像一个受气包的西方原罪论所影响下的自我所关心的问题，关键证人进入有无、真假之辩③，大道是法官，检验所有的证言。

在以上的形容中，我之所以强调"终审法庭""关键证人"，是因为我深感自我的"无我"化和"大我"化——儒道最终追求的高度的人格独立——之难。"吾所以有大患者，为吾有身，及吾无身，吾有何患？"而正如王蒙先生所说："人只要活着，就不可能那样彻底。"④ 这样的困难，使得道注定只能是少数精英所敢道、所能得到的事情。"大道无术"，但《道

---

① 王蒙：《老子的帮助》，华夏出版社 2009 年版，第 192 页。

② 同上书，第 5 页。

③ 《红楼梦》强调："假作真时真亦假，无为有处还无。"确实是在探讨中国思想史上最深刻的命题之一，确立了《红楼梦》全书的思想品位。

④ 王蒙：《老子的帮助》，华夏出版社 2009 年版，第 55 页。

德经》能普及的部分只有"术"。《老子的帮助》不可能像于丹《论语心得》等作品那样，承担所谓"国学普及"的使命，但能使人们在普及"国学"和接受普及的同时，有能力、有勇气思考一下有关"道"的问题，思考一下有关想象力的问题，思考一下有关独立人格的问题。二者不是一回事，但可以相反相成。

　　归根结底，老子的帮助"远在九天上，近在你我他"①，能否得到帮助，完全取决于我——"我"的自我设定，"我"的一念之间。

---

① 王蒙：《老子的帮助·前言》，华夏出版社 2009 年版，第 6 页。

"'小'而化之"的享受*

读《庄子·齐物论》的"非彼无我，非我无所取"，总是依注解经，自然理解为在谈前文所言的各种困扰与我的存在、我的感知之间的相互依存关系，虽然无法充分理解后文为什么转而谈"百骸、九窍、六藏，赅而存焉，吾谁与为亲"等问题，但也不甚在意。庄子嘛！谁敢说完全读懂了庄子呢？直至看到王蒙先生在《庄子的"享受"》一书中谈到"将彼我看成物与我，即客体与主体"，乃至"主体中又分化为客体，即我中分化出一个被主体的我所思考所追问的'我'"①，才觉豁然贯通，并深有所悟（或曰"深有所迷"）。

"我与物有了一次分离的可能，就有了将一个我视作物（对象）的第二次分离，即分离出两个我的可能，就有了一直分离下去的可能，因为客体的我完全具备新的主体性，而再分离出更新的客体的我。"这样的阐发其实已经淋漓尽致，但我还是想如《红楼梦》中甄士隐解注跛足道人的《好了歌》那样，把王蒙先生的话以我自己的心得再解说一下：主体与客体相生并存，主体的我与客体的我相生相得；我的客体性越强，我的主体性就越强；而我的主体性越强，我的精神独立和思想自由的程度也就越强。这个理论，是目前我所见到的最有说服力也最具完整性地解释人的自由何以不仅来自外求（认识和改造客观世界），而更取决于内索（自我超

---

* 本文为 2010 年王蒙新作《庄子的"享受"》研讨会上的发言，原载于《王蒙研究》2010 年年刊，中国海洋大学出版社 2010 年版。

① 王蒙：《庄子的"享受"》，安徽教育出版社 2010 年版，第 74 页。

越）的原因所在。因为所谓的"自由"（无论对内抑或对外），其要义不正在于人的主体性最大限度的发挥吗？

我由此想到了佛教有所谓过去佛、现在佛、未来佛"三世诸佛"并存的说法，基督教也强调圣父、圣子、圣灵三位一体，过去一直不能很好地理解这些说法（也未见到教徒或神学家对此作出合理的解释），现在突然设想，是否只有借助这样的自我分解、自我对立、自我补充，才能实现"圣身"的自我完满、自我解释？

不只宗教的"圣身"，儒家先圣孔子著名的"十五而志于学，三十而立……七十而从心所欲不逾矩"的修身过程的阐述，似乎也在分离出不同阶段的客体的"我"，这个过程的尽头，是一个已经进入"从心所欲"境界的自由的"我"。绝妙的是"从心所欲"与否，"自由"与否，应该是对主体的"我"的评价，这里却在客体的"我"的成长过程中叙出。原本我评价"我"（自我）是极具主观性的行为，这里的叙事却充满了客观性、真实性乃至可信性。

再予延伸，不仅成圣需要借助自身的客体化完成最终的主体化（自由），而且做好很多工作都需要借助类似方法。

比如做教师，能否在备课过程中脑海中分离出一个受教的自己（借助自身在做学生时期的经验，多多反思如果自己是学生，哪些地方最不容易理解，怎样才更容易理解，怎样才能学会举一反三等），是影响其授课效果的重要因素之一。

比如当小说家，不少作者提到写小说需要虚构世界的能力，进一步分析，后者似乎应该是一种将自身（及自身所了解的）人生经验客体化的能力。

再如写论文、作研究，我们经常说需要"自圆其说"，其实也就是将自身的分析、判断等理性认识完整地从脑海里分离出来，使之客体化的能力。王蒙先生说思考庄子提出的某些命题令人"脑仁疼""四倍（二的平方）的脑仁疼"[①]，恐怕就是在描述将个人思维客体化所经历的痛苦。我们

---

① 王蒙：《庄子的"享受"》，安徽教育出版社 2010 年版，第 73 页。

觉得关于庄子的研究文章很难写，评论王蒙先生论庄子的文章更难写，难写到令人"十六倍（四的平方）的脑仁疼"，也是在经历这种把高难度思维过程（和结果）客体化所必然承受的痛苦。

王蒙先生在书中曾经举例，说《红楼梦》中宝玉卧室中安放了大镜子，梦到了甄宝玉，类似镜子所造成的"长廊效应"（即"两张镜子互相映照，每一方每一面镜子中都有对方镜子的形象，而对方镜子中都有本方本面镜子的形象，每个本方本面镜子的形象中又都包含了对方对面镜子的形象"[①]）就是主体客体化（主体分离）在文学作品中的例证。

由此生发，还可举出其他例证，只是都不及镜子意象这个例子典型。

如《红楼梦》中不仅甄、贾宝玉之间，甚至林黛玉（刚进贾府时表现颇似后来的宝钗）、薛宝钗（宝钗曾回忆自己小时候也曾像黛玉那样沉迷于《西厢》《牡丹》等戏曲）形象之间，也都隐然存在相反相成、互为主体的关系，"异地而处"，对方就是自己。

另如《西游记》中孙悟空拔毛就可以有百千化身（分离出无数的我），还打死过一个长得跟自己一样的六耳猕猴。我总觉得后者可以看作孙悟空内心隐秘的自我，只有打死这个自我，他才能俯首帖耳地跟随唐僧最终取到真经。可惜小说对这个形象的处理流于简单化，否则必然可以提升整部小说的哲理性和合理性（符合人性的常理）。

还听过这样一个通俗笑话，说有个衙役奉命押解一个和尚，他很紧张，唯恐办不好差，每天清点自己身边的物品："和尚、包袱、伞、我"，才放心出发。和尚很聪明，有一天剃光了衙役的头逃跑了。衙役醒来清点物品，发现没有了和尚，大惊，摸头发现了光头，先是大笑，接着又大哭："和尚在，我呢？我不见了！"这个故事很可笑，仔细思考又让人悲哀。其实，有谁不是在生命途中不断失去自我，最终代替被自己舍弃和失落的一切（和尚）成为命运的囚徒呢？有谁确切地知道"我"是谁呢？就算你现在知道，被剃光了头发，你还记得自己是谁吗？

自我的客体化过程是一个令人神往、充满神奇、通往廓大的自由王国

---

① 王蒙：《庄子的"享受"》，安徽教育出版社 2010 年版，第 77 页。

的过程，而其所借助的分解自我的功夫却似乎是一个使我无限小的过程。联想到王蒙先生书中评价"大而化之是庄子的主要心术心道，是庄子能够获得人生与思想的享受的重要法门"①，我愿意给先生提供一个小捣乱式的驳论："小"而化之，才是庄子的主要心术心道。

先生在书中多次将庄子与阿Q相对比，我在这里也突发奇想，先生总说阿Q精神不无庄子智慧，不知阿Q能否体验上文讨论的"'小'而化之"的乐趣？换言之，阿Q是否可以从主体中分离出客体的"我"？阿Q挨打时会自我安慰说"儿子打老子"，脑海中似乎并非在"分离"出，而是"虚构"（增加）出一个作为"老子"的"我"。这个"'大'而化之"的"我"给了他精神上的安慰。

据此，是否可以这样认为，能否分离出客体的"我"，不仅取决于不同主体的认识能力，也有赖于认识客体的"我"这件看似抽象的事情本身施加于具体的主体所产生的不同程度的压力。比如，阿Q与庄子的认识能力不同，阿Q正视自己的地位比赵太爷需要更大的勇气，故而，相对于庄子或赵太爷，阿Q似乎天然地更难享受到"'小'而化之"的乐趣。

由此想到荀子对庄子的批评："蔽于天而不知人。"② 一般解释为庄子主张听天由命，轻视人的主观能动作用，或曰庄子只知道自然，不知道社会；我倾向于借助现代理念理解为庄子更习惯抽象地谈论人的自然属性，而相对忽略具体地关注人的社会属性。前文戏言讨论的阿Q不能如庄子或赵太爷那样平等地享受"'小'而化之"的乐趣，其实想说明的也是这一点。我个人认为，享受庄子，似乎是属于精英的特权。

反过来，当然也不能因为阿Q及草根很难平等地享受"'小'而化之"的乐趣，就否定庄子及精英们享受的权利。"蔽于天而不知人"固有不足，"蔽于人而不知天"也并不优胜，尤其在传统中国这种资源配置高度集中、"人事即政治"的高语境社会，后者之"弊"更容易使一个知识分子和光同尘、与时俯仰，丧失其应有的独立精神和自由思想。

---

① 王蒙：《庄子的"享受"》，安徽教育出版社2010年版，第71页。
② 《荀子·解蔽》。